Sesión nocturna

Michael Connelly

SESIÓN NOCTURNA

Traducido del inglés por Javier Guerrero Gimeno

AdN Alianza de Novelas

Título original: *The Late Show*
Esta edición ha sido publicada por acuerdo
con Little, Brown & Company, New York,
NEW YORK, USA. Todos los derechos reservados

Diseño de colección: Estudio Pep Carrió

Copyright © 2017 by Hieronymus, Inc.
© de la traducción: Javier Guerrero Gimeno, 2018
© AdN Alianza de Novelas (Alianza Editorial, S. A.)
Madrid, 2018
Calle Juan Ignacio Luca de Tena, 15
28027 Madrid
www.AdNovelas.com

ISBN: 978-84-9181-266-1
Depósito legal: M. 23.768-2018
Printed in Spain

1

Ballard y Jenkins llegaron a la casa de El Centro poco después de medianoche para responder al primer aviso del turno. Ya había un coche patrulla delante y Ballard reconoció a los dos agentes de uniforme azul que se hallaban en el porche delantero del bungaló junto a una mujer de cabello gris que iba en bata. John Stanley era el agente principal del turno —el jefe de calle— y lo acompañaba su compañero Jacob Ross.

—Creo que te toca —dijo Jenkins.

Habían descubierto en sus dos años como compañeros que Ballard era la mejor de la pareja para tratar con víctimas mujeres. No se trataba de que Jenkins fuera un ogro, pero Ballard comprendía mejor las emociones de las víctimas femeninas. Y lo contrario ocurría cuando se enfrentaban con un caso en el que la víctima era un hombre.

—Recibido —dijo Ballard.

Salieron del coche y se dirigieron hacia el porche iluminado. Ballard llevaba su radio en la mano. Cuando subieron los tres peldaños, Stanley les presentó a la mujer. Se llamaba Leslie Anne Lantana y tenía setenta y siete años. Ballard no creía que fueran a tener mucho que hacer allí. La mayoría de los robos con allanamiento se limitaban a un atestado, a lo sumo una llamada para que pasara el coche de huellas si tenían suerte y advertían alguna señal de que el ladrón había tocado superficies de las que podían extraerse huellas.

—La señora Lantana ha recibido un correo de alerta de fraude que dice que alguien intentó cargar a su tarjeta de crédito una compra en Amazon —explicó Stanley.

—Pero no fue usted —dijo Ballard a la señora Lantana, afirmando lo evidente.

—No, fue en la tarjeta que tengo para emergencias y nunca la utilizo en Internet —aclaró Lantana—. Por eso saltó la alerta. Tengo una tarjeta diferente para Amazon.

—Muy bien —dijo Ballard—. ¿Llamó a la compañía de la tarjeta?

—Primero fui a buscar la tarjeta para ver si la había perdido, y descubrí que mi billetera no estaba en el bolso. Me la han robado.

—¿Alguna idea de dónde o cuándo se la robaron?

—Fui a hacer la compra a Ralphs ayer, así que sé que entonces tenía la billetera. Después vine a casa y no he salido.

—¿Usó tarjeta de crédito para pagar?

—No, efectivo. Siempre pago en efectivo en el supermercado. Pero saqué mi tarjeta de cliente para que me aplicaran los descuentos.

—¿Cree que podría haber olvidado su billetera en Ralphs? ¿Tal vez en la caja registradora, cuando sacó la tarjeta?

—No, no lo creo. Soy muy cuidadosa con mis cosas. Vigilo la billetera y el bolso. Y no estoy senil.

—No pretendía insinuar eso, señora. Solo hago preguntas.

Ballard cambió de rumbo, aunque no estaba convencida de que Lantana no se hubiera dejado la billetera en Ralphs, donde cualquiera podría haberla cogido.

—¿Quién vive aquí con usted, señora? —preguntó.

—Nadie —dijo Lantana—. Vivo sola. Bueno, con mi perro *Cosmo*.

—Desde que volvió ayer de Ralphs, ¿alguien ha llamado a la puerta o ha estado en la casa?

—No, nadie.

—¿Y no la han visitado amigos ni familiares?

—No, pero tampoco se habrían llevado mi cartera si hubieran estado aquí.

—Por supuesto, no quiero dar a entender lo contrario. Solo estoy tratando de formarme una idea de las idas y venidas. Entonces, ¿me está diciendo que ha estado en casa todo el tiempo desde que volvió del súper?

—Sí, he estado en casa.

—¿Y *Cosmo*? ¿Saca a pasear a *Cosmo*?

—Claro, dos veces al día. Pero cierro la casa cuando salgo, y no voy muy lejos. Es un perro viejo y yo tampoco estoy cada día más joven.

Ballard sonrió, comprensiva.

—¿Pasea todos los días a la misma hora?

—Sí, cumplimos unos horarios. Es mejor para el perro.

—¿Cuánto tiempo duran esos paseos?

—Treinta minutos por la mañana y por lo general un poco más por la tarde, según cómo nos encontremos.

Ballard asintió. Sabía que lo único que necesitaba un ladrón que rondara la zona sur de Santa Monica era localizar a la mujer paseando al perro y seguirla a su casa. La habría vigilado para determinar si vivía sola y luego habría regresado al día siguiente a la misma hora cuando sacara al perro otra vez. La mayoría de las personas no se daban cuenta de que sus rutinas más simples las hacían vulnerables a los depredadores. Un ladrón con experiencia entraría y saldría de la casa en un máximo de diez minutos.

—¿Ha mirado si le falta algo más, señora? —preguntó Ballard.

—Todavía no —dijo Lantana—. He llamado a la policía en cuanto he sabido que me faltaba la cartera.

—Bueno, entremos y así mira a ver si echa en falta algo —propuso Ballard.

Mientras ella acompañaba a Lantana por la casa, Jenkins fue a revisar si habían forzado la cerradura de la puerta trasera. En la habitación de Lantana había un perro en un cojín para dormir. Era un cruce de bóxer y tenía el rostro emblanquecido por la edad. El animal siguió a Ballard con sus ojos brillantes, pero no se levantó. Era demasiado viejo. Soltó un ladrido profundo desde el pecho.

—No pasa nada, *Cosmo* —lo tranquilizó Lantana.

—¿Qué es? ¿Bóxer y qué más? —preguntó Ballard.

—Ridgeback —dijo Lantana—. Creemos.

Ballard no estaba segura de si con el uso del plural la mujer se refería al perro o a otra persona. Tal vez a ella y a su veterinario.

La anciana terminó su revisión de la casa con una mirada al cajón de sus joyas e informó de que no parecía que faltara nada salvo la cartera. Eso hizo que Ballard pensara otra vez en Ralphs, o quizá el ladrón había calculado que contaba con menos tiempo del que en realidad disponía para registrar la casa.

Jenkins se unió a ellas y explicó que no había indicaciones de que la cerradura de la puerta delantera o trasera hubieran sido forzadas, ni con ganzúas ni de ningún otro modo.

—¿Cuando paseó al perro vio algo inusual en la calle? —preguntó Ballard a la mujer—. ¿Alguien fuera de lugar?

—No, nada inusual —dijo Lantana.

—¿Hay alguna obra en la calle? ¿Trabajadores rondando?

—No, nada por aquí.

Ballard le pidió a Lantana que le mostrara el correo que había recibido de la compañía de la tarjeta de crédito. Fueron a un pequeño rincón de la cocina donde la mujer tenía un portátil, una impresora y un montón de sobres en bandejas apilables. Era obviamente su oficina doméstica, donde se ocupaba de pagar facturas y hacer pedidos en Internet. Lantana se sentó y abrió la alerta de correo en la pantalla del ordenador. Ballard se inclinó por encima del hombro de la anciana para leerlo y le pidió que llamara otra vez a la compañía de la tarjeta de crédito.

Lantana hizo la llamada desde un teléfono situado en la pared y extendió el largo cable hasta el rincón de la cocina. Finalmente, le pasó el teléfono a Ballard y esta salió al pasillo con Jenkins, estirando do el cable todo lo que dio de sí. Estaba hablando con un especialista en alertas de fraude que hablaba un inglés con acento indio. Ballard se identificó como detective del Departamento de Policía de Los Ángeles y preguntó la dirección de entrega que se había utilizado para la compra con tarjeta antes de que esta fuera rechazada como posiblemente fraudulenta. El especialista en alertas de fraude argumentó que no podía proporcionar esa información sin una orden judicial.

—¿Qué quiere decir? —preguntó Ballard—. Usted es especialista en alertas de fraude, ¿no? Esto ha sido un fraude, y si me da la dirección podré hacer algo al respecto.

—Lo siento —dijo el hombre—. No puedo hacerlo. Nuestro departamento jurídico debe autorizarme y no lo ha hecho.

—Déjeme hablar con el departamento jurídico.

—Está cerrado ahora. Es hora de comer y está cerrado.

—Entonces déjeme hablar con su supervisor.

Ballard miró a Jenkins y negó con la cabeza, frustrada.

—Mira, todo acabará sobre la mesa de Robos por la mañana —dijo Jenkins—, ¿por qué no dejas que se ocupen ellos?

—Porque no se ocuparán —dijo Ballard—. Se perderá en la pila. No harán ningún seguimiento y eso no es justo para ella. —Señaló con la cabeza hacia la cocina, donde la víctima del robo continuaba sentada con aspecto abatido.

—Nadie ha dicho que sea justo —dijo Jenkins—. Es lo que es.

Al cabo de cinco minutos, el supervisor se puso al teléfono. Ballard explicó que tenían una situación fluida y necesitaban actuar con rapidez para detener a la persona que había robado la tarjeta de crédito de la señora Lantana. El supervisor explicó que el intento de uso de la tarjeta no había funcionado, de manera que el sistema de alerta de fraude había cumplido su función.

—No hay ninguna necesidad de mantener esta «situación fluida», como la llama —dijo.

—El sistema solo funciona si atrapamos al culpable —repuso Ballard—. ¿No se da cuenta? Impedir que la tarjeta se utilice solo es una parte. Eso protege a su cliente corporativo. No protege a la señora Lantana, que ha sufrido que alguien entrara en su casa.

—Lo siento —dijo el supervisor—. No puedo ayudarle sin una orden judicial. Es nuestro protocolo.

—¿Cómo se llama?

—Me llamo Irfan.

—¿De dónde es, Irfan?

—¿Qué quiere decir?

—¿Es de Bombay? ¿Nueva Delhi? ¿De dónde?

—Soy de Bombay, sí.

—Y por eso le importa una mierda. Porque este tipo nunca irá a su casa en Bombay a robarle la cartera. Muchas gracias.

Retrocedió a la cocina y colgó el teléfono antes de que el supervisor inútil pudiera responder. Se volvió hacia su compañero.

—Vale, volvemos a la cueva, escribimos el atestado y lo entregamos en la mesa de Robos —dijo—. Vamos.

2

Ballard y Jenkins no llegaron a la comisaría para empezar a redactar el atestado del robo a Lantana. El comandante del turno los desvió al centro médico Hollywood Presbyterian para que investigaran un asalto. Ballard aparcó en un espacio reservado para ambulancias junto a la entrada de Urgencias y dejó las luces estroboscópicas encendidas. Ella y Jenkins entraron por las puertas automáticas. Ballard se fijó en la hora para el informe que redactaría después. Eran las 0:41 según el reloj que estaba sobre la ventanilla de la recepción de la sala de espera de Urgencias.

Había allí un novato, con la piel tan pálida como la de un vampiro. Ballard lo saludó con la cabeza y él se acercó a informarlos. No tenía ningún galón en la manga, tal vez acababa de salir de la academia; demasiado nuevo en la División para que ella lo conociera por su nombre.

—La encontramos en un aparcamiento en Santa Monica, al lado de Highland —explicó el agente—. Parece que la habían tirado allí. El que lo hizo probablemente pensó que estaba muerta. Pero estaba viva, y se despertó y estuvo semiconsciente durante un par de minutos. Alguien le ha pegado una paliza brutal. Uno de los enfermeros dijo que podría tener fractura de cráneo. La tienen atrás. Mi AI también está allí.

El asalto podría elevarse a secuestro, y eso aumentó el grado de interés de Ballard. Verificó la placa del patrullero y vio que se llamaba Taylor.

—Taylor, soy Ballard —dijo—, y él es el detective Jenkins, compañero residente de la oscuridad. ¿Cuándo llegaste al Super Seis?

—Primer despliegue —dijo Taylor.

—¿Directo de la academia? Bueno, bienvenido. Te lo pasarás mejor en el Seis que en ningún otro sitio. ¿Quién es tu agente instructor?

—El agente Smith, señora.

—No soy tu madre. No me llames señora.

—Lo siento, señora. Quiero decir...

—Estás en buenas manos con Smitty. Es bueno. ¿Habéis identificado a la víctima?

—No, no llevaba bolso ni nada, pero estuvimos intentando hablar con ella mientras llegaba la ambulancia. Perdía y recuperaba la conciencia y no decía nada coherente. Parece que dijo que se llamaba Ramona.

—¿Dijo algo más?

—Sí, dijo: «La casa boca abajo».

—¿«La casa boca abajo»?

—Es lo que dijo. El agente Smith le preguntó si conocía a su agresor y dijo que no. Le preguntó dónde la habían agredido y dijo: «La casa boca abajo». Ya digo que no decía nada muy coherente.

Ballard asintió y pensó en lo que eso podía significar.

—De acuerdo —dijo ella—. Vamos a ver qué aclaramos.

Ballard hizo una seña con la cabeza a Jenkins y se dirigió hacia la puerta que conducía a los boxes de Urgencias. Iba vestida con un traje gris oscuro de Van Heusen con raya diplomática color tiza. Siempre pensaba que la formalidad del traje le sentaba bien, con su piel morena y su pelo aclarado por el sol. Y transmitía una autoridad que la ayudaba a superar su baja estatura. Se retiró la chaqueta lo suficiente para que la recepcionista del otro lado del cristal viera la placa en su cinturón y abriera la puerta.

La sala de ingresos consistía en seis boxes de diagnóstico y tratamiento de pacientes detrás de unas cortinas cerradas. Doctores, enfermeras y auxiliares se movían de acá para allá en torno a un puesto de control situado en el centro de la sala. Reinaba un caos organizado, todo el mundo tenía un trabajo que hacer y una mano invisible lo coreografiaba todo. Era una noche movida, pero todas las noches lo eran en el Hollywood Pres.

Había otro patrullero delante de la cortina del box de tratamiento número cuatro, y Ballard y Jenkins se dirigieron directamente hacia él. Llevaba tres galones en las mangas —quince años en el Departamento— y Ballard lo conocía bien.

—Smitty, ¿el doctor está dentro? —preguntó Ballard.

El agente Melvin Smith levantó la mirada de su teléfono, en el que había estado escribiendo un mensaje.

—Ballard, Jenkins, ¿cómo va? —dijo Smith. Luego—: No, está sola. Están a punto de llevarla a quirófano. Fractura de cráneo, edema cerebral. Han dicho que tienen que abrir el cráneo para aliviar la presión.

—Conozco la sensación —dijo Jenkins.

—Entonces, ¿no dice nada? —preguntó Ballard.

—Ya no —respondió Smith—. La han sedado y les he oído hablar de inducir un coma hasta que se reduzca el edema. Eh, ¿cómo está *Lola,* Ballard? Hace mucho que no la veo.

—*Lola* está bien —dijo Ballard—. ¿La encontrasteis o fue una llamada?

—Fue una llamada —dijo Smith—. Alguien avisó, pero se había marchado cuando llegamos. La víctima estaba sola, tumbada en el aparcamiento. Pensamos que estaba muerta cuando llegamos.

—¿Llamasteis a alguien para que se ocupara de la escena del crimen? —preguntó Ballard.

—No, no hay nada más que sangre en el asfalto, Ballard —dijo Smith—. Querían deshacerse de un cadáver.

—Vamos, Smitty, eso es una chorrada. Hemos de delimitar la escena. ¿Por qué no os vais de aquí y os ocupáis del aparcamiento hasta que os mandemos un equipo? Podéis quedaros en el coche haciendo papeleo.

Smith miró a Jenkins para ver si el detective más veterano daba su aprobación.

—Tiene razón —dijo Jenkins—. Hemos de montar una escena del crimen.

—Recibido —dijo Smith, en un tono que revelaba que creía que el encargo era una pérdida de tiempo.

Ballard abrió la cortina y entró en el box cuatro. La víctima yacía boca arriba en una cama, con una bata verde claro de hospital sobre su cuerpo herido. Tenía la nariz intubada y vías en ambos brazos. Ballard había visto muchas víctimas de violencia en sus catorce años en el Departamento, pero ese era uno de los peores casos que se había encontrado en los que la víctima seguía con vida. La mujer era pequeña y parecía no pesar ni cincuenta y cinco kilos. Tenía los dos ojos cerrados por la hinchazón y la órbita del derecho estaba claramente rota bajo la piel. La forma del rostro quedaba más distorsionada por la inflamación de todo el lado derecho, donde se apreciaban abrasiones en la piel. Estaba claro que la habían golpeado con brutalidad y la habían arrastrado por un terreno irregular —probablemente el aparcamiento— con el suelo arañándole el rostro. Ballard se inclinó sobre la cama para examinar la herida del labio inferior. Reparó en la profunda marca de un mordisco que había partido el labio salvajemente. El tejido arrancado se mantenía unido con dos puntos provisionales. La víctima necesitaría la atención posterior de un cirujano plástico. Si sobrevivía.

—Madre mía —exclamó Ballard.

Sacó el teléfono del cinturón y abrió la cámara. Empezó a sacar fotos, comenzando con una imagen de la cara completa de la víctima para luego pasar a primeros planos de cada una de las heridas faciales. Jenkins observó sin hacer comentarios. Sabía cómo trabajaba su compañera.

Ballard desabrochó la parte superior de la bata para examinar las heridas en el pecho. El lado izquierdo del torso captó su atención. Tenía varios hematomas profundos formando una línea recta que parecían consecuencia de golpes infligidos con un objeto más que con los puños.

—Mira esto —dijo Ballard—. ¿Puños americanos?

Jenkins se inclinó.

—Eso parece —dijo—. Puede ser.

Se echó atrás, asqueado por lo que vio. John Jenkins llevaba veinticinco años de servicio y Ballard sabía que hacía mucho que se le había agotado el depósito de empatía. Era un buen detective, cuando quería serlo, pero, como muchos policías que llevaban tanto tiempo en el cuerpo, solo quería un lugar para hacer su trabajo. La jefatura de policía, en el centro de la ciudad, se llamaba EAP, Edificio de Administración de Policía. Tipos como Jenkins pensaban que significaba Edificio de Asco y Papeleo o Edificio de Asco y Política, a elegir.

El turno de noche por lo general se asignaba a aquellos que habían tenido problemas con la política y la burocracia del Departamento. Sin embargo, Jenkins era, sorprendentemente, voluntario para el turno de once de la noche a siete de la mañana. Su mujer tenía cáncer, y a él le gustaba trabajar durante las horas en que ella dormía para poder estar en casa cada día mientras estaba despierta y lo necesitaba.

Ballard sacó más fotos. Los pechos de la víctima también tenían golpe y moratones; el pezón del lado derecho estaba, como el labio, desgarrado por dientes afilados. El pecho izquierdo era redondo y voluminoso; el derecho, más pequeño y plano: implantes, uno de los cuales había estallado dentro del cuerpo. Ballard sabía que hacía falta un impacto brutal para provocar algo así. Solo lo había visto una vez antes, y la víctima en cuestión estaba muerta.

Cerró con cuidado la bata y miró las manos en busca de heridas defensivas. Tenía las uñas rotas y ensangrentadas. Había profundas marcas granates y abrasiones circulares en las muñecas, que indicaban que la víctima había sido atada y mantenida cautiva el tiempo suficiente para producir heridas por rozadura. Ballard calculaba que horas, no minutos. Tal vez incluso días.

Tomó más fotos, y fue entonces cuando se fijó en la longitud de los dedos de la víctima y en la separación de los nudillos. Santa Monica Boulevard con Highland Avenue, debería haberlo imaginado. Levantó el borde inferior de la bata y confirmó que la víctima era biológicamente un hombre.

—Mierda, no tenía necesidad de ver eso —dijo Jenkins.

—Si Smitty lo sabía y no nos lo ha dicho, es un puto capullo —protestó Ballard—. Esto cambia las cosas. —Dejó de lado el estallido de rabia y volvió a centrarse—. Antes de que saliéramos de la cueva, ¿viste si había alguien de Antivicio trabajando esta noche? —preguntó.

—Ah, sí, tienen algo en marcha —dijo Jenkins—. No sé qué. Vi a *Pistol* Pete en la sala de descanso, preparando café.

Ballard se apartó de la cama y fue pasando las fotos en la pantalla del teléfono hasta que llegó a la imagen del rostro de la víctima. Entonces reenvió la foto y un texto a Pete Méndez, de la Unidad de Antivicio de Hollywood. Incluyó el mensaje:

¿Lo reconoces? ¿Ramona? ¿Travelo de Santa Monica?

Méndez era legendario en el Seis, pero no por nada bueno. Había pasado la mayor parte de su carrera como agente encubierto en Antivicio y cuando era más joven a menudo lo ponían a pasear como si fuera un chapero. Durante esas operaciones señuelo llevaba micrófonos, porque la grabación era lo que permitía ganar un caso y lo que por lo general provocaba que el sospechoso se declarara culpable de los cargos imputados. La grabación de uno de los encuentros de Méndez todavía se reproducía en fiestas de jubilación y reuniones de la Unidad. Méndez estaba en Santa Monica Boulevard cuando se acercó un potencial cliente. Antes de acceder a pagar por los servicios, el cliente le planteó una serie de preguntas, entre ellas cuál era la longitud de su pene en erección, aunque no usó términos tan educados.

—Unos quince centímetros —respondió Méndez.

El cliente, nada impresionado, siguió conduciendo sin decir una palabra más. Al cabo de unos momentos, un sargento de antivicio abandonó su posición y se acercó en el coche a Méndez, en la calle. Su conversación también se grabó.

—Méndez, estamos aquí para hacer detenciones —le recriminó el sargento—. La próxima vez que un tío te pregunte cómo de larga tienes la polla, exagera, por el amor de Dios.

—Ya lo he hecho —dijo Méndez, para su eterno bochorno.

Ballard retiró la cortina para ver si Smith todavía estaba por allí, pero él y Taylor se habían marchado. Caminó hasta el puesto de control para dirigirse a una de las enfermeras que estaban tras el mostrador. Jenkins la siguió.

—Ballard, Jenkins, policía —dijo ella—. Tengo que hablar con el médico que se ocupa de la víctima del box cuatro.

—Está en el dos ahora mismo —respondió la enfermera—. En cuanto salga.

—¿Cuándo sube la paciente a cirugía?

—En cuanto haya un quirófano libre.

—¿Han hecho un protocolo de violación? ¿Muestras anales? También necesitamos cortarle las uñas. ¿Quién puede ayudarnos con eso?

—Estaban tratando de salvarle la vida, esa era la prioridad. Tendrá que hablar con el doctor para todo lo demás.

—Es lo que estoy pidiendo. Quiero hablar con...

Ballard sintió que el teléfono le vibraba en la mano y se apartó de la enfermera. Vio un mensaje de Méndez. Se lo leyó en voz alta a Jenkins.

—«Ramona Ramone, travelo. Nombre real: Ramón Gutiérrez. Lo tuvimos aquí hace un par de semanas. Antecedentes más largos que su polla antes de la operación.» Una forma bonita de medirlo.

—Teniendo en cuenta sus propias dimensiones —dijo Jenkins.

Drag queens, travestis y transgéneros recibían el nombre general de travelos en Antivicio. No se hacían distinciones. No era bonito, pero se aceptaba. La propia Ballard había pasado dos años en el equipo señuelo del Departamento. Conocía el terreno y conocía la jerga. Era algo que nunca cambiaba, por más horas de formación en cuestiones de sensibilidad a las que asistieran los polis.

Miró a Jenkins. Antes de que ella pudiera hablar, lo hizo él.

—No —dijo.

—¿No qué?

—Sé lo que vas a decir. Vas a decir que quieres quedarte este caso.

—Es un caso vampiro, hay que trabajarlo de noche. Si lo dejamos sobre la mesa de Sexo, pasará como con ese robo, terminará en una pila. Lo trabajarán de nueve a cinco y no harán nada.

—Sigue siendo no. No es el trabajo.

Era el principal factor de discordia de su pareja. Trabajaban en el último turno, la sesión nocturna, pasando de un caso a otro; los reclamaban en cualquier escena que requiriese un detective para hacer los informes iniciales o certificar suicidios. Pero no se quedaban los casos. Escribían los atestados iniciales y entregaban todo a las unidades de investigación pertinentes por la mañana. Atraco, agresión sexual, robo con allanamiento, robo de coche, etcétera, etcétera. En ocasiones, Ballard quería llevar un caso desde el principio hasta el final. Pero ese no era el trabajo, y Jenkins nunca estaba dispuesto a separarse ni un milímetro de sus competencias. Era un trabajador de nueve a cinco en un turno de noche. Tenía una mujer enferma en casa y quería estar con ella cada mañana cuando se despertaba. No le interesaban las horas extra, ni por dinero ni por interés profesional.

—Venga, ¿y qué otra cosa vamos a hacer? —imploró Ballard.

—Vamos a verificar la escena del crimen y ver si realmente es una escena del crimen —dijo Jenkins—. Luego volveremos a la cueva y escribiremos informes sobre esto y el robo de la señora. Si tenemos suerte, no habrá más llamadas y estaremos haciendo papeleo hasta el amanecer. Vamos.

Hizo un movimiento para salir, pero Ballard no lo siguió. Él se volvió y se dirigió hacia ella.

—¿Qué? —preguntó.

—El que hizo esto es muy siniestro, Jenks —dijo—. Lo sabes.

—No vuelvas a tomar ese camino, porque no iré contigo. Hemos visto esto cien veces antes. Algún tipo pasa por aquí, no conoce el terreno, ve a una chica en la calle y para. Se ponen de acuerdo, él la lleva al aparcamiento y tiene el típico remordimiento del comprador cuando se encuentra con un perrito caliente debajo de la minifalda. Le da una paliza y sigue conduciendo.

Ballard ya estaba negando con la cabeza antes de que él hubiera terminado su resumen del caso.

—No con estas marcas de mordeduras —dijo—. No si el tipo llevaba puños americanos. Eso muestra un plan, muestra algo profundo. La tuvieron mucho tiempo atada. Esto es maldad absoluta y quiero quedarme el caso y hacer algo por una vez.

Técnicamente, Jenkins era el compañero veterano. Él decidía este tipo de cosas. En comisaría, Ballard podría recurrir al mando de equipo si quería, pero ahí era donde tenía que tomarse la decisión, por el bien de la unión de la pareja.

—Me voy a pasar por la escena del crimen y luego volveré a comisaría para empezar a escribir —dijo Jenkins—. El asalto va a la mesa de Robos, y esto, esto va a DcP. Tal vez a Homicidios, porque ese chico no tiene muy buen aspecto. Fin de la historia.

Con la decisión tomada, Jenkins se volvió otra vez hacia las puertas. Llevaba tanto tiempo en la policía que todavía llamaba a las distintas unidades «mesas». En los años noventa, eso es lo que eran, escritorios unidos para formar largas mesas. La mesa de Robos, la mesa de Delitos contra Personas, etcétera.

Ballard estaba a punto de seguirlo cuando recordó algo. Volvió a dirigirse a la enfermera que estaba detrás del mostrador.

—¿Dónde está la ropa de la víctima? —preguntó.

—La hemos metido en una bolsa —dijo la enfermera—. Espere.

Jenkins se quedó junto a la puerta y miró a su compañera. Ballard levantó un dedo para pedirle que esperara. La enfermera sacó de un cajón una bolsa de plástico clara con las pertenencias que habían encontrado en el cuerpo de la víctima. No era mucho. Algunas piezas de bisutería barata y ropa con lentejuelas. Había un pequeño aerosol de gas pimienta en un llavero con dos llaves. No había cartera, no había dinero ni teléfono. Le pasó el bolso a Ballard.

Esta le entregó una tarjeta a la enfermera y pidió que el médico la llamara. Luego se unió a su compañero, y ya estaban cruzando las puertas automáticas de la entrada cuando sonó su móvil. Miró la pantalla. Era el jefe de guardia, el teniente Munroe.

—Teniente.

—Ballard, ¿tú y Jenkins seguís en el Hollywood Pres?

Ballard notó el tono de urgencia en su voz. Algo estaba ocurriendo. Dejó de caminar e hizo una seña a Jenkins para que se acercara.

—Nos estábamos yendo. ¿Por qué?

—Ponlo en altavoz.

Ballard lo hizo.

—Ya está, adelante.

—Tenemos a cuatro caídos en una discoteca de Sunset —dijo Munroe—. Un tipo en un reservado ha empezado a disparar a la gente con la que estaba. Una ambulancia va en camino con una quinta víctima que según el último informe estaba crítica. Ballard, quiero que te quedes ahí y veas lo que puedes conseguir. Jenkins, voy a mandar a Smitty y su novato a buscarte. Seguro que en Robos y Homicidios se ocuparán de esto, pero necesitarán algo de tiempo para movilizarse. Tengo patrullas asegurando la escena, preparando un puesto de mando y tratando de retener testigos, aunque la mayoría se han dispersado en cuanto han empezado a volar balas.

—¿Cuál es la ubicación? —dijo Jenkins.

—El Dancers, al lado del Hollywood Athletic Club —dijo Munroe—. ¿Lo conoces?

—Sí —dijo Ballard.

—Bien. Entonces, Jenkins, tú vas para allá. Ballard, tú irás también en cuanto termines con la quinta víctima.

—Teniente, necesitamos delimitar una escena del crimen en este caso de asalto —dijo Ballard—. Enviamos a Smitty y...

—Esta noche no —dijo Munroe—. Necesitamos a todos en la investigación del Dancers. Todos los equipos de criminalística disponibles están allí.

—Entonces, ¿nos olvidamos de esta escena del crimen? —preguntó Ballard.

—Entrégala al turno de día, Ballard, y que se ocupen de eso mañana —dijo Munroe—. Tengo que colgar. Tenéis trabajo que hacer.

Munroe colgó sin decir ni una palabra más. Jenkins lanzó a Ballard una mirada de «te lo dije» por la decisión sobre la escena del crimen. Y como si le dieran pie, el sonido de una sirena acercándose estalló en la noche. Ballard conocía la diferencia entre una sirena de ambulancia y la de un coche de policía. Eran Smitty y Taylor, que venían a recoger a Jenkins.

—Te veré allí —dijo Jenkins.

—Sí —dijo Ballard.

La sirena se apagó cuando el coche patrulla todoterreno apareció por la rampa de acceso a Urgencias. Jenkins se metió en la parte de atrás y se marcharon, dejando a Ballard allí plantada con la bolsa de plástico en la mano.

En ese momento oyó el sonido distante de una segunda sirena dirigiéndose hacia ella. Una ambulancia que traía a la quinta víctima. Ballard miró atrás a través de las puertas de cristal y se fijó en la hora en el reloj de Urgencias: la 1:17. Hacía poco más de dos horas que había empezado su turno.

3

La sirena se apagó cuando la ambulancia bajó la rampa. Ballard esperó y observó. Las puertas traseras del vehículo se abrieron y el personal médico sacó a la quinta víctima en camilla. Ya estaba conectada a una mascarilla de oxígeno.

Ballard oyó al equipo de la ambulancia comunicarle al personal que esperaba en Urgencias que la víctima había sufrido una parada cardiorrespiratoria durante el traslado. La habían reanimado y la habían estabilizado, pero había sufrido otra parada cuando estaban llegando. El equipo de Urgencias salió y tomó el control de la camilla. Todos se movieron con rapidez por la sala y se encaminaron directamente a un ascensor que los llevaría al quirófano. Ballard los siguió y fue la última en subir al ascensor antes de que se cerraran las puertas. Se quedó en un rincón mientras el equipo de cuatro profesionales médicos en bata quirúrgica azul intentaba mantener con vida a la mujer de la camilla.

Ballard estudió a la víctima cuando el ascensor se sacudió y lentamente empezó a subir. La mujer llevaba unos vaqueros cortados, unas Converse altas y un top negro que estaba empapado en sangre. Ballard se fijó en las puntas de cuatro bolígrafos sujetos a uno de los bolsillos de los vaqueros. Suponía que eso significaba que la víctima era camarera en la discoteca donde se produjo el tiroteo.

Le habían disparado en el centro del pecho. La mascarilla de oxígeno le tapaba el rostro, pero Ballard calculó que tendría unos veinticinco años. Le miró las manos, pero no vio anillos ni pulseras. La joven tenía un pequeño tatuaje de un unicornio en tinta negra en la cara interna de la muñeca.

—¿Quién es usted?

Ballard levantó la mirada de la víctima, pero no supo quién se había dirigido a ella porque todos llevaban mascarillas. Había sido una voz masculina, pero tres de las cuatro personas que tenía delante eran hombres.

—Ballard, policía —respondió.

Sacó la placa del Departamento de Policía de Los Ángeles del cinturón y la sostuvo en alto.

—Póngase una mascarilla. Vamos a quirófano. —La mujer sacó una mascarilla de un dispensador de la pared del ascensor y se la entregó. Ballard se la puso de inmediato—. Y quédese atrás, quítese de en medio.

La puerta se abrió por fin y Ballard salió con rapidez y dio un paso al lado. La camilla emergió a toda velocidad y la llevaron directamente a la sala de quirófano, que tenía una ventanita de cristal. Ballard se quedó fuera y observó a través del cristal. El equipo médico hizo un valeroso esfuerzo por reanimar a la joven y prepararla para cirugía, pero, tras quince minutos intentándolo en vano, certificaron la muerte. Era la 1:34 y Ballard lo anotó.

Cuando el personal médico salió para ocuparse de otros pacientes, Ballard se quedó sola con la mujer muerta. Pronto sacarían el cadáver de la zona de quirófano y lo llevarían a la morgue del hospital hasta que viniera a recogerlo con su furgoneta el equipo forense, pero eso daba cierto tiempo a Ballard. Entró en el quirófano y estudió a la mujer. Le habían cortado el top y tenía el pecho expuesto.

Ballard sacó el teléfono y tomó una foto de la herida de bala en el esternón. Se fijó en que no había marcas de pólvora, y eso le indicó que el disparo se había realizado desde una distancia de más de un metro veinte. Parecía un tiro experto; el autor había dado en el centro de la diana mientras probablemente estaba en movimiento y en una situación cargada de adrenalina. Era algo que considerar si alguna vez llegaba a encontrarse cara a cara con el asesino, por más que eso pareciera improbable en ese momento.

Ballard se fijó en un cordel en torno al cuello de la mujer muerta. No se trataba de ninguna joya ni de una cadena, solo un cordel. Si había un colgante, no podía verlo porque el cordel desaparecía bajo una maraña de pelo apelmazado por la sangre. Ballard controló la puerta y volvió a mirar a la víctima. Apartó el cordel del pelo y vio que había una pequeña llave unida a él. Al ver un escalpelo en una bandeja de instrumentos quirúrgicos, lo agarró y cortó el cordel para soltar la llave. Sacó un guante de látex de la chaqueta y se guardó la llave y el cordel en el bolsillo en lugar de en una bolsa de pruebas.

Después de guardarse también el guante, Ballard estudió el rostro de la víctima. Tenía los ojos ligeramente abiertos y todavía mantenía una cánula de Guedel en la boca. Eso molestó a Ballard. Distendía el rostro de la joven y pensó que la habría avergonzado en vida. Ballard quería quitársela, pero sabía que iba contra el protocolo. El forense tenía que recibir el cuerpo tal y como encontró la muerte. Ya se había pasado de la raya al llevarse la llave, pero la indignidad del tubo de plástico la superó. Estaba a punto de retirarlo cuando una voz la interrumpió desde atrás.

—¿Detective?

Ballard se volvió y vio que era uno de los enfermeros que habían traído a la víctima. Sostenía una bolsa de plástico.

—Este es su delantal —dijo—. Tiene sus propinas.

—Gracias —dijo Ballard—. Me lo llevaré.

El hombre le entregó la bolsa y ella la sostuvo a la altura de los ojos.

—¿Han encontrado alguna identificación? —preguntó Ballard.

—Creo que no —dijo el enfermero—. Era camarera en una discoteca, así que seguramente tendrá todo eso en su coche o en una taquilla o algo.

—Sí.

—Pero se llamaba Cindy.

—¿Cindy?

—Sí, se lo preguntamos en la discoteca. Para poder hablar con ella. Pero enseguida entró en parada. —El enfermero miró el cadáver y a Ballard le pareció advertir tristeza en sus ojos—. Ojalá hubiéramos llegado unos minutos antes —dijo el hombre—. Tal vez podríamos haber hecho algo. Es difícil saberlo.

—Estoy segura de que han hecho todo lo posible —lo tranquilizó Ballard—. Ella se lo agradecería si pudiera.

El enfermero miró otra vez a Ballard.

—Ahora usted hará todo lo posible, ¿no?

—Lo haremos —dijo ella, sabiendo que no podría investigar el caso una vez que se lo quedara Robos y Homicidios.

Poco después de que el enfermero se marchara, entraron dos camilleros del hospital para llevarse el cadáver con el fin de que el quirófano pudiera esterilizarse y ponerse otra vez en la rotación: era una noche agitada en Urgencias. Cubrieron el cadáver con una sábana de plástico y sacaron la camilla. El brazo izquierdo de la víctima estaba expuesto y Ballard volvió a ver el tatuaje del unicornio en su muñeca. Cogió la bolsa que contenía el delantal de la víctima y siguió la camilla.

Ballard caminó por el pasillo, mirando por las ventanitas de otros quirófanos. Se fijó en que habían traído a Ramón Gutiérrez, que estaba en cirugía para aliviar la presión de su edema cerebral. Se quedó observando unos momentos hasta que sonó su teléfono y leyó el mensaje. Era del teniente Munroe, preguntando por el estado de la quinta víctima. Ballard escribió una respuesta mientras caminaba hacia el ascensor.

KMA, voy a la escena.

KMA era un viejo código del Departamento de Policía de Los Ángeles que se usaba al final de una llamada de radio. Algunos decían que significaba «tenme informado», pero en la práctica era el equivalente de «cambio y fuera». Con el tiempo había evolucionado hasta significar «fin de la guardia» o, en este caso, «muerte de la víctima».

Mientras bajaban en el lento ascensor, Ballard se puso guantes de látex y abrió la bolsa de plástico que le había dado el enfermero. Buscó en los bolsillos del delantal de la camarera. Vio un fajo de billetes plegados en un bolsillo y un paquete de cigarrillos, un mechero y una libretita en el otro. Ballard había estado en el Dancers y sabía que el nombre estaba sacado de un club de la gran novela sobre Los Ángeles *El largo adiós*. También sabía que tenían todo un menú de cócteles especiales con nombres literarios de Los Ángeles, como Black Dahlia, Blonde Lightning o Indigo Slam. La libreta debía de ser un requisito para una camarera.

De nuevo en el coche, Ballard abrió el maletero y colocó la bolsa en una de las cajas de cartón que ella y Jenkins utilizaban para guardar pruebas. Durante cada uno de sus turnos podían recoger pruebas de múltiples casos, de modo que dividían el espacio del maletero mediante cajas de cartón. Ballard ya había colocado antes las pertenencias de Ramón Gutiérrez en una de las cajas. Esta vez puso la bolsa que contenía el delantal en otra, la precintó con cinta roja y cerró el maletero.

Cuando Ballard llegó al Dancers, la escena del crimen era un circo de tres pistas. No del estilo del Barnum & Bailey, sino un circo policial, con tres anillos concéntricos que denotaban el tamaño y la complejidad del caso, así como los medios que este había atraído. El anillo central era la escena del crimen en sí, donde trabajaban los investigadores y los técnicos de pruebas. Esa era la zona roja. Estaba rodeado por un segundo anillo, donde se situaba el equipo de mando, la presencia uniformada y el puesto de control de prensa y ciudadanos. En el tercer anillo, el anillo exterior, se reunían periodistas, cámaras y mirones.

Ya se habían cerrado todos los carriles en dirección este de Sunset Boulevard para dejar espacio a la inmensa concentración de vehículos de la policía y la prensa. Los carriles en dirección oeste se movían con lentitud, convertidos en una larga cinta de luces de freno cuando los conductores aminoraban la marcha para captar una imagen de la actividad policial. Ballard encontró un hueco para aparcar a una manzana de distancia y continuó a pie. Sacó su placa del cinturón, tiró de la cadenita enrollada en la parte trasera y se pasó esta por encima de la cabeza, de manera que la placa colgara visiblemente de su cuello.

Una vez que cubrió la manzana, Ballard tuvo que buscar al agente que controlaba la lista de asistencia a la escena del crimen para poder firmar su entrada. Los dos primeros anillos habían sido acordonados mediante cinta amarilla. Ballard levantó la primera cinta y pasó por debajo, y entonces vio a un agente que sostenía una tablilla con sujetapapeles apostado delante de la segunda cinta. Se llamaba Dunwoody y Ballard lo conocía.

—Woody, apúntame.

—Detective Ballard —dijo el agente mientras empezaba a escribir su nombre en el portapapeles—. Pensaba que el caso era de Robos y Homicidios desde el principio.

—Lo es, pero estaba en el Hollywood Pres con la quinta víctima. ¿Quién dirige?

—El teniente Olivas, pero todo el mundo, desde el personal de mando de Hollywood y West Bureau hasta el jefe de policía, mete las narices.

Ballard casi gruñó. Robert Olivas dirigía uno de los equipos de homicidios especiales en Robos y Homicidios. Ballard había tenido una mala experiencia con él, producto de su asignación al equipo de Olivas cuatro años antes, cuando este fue ascendido desde la Unidad Especial de Narcóticos. Esa mala experiencia fue lo que mandó a Ballard a la sesión nocturna de la División de Hollywood.

—¿Has visto a Jenkins por aquí? —preguntó.

Ballard urdió de inmediato un plan que le permitiría evitar tener que informar de la quinta víctima directamente a Olivas.

—Pues sí —dijo Dunwoody—. ¿Dónde lo he visto? Ah, sí, van a traer un autobús para los testigos. Los llevan a todos al centro. Creo que Jenkins estaba supervisando eso. Para que nadie trate de largarse. Parece que todos han empezado a salir como ratas de un barco que se hunde en cuanto han empezado los disparos. Eso he oído, al menos.

Ballard dio un paso más para acercarse a Dunwoody y hablar en tono confidencial. Examinó el mar de vehículos policiales, todos ellos con las luces del techo encendidas.

—¿Qué más has oído, Woody? —preguntó—. ¿Qué ha pasado ahí dentro? ¿Fue como Orlando el año pasado?

—No, no, no es terrorismo —respondió Dunwoody—. Lo que he oído es que había cuatro tipos en un reservado y algo ha ido mal. Uno empieza a disparar y mata a los otros. Luego mata a una camarera y un gorila al salir.

Ballard asintió. Era un punto de partida para comprender lo que había ocurrido.

—Bueno, ¿dónde tiene Jenkins a los testigos?

—Están en el jardín de al lado. Donde estaba el Cat and Fiddle.

—Entendido. Gracias.

El Dancers estaba al lado de un viejo edificio colonial con patio y jardín central que había sido la terraza del Cat and Fiddle, un pub inglés y un garito de referencia para agentes fuera de servicio y en ocasiones no fuera de servicio de la vecina comisaría de Hollywood. El local había cerrado al menos dos años antes —una víctima más del aumento de los alquileres en Hollywood— y estaba vacío. La policía lo había requisado para reunir a los testigos.

Había otro agente de patrulla apostado ante la entrada en arco de la antigua terraza. Hizo una señal de aprobación a Ballard y ella empujó la puerta de hierro forjado. Encontró a Jenkins sentado en una vieja mesa de piedra, escribiendo en una libreta.

—Jenks.

—Hola, compañera —dijo Jenkins—. He oído que tu chica no ha sobrevivido.

—Parada cardiorrespiratoria en la ambulancia. Ya no volvió a recuperar el pulso. Y no pude hablar con ella. ¿Has conseguido algo aquí?

—No mucho. La gente lista se tiró al suelo en cuanto empezaron los tiros. Los más listos se largaron y no están sentados aquí. Que yo sepa, podremos marcharnos en cuanto suban a un autobús a esta pobre gente. La película es de Robos y Homicidios.

—Tengo que hablar con alguien de mi víctima.

—Bueno, ese será Olivas o uno de sus chicos, y no creo que te apetezca hacerlo.

—¿Tengo alternativa? Tú estás retenido aquí.

—No estaba en mis planes.

—¿Alguno de estos te ha dicho que vio que dispararon a la camarera?

Jenkins examinó las mesas, donde había unas veinte personas esperando sentadas, un surtido de *hipsters* de Hollywood y discotequeros. Un montón de tatuajes y *piercings*.

—No, pero, por lo que he oído, estaba sirviendo la mesa donde empezó el tiroteo —dijo Jenkins—. Cuatro hombres en un reservado. Uno saca una pipa y dispara a los otros justo donde estaban sentados. La gente empieza a dispersarse, incluido el asesino. Dispara a nuestra camarera de camino a la puerta. También mata a un segurata.

—¿Y nadie conoce el motivo?

—Nadie, al menos ninguno de estos.

Hizo un gesto con la mano para abarcar a los testigos. El gesto debió de parecerle una invitación a uno de los clientes sentados tras otra mesa de piedra. Se levantó y, al acercarse, la cadena que iba de una presilla en la parte delantera del cinturón al bolsillo trasero de sus vaqueros tintineó a cada paso.

—Mira, tío, ¿cuándo vamos a terminar aquí? —le dijo a Jenkins—. No vi nada y no sé nada.

—Se lo he dicho —respondió Jenkins—. Nadie se marcha de aquí hasta que los detectives les tomen declaración oficialmente. Así que vuelva a sentarse, señor.

Jenkins lo dijo con un tono amenazante y autoritario que se impuso por completo al uso de la palabra «señor». El cliente se quedó mirando a Jenkins un momento y volvió a su mesa.

—¿No saben que van a meterlos en un autobús? —preguntó Ballard en voz baja.

—Todavía no —respondió Jenkins.

Antes de que Ballard pudiera comentar nada, notó que su teléfono vibraba y lo sacó para mirar la pantalla. Era un número desconocido, pero contestó, sabiendo que lo más probable era que se tratase de una llamada de un compañero policía.

—Ballard.

—Detective, soy el teniente Olivas. Me han dicho que ha estado con mi quinta víctima en el Presbyterian. No habría sido mi elección, pero supongo que ya estaba allí.

Ballard hizo una pausa antes de responder, con una sensación de terror creciendo en su pecho.

—Sí —dijo finalmente—. Tuvo una parada cardiorrespiratoria y el equipo forense tiene que pasar a recoger el cadáver.

—¿Pudiste conseguir una declaración de la víctima? —preguntó Olivas.

—No, ingresó cadáver. Trataron de reanimarla, pero sin éxito.

—Ya veo. —Olivas lo dijo en un tono que sugería que era de algún modo responsable de que la víctima hubiera muerto antes de que pudiera ser interrogada. Ballard no respondió—. Escribe tus informes y entrégamelos por la mañana —dijo Olivas—. Eso es todo.

—Eh, estoy aquí en la escena —dijo Ballard antes de que él colgara—. Con los testigos. Con mi compañero.

—¿Y?

—Y la víctima no iba identificada. Era camarera. Probablemente dispusiera de una taquilla donde estarán su cartera y su teléfono. Me gustaría...

—Cynthia Haddel; la encargada del bar me lo dijo.

—¿Quiere que lo confirme y recoja sus pertenencias o lo ha hecho su gente? —Esta vez Olivas hizo una pausa antes de responder. Era como si estuviera sopesando algo no relacionado con el caso—. Tengo una llave que creo que es de una taquilla —dijo Ballard—. Los enfermeros me la dieron.

Había un buen trecho entre eso y la verdad, pero Ballard no quería que el teniente supiera cómo había conseguido la llave.

—Está bien, encárgate —dijo finalmente—. Mi gente está ocupada en otras cosas. Pero no te entusiasmes, Ballard. Era una víctima marginal. Daño colateral: en el lugar equivocado en el momento equivocado. También puedes encargarte de notificárselo al familiar más directo para ahorrar tiempo a mis hombres. Pero no te entrometas en mi camino.

—Entendido.

—Y sigo queriendo tu informe en mi mesa por la mañana.

Olivas colgó antes de que Ballard pudiera responder. Ella se acercó el teléfono al oído un momento, pensando en lo que había dicho de que Cindy Haddel era una víctima colateral en el lugar equivocado y en el momento equivocado. Ballard sabía qué era eso.

Guardó el teléfono.

—¿Y? —preguntó Jenkins.

—Tengo que ir aquí al lado, mirar su taquilla y buscar su identificación —dijo ella—. Olivas también nos ha encasquetado avisar al familiar más próximo.

—Joder.

—No te preocupes, me ocuparé.

—No, las cosas no funcionan así. Si te presentas voluntaria, me presentas voluntario a mí también.

—No me he presentado voluntaria a la notificación. Has oído la llamada.

—Te has presentado voluntaria a participar. Estaba claro que iba a darte el trabajo de mierda.

Ballard no quería empezar una discusión. Se dio la vuelta, miró a la gente sentada a las mesas de piedra y vio a dos mujeres jóvenes con vaqueros recortados y camisetas de tirantes, una blanca y otra negra. Se acercó a ellas y les mostró su placa. La de la camiseta blanca habló antes de que Ballard pudiera hacerlo.

—No vimos nada —dijo.

—Lo he oído —dijo Ballard—. Quiero preguntarles por Cindy Haddel. ¿Alguna la conocía?

La de la camiseta blanca se encogió de hombros.

—Bueno, sí, del trabajo —dijo la de la camiseta negra—. Es simpática. ¿Ha sobrevivido?

Ballard negó con la cabeza y las dos camareras se llevaron la mano a la boca al mismo tiempo, como si recibieran impulsos del mismo cerebro.

—Ay, Dios —dijo la de la camiseta blanca.

—¿Alguna de las dos sabe algo de ella? —preguntó Ballard—. ¿Casada? ¿Novio? ¿Compañera de piso? ¿Algo así? —Ninguna sabía nada—. ¿Hay una sala de taquillas en la discoteca? ¿Algún sitio donde dejen los bolsos y el teléfono? —preguntó Ballard.

—Hay taquillas en la cocina —dijo la de la camiseta blanca—. Ponemos nuestras cosas allí.

—Vale. Gracias. ¿Ustedes tres tuvieron alguna conversación esa noche antes de los disparos?

—Solo cosas de camareras —dijo la de la camiseta negra—. Ya sabe, como quién dejaba propina y quién no. Quién tenía las manos largas, lo habitual.

—¿Alguien en particular esta noche? —preguntó Ballard.

—La verdad es que no —dijo la de la camiseta negra.

—Estaba fanfarroneando porque alguien le dio uno de cincuenta —dijo la de la camiseta blanca—. En realidad, creo que era alguien de ese reservado donde empezaron los tiros.

—¿Por qué cree eso? —preguntó Ballard.

—Porque esa mesa era suya y parecían unos fantasmas.

—¿Te refieres a presumidos? ¿Tipos con dinero?

—Sí, fantasmas.

—Vale. ¿Algo más?

Las dos camareras se miraron una a la otra, luego otra vez a Ballard. Negaron con la cabeza.

Ballard las dejó allí y volvió con su compañero.

—Voy al lado.

—No te pierdas —dijo Jenkins—. En cuanto termine de hacer de niñera, quiero hacer la notificación al familiar más directo y empezar a escribir. Hemos terminado.

Significaba que el resto del turno se dedicaría al papeleo.

—Recibido —dijo ella.

Lo dejó sentado en el banco de piedra. Al dirigirse a la entrada del Dancers, se preguntó si podría llegar a la cocina sin atraer la atención del teniente Olivas.

4

El interior del Dancers estaba repleto de detectives, técnicos, fotógrafos y videógrafos. Ballard vio a una mujer de la Unidad de Videodocumentación del Departamento de Policía de Los Ángeles preparando una cámara de 360 grados que proporcionaría una grabación en 3D de alta definición de toda la escena del crimen una vez que todas las pruebas estuvieran marcadas y los investigadores y técnicos se retiraran momentáneamente. A partir de ahí, la técnica también podría construir un modelo de la escena del crimen para utilizarlo como prueba en el tribunal en un posible juicio. Era un procedimiento caro, que Ballard nunca había visto que se empleara salvo en investigaciones de agentes implicados en tiroteos. No cabía ninguna duda de que, al menos por el momento, no se iba a escatimar nada en el caso.

Ballard contó nueve detectives del equipo de homicidios especiales en la discoteca. Los conocía a todos, e incluso algunos le caían bien. Cada uno de ellos tenía encomendada una parte específica de la investigación de la escena del crimen y todos se movían por la discoteca bajo la mirada vigilante y la dirección del teniente Olivas. El suelo estaba cubierto de cartelitos amarillos que señalaban casquillos de bala, copas de martini rotas y otros desechos.

Las víctimas, todas salvo Cynthia Haddel, continuaban allí para ser fotografiadas, grabadas en vídeo y examinadas por el equipo de criminólogos antes de ser trasladadas para la autopsia. La directora de la Oficina del Forense en persona, Jayalalithaa Panneerselvam, estaba en la escena. Eso ya era de por sí infrecuente y subrayaba la importancia que se estaba confiriendo a la investigación del múltiple asesinato. La Doctora J, como se la conocía, estaba de pie junto a su fotógrafo, dirigiendo e indicando las fotos que quería que se tomasen.

La discoteca era un enorme espacio de dos niveles con paredes negras. La barra recorría la pared del fondo en el nivel más bajo, que también contaba con una pista de baile rodeada por palmeras y reservados de piel negra. Las palmeras, de las que colgaban luces blancas, se alzaban hasta un atrio de cristal dos plantas más arriba. A derecha e izquierda de la barra había dos alas situadas seis peldaños por encima de la planta principal donde se alineaban más reservados y barras más pequeñas.

Había tres cuerpos en uno de los cuatro reservados que formaban un trébol de cuatro hojas en el nivel principal. Dos de los hombres muertos todavía estaban sentados. El de la izquierda era un hombre negro con la cabeza completamente echada hacia atrás. El hombre blanco a su lado se apoyaba contra él como si se hubiera quedado dormido borracho. La tercera víctima se había desplomado por completo a un lado y la cabeza y los hombros colgaban en el pasillo, fuera de los confines del reservado. Era blanco y tenía el pelo gris recogido en una coleta que se hundía en un charco de sangre en el suelo.

Había un cuarto cadáver en el suelo a seis metros de distancia, en un pasillo creado por los reservados que formaban la hoja de trébol. Era un hombre negro muy grande que estaba boca abajo en el suelo, con las manos a los costados y las palmas hacia arriba. En el lado derecho del cinturón llevaba la cartuchera de una pistola Taser. Ballard vio el dispositivo aturdidor de plástico amarillo debajo de una mesa cercana.

Otros tres metros más allá del cuarto cuerpo, Ballard vio una mancha de sangre rodeada por marcadores de pruebas y algunos de los restos dejados por el personal de la ambulancia que había intentado salvar a Cynthia Haddel. Entre los objetos del suelo había una bandeja de cóctel de acero inoxidable.

Ballard subió los escalones hasta el segundo nivel y se volvió para tener una mejor perspectiva de la escena del crimen. El teniente McAdams había dicho que los disparos empezaron en un reservado. Con eso como punto de partida, resultaba fácil intuir a grandes rasgos lo que había ocurrido. El asesino había disparado a tres individuos en el lugar donde seguían sentados. Los tenía atrapados y pivotó de manera eficiente de uno a otro con el cañón de su arma. A continuación salió al pasillo que separaba los distintos reservados. Eso lo puso en ruta de colisión con el vigilante de seguridad, que había sacado su Taser y avanzaba hacia el problema. El vigilante recibió un disparo que seguramente lo mató en el acto y cayó de bruces al suelo.

Detrás de él estaba la camarera Cynthia Haddel.

Ballard la imaginó allí de pie, paralizada, incapaz de moverse cuando el asesino avanzó hacia ella. Tal vez levantó la bandeja de cóctel como escudo. El asesino se estaba moviendo, pero aun así consiguió acertarle en el centro del pecho. Ballard se preguntó si el culpable le había disparado simplemente porque se interponía en su camino o porque podría haber sido capaz de identificarlo. En todo caso, fue una decisión fría. Decía algo del hombre que había causado esa masacre. Ballard pensó en lo que le había dicho antes a Jenkins sobre la persona que había asaltado a Ramona Ramone. Maldad absoluta. No cabía duda de que la misma malignidad cruel fluía por la sangre del que había disparado allí.

El detective Ken Chastain entró en el campo de visión de Ballard: bolígrafo en mano y con su carpeta de cuero con la libreta en un brazo, como siempre que estaba en la escena de un crimen. Se agachó para mirar a la víctima que estaba medio colgada del reservado y empezó a tomar notas sin fijarse en que Ballard lo observaba desde el nivel superior. A Ballard le pareció demacrado, y esperaba que se debiera a que la culpa lo estaba devorando por dentro. Durante casi cinco años habían sido compañeros en el equipo de homicidios especiales, hasta que Chastain decidió no respaldar a Ballard en la denuncia que ella había interpuesto contra Olivas. Sin su confirmación del comportamiento del teniente —del que había sido testigo— no había caso. Asuntos Internos concluyó que la denuncia fue infundada. Olivas mantuvo su puesto y Ballard fue trasladada a la División de Hollywood. El capitán de Hollywood, compañero de clase de Olivas en la academia, puso a Ballard con Jenkins en el turno de noche. La sesión nocturna. Fin de la película.

Ballard apartó la mirada de su antiguo compañero, levantó la cabeza y se fijó en los rincones del techo de la discoteca. Tenía curiosidad por saber si había cámaras y si las imágenes se grababan. Obtener vídeos del interior de la discoteca y las calles adyacentes constituiría una prioridad para la investigación. Ballard no vio cámaras obvias; sabía que muchos locales de Hollywood no las usaban porque a sus clientes, sobre todo a las *celebrities,* no les gustaba que su conducta nocturna se grabara. Que el vídeo terminara en la web de cotilleo *TMZ* o en otro lugar de Internet era garantía de bancarrota para las discotecas de lujo. Necesitaban famosos porque atraían a clientes de pago, la gente que hacía cola tras las cuerdas de terciopelo de la puerta. Si los famosos empezaban a alejarse, los clientes de pago también terminarían por hacerlo.

Sintiendo que llamaba la atención, Ballard regresó al nivel inferior y buscó la mesa de material de la Unidad Forense. Estaba apartada y al otro lado de las escaleras. Se acercó, cogió un par de bolsas de plástico para recoger pruebas de un dispensador y se dirigió hacia la barra principal. Unas puertas dobles a la derecha presumiblemente conducían a la cocina.

Esta era pequeña y estaba poco equipada. Ballard se fijó en que algunos de los quemadores de gas seguían encendidos. El Dancers no era conocido por sus virtudes culinarias. Servía comida sencilla que salía de una parrilla o de una freidora. Ballard se encaminó a la zona de acero inoxidable pulido donde se preparaba la comida y apagó los quemadores. Luego dio la vuelta y casi se resbaló en el suelo grasiento con las botas de papel que se había puesto encima de los zapatos antes de entrar en la discoteca.

En el rincón del fondo de la cocina, Ballard encontró una zona de descanso con un armario de pequeños archivadores apoyado en una pared y una mesa con dos sillas en la otra. Había un cenicero repleto de colillas en la mesa, justo debajo del cartel de NO FUMAR. Ballard estaba de suerte. En las taquillas había trozos de cinta con nombres que identificaban a quienes las utilizaban. No había ningún CINDY, pero encontró una taquilla marcada con CINDERS y supuso que pertenecía a Cynthia Haddel. Su intuición se confirmó cuando la llave que había cogido del cadáver de la quinta víctima abrió el candado.

La taquilla contenía un bolsito de Kate Spade, una chaqueta liviana, un paquete de cigarrillos y un sobre. Ballard se puso guantes antes de sacar nada de la taquilla para examinarlo. Sabía que los objetos contenidos en la taquilla seguramente serían considerados pertenencias y no pruebas, pero era una buena medida, por si acaso tropezaba con algo que pudiera afectar a la dirección de la investigación.

El bolso contenía una cartera de la que sacó un carné de conducir que confirmó el nombre de Cynthia Haddel y su edad: veintitrés años. La dirección del carné de conducir correspondía a un piso o un bloque de apartamentos en La Brea. La camarera vivía a veinte minutos a pie de la discoteca. Había 383 dólares en efectivo en la cartera, lo que a Ballard le pareció mucho, además de una tarjeta de débito Wells Fargo y una tarjeta de crédito Visa. Vio también una arandela con dos llaves que no parecían pertenecer a un vehículo. Probablemente eran las llaves del apartamento. También había un teléfono móvil en el bolso. Tenía batería, pero su contenido estaba protegido por un identificador de huella dactilar. Ballard necesitaba el dedo de Haddel para desbloquear el teléfono.

Abrió un sobre y vio que contenía una pila de retratos de 20 × 25 de Haddel con una sonrisa insinuante. El nombre al pie de la foto era Cinders Haden. Ballard dio la vuelta a la foto y vio un breve currículum y una lista de apariciones de Haddel/Haden en películas y producciones de televisión. Eran todo papeles menores, y la mayoría de los personajes ni siquiera tenían nombre. «Chica en el bar» parecía ser su papel más frecuente. Había representado un papel en un episodio de una serie de televisión llamada *Bosch,* que Ballard sabía que se basaba en las hazañas de un detective ya retirado del Departamento de Policía de Los Ángeles que había trabajado en Robos y Homicidios y en la brigada de detectives de Hollywood. La serie había filmado alguna que otra vez en la comisaría y había costeado la última fiesta navideña de la División en el W Hotel.

El currículum decía que Haddel/Haden había nacido y se había educado en Modesto, en el Central Valley de California. Enumeraba sus papeles en teatros locales, sus profesores de interpretación y diversas aptitudes que podían hacerla atractiva para una producción. Entre ellas se citaba el patinaje en línea, el yoga, la gimnasia, la equitación, el surf, la fluidez en francés y su experiencia como camarera. También decía que aceptaba papeles con desnudos parciales.

Ballard dio la vuelta a la foto y examinó el rostro de Haddel. Era evidente que su trabajo en el Dancers no era lo que concentraba sus ambiciones. Había guardado sus fotos en la taquilla por si acaso encontraba un cliente que pudiera preguntarle si estaba «en el negocio» y ofrecer ayuda. Esa era una de las tácticas de ligue más viejas de Hollywood, pero todavía funcionaba con una mujer joven con grandes sueños.

—Modesto —dijo Ballard en voz alta.

La última cosa que sacó de la taquilla fue el paquete de Marlboro Lights, e inmediatamente supo que pesaba demasiado para contener solo cigarrillos. Lo abrió y vio cigarrillos apilados a un lado y un pequeño vial de cristal en el otro. Sacó el vial y descubrió que estaba medio lleno de pastillas de color amarillo blancuzco con corazoncitos estampados. Ballard suponía que era Molly, una droga sintética que en los últimos años había sustituido al éxtasis como la sustancia preferida en las discotecas. Pensó que Haddel podría haber estado incrementando sus ingresos vendiendo Molly en la discoteca, con o sin el conocimiento y permiso del gerente. Lo pondría en su informe y dependería de Olivas y su equipo decidir si tenía algo que ver con la masacre que se había producido esa noche. Siempre cabía la posibilidad de que lo periférico pudiera convertirse en pertinente.

Ballard puso el contenido de la taquilla, salvo la arandela de las llaves, en una bolsa de pruebas y volvió a cerrar la taquilla. Después metió también la llave de la taquilla en la bolsa y la cerró y firmó. Finalmente, salió de la cocina y regresó a la planta principal de la discoteca.

Chastain continuaba en cuclillas delante del cuerpo que colgaba medio fuera del reservado. Se le había unido la Doctora J, que se estaba inclinando sobre el hombro derecho de Chastain para conseguir una mejor visión del cadáver, mientras que Olivas observaba desde su izquierda. Ballard sabía que Chastain había encontrado algo o se había fijado en algo digno de señalarse. A pesar de que la había traicionado, sabía que era un buen detective. Habían resuelto varios casos en los años en que habían trabajado juntos en Robos y Homicidios. Chastain era hijo de un detective del Departamento muerto en acto de servicio, y por eso siempre llevaba una banda negra de luto en su placa. Era de los que cerraban casos, sin duda, y era por méritos propios el preferido del teniente en la brigada. El único problema consistía en que, fuera de sus casos, su brújula moral no siempre apuntaba con precisión al norte. Tomaba decisiones basadas en la conveniencia política y burocrática, no en lo correcto y lo incorrecto. Ballard lo había aprendido por las malas.

La Doctora J dio un golpecito en el hombro a Chastain para que se apartara y le permitiera acercarse más al cadáver. Cuando ambos cambiaron posiciones, Ballard echó un buen vistazo al hombre muerto que colgaba del reservado. Vio una herida de bala limpia entre las cejas. Había muerto en el acto y luego había caído a su izquierda. Tenía la camisa abierta, que exponía un pecho sin vello. No había ninguna señal de una segunda herida que Ballard pudiera ver, pero la forense estaba examinando la zona, usando una mano enguantada para abrir más la camisa.

—Renée.

Chastain había visto a Ballard de pie fuera del primer círculo de investigación.

—Ken.

—¿Qué estás haciendo aquí?

Lo dijo en un tono de sorpresa, no de acusación.

—Me tocó la quinta víctima en el hospital —explicó Ballard—. Ya estaba allí.

Chastain miró su libreta.

—Cynthia Haddel, la camarera —dijo—. Ingresó cadáver.

Ballard levantó la bolsa de pruebas que contenía las pertenencias de Haddel.

—Sí. He vaciado su taquilla. Sé que estás pensando que es una víctima colateral, pero...

—Sí, gracias, detective. —Era Olivas, que se había vuelto desde el reservado. Sus palabras callaron a Chastain.

Avanzó hacia Ballard y ella lo miró sin pestañear cuando se le acercó más. Era la primera vez que estaba cara a cara con Olivas desde que había presentado su denuncia contra él dos años antes. Sintió una mezcla de temor y rabia al mirar sus rasgos angulosos.

Chastain, tal vez sabiendo lo que iba a ocurrir, se apartó, se volvió y se centró en su trabajo.

—Teniente —lo saludó Ballard.

—¿Cómo te trata la sesión nocturna? —dijo Olivas.

—Está bien.

—¿Y cómo está el sereno Jenkins?

—Jenkins está bien.

—Sabes por qué los llaman así, ¿no?

—Yo...

Ballard no terminó. Olivas bajó la barbilla y se le acercó un par de centímetros. A Ballard le pareció un palmo. Habló en voz baja para que solo ella pudiera oírlo.

—La sesión nocturna —dijo— es trabajo de los serenos. —Olivas retrocedió—. Ya tienes una misión ¿no, detective? —preguntó, recuperando la normalidad en su voz.

—Sí —dijo Ballard—. Informaré a la familia.

—Pues ve a hacerlo. Ahora. No quiero que estropees mi escena del crimen.

Por encima del hombro de Olivas, Ballard vio a la Doctora J observando cómo la echaban, pero entonces la forense se volvió. Ballard miró a Chastain, con la esperanza de ver alguna reacción de solidaridad, pero había vuelto al trabajo, acuclillado en el suelo, usando sus manos enguantadas para poner lo que parecía un botón negro en una bolsita de plástico.

Ballard dio la espalda a Olivas y se dirigió a la salida, con las mejillas ardiendo de humillación.

5

Jenkins todavía estaba en el edificio de al lado con los testigos. Cuando Ballard se le acercó, levantó las manos, con los dedos separados como si estuviera tratando de empujar a los testigos hacia atrás. Uno de los clientes de la discoteca tenía un tono agudo de frustración en la voz.

—Mire, tengo que trabajar por la mañana —dijo—. No puedo quedarme aquí sentado toda la noche, y menos cuando no vi nada de nada.

—Lo entiendo, señor —empezó Jenkins, también con su voz un tono o dos por encima de su habitual tono mesurado—. Les tomaremos declaración a todos lo antes posible. Hay cinco personas muertas. Piense en eso.

El hombre frustrado hizo un gesto de desdén con la mano y volvió a un banco. Otro maldijo y gritó:

—¡No nos puede retener aquí!

Jenkins no respondió, pero la verdad, técnicamente hablando, era que podían retener a todos los clientes de la discoteca hasta que los investigadores determinaran quiénes eran testigos potenciales y quiénes podrían ser sospechosos. Era un argumento endeble, porque el sentido común dictaba que ninguna de esas personas era sospechosa, pero no dejaba de ser válido.

—¿Estás bien? —preguntó Ballard.

Jenkins se volvió como si pensara que estaban a punto de saltarle encima, pero entonces vio que se trataba de su compañera.

—No mucho —dijo—. No los culpo. Van a pasar una noche larga. Van a enviar un furgón de la cárcel para ellos. Espera a que vean los barrotes en las ventanas, se van a volver locos.

—Me alegro de no estar aquí para verlo.

—¿Adónde vas?

Ballard levantó la bolsa de pruebas que contenía las pertenencias de Cynthia Haddel.

—Tengo que pasarme por el hospital. Han encontrado más cosas suyas. Volveré en veinte minutos, haremos la notificación y ya solo nos quedará el papeleo.

—La notificación será coser y cantar comparado con tratar con estos animales. Creo que la mitad están en pleno bajón. Va a ponerse más feo cuando estén todos en el centro.

—No es nuestro problema. Volveré.

Ballard no le había dicho a su compañero la verdadera razón por la que iba a regresar al hospital porque sabía que él no aprobaría su verdadero plan. Se volvió para dirigirse al coche, pero Jenkins la detuvo.

—Eh, compañera.

—¿Qué?

—Ya puedes quitarte los guantes.

Jenkins se había fijado en que todavía tenía los guantes de la escena del crimen. Ballard levantó una mano como si se fijara en los guantes por primera vez.

—Sí —dijo ella—. En cuanto vea una papelera.

En el coche, Ballard se dejó los guantes puestos mientras guardaba las pertenencias de Cynthia Haddel en la misma caja de cartón que contenía su delantal de propinas. Pero primero sacó el teléfono móvil de Haddel y se lo metió en el bolsillo.

Tardaría diez minutos en volver al Hollywood Presbyterian. Estaba contando con que el tiroteo y las múltiples víctimas del Dancers habrían frenado las operaciones de la Oficina del Forense y que el cuerpo de Haddel todavía estaría esperando a que lo recogieran.

Lo confirmó en cuanto volvió a Urgencias y la condujeron a una sala donde había dos cuerpos cubiertos que esperaban a ser transportados al forense. Pidió al celador que averiguara si el doctor que había intentado reanimar a Haddel estaba disponible.

Ballard se había dejado los guantes puestos. Levantó la sábana de uno de los cadáveres y vio el rostro de un hombre joven que se había consumido hasta pesar unos cuarenta y cinco kilos. Enseguida volvió a taparle la cara y se acercó a la otra camilla. Confirmó que era Haddel y fue a colocarse junto a la mano derecha de la víctima. Sacó el teléfono móvil y presionó la yema del pulgar derecho del cadáver en el botón de inicio de la pantalla.

El teléfono permaneció bloqueado. Ballard probó con el dedo índice y este tampoco abrió el teléfono. Rodeó la camilla y repitió el proceso con el pulgar izquierdo. Esta vez el teléfono se desbloqueó y consiguió acceso.

Ballard tuvo que quitarse uno de los guantes para manipular la pantalla. No le preocupaba dejar huellas dactilares porque el teléfono era una pertenencia, no una prueba, y seguramente nunca se analizaría en busca de huellas.

Como ella también tenía un iPhone, sabía que el teléfono se cerraría pronto si la pantalla no permanecía activa. Entró en la aplicación de GPS y revisó los destinos anteriores. Había una dirección de Pasadena. Ballard pulsó en ella y estableció una ruta hasta allí. Eso mantendría la pantalla activada aunque Ballard no hiciera caso de las indicaciones y fuera por su propio camino. El teléfono permanecería desbloqueado y ella tendría acceso a su contenido después de salir del hospital. Verificó el estado de la batería y vio que tenía un sesenta por ciento de carga, lo que le daría tiempo más que suficiente para revisar el iPhone. Silenció el móvil para no oír la aplicación de GPS corrigiéndola cuando no siguiera sus indicaciones para ir a Pasadena.

Estaba volviendo a tapar con la sábana el cadáver cuando la puerta se abrió y se asomó uno de los doctores de Urgencias.

—He oído que preguntaba por mí —dijo—. ¿Qué está haciendo aquí?

Ballard recordó su voz de cuando subió en el ascensor al quirófano.

—Necesitaba una huella dactilar —dijo Ballard, levantando el móvil como explicación adicional—. Pero quería preguntarle por otro caso. He visto que atendió a Gutiérrez, la víctima de agresión con fractura de cráneo. ¿Cómo está?

Ballard se esforzó por no usar ningún término que identificara el género. El médico no lo hizo. Se ciñó a la anatomía.

—Lo operamos y el paciente sigue en recuperación —explicó—. Estamos induciendo un coma y será cuestión de esperar. Cuanto antes se reduzca la inflamación, más oportunidades tendrá.

Ballard asintió.

—Vale, gracias —dijo—. Volveré a preguntar mañana. ¿Ha sacado algunas muestras para ver si hubo violación?

—Detective, nuestra prioridad era mantener a la víctima con vida —dijo el médico—. Todo eso puede hacerse después.

—La verdad es que no. Pero lo entiendo.

El médico estaba a punto de salir cuando Ballard señaló la otra camilla de la sala.

—¿Cuál es la historia aquí? —preguntó—. ¿Cáncer?

—Todo —dijo el médico—. Cáncer, VIH, fallo multiorgánico.

—¿Por qué va al centro?

—Es un suicidio. Se arrancó los tubos, desconectó las máquinas. Supongo que tienen que asegurarse.

—Claro.

—Tengo que irme.

El médico desapareció por la puerta y Ballard miró la otra camilla e imaginó al hombre utilizando sus últimos gramos de fuerza para arrancarse los tubos. Pensó que había algo heroico en eso.

En el coche, Ballard salió de la aplicación de GPS del móvil de Cynthia Haddel y abrió la lista de sus contactos favoritos. El primero se llamaba «Casa» y Ballard verificó el número. Empezaba por

209 y la detective supuso que sería el número de la casa donde Haddel había crecido, en Modesto. Había otros cuatro contactos favoritos, todos guardados solo con el nombre (Jill, Cara, Leon y John) y todos con prefijos de Los Ángeles. Ballard supuso que tendría suficiente para localizar a los padres de Haddel si el número marcado «Casa» no funcionaba.

A continuación, abrió la aplicación de mensajes de texto y echó un vistazo. Había dos comunicaciones recientes. Una era de Cara.

Cindy: ¿Sabes a quién le acaban de soltar uno de 50 en una ronda de martinis?
Cara: Di que sí.

Haddel había respondido con un *emoji* que mostraba una cara feliz. La conversación anterior empezaba con una pregunta de alguien que no estaba en su lista de favoritos.

DP: ¿Estás servida?
Cindy: Creo que voy bien. Puede que mañana.
DP: Ya me dirás.

No había mensajes previos, lo cual indicaba que o bien se trataba de alguien que acababa de conocer, o Haddel había borrado las conversaciones anteriores. Había varias conversaciones de texto más en la aplicación, pero ninguna de ellas había estado activa durante las horas transcurridas desde que la camarera había ido a trabajar. Ballard supuso que Cara era seguramente una de sus mejores amigas y DP, su camello. Pasó al archivo de correo y descubrió que los mensajes de entrada eran sobre todo notificaciones genéricas y correo basura. Al parecer Haddel no utilizaba mucho el correo electrónico. Su perfil de Twitter era lo esperado. Seguía a varios artistas, sobre todo del mundillo de la música; la cuenta del Dancers; el hilo de la comisaría de Hollywood del Departamento de Policía de Los

Ángeles en relación con alertas de crímenes, y al ex candidato presidencial Bernie Sanders.

La última aplicación que abrió Ballard fue el archivo de fotos de su teléfono. Decía que había 662 fotos. Ballard pasó las más recientes y vio muchas fotos de Haddel en actividades con amigos, en el gimnasio, en la playa y con actores y miembros del rodaje en escenas donde había encontrado trabajo como actriz.

El teléfono de Ballard sonó y apareció en la pantalla una foto de Jenkins. Respondió la llamada con una pregunta.

—¿Ha llegado el bus?

—Acaba de irse. Sácame de aquí.

—Voy para allá.

Ballard volvió a la pantalla con la ruta del GPS a Pasadena para que el teléfono siguiera activo mientras regresaba al Dancers. Después de recoger a Jenkins, se dirigieron al domicilio de La Brea que aparecía en el carné de conducir de Cynthia Haddel. El primer paso del proceso de una notificación consistía en ir al domicilio de la víctima para comprobar si había un cónyuge u otro pariente que compartiera la casa.

La dirección correspondía a un bloque de apartamentos de construcción reciente media manzana al norte de Melrose, en una zona de tiendas y restaurantes populares entre la juventud. En la planta baja había restaurantes de *ramen* y pizzerías donde podías elegir tus ingredientes, y la entrada al edificio estaba en medio.

El carné de Haddel decía que su apartamento era el 4B. Ballard usó una de las llaves del aro sacado de la taquilla para conseguir acceso al vestíbulo de ascensores a través de una puerta de seguridad. Ella y Jenkins subieron al cuarto y encontraron el 4B al final del pasillo que conducía a la parte posterior del edificio.

Ballard llamó dos veces, pero no respondió nadie. Eso no significaba que no hubiera ningún otro ocupante. Ballard sabía por experiencia que podría haber alguien durmiendo dentro. Usó la segunda llave para abrir la puerta. La ley exigía una orden de registro, pero ambos detectives sabían que podían alegar circunstancias excepcionales si después surgía un problema. Tenían cinco personas muertas y ni sospechosos ni móvil. Necesitaban comprobar la seguridad de posibles compañeros de piso de su víctima, por colateral que pudiera ser ella para el caso.

—Policía, ¿hay alguien en casa? —dijo Ballard en voz alta mientras entraba.

—¡Policía! —añadió Jenkins—. Vamos a entrar.

Ballard mantuvo una mano en la cartuchera de su cadera al entrar, pero no sacó el arma. Había una única luz encendida en el salón, al que se accedía desde un pequeño recibidor. Ballard examinó una cocina a la derecha y continuó hacia otro pasillo que conducía a la parte de atrás del apartamento, donde había un cuarto de baño y un dormitorio pequeño. Las puertas de esas habitaciones estaban abiertas y Ballard enseguida encendió las luces y las examinó.

—Despejado —dijo en voz alta al confirmar que no había otros ocupantes.

Retrocedió hasta el salón, donde Jenkins estaba esperando.

—Parece que vivía sola —dijo Ballard.

—Sí —convino Jenkins—. No nos ayuda nada.

Ballard empezó a mirar a su alrededor, prestando atención a detalles personales del pequeño apartamento: chismes, fotos en estantes, una pila de facturas en la mesita de café...

—Un apartamento bonito para una camarera de cócteles —observó Jenkins—. El edificio tiene menos de un año.

—Pasaba droga en la discoteca —dijo Ballard—. Encontré su alijo en la taquilla. Puede que haya más aquí.

—Eso explica mucho.

—Lo siento, olvidé contártelo.

Ballard entró en la cocina y vio varias fotos en la nevera. La mayoría de ellas eran como las del móvil de Cynthia: salidas con amigos. Varias de ellas eran de un viaje a Hawái que mostraba a Haddel haciendo surf en una tabla de iniciación y cabalgando en un sendero a través del cráter de un volcán. Ballard reconoció la silueta del Haleakalā en el fondo y supo que era Maui. Ella había pasado su infancia en la isla y la silueta del volcán en el horizonte había formado parte de su existencia cotidiana. Lo conocía como la gente de Los Ángeles conocía la línea tortuosa del cartel de Hollywood.

En una foto que quedaba parcialmente tapada por nuevas adiciones a la nevera, Ballard vio a una mujer de unos cincuenta años que exhibía la misma mandíbula que Haddel. La sacó con cuidado y descubrió que mostraba a Cynthia Haddel entre un hombre y una mujer en una mesa de Acción de Gracias, con un pavo asado ocupando un lugar preeminente. Era con toda probabilidad una foto de Haddel y sus padres, las líneas hereditarias claras en ambos rostros.

Jenkins entró en la cocina y miró la foto que sostenía Ballard.

—¿Quieres hacerlo ahora? —preguntó—. ¿Terminamos con esto?

—Podría —dijo.

—¿Cómo quieres hacerlo?

—Simplemente lo haré.

Jenkins se estaba refiriendo a la decisión que debían tomar. Era duro enterarse por una llamada telefónica de que un ser querido había sido asesinado. Ballard podía ponerse en contacto con el Departamento de Policía de Modesto y pedirles que hicieran la notificación en persona. Sin embargo, si lo hacía así quedaría fuera del proceso y perdería la oportunidad de conseguir información de primera mano sobre la víctima y cualquier posible sospechoso. Más de una vez en su carrera habían surgido pistas viables para la investigación en el momento de notificar la muerte al pariente más próximo. Eso parecía improbable con Cynthia Haddel, porque seguramente no era la causa principal del tiroteo masivo. Como había dicho Olivas, era una víctima colateral, una participante periférica en lo ocurrido. Así pues, la pregunta de Jenkins era válida. De todos modos, Ballard sabía que se sentiría culpable después si no hacía la llamada.

Sentiría que había esquivado una responsabilidad sagrada de todo detective de homicidios.

Sacó el teléfono de Haddel. El GPS había mantenido la pantalla activa. Abrió la lista de contactos para conseguir el número de la casa de sus padres y llamó desde su propio teléfono. Sonó hasta que un mensaje de saludo en el buzón de voz confirmó que se trataba de la casa familiar de los Haddel. Ballard dejó un mensaje identificándose y pidiendo que la llamaran a su número de móvil diciendo que era urgente.

No era inusual que la gente no respondiera a un número bloqueado en plena noche, pero Ballard esperaba recibir en breve una llamada de respuesta. Se acercó a la nevera y miró otra vez las fotos mientras aguardaba. Pensó en Cynthia pasando su infancia en Modesto y luego trasladándose a la gran ciudad del sur, donde los papeles con desnudos parciales eran aceptables y vender droga a gente de la escena de Hollywood complementaba sus ingresos.

Trascurrieron cinco minutos sin ninguna llamada de respuesta. Jenkins estaba paseando, y Ballard supo que quería seguir en movimiento.

—¿Llamamos a la policía de Modesto? —preguntó él.

—No, eso podría llevarnos toda la noche —dijo Ballard.

Entonces empezó a sonar un teléfono, pero no era el de Ballard. El teléfono de Cynthia mostraba una llamada entrante de «Casa». Ballard supuso que sus padres habían recibido el mensaje que ella acababa de dejar y habían optado por llamar primero a su hija para ver si estaba bien.

—Son ellos —le dijo a Jenkins.

Respondió la llamada.

—Soy la detective Ballard del Departamento de Policía de Los Ángeles. ¿Con quién hablo?

—No, he llamado a Cindy. ¿Qué está pasando?

Era la voz de una mujer, que ya estaba ahogada en desesperación y miedo.

—¿Señora Haddel?

—Sí, ¿quién es? ¿Dónde está Cindy?

—Señora Haddel, ¿su marido está con usted?

—Solo dígame, ¿está bien?

Ballard miró a Jenkins. Odiaba eso.

—Señora Haddel —dijo—, lamento mucho decirle que han matado a su hija en un tiroteo en la discoteca donde ella trabajaba en Los Ángeles.

Se oyó un grito desgarrador al otro lado de la línea, seguido por otro, y luego el ruido del teléfono resonando en el suelo.

—¿Señora Haddel?

Ballard se volvió hacia Jenkins y tapó el teléfono.

—Llama a Modesto, a ver si pueden enviar a alguien —dijo.

—¿Adónde? —preguntó Jenkins.

Entonces Ballard lo entendió. No tenían una dirección que acompañara el número de teléfono. Podía oír los gemidos y llantos al otro lado de la línea, pero lejos del teléfono, que aparentemente seguía en el suelo en algún lugar de Modesto.

De repente sonó una voz masculina en la línea.

—¿Quién es?

—¿Señor Haddel? Soy detective del Departamento de Policía de Los Ángeles. ¿Su esposa está bien?

—No, no está bien. ¿Qué está pasando? ¿Por qué tiene el teléfono de mi hija? ¿Qué ocurre?

—Le han disparado, señor Haddel. Lamento mucho hacer esto por teléfono. Cynthia ha recibido un disparo y ha muerto en la discoteca donde trabajaba. Llamo para...

—Oh, Dios... Dios mío. ¿Es alguna broma? No le haga esto a la gente, ¿me oye?

—No es una broma, señor. Lo lamento mucho. Su hija recibió un balazo cuando alguien empezó a disparar un arma en la discoteca. Resistió. La llevaron al hospital, pero no pudieron salvarla. Le acompaño en el sentimiento.

El padre no respondió. Ballard oía a la madre llorando ruidosamente y sabía que el marido había ido a acercarse a su mujer mientras todavía sujetaba el teléfono. Los dos estaban juntos. Ballard miró la foto que tenía en la mano e imaginó a la pareja abrazándose mientras afrontaban la peor noticia del mundo. Trató de decidir hasta dónde podía forzar las cosas en ese momento, si podía entrometerse en el dolor de esos padres con preguntas que podrían resultar insignificantes en lo referente a la investigación.

Y entonces:

—Todo esto es por el desgraciado de su novio —dijo el padre—. Es él quien debería estar muerto. Él la puso a trabajar allí.

Ballard tomó una decisión.

—Señor Haddel, necesito hacerle unas preguntas —dijo—. Podría ser importante para el caso.

6

De regreso en la comisaría de Hollywood, se repartieron la redacción de los informes. Jenkins se ocupó del atraco a la señora Lantana con el que habían comenzado el turno y Ballard accedió a ocuparse del papeleo correspondiente a Ramona Ramone y Cynthia Haddel. Era una división desigual, pero garantizaba que Jenkins se iría al amanecer y estaría en casa cuando su mujer se levantara.

Todavía lo llamaban papeleo, pero se hacía todo en ordenador. Ballard primero se puso a trabajar con Haddel para asegurarse de que tendría los informes antes de que Olivas pudiera pedirlos. También tenía planes para demorar el caso Ramone. Quería quedárselo, y cuanto más tiempo tardara en hacer los atestados, más oportunidades tendría de conseguirlo.

Los dos compañeros no contaban con mesas asignadas en la sala de detectives, pero cada uno tenía un lugar favorito donde trabajar en el enorme espacio que por lo general quedaba abandonado por la noche. Sus preferencias venían dictadas sobre todo por la comodidad de la silla y el nivel de obsolescencia del terminal de ordenador. Ballard prefería una mesa de la Unidad de Robos de Casas y Coches, mientras que Jenkins se situaba al otro extremo de la sala, en la Unidad de Delitos contra Personas. Uno de los detectives del turno de día se había traído su propia silla de la tienda Relax the Back y a Jenkins le encantaba. Estaba unida por un largo cable antirrobo de bicicleta a la mesa del módulo de DcP, y eso anclaba a Jenkins al sitio.

Ballard escribía deprisa. Tenía una licenciatura en Periodismo por la Universidad de Hawái y, aunque no había durado mucho como periodista, la formación y la experiencia le habían dado aptitudes que resultaban de gran ayuda en ese aspecto del trabajo policial. Reaccionaba bien a la presión de una hora límite de entrega y podía conceptualizar con claridad sus atestados de crímenes y sumarios de casos antes de escribirlos. Utilizaba frases cortas, concisas, que daban impulso a la narrativa de la investigación. Esta aptitud también arrojaba dividendos cuando Ballard era llamada a testificar sobre sus investigaciones en un tribunal. Caía bien a los miembros del jurado porque era una buena narradora.

Fue en la sala de un tribunal donde la orientación profesional de Ballard cambió de manera drástica quince años antes. Su primer trabajo al salir de la Universidad de Hawái la había convertido en integrante de un grupo de periodistas de sucesos del *Los Angeles Times*. Fue asignada a una oficina minúscula en el tribunal de Van Nuys, desde donde cubría investigaciones criminales y se ocupaba de las seis divisiones del Departamento de Policía de Los Ángeles que abarcaban la zona norte de la ciudad. Un caso en particular había captado su atención: el asesinato de una fugada de catorce años a la que una noche raptaron en la playa de Venice. Se la llevaron a un narcopiso en Van Nuys, donde fue repetidamente violada durante varios días y finalmente estrangulada y abandonada en el contenedor de escombros de una obra.

La policía investigó y llevó a dos hombres a juicio por el asesinato. Ballard cubrió la vista preliminar del caso contra los acusados. El detective al mando testificó sobre la investigación y al hacerlo narró las numerosas torturas e indignidades que la víctima había tenido que padecer antes de su muerte. El detective se echó a llorar en el estrado. No era teatro. No había jurado, solo un juez que tenía que decidir si el caso iría a juicio. Aun así, el detective lloró, y en ese momento Ballard se dio cuenta de que ya no quería limitarse a escribir sobre crímenes e investigaciones. Quería ser detective.

Eran las 4:28 cuando Ballard empezó a escribir. Aunque Cynthia Haddel tendría que ser identificada formalmente por la Oficina del Forense, había pocas dudas respecto a quién era la víctima. Ballard escribió su nombre en el atestado y citó su dirección de La Brea. Primero escribió el informe de la muerte, que citaba a Haddel como víctima de un homicidio por herida de bala e incluía los detalles básicos del crimen. Luego escribió una cronología, un relato paso a paso de los movimientos que ella y Jenkins habían efectuado desde que recibieron la llamada del teniente Munroe cuando estaban en el Hollywood Presbyterian.

Después de completar la cronología, Ballard la usó como guía para su Declaración de Agente, que era un resumen más detallado de adónde los había llevado el caso a Jenkins y a ella esa noche. A continuación pasó a documentar y archivar las pertenencias que había recogido en el hospital y en la taquilla de empleados del Dancers.

Antes de empezar el proceso, contó cuántos objetos individuales registraría y luego llamó al laboratorio de criminalística y habló con el agente de guardia, Winchester.

—¿Han empezado a registrar pruebas de las cuatro víctimas del Dancers? —preguntó Ballard—. Necesito un número DR.

Cada elemento de pruebas requería su propio número de la División de Registros.

—Ese sitio es un desastre —dijo Winchester—. Siguen en la escena y probablemente estarán recogiendo pruebas toda la noche y durante el día. No espero que empiecen a registrar nada hasta mediodía. Son cinco ahora, por cierto. Cinco víctimas.

—Lo sé. Vale, conseguiré mis propios números. Gracias, Winchester.

Se levantó y se acercó a Jenkins.

—Voy a buscar DR. ¿Necesitas alguno?

—Sí, consígueme uno.

—Ahora vuelvo.

Ballard tomó el pasillo trasero hasta la sala de custodia. Sabía que no habría ningún administrativo de guardia. Nunca había nadie a esa hora. La sala de custodia quedaba tan vacía como la oficina de detectives por la noche, pero había un libro de la División de Registros en el mostrador que contenía una lista actualizada de números DR para archivar pertenencias y pruebas. Todo iba a la DCF —División de Ciencias Forenses— para su análisis como potenciales pruebas. Como el laboratorio no podía proporcionar una secuencia de números para los casos de Robos y Homicidios, las pertenencias que Ballard y Jenkins habían recogido en sus casos serían archivadas con números de la División de Hollywood y enviadas a la DCF para su clasificación.

Ballard cogió un bloc de notas de la mesa y escribió un número del libro de registros para Jenkins y luego un número secuencial de siete cifras para ella. Todos los números empezaban con el año y 06 para la División de Hollywood. Mientras volvía caminando por el pasillo vacío a la oficina de detectives, Ballard oyó un eco repentino de risas procedente del centro de control, que estaba en la dirección opuesta. Entre las carcajadas identificó la risa contagiosa del teniente Munroe y sonrió para sus adentros. Los policías no eran gente sin humor. Hasta en las profundidades del último turno en una noche de inmensa violencia podían encontrar algo de lo que reírse.

Ballard le dio a Jenkins su número DR, pero no se molestó en preguntarle por dónde iba. Vio que estaba escribiendo con dos dedos y todavía en el informe del incidente. Era lento hasta la exasperación. Ballard normalmente se ofrecía voluntaria para ocuparse de todo el papeleo y así no tener que esperar a que él terminara.

De nuevo en su escritorio prestado, Ballard se puso guantes y empezó a trabajar. Tardó treinta minutos en procesarlo todo. Eso incluía el contenido de la taquilla, la llave que llevaba la víctima en torno al cuello y el dinero contenido en la cartera y el delantal de propinas. Todo tenía que contarse y documentarse. Por su propia protección, Ballard llamó a Jenkins para que pudiera ser testigo de la cuenta del dinero y sacó fotos con el móvil de cada bolsa de pruebas después de sellarlas.

Se llevó todas las bolsas de plástico y las colocó en una gran bolsa de papel marrón que marcó con el número DR y precintó con cinta de pruebas roja. Luego se dirigió otra vez por el pasillo a la sala de custodia y colocó la bolsa en uno de los archivadores, donde permanecería hasta que alguien que trabajara en el caso en RyH la recogiera o hasta que la enviaran por correo interno al laboratorio para el análisis forense.

Al regresar a la sala de brigada, Ballard vio que el reloj que estaba encima de las pantallas de televisión marcaba las 6:11. Su turno terminaba a las siete, y las horas extra eran una posibilidad remota, porque estaban a mitad del período que cubría el presupuesto mensual y el dinero destinado a ellas probablemente ya se había agotado. De todos modos, no quería hacer horas extra. Solo quería demorar el caso Ramona Ramone hasta su siguiente turno.

Sobre el caso Dancers, todavía tenía que escribir informes referentes a sus entrevistas con los padres y las compañeras de trabajo de Haddel. Sabía que eso la ocuparía lo que quedaba de turno. Se acomodó otra vez ante el ordenador, abrió un archivo nuevo en la pantalla, y estaba a punto de empezar el resumen de su conversación con Nelson Haddel cuando sonó su móvil y vio que era el teniente Munroe.

—Teniente.

—Ballard, ¿dónde estás?

—En Detectives. Rellenando papeles. He oído risas hace un rato.

—Ah, sí, tenemos un despelote montado aquí. Necesito que tomes una declaración.

—¿De quién? Estoy a medias con esto y todavía no he empezado con el asalto.

—Acaba de llegar un tipo que dice que estaba en el Dancers cuando empezaron los disparos. Dice que tiene fotos.

—¿Está seguro? No dejan hacer fotos.

—Hizo un par de selfis a escondidas.

—¿Se ve algo?

—Son fotos oscuras, pero tiene algo. Parece el destello de un cañón. Tal vez puedan mejorarlo en el laboratorio. Por eso necesito que te ocupes de este tipo y veas lo que tiene y lo que sabe. Está sentado en el vestíbulo. Píllalo antes de que decida que no quiere esperar más.

—Voy para allá. Pero, eh, teniente, me voy en una hora. ¿Va a firmar verdes esta noche? Todavía no he empezado con el asalto y ahora tengo que ocuparme de este testigo. —Se estaba refiriendo al justificante verde que un supervisor de turno tenía que firmar para autorizar las horas extra.

—Te daré una hora, nada más —dijo Munroe—. No puedo hacer saltar la banca en una noche. Eso debería darte tiempo suficiente para hablar con este tipo y terminar el papeleo del Dancers. El asalto puedes dejarlo para mañana, siempre y cuando la víctima no la palme. No puedo parar un homicidio.

—La última vez que pregunté, había salido de cirugía.

—Vale, entonces ven a sacarme a este tipo de encima.

—Recibido.

Ballard colgó. Estaba contenta de no tener que entregar el caso de Ramona Ramone a la Unidad de Delitos contra Personas al final del turno. Eso era más importante para ella que la hora extra. De camino al vestíbulo principal, pasó junto a la mesa de Jenkins y vio que continuaba escribiendo con dos dedos. Le contó lo del testigo y añadió que habían conseguido permiso para una extra si la quería. Dijo: «No, gracias». Tenía que irse a casa.

7

El testigo era un discotequero de veintitrés años llamado Zander Speights. Ballard lo llevó a la oficina de detectives y lo hizo pasar a una pequeña sala de interrogatorios. Era un hombre de constitución delgada que llevaba una sudadera azul oscura y pantalones de chándal. Mantuvo las manos en los bolsillos de la sudadera hasta cuando se sentó.

—¿Zander es su verdadero nombre? —empezó Ballard.

—Abreviatura de Alexander —explicó Speights—. Prefiero Zander.

—Muy bien. ¿Cómo se gana la vida, Zander?

—Oh, un poco de esto y un poco de aquello. Ahora vendo zapatos.

—¿Dónde?

—En Melrose. En una tienda que se llama Slick Kicks.

Ballard no estaba tomando notas. Cuando entraron en la sala, ajustó el termostato, que en realidad encendía los dispositivos de grabación de imagen y sonido.

—Entonces, ¿estaba en el Dancers esta noche cuando empezaron los disparos? —preguntó.

—Exacto —dijo Speights—. He estado allí.

—¿Estaba solo?

—No, con mi colega Metro.

—¿Cuál es el verdadero nombre de Metro?

—No estoy seguro. Yo solo lo conozco como Metro.

—¿Dónde lo conoció?

—Trabaja en Kicks. Lo verá allí.

—Entonces, ¿cuándo llegó al Dancers?

—Alrededor de medianoche.

—¿Y vio que disparaban?

—No, ocurrió como detrás de mí. A dos reservados de distancia, yo estaba de espaldas. Pero justo cuando empezó me estaba haciendo un selfi y capté el primer disparo. Es una locura.

—Muéstremelo.

Speights sacó el iPhone del bolsillo de la sudadera y abrió el archivo de fotos.

—Saqué tres fotos Live —dijo—. Puede pasarlas.

Speights dejó el teléfono en la mesa entre ellos y lo deslizó hacia Ballard. La detective miró la foto de la pantalla. Delante y en el centro estaba el propio Speights, pero sobre su hombro derecho se distinguían las siluetas oscuras de los otros reservados llenos. Nadie resultaba identificable. Le tocaría a la Unidad de Vídeo del laboratorio tratar de mejorar las imágenes.

—Siga pasando —le instó Speights—. Tengo el disparo.

La segunda foto que pasó Ballard era similar a la primera, pero la tercera suscitó su interés. La cámara había captado un resplandor de luz en el segundo reservado por encima del hombro de Speights. De hecho, había tomado la foto justo cuando el asesino estaba empezando a disparar. Captó el destello del cañón. Como la cámara del teléfono tenía la aplicación Live Photos, captaba un segundo de acción que conducía al fotograma real congelado. Ballard tocó varias veces la pantalla para reproducir la secuencia y vio que en ese único segundo se apreciaba el brazo del asesino levantando el arma y luego disparando.

Con dos dedos, Ballard amplió la foto y centró la imagen en el resplandor de luz. Era muy borrosa, pero se veía que quien disparaba se encontraba de espaldas a la cámara. Ballard vio las líneas poco nítidas de la nuca y el hombro derecho. Tenía el brazo derecho levantado, empuñando el arma y apuntando al otro lado del reservado, al hombre que momentos después se derrumbaría a su izquierda y quedaría con la cabeza colgando hacia el exterior. El rostro de la víctima aparecía desenfocado en el instante en que se encogía ante la visión del arma.

—Apuesto a que puede mejorar eso —dijo Speights—. ¿Hay una recompensa o algo?

Ballard miró por encima del teléfono a Speights cuando sus motivos para presentarse en comisaría quedaron claros.

—¿Una recompensa? —preguntó.

—Sí, bueno, por ayudar a resolver el caso —dijo Speights.

—No sé nada de una recompensa.

—Pues debería haberla. Estuve en peligro.

—Nos ocuparemos de eso después. Cuénteme qué pasó cuando empezaron los disparos. ¿Qué hizo?

—Metro y yo nos metimos debajo de la mesa y nos escondimos —explicó Speights—. Entonces el asesino pasó corriendo al lado de nuestra mesa y disparó a más gente. Esperamos hasta que se fue y nos largamos de allí.

Ballard envió la foto que mostraba el destello del cañón a su propio teléfono.

—Señor Speights, ¿sabe dónde vive Metro? —preguntó.

—No, no lo sé —dijo Speights—. Era la primera vez que salíamos y cada uno vino en su coche.

—Vale, lo encontraremos a través de Slick Kicks si hace falta.

—Estará allí.

—Y lo siento, pero vamos a tener que quedarnos su teléfono un tiempo.

—Venga, joder, acaba de enviarse la foto, ¿no? Ya tiene la foto.

Speights señaló su propio teléfono.

—Lo entiendo —dijo Ballard—, pero este teléfono tiene Live Photos y el laboratorio podría querer sacar instantáneas de cada momento que captó la cámara. Parece que la pistola se ve con más claridad antes del retroceso del disparo. Podría ser muy útil, y creo que querrán la cámara con la que se tomó, no solo una copia de la foto. Necesitan examinar su teléfono.

—Joder. ¿Cuánto tiempo?

—No estoy segura, pero espero que solo unos días.

Ballard sabía que era mentira. Probablemente, Speights nunca recuperaría el teléfono, porque se conservaría como prueba. Pero decidió dejar que eso se lo explicara alguien de RyH.

—¿Y qué teléfono uso mientras tanto? —preguntó Speights.

—Puede conseguir que le presten uno o comprar uno de prepago —propuso Ballard.

—Joder.

—Quiero que se quede aquí mientras le imprimo un recibo de propiedad.

—Maldita sea. Será mejor que haya una recompensa o algo.

Ballard se levantó.

—Me enteraré de eso. Y volveré en cuanto imprima el recibo.

Ballard salió con el teléfono y se acercó a Jenkins, que todavía estaba escribiendo.

Levantó el teléfono delante de él y tocó la foto, poniendo en movimiento el vídeo de un segundo.

—Madre mía —dijo Jenkins.

—Sí —dijo Ballard—. Una posibilidad entre un millón.

—¿Puedes ver a alguien?

—No, el que dispara está de espaldas a la cámara. Pero creo que el laboratorio podría conseguir identificar la pistola.

—Bien. ¿Se lo dices a Olivas?

—Ya voy.

De vuelta a su mesa de trabajo, Ballard se dio cuenta de que había dejado la radio en el coche y no tenía un teléfono de contacto del teniente Olivas. El número desde el que la había llamado antes estaba bloqueado. Podía enviarle un correo, pero eso no era apropiado. Al abrir el teléfono, pasó su lista de contactos hasta que llegó al nombre de Ken Chastain. Había conservado su número, incluso después de que hubiera traicionado su relación de compañeros y a ella la hubieran transferido fuera de RyH. Le envió un mensaje de texto.

Dile a Olivas que ha venido un testigo a la 6. Estaba en el reservado de al lado. Tiene foto de móvil del disparo. El laboratorio podría mejorarla.

Después de enviar el mensaje, imprimió un recibo de propiedad para Speights. Fue a recogerlo a la impresora y se pasó por la sala de descanso para prepararse un café. Se permitía una taza por noche y era el momento. Le daría el impulso suficiente para terminar el turno y para remar luego en la bahía durante una hora. Después de eso, se iría a dormir y a recuperarse. Por el camino llamó a través de la sala a Jenkins, pero este pasó de la cafeína.

Ballard estaba en la sala de descanso poniendo una cápsula de café en la cafetera cuando sonó su teléfono con un mensaje de respuesta de Chastain.

¿Quién es?

Chastain ni siquiera había conservado su número de teléfono. Ella respondió con su antigua designación de radio de RyH —King65— y también reenvió la foto del destello del cañón. Si Chastain tenía un iPhone de los nuevos, podría ver la imagen de un segundo de vídeo y darse cuenta de su valor.

Cuando volvió a su mesa, su teléfono estaba recibiendo la llamada de un número desconocido. Esperaba que fuera Chastain, pero era Olivas.

—Detective, ¿todavía tienes al testigo ahí?

—Sí, está en una sala de interrogatorios. Probablemente preguntándose dónde he estado durante veinte minutos.

—Retenlo. Chastain está en camino y llegará en cinco minutos. ¿Tiene más fotos?

—No como la que le he enviado a Chastain.

—¿Y tienes el teléfono?

—Está en mi mesa y estoy a punto de firmarle un recibo al tipo.

—Bien. Chastain también se llevará el teléfono.

—Entendido.

—¿Has entregado tus informes, detective?

—Estoy a punto. He archivado las pertenencias de la víctima aquí y me falta terminar un par de resúmenes de entrevistas.

—Termina y preséntalo, detective.

Una vez más, Olivas desconectó antes de que ella pudiera responder. Levantó la mirada y vio que Jenkins había dado un paseo.

—¿Qué está pasando?

—Chastain va a venir a por el teléfono y el testigo. Seguimos fuera del caso.

—Bien. Casi he terminado con el robo. —Jenkins empezó a volver a su rincón de la sala.

—¿Nunca quieres investigar un caso hasta el final? —preguntó Ballard.

Jenkins no se volvió.

—Ya no —dijo, y continuó caminando.

Ballard oyó entonces un golpe en la puerta de la sala de interrogatorios. Zander Speights acababa de descubrir que estaba encerrado. Ballard fue a la sala con el recibo y abrió la puerta.

—¿Qué cojones? ¿Me ha encerrado aquí como a un detenido?

—No está detenido, señor Speights. Es protocolo del Departamento. No podemos dejar que haya ciudadanos sueltos en comisaría.

—Bueno, ¿qué está pasando? ¿Dónde está mi teléfono?

—Tengo su teléfono y otro detective va a venir a hablar con usted. Es su caso y cree que podría ser un testigo importante. De hecho, debería hablar con él sobre la recompensa. Estoy segura de que puede ayudarle con eso.

—¿De verdad?

—Sí, de verdad. Así que necesito que vuelva a sentarse y se calme. Aquí está el recibo de su teléfono. Necesito que firme una copia y se guarde la otra. El detective Chastain llegará en unos minutos.

Ballard le señaló su asiento en la mesa y él empezó a retroceder desde la puerta. Se sentó y firmó el recibo con un bolígrafo que le entregó Ballard. Ella firmó la copia y se retiró después de cerrar la puerta con llave otra vez.

Chastain llegó al cabo de cinco minutos. Entró desde el pasillo trasero y fue directamente a la mesa de trabajo que ocupaba Ballard.

—¿Dónde está mi testigo?

—Sala dos. Se llama Zander Speights. Y aquí está el teléfono.

Ya lo había metido en una bolsa de pruebas transparente. La levantó y Chastain la cogió.

—Vale, voy a ocuparme.

—Buena suerte.

Chastain se volvió y se dirigió a la sala de interrogatorios. Ballard lo detuvo.

—Ah, también he archivado las pertenencias de la camarera, si las quieres —dijo—. Cuando hablé con los padres hace un rato, el padre dijo que su novio era un camello. La obligaba a vender en la discoteca.

Chastain asintió.

—Interesante, pero probablemente no relacionado.

—No lo creo —dijo Ballard—. Pero el material está en custodia. Si no lo coges, lo enviarán con la próxima recogida de material.

Chastain hizo otro giro de ciento ochenta grados y se dirigió a la sala de interrogatorios, pero entonces volvió a caminar hacia ella.

—¿Cómo está *Lola*?

—Está bien.

—Bien.

Luego nada. Pero Chastain no se movió. Ballard finalmente lo miró.

—¿Algo más? —preguntó.

—Ah, sí —dijo él—. ¿Sabes, Renée?, siento mucho todo lo que pasó.

Ballard lo miró un momento antes de responder.

—¿Has necesitado dos años para decir esto? —dijo por fin.

Chastain se encogió de hombros.

—Supongo que sí.

—Estás olvidando por completo algo que me dijiste entonces.

—¿De qué estás hablando?

—Estoy hablando de cuando me dijiste que retirara la denuncia. De que me dijiste que Olivas estaba pasando por un divorcio problemático, que perdería la mitad de su pensión y que no estaba actuando bien y toda esa mierda, como si eso justificara lo que hizo.

—No entiendo qué tiene que ver con...

—Ni siquiera conservaste mi número en tu teléfono, Kenny. Te lavaste las manos en todo lo referente a ese asunto. No lamentas nada. Porque viste una oportunidad y la aprovechaste. Tuviste que ponerme a los pies de los caballos, pero no lo dudaste.

—No, te equivocas.

—Tengo razón. Si acaso, te sientes culpable, pero no lo lamentas. —Ballard se levantó detrás de su mesa para ponerse a la misma altura que él—. ¿Por qué demonios pensé que harías lo correcto y respaldarías a tu compañera? —dijo Ballard—. Fui una estúpida al confiar en ti, y aquí estoy. Pero ¿sabes qué? Prefiero trabajar en la sesión nocturna con Jenkins que contigo en RyH. Al menos sé qué esperar de él.

Chastain la miró un momento, ruborizándose. Ballard recordó que era fácil saber cuándo alguien lo enfadaba. Y lo había enfadado. Después vino la sonrisa torpe y el pasarse el dorso de la mano por la boca. Había acertado el triple combo.

—Muy bien —dijo él por fin—. Gracias por el testigo. —Se volvió hacia la sala de interrogatorios.

—De nada —dijo en voz alta Ballard tras él.

Cogió la taza de café vacía de la mesa y se dirigió hacia la salida de la sala de brigada. No quería estar cerca de Chastain.

8

La hora extra que había trabajado retrasó a Ballard hasta el tráfico intenso de la mañana en dirección oeste hacia las playas. El ejército de empleados del sector servicios avanzaba desde el lado este hasta sus trabajos de salario mínimo o inferior al mínimo en hoteles, restaurantes y barrios donde no podían permitirse vivir. Ballard tardó casi una hora en llegar a Venice. Su primera parada fue para recoger a *Lola* de su cuidadora nocturna para desde ahí dirigirse a la playa.

Lo único bueno de la caravana era que la niebla marina ya se estaba disipando cuando llegó a la arena, y Ballard vio que el agua de la bahía lucía de azul cobalto y tan plana como un espejo. Aparcó en uno de los estacionamientos del extremo norte del paseo y fue a la parte de atrás de la furgoneta. Dejó salir a *Lola*, cogió una de sus pelotas de tenis de una canasta junto a la rueda de repuesto y la lanzó en el aparcamiento vacío. La perra salió tras ella y en tres segundos ya la tenía en la boca. Se la devolvió a Ballard obedientemente y ella la lanzó unas pocas veces más antes de guardarla otra vez en la cesta. El animal aulló por tener tan poco tiempo para jugar.

—Jugaremos después —prometió Ballard.

Quería salir al agua antes de que empezara a soplar viento.

La furgoneta de Ballard era una Ford Transit Connect blanca que había comprado de segunda mano a un limpiador de ventanas que se jubilaba y cerraba el negocio. Tenía ciento treinta mil kilómetros, pero el anterior propietario la había cuidado bien. Ballard conservó la baca para llevar su tabla. Como en el vehículo policial que compartía con Jenkins, la zona de almacenaje trasera de la furgoneta estaba compartimentada con cajas de cartón.

Antes de salir de la comisaría de Hollywood, Ballard se había puesto unos vaqueros desgastados y una sudadera roja encima de un bañador y había guardado su ropa de trabajo en una taquilla. Ahora se quedó en bañador y puso el resto de su ropa en una mochila junto con su ropa interior, los calcetines y unas zapatillas New Balance. A continuación eligió uno de los trajes de neopreno de un colgador en la pared interna de la furgoneta. Se enfundó la prenda ajustada y se subió la cremallera trasera tirando de la pequeña cuerda. Sacó una gran toalla de playa de una de las cajas y la metió en la mochila. Después sujetó la bolsa de la tienda de campaña a un lado de la mochila y se cargó esta sobre los hombros.

Por último, sacó una barrita energética de multicereales y chocolate de una nevera portátil en la que guardaba la comida. Estaba lista. Cerró con llave la furgoneta y cogió la tabla de la baca. Era una tabla de One World de dos metros cuarenta con el remo sujeto a la cubierta con unas pinzas. Costaba lo suyo bajarla del techo de la furgoneta, y Ballard tuvo cuidado de no golpear la aleta en el asfalto. Puso los dedos en el agujero de sujeción central y llevó la tabla bajo el brazo derecho mientras usaba la mano izquierda para comer. Avanzó hacia el agua descalza y caminó con cautela hasta que salió del aparcamiento y llegó a la arena. *Lola* la siguió fielmente.

Ballard montó la tienda a veinticinco metros de la orilla: una rutina fácil, de cinco minutos. Colocó la mochila dentro para estabilizar la tienda ante cualquier golpe de viento y luego cerró la entrada con la cremallera. Enterró la llave de la furgoneta en la arena junto a la esquina delantera derecha de la tienda y señaló el lugar hasta que la perra se situó allí.

—Vigila —le dijo.

La perra inclinó la cabeza una vez. Ballard sopesó otra vez la tabla de más de trece kilos y la cargó hasta el agua. Se ató la correa en torno al tobillo derecho, la aseguró con una cinta de velcro y luego empujó la tabla por delante de ella.

Ballard solo pesaba cincuenta y siete kilos y podía ponerse de pie en la tabla sin alterar el equilibrio. Se impulsó con cuatro paladas del brazo derecho para superar las olas bajas de la orilla y empezó a deslizarse con suavidad a través de los restos de la niebla matinal. Volvió a mirar a su perra, pese a que sabía que no tenía que hacerlo. *Lola* estaba sentada como en posición de firmes en la esquina delantera derecha de la tienda. Se quedaría allí hasta que Ballard volviera.

La detective había empezado a remar por rutina poco después de su traslado a la sesión nocturna. Había crecido haciendo surf en las playas de Maui occidental, entre Wailea y Lahaina, y había viajado para surfear con su padre por Fiyi, Australia y otros lugares, pero dejó de hacer surf cuando se trasladó al continente para seguir una carrera policial. Una noche, a ella y a Jenkins los llamaron para que respondieran a un robo con allanamiento en una de las calles más exclusivas de las colinas de Doheny Drive. Una pareja había vuelto de cenar en Spago y se había encontrado la puerta de su casa de cinco millones entornada y el interior desvalijado. Primero llegaron agentes de patrulla que después llamaron a Ballard y Jenkins porque las víctimas eran consideradas electores de alto valor por el comisario. Quería detectives y un equipo de criminalística enseguida.

Poco después de llegar, Jenkins estaba supervisando a los técnicos de escena del crimen en el punto de entrada mientras Ballard inspeccionaba la casa con la propietaria, tratando de determinar exactamente qué se habían llevado. En el dormitorio principal entraron en un vestidor enorme. Quedaba oculto detrás de espejos de suelo a techo y los primeros agentes de patrulla que habían examinado la casa no lo habían visto. En el suelo del armario había un abrigo de piel abierto y en el centro del forro de seda del abrigo, un montón de joyas y tres pares de zapatos de tacón alto con suelas rojas que Ballard sabía que costaban más de mil dólares cada par.

Ella se dio cuenta de que el ladrón podría estar todavía en la casa. En ese mismo instante, el intruso saltó desde detrás de una fila de ropa colgada y la tiró al suelo. La señora de la casa retrocedió contra una pared de espejos en el vestidor y se quedó allí paralizada y en silencio mientras Ballard luchaba con un hombre que le sacaba casi cincuenta kilos.

El intruso agarró uno de los zapatos de suela roja e intentó clavar el tacón en el ojo de Ballard. Ella le sujetó el brazo, pero sabía que su oponente era demasiado fuerte para contenerlo mucho tiempo. Logró llamar a Jenkins cuando el tacón se acercaba a su rostro. Volvió la cara en el último momento y el tacón se arrastró por su mejilla y dibujó una línea de sangre. El intruso estaba echando el zapato atrás para volver a intentar clavárselo en el ojo cuando de repente lo golpeó desde atrás Jenkins, que empuñaba una pequeña escultura de bronce que había recogido al pasar por el dormitorio. El agresor cayó inconsciente encima de ella. La escultura se partió en dos.

El intruso resultó ser el hijo esquizofrénico de la pareja, que había desaparecido de la casa años antes y de quien se creía que vivía en las calles de Santa Monica. Ballard terminó en el Cedars-Sinai con cuatro puntos de sutura en la mejilla y la pareja y su hijo demandaron a Jenkins y al departamento de policía por uso excesivo de la fuerza y por dañar una valiosa obra de arte. El ayuntamiento zanjó el pleito por un cuarto de millón de dólares y Ballard empezó a practicar surf de remo para aumentar la fortaleza del torso y tratar de disipar el recuerdo del tacón de aguja acercándose a su ojo.

El cielo se puso gris al tiempo que el sol se deslizaba detrás de las nubes y el agua adquiría un tono azul oscuro impenetrable. A Ballard le gustaba mover la pala del remo de costado y observar cómo cortaba una fina línea a través del agua hasta que la punta blanca desaparecía en la oscuridad. Entonces giraba el remo y daba una palada con todas sus fuerzas. La plancha y el remo dejaban una marca apenas visible en la superficie al moverse. Ella lo llamaba remo furtivo.

Dio una vuelta amplia que la llevó al menos a trescientos metros de la orilla. Miraba su tienda cada pocos minutos, pero no vio a nadie que se acercara allí o molestara a la perra. Incluso desde la distancia pudo identificar al socorrista que ocupaba la silla alta en la playa a setenta y cinco metros de la tienda. Aaron Hayes era uno de sus favoritos. Era su respaldo después de *Lola*. Sabía que estaría vigilando sus cosas y probablemente la visitaría después.

Ballard dejó vagar la mente mientras hacía ejercicio y pensó en la confrontación con Chastain en la oficina de detectives. No estaba contenta consigo misma. Había esperado dos años para decir lo que le había dicho, pero había sido en un mal momento y un mal lugar. Ballard había estado demasiado obsesionada con su traición como para recordar lo que era importante en ese momento: el asesinato de cinco personas, entre ellas, Cynthia Haddel.

Giró la plancha y remó para alejarse más. Se sintió culpable. No importaba que Haddel fuera una víctima colateral: Ballard sentía que le había fallado al anteponer sus prioridades con Chastain. Iba contra el vínculo sagrado que se establecía entre las víctimas de homicidio y los detectives que responden por ellas. El caso no era suyo, pero Haddel era su víctima y el vínculo estaba ahí.

Ballard inclinó las rodillas bruscamente y dio varias paladas profundas mientras trataba de salir del bucle de Chastain que estaba reproduciéndose en su cabeza. Trató de pensar en otra cosa y de centrarse en Ramona Ramone y en el agente Taylor diciendo que había estado en «la casa boca abajo». Ballard empezó a preguntarse qué significaba eso, y la cuestión terminó degenerando en un nuevo bucle dando vueltas en su cerebro.

Después de una hora en el agua, Ballard tenía una capa de sudor entre la piel y el neopreno. Eso la mantenía en calor, pero podía sentir que sus músculos se tensaban. Le dolían hombros, muslos e isquios y sentía como si le hubiesen clavado un lápiz afilado entre los omóplatos. Giró otra vez hacia la orilla y terminó con un acelerón de paladas largas y profundas. Salió del agua tan completamente exhausta que se arrancó la correa del tobillo y arrastró la aleta de la tabla por la arena hasta la tienda. Al hacerlo sabía que estaba violando la primera regla que le había enseñado su padre: «No arrastres la tabla, es malo para la fibra de vidrio».

Lola no se había movido de su posición de centinela delante de la tienda.

—Buena chica, *Lola* —dijo Ballard—, buena chica.

La detective dejó la tabla al lado de la tienda y acarició a su perra. Abrió la entrada y sacó una recompensa para *Lola* de un bolsillo de la solapa interna. También sacó su mochila. Después de dar la galleta a la perra, le dijo que se levantara y caminaron por la arena hasta la fila de duchas públicas situadas detrás de las pistas de pádel. Ballard se quitó el neopreno mojado y se dio una ducha en bañador, manteniendo la mirada vigilante en los vagabundos que empezaban a levantarse y a deambular por el paseo marítimo entablado. Había empezado tarde y eso la puso en hora. Por lo general había terminado de remar y ducharse antes de que comenzaran a verse los primeros signos de vida en el paseo.

Cuando estuvo segura de que se había quitado toda la sal del pelo, Ballard cerró el grifo y se secó con una gran toalla de playa que sacó de la mochila. Se pasó los tirantes del traje de baño por encima de los hombros y se envolvió con la toalla desde las axilas hasta las rodillas. Dejó caer el bañador mojado al suelo de cemento y se subió la ropa interior por debajo de la toalla. Se había vestido en la playa de ese modo desde que hacía surf antes de clase en el Lahainaluna High School. Cuando dejó caer la toalla, ya estaba vestida otra vez con vaqueros y sudadera. Volvió por la arena hasta la tienda mientras se secaba el pelo con la toalla, acarició otra vez a *Lola* en la cabeza y se metió en el refugio de nailon.

—Tranquila, chica —dijo.

Lola adoptó una posición de descanso, pero se mantuvo firme en el sitio donde estaba enterrada la llave. Ballard sacó otra galleta del bolsillo de la solapa de la tienda y se la lanzó. La perra la alcanzó en el aire con los dientes y enseguida recuperó su pose estoica. Ballard sonrió. Había comprado a *Lola* a un vagabundo del paseo dos años antes. El animal estaba demacrado y encadenado a un carrito de supermercado. Tenía heridas abiertas que parecían consecuencia de peleas con otros perros. Ballard solo había querido rescatarla, pero enseguida se forjó un vínculo y la perra se quedó con ella. Fueron juntas a clases de adiestramiento y pronto quedó claro que la perra sabía que Renée la había salvado. Era leal a Ballard a toda costa, y el sentimiento era mutuo.

Lista para dormir, Ballard bajó la cremallera de la tienda. Eran las once de la mañana. En circunstancias normales, habría dormido casi hasta la puesta de sol, pero esta vez Ballard se puso la alarma del teléfono para despertarse a las dos. Tenía planes para ese día antes de empezar su turno oficial a las once.

Deseaba tres horas de sueño, pero apenas consiguió dos. Poco después de la una se despertó con el gruñido grave que *Lola* soltaba cuando alguien invadía su zona de exclusión aérea. Ballard abrió los ojos, pero no se movió.

—Vamos, *Lola*. ¿Ya no me quieres?

Ballard, todavía saliendo del sueño interrumpido, reconoció la voz. Era Aaron Hayes.

—*Lola* —dijo—. Está bien. ¿Qué pasa, Aaron? Estaba durmiendo.

—Lo siento. ¿Quieres compañía? Tengo mi descanso para comer.

—Hoy no, Aaron. Tengo que levantarme enseguida y entrar a trabajar.

—Vale, perdona que te haya despertado. Por cierto, tenías buen aspecto hoy. Como si estuvieras caminando en el agua. Paladas largas y potentes.

—Me agoté, pero gracias, Aaron. Buenas noches.

—Ah, sí, buenas noches.

Ballard lo oyó reírse mientras caminaba para alejarse por la arena.

—Buena chica, *Lola* —dijo ella.

Ballard se dio la vuelta y levantó la mirada al techo de la tienda. El sol estaba alto y tan brillante que podía ver a través del nailon. Cerró los ojos y trató de recordar si había estado soñando antes de que Aaron la despertara. No logró recordar nada, pero pensaba que había algo ahí, en los bucles grises de su descanso. Había sido un sueño. Apenas podía recordar lo que era. Trató de recuperarlo, de volver a entrar en él, pero sabía que un ciclo de sueño normal duraba alrededor de noventa minutos. Volver a dormirse y conseguir un ciclo entero le llevaría más tiempo del que tenía. Su alarma iba a sonar en menos de una hora y quería ceñirse a su plan de levantarse e ir a trabajar para descubrir quién había usado puños americanos para asaltar a Ramona Ramone en «la casa boca abajo» para luego abandonarla dándola por muerta en un aparcamiento de Hollywood.

Ballard salió de la tienda, la recogió y la plegó antes de regresar a la furgoneta. Volvió a guardar todo y colocó el traje de neopreno en su colgador. Le costó más subir otra vez la plancha a la baca de lo que le había costado bajarla. Ballard medía metro setenta y tuvo que abrir las puertas laterales y ponerse de pie en el borde para asegurar las correas. La segunda correa pasaba por encima del logo de One World en la parte inferior de la tabla. El logo mostraba la silueta de un surfista en la punta delantera de la tabla, con las manos y los brazos por encima de la cabeza y echado atrás como si estuviera cayendo por la cara empinada de una ola monstruosa. A Ballard siempre le recordaba a su padre y su última ola. La que se lo llevó y la dejó a ella corriendo de un lado a otro por la playa, sin saber qué hacer ni adónde ir, aullando impotente al mar abierto.

Ella y *Lola* caminaron por el paseo hasta la ventanilla del Poke-Poke, donde Ballard pidió un bol Aloha con algas para ella y un bol de ternera teriyaki y arroz para la perra. *Lola* bebió del bol para perros colocado bajo la ventanilla mientras esperaban y el hombre al otro lado del mostrador también le entregó a Ballard una galleta para *Lola*.

Después de comer, Ballard llevó a la perra a la arena y le lanzó una pelota varias veces más. Pero no tenía la cabeza ahí. Estuvo todo el tiempo dándole vueltas al trabajo. Estaba oficialmente fuera del caso Dancers, pero no podía dejar de pensar en Cynthia Haddel. Ballard tenía el nombre y el número del camello que, según sus padres, la había puesto en la discoteca a vender drogas. Si Robos y Homicidios no estaba interesado, el equipo que se ocupaba de los camellos en la División de Hollywood tomaría el aviso y haría algo con él. Tomó nota mental de pasarse por la Unidad cuando volviera a comisaría.

Desde la playa, Ballard condujo otra vez a la guardería de animales para dejar a *Lola*. Se disculpó con la perra por la brevedad del día, pero prometió compensarla. *Lola* inclinó la cabeza una vez, dejando que Ballard se fuera de rositas.

De camino a Hollywood, consultó las noticias de *Los Angeles Times* en su teléfono cada vez que el semáforo se ponía en rojo. Habían pasado apenas doce horas desde los disparos en el Dancers, de manera que la información que ofrecía el periódico era escasa. Ballard todavía llevaba la delantera a los medios con la limitada información que había recabado en su turno. No obstante, el *Times* decía que, según la última información proporcionada por el Departamento de Policía de Los Ángeles, no se habían producido detenciones ni había sospechosos en el múltiple asesinato. El artículo insistía en tranquilizar a los lectores asegurando que la policía no estaba investigando el caso como un posible atentado terrorista como los que se habían producido en otras discotecas del país y del resto del mundo.

A Ballard le decepcionó que el periódico todavía no tuviera los nombres de los tres hombres muertos a tiros en el reservado. Ese era el aspecto que le interesaba. ¿Quiénes eran? ¿Qué fue mal en ese reservado?

Después de leer las noticias del *Times,* también revisó su correo electrónico y no vio ninguna respuesta del teniente Olivas sobre los informes que había entregado. Aparentemente, su informe había sido aceptado o había pasado desapercibido. En todo caso, la hora registrada en el mensaje de correo que había enviado la protegería de cualquier posible queja de Olivas sobre la entrega a tiempo de los informes.

Usando la conexión Bluetooth de la furgoneta, Ballard llamó al Hollywood Presbyterian y preguntó por la enfermera de guardia en la unidad de cuidados intensivos quirúrgicos. Respondió una mujer que se identificó como enfermera Randall y Ballard se presentó citando incluso su número de identificación.

—Una víctima de agresión llamada Ramona Ramone ingresó anoche. Soy la detective que se ocupó. La sometieron a cirugía cerebral y quería conocer su estado.

Pusieron la llamada de Ballard en espera, y cuando Randall volvió a la línea dijo que no había ningún paciente en el hospital llamado Ramona Ramone y que debía de haberse equivocado.

—Tiene razón —dijo Ballard—. ¿Puede buscar un nombre diferente? Ramón Gutiérrez. Olvidé que es el nombre real de la víctima.

Randall la puso en espera otra vez, pero en esta ocasión regresó pronto.

—Sí, está aquí y está estable después de la cirugía.

—¿Sabe si está consciente ya? —preguntó Ballard.

—Esa información tendrá que dársela el médico responsable.

—¿Está disponible ese médico?

—Ahora mismo no. Está haciendo su ronda.

—Enfermera Randall, estoy investigando esta agresión y trato de descubrir quién atacó al señor Gutiérrez. Si la víctima está consciente, tendría que dejar lo que estoy haciendo e ir a hablar con él. Si no lo está, necesito continuar con la investigación. Hay una persona muy peligrosa suelta que es responsable de esto. ¿Está segura de que no puede ayudarme respondiendo esta sencilla pregunta? ¿Ha recuperado la conciencia?

Hubo una larga pausa mientras Randall decidía si rompía las reglas.

—No, no lo ha hecho. Está en coma inducido.

—Gracias. ¿Puede también decirme si algún familiar o amigo ha ido a preguntar por ella? Por él, quiero decir.

—No, aquí no dice nada de eso. No consta ningún familiar. No se permiten visitas de amigos en la UCI.

—Gracias, enfermera Randall.

Ballard colgó. Decidió que iría directamente a la comisaría de Hollywood.

9

Ballard guardaba todos los trajes de trabajo en su taquilla de la comisaría y se vestía cada noche al llegar, antes de empezar su turno. Tenía cuatro trajes diferentes, que seguían el mismo corte y estilo pero diferían en color y patrón. Los llevaba a la tintorería de dos en dos, de manera que siempre contaba con un·traje para usar y otro de repuesto disponibles. Después de llegar casi ocho horas antes del inicio de su turno, Ballard se puso el traje gris, que era su favorito. Lo acompañó con una blusa blanca. También guardaba cuatro blusas blancas y una azul marino en su taquilla.

Era viernes, y eso significaba que a Ballard le tocaba trabajar sola. Ella y Jenkins tenían que cubrir siete turnos por semana, de manera que Ballard trabajaba de martes a sábado, y Jenkins, de domingo a jueves; eso suponía que trabajaban juntos tres días. Cuando se tomaban vacaciones, sus puestos normalmente quedaban vacantes. Si se necesitaba a un detective de la División durante las primeras horas de la mañana, había que llamar a alguien a casa.

A Ballard le gustaba trabajar sola, porque no tenía que discutir decisiones con su compañero. Ese día, si Jenkins hubiera sabido cuál era el plan de Ballard, habría dado al traste con él. Pero, como era viernes, no trabajarían juntos otra vez hasta el martes siguiente, y Ballard disponía de libertad de movimientos.

Después de vestirse, se miró en el espejo de encima del lavabo del vestuario. Se peinó el pelo teñido por el sol con los dedos. Eso era todo lo que normalmente tenía que hacer. La inmersión constante en agua salada y la exposición al sol a lo largo de los años le habían dejado el pelo quebradizo y encrespado, y siempre lo llevaba bastante corto por necesidad. Le quedaba bien con el moreno y le daba una expresión un poco de chicote que contenía las insinuaciones de otros agentes. Olivas había sido una excepción.

Ballard tenía los ojos rojos por el agua salada. Se echó unas gotas de colirio y ya estuvo lista. Entró en la sala de descanso para preparar un café doble en la Keurig. Estaría trabajando desde ese momento y durante la noche con menos de tres horas de sueño. Necesitaba empezar a acumular cafeína. Mantuvo un ojo en el reloj de la pared porque quería sincronizar su llegada a la oficina de detectives poco antes de las cuatro de la tarde, cuando sabía que la detective jefe de la Unidad DcP también estaría mirando el reloj, preparándose para empezar el fin de semana.

Le quedaban al menos quince minutos, así que subió a las oficinas de la Unidad de Narcóticos, al lado de la de Antivicio. Narcóticos estaba en la central, pero cada división contaba con su propia brigada antidroga sobre el terreno que se movía con agilidad y se ocupaba de las quejas de los ciudadanos sobre puntos candentes de venta de drogas. Ballard entró sin llamar a nadie porque tenía un contacto muy limitado con agentes asignados a la Unidad. El sargento de guardia tomó la información que ella le proporcionó sobre el novio camello de Cynthia Haddel. El nombre que el padre de Cynthia le había dado a Ballard correspondía a alguien que, según le contó el sargento, ya estaba en su radar como un camello de poca monta que trabajaba en la escena de las discotecas de Hollywood. Lo que hizo que Ballard se sintiera mal fue que el sargento dijo que el tipo tenía novias trabajando y vendiendo para él en casi todos los puntos candentes de la División. Salió de la oficina preguntándose si Haddel lo sabía o si había creído que era la única.

A las 15:50 Ballard entró en la sala de detectives y buscó un sitio donde establecerse para trabajar. Vio que el escritorio que había utilizado la noche anterior todavía estaba vacío y pensó que tal vez el detective que lo tenía asignado se había marchado temprano o hacía el horario de diez horas cuatro días por semana y libraba los viernes. Al ocupar el lugar, Ballard examinó la sala y sus ojos se posaron en el reservado de cuatro mesas que comprendía la Unidad DcP. Vio que todos los escritorios estaban vacíos salvo el de Maxine Rowland, la jefa de la Unidad. Parecía que estaba recogiendo todo en su maletín para el fin de semana.

Ballard se acercó, sincronizándolo a la perfección.

—Eh, Max —dijo.

—Renée —respondió Rowland—. Llegas pronto. ¿Tienes juicio?

—No, he llegado pronto para sacarme de encima un poco de trabajo. Te debo un caso desde anoche, pero surgió el asunto del Dancers y dejó relegado todo lo demás.

—Entendido. ¿Cuál es el caso?

—Rapto y agresión. La víctima es una transgénero, biológicamente hombre, encontrada agonizando en un aparcamiento de Santa Monica Boulevard. Está en coma en el Hollywood Pres.

—Mierda.

Rowland acababa de ver bloqueado su inicio del fin de semana. Y con eso estaba contando Ballard.

—¿Hubo agresión sexual? —preguntó Rowland.

Ballard sabía lo que estaba pensando: endosárselo a la Unidad de Delitos Sexuales.

—Es muy probable, pero la víctima perdió la conciencia antes de que se pudiera hablar con ella.

—Mierda —repitió Rowland.

—Mira, acabo de llegar para empezar el papeleo. También estaba pensando que tendría tiempo de hacer algunas llamadas antes de que empezara mi turno. ¿Por qué no te vas y me encargo yo? Estaré mañana también, así que puedo ocuparme el fin de semana y volvemos a hablar la semana que viene.

—¿Estás segura? Es una paliza grave, así que no quiero una dedicación parcial.

—No la habrá. Lo trabajaré. Llevo mucho tiempo sin poder seguir ningún caso de la sesión nocturna. Hay algunas pistas. ¿Recuerdas algo últimamente con puños americanos?

Rowland se quedó pensativa un momento y entonces negó con la cabeza.

—Puños americanos... No.

—¿Y un secuestro en el paseo? Se la llevaron a alguna parte y la ataron; luego la devolvieron. Puede que ocurriera hace un par de días.

—No me suena de nada, pero tendrás que subir a hablar con Antivicio.

—Lo sé. Era mi siguiente parada si me dejabas encargarme. ¿Y «la casa boca abajo»? ¿Eso significa algo para ti?

—¿Qué quieres decir?

—Dijo eso a los agentes de patrulla. Recuperó momentáneamente la conciencia mientras estaban esperando la ambulancia. Dijo que la habían atacado en «la casa boca abajo».

—Lo siento. Nunca he oído hablar de eso.

—Vale, ¿tienes algo parecido a esto? ¿Alguien raptado en el paseo?

—Tendré que pensar, pero no recuerdo nada ahora mismo.

—Buscaré en el ordenador, a ver qué sale.

—Entonces, ¿estás segura de que te lo quedas? Puedo llamar a dos de mis chicos para que vuelvan. No se pondrán contentos, pero mala suerte.

—Sí, me lo quedo. Vete a casa. No llames a nadie. Si quieres, te mandaré actualizaciones durante el fin de semana.

—Pues si te digo la verdad, puedo esperar hasta el lunes. Me voy a Santa Barbara el fin de semana con mis hijos. Cuanto menos tenga que preocuparme, mejor.

—Entendido.

—No me jodas con esto, Renée.

—Eh, claro que no.

—Bien.

—Pasa un buen fin de semana.

Rowland siempre era brusca, y Ballard no se ofendió. Algo relacionado con su trabajo en casos de agresiones sexuales había eliminado la sutileza de su personalidad.

Ballard la dejó allí acabando de recoger y volvió al segundo piso para ir a la Unidad de Antivicio. Como los chicos de Narcóticos, los policías de Antivicio tenían horarios extraños, y nunca había garantía de que no hubiera nadie en la unidad. Ballard entró y se inclinó sobre el mostrador para mirar en la zona donde se sentaban los sargentos. Tuvo suerte: *Pistol* Pete Méndez estaba en una de las mesas, comiendo un sándwich. Era el único allí.

—Ballard, ¿qué quieres? —preguntó—. Pasa.

Era su habitual saludo bronco. Ballard se estiró por encima de la portezuela hasta el lugar donde sabía que estaba el interruptor del cierre, entró en el recinto y sacó la silla que estaba enfrente de Méndez en la mesa.

—Ramón Gutiérrez —dijo—. Estoy haciendo un seguimiento de ese caso. ¿Os enterasteis de algo anoche?

—Nada —dijo Méndez—. Pero estábamos trabajando en East Hollywood, que no tiene nada que ver con el paseo de las reinonas.

—Exacto. ¿Cuándo fue la última vez que estuviste en Santa Monica?

—Hace un mes, porque las cosas han estado bastante calmadas allí. Pero es como con las cucarachas. Puedes fumigar, pero siempre vuelven.

—¿Has oído hablar de alguien con malas intenciones que recoge a profesionales y les hace daño?

—No en mucho tiempo.

—A Ramone le pegaron con puños americanos. Y el hombre también mordía.

—Tenemos a algunos mordedores, pero no se me ocurre nada con puños americanos. ¿Tu chico-chica va a salvarse?

—Habrá que verlo. Sigue en coma en el Hollywood Pres por ahora, pero la trasladarán al County en cuanto se den cuenta de que no es una cliente de pago.

—Así funciona. ¿«La»?

—Sí, «la». Tienes un archivo sobre Ramona. ¿Me lo prestas?

—Sí, te lo sacaré. Pero figuraba como Ramón Gutiérrez la última vez que lo vi. ¿Qué más tienes?

—¿Has oído hablar alguna vez de un sitio llamado «la casa boca abajo»? Ramona se lo dijo a los agentes de patrulla que respondieron a la llamada.

Como Rowland, Méndez se quedó pensando y luego negó con la cabeza.

—No lo conocemos aquí —dijo—. Hay un club de *bondage* clandestino que llaman Vértigo. Se mueve en torno a diferentes ubicaciones.

—No creo que sea ese —dijo Ballard—. Vértigo y boca abajo no es lo mismo. Además, no creo que fuera un club. Es más profundo que eso. La víctima tiene suerte de estar viva.

—Sí, bueno, no se me ocurre nada más. Deja que busque el expediente.

Se levantó de la mesa y Ballard se quedó sentada. Mientras él se iba, estudió el programa en el tablón de anuncios junto al escritorio de Méndez. Daba la impresión de que Antivicio llevaba a cabo operaciones casi cada noche en una parte de Hollywood diferente. Ponían agentes de incógnito como señuelo y detenían a clientes una vez que les ofrecían dinero a cambio de sexo. Como acababa de decir Méndez, al igual que las cucarachas, era algo que nunca desaparecía. Ni siquiera Internet, con sus conexiones fáciles para el sexo gratuito y de pago, podía con el paseo. Siempre estaría allí.

Ballard oyó a Méndez abriendo y cerrando archivadores mientras buscaba el expediente de Gutiérrez.

—¿Qué terminasteis haciendo anoche? —preguntó.

—Casi nada —dijo Méndez desde el otro lado de la sala—. Creo que esa movida en la discoteca de Sunset asustó a la gente. Tuvimos a los patrulleros recorriendo las calles de arriba abajo toda la noche. —Volvió al escritorio y dejó caer una carpeta delante de Ballard—. Esto es lo que tenemos. Probablemente podrías haberlo sacado todo del ordenador.

—Prefiero tenerlo en papel —repuso Ballard.

Prefería mil veces el papel a un archivo de ordenador. Siempre cabía la posibilidad de que hubiera algo más en el archivo en papel: notas manuscritas en los márgenes, números de teléfono anotados en la carpeta, fotos adicionales de la escena del crimen... Eso nunca ocurría en un archivo informático.

Ballard dio las gracias a Méndez y le dijo que estarían en contacto si ocurría algo nuevo en el caso. Él le aseguró que mantendría los ojos y las orejas bien abiertos en las calles.

—Espero que lo trinques —añadió.

De nuevo en la planta baja, Ballard tenía que hacer una parada más antes de disponer de pista libre para trabajar el caso. El teniente a cargo de los detectives tenía un despacho al fondo de la sala de brigada. El despacho contaba con tres ventanas que daban a la sala, y a través de ellas Ballard pudo ver al teniente Terry McAdams en su escritorio, trabajando. Ballard a menudo pasaba semanas sin ver a su supervisor directo por el horario de su turno. McAdams normalmente trabajaba en jornada de ocho a cinco, porque le gustaba llegar cuando sus detectives estaban ya en comisaría y habían puesto los asuntos del día en marcha, y después le gustaba ser el último hombre en irse.

Ballard llamó a la puerta abierta de la oficina y McAdams la invitó a pasar.

—Cuánto tiempo sin verte, Ballard —dijo él—. He oído que tuviste un turno divertido anoche.

—Depende de lo que considere divertido —dijo ella—. Fue movido, eso seguro.

—Sí, he visto en el registro de guardia que antes de que se liara en el Dancers a ti y a Jenkins os tocó un secuestro. Pero no he visto ningún informe del caso.

—Porque no hay nada. Eso es lo que quiero hablar con usted.

Hizo un resumen del caso Ramona Ramone y le contó a McAdams que Maxine Rowland le había dado el visto bueno para que asumiera el caso unos días. Técnicamente, Ballard debería haber empezado por obtener una aprobación de McAdams, pero sabía que a McAdams, como administrador, le gustaba que le presentaran las cosas ya atadas con un lazo. Le facilitaba el trabajo. Solo tenía que decir sí o no.

McAdams dijo lo que Ballard sabía que diría.

—De acuerdo, adelante, pero no dejes que interfiera en tus obligaciones normales —dijo—. En ese caso, tendríamos un problema, y no me gustan los problemas.

—No se preocupe, teniente. Conozco mis prioridades.

Al dejar la oficina del teniente, Ballard vio un pequeño grupo de detectives reunidos delante de las tres pantallas de televisión montadas en la pared del fondo. Las pantallas estaban normalmente en silencio, pero uno de los hombres había subido el volumen de la televisión de en medio para oír la noticia de los disparos del Dancers, que abrió el informativo de las cinco en punto.

Ballard se acercó a mirar. En la pantalla había imágenes de una conferencia de prensa ofrecida ese mismo día. El jefe de policía estaba en el podio, flanqueado por Olivas y el capitán Larry Gandle, comandante de la Unidad de Robos y Homicidios. El jefe estaba tranquilizando a los medios y a la ciudadanía, asegurando que los disparos en el Dancers no habían sido un acto de terrorismo interno. Pese a que el móvil exacto del múltiple asesinato se desconocía, dijo, los detectives se estaban concentrando en las circunstancias que causaron esa violencia extrema.

Cuando la imagen volvió al presentador de las noticias, este anunció que los nombres de las víctimas todavía no habían sido comunicados por la Oficina del Forense, pero otras fuentes habían comunicado al canal 9 que tres de las víctimas, consideradas los objetivos del asesino, tenían antecedentes penales que iban desde cargos por drogas hasta extorsión y actos de violencia.

El presentador pasó entonces a la siguiente noticia, esta sobre otra conferencia de prensa convocada por el Departamento de Policía de Los Ángeles para anunciar detenciones en una investigación de tráfico de personas en el puerto de Los Ángeles, donde ese mismo año se había interceptado un contenedor de carga utilizado para introducir en el país a mujeres jóvenes secuestradas en Europa del Este. Había un archivo de vídeo que mostraba el interior vacío del contenedor y trabajadores de ayuda humanitaria que ofrecían agua y abrigaban con mantas a las víctimas mientras las ponían a salvo. La noticia se complementó con un nuevo vídeo que mostraba una fila de hombres esposados que eran sacados por detectives de un autobús de la cárcel. Pero la noticia no hacía referencia a Hollywood, y el detective con el mando a distancia perdió el interés y pulsó el botón de silenciar. Nadie protestó y el grupo aglutinado en torno a las pantallas empezó a dispersarse cuando cada uno volvió a su respectivo sitio o salió de la comisaría para empezar a disfrutar del fin de semana.

Una vez que llegó a su mesa, Ballard hojeó el expediente que le había prestado Méndez. Había varios informes de detención que se remontaban a tres años atrás, así como fotos de archivo que mostraban la progresión de los cambios físicos de Ramona Ramone durante su transición. Había más cambios que los puramente cosméticos, como la forma de las cejas. Estaba claro por las fotos de frente y perfil que sus labios se habían engrosado y se había eliminado la nuez.

Había tres tarjetas de acoso unidas a la cara interna de la carpeta. Eran tarjetas de 8 × 13 con notas manuscritas tomadas cuando agentes de patrulla o de Antivicio pararon a Ramone en el paseo para preguntarle qué estaba haciendo. Oficialmente las denominaban tarjetas EC o de entrevista de campo, pero más a menudo las llamaban tarjetas de acoso porque la Unión Americana de Libertades Civiles se había quejado reiteradamente de que las entrevistas injustificadas a personas a las que la policía consideraba sospechosas constituían actos de acoso. Los agentes adoptaron esa descripción y continuaron con la práctica de parar e interrogar a individuos sospechosos y anotar detalles sobre su descripción, tatuajes, afiliación a bandas y paradero habitual.

Las tarjetas escritas sobre Ramona Ramone en gran medida decían lo mismo y sobre todo contenían información que Ballard ya conocía. Algunas de las notas revelaban más sobre la personalidad del agente que sobre Ramone. Un agente había escrito: «Joder, ¡es un tío!».

El único elemento de información útil que Ballard extrajo de las tarjetas era que Gutiérrez/Ramone no tenía carné de conducir y por tanto no constaba ningún domicilio verificable. Cada informe oficial simplemente señalaba la dirección donde se efectuó la detención, casi siempre en Santa Monica Boulevard. Sin embargo, durante las entrevistas de campo Ramone había dado en dos ocasiones una dirección en Heliotrope. La tercera tarjeta decía: «Vive en una caravana». Esta información era interesante y Ballard se alegró de haber ido a ver a Méndez.

Terminada la revisión del expediente y el historial de Ramone, Ballard encendió el terminal de ordenador y se puso a trabajar en la búsqueda de un sospechoso. Su plan era ir de lo pequeño a lo grande: buscar casos locales que fuesen similares a la agresión a Ramone. Si no encontraba nada, ampliaría su búsqueda informática a casos similares en el estado de California, luego a todo el país e incluso al resto del mundo.

Trabajar con los archivos de ordenador del Departamento era una forma de arte. Formalmente, el sistema se llamaba SLCD, Sistema de Localización de Casos para Detectives. Una entrada errónea en los parámetros de búsqueda podía derivar fácilmente en la respuesta «No se han encontrado registros», incluso si había un caso semejante en alguna parte de los datos. Ballard compuso una lista breve de detalles que iría incorporando y retirando hasta que consiguiera un resultado.

Transgénero
Mordisco
Puños americanos
Atado
Prostituta
Santa Monica Boulevard

Los introdujo en una búsqueda de todos los casos en el archivo y recibió un rápido «No se han encontrado registros». Eliminó Santa Monica Boulevard, buscó otra vez y obtuvo la misma respuesta. Continuó buscando, dejando caer palabras conforme avanzaba y luego intentándolo con combinaciones diferentes y añadiendo variaciones, usando «ataduras» y «amarrado» en lugar de «atado» y «*escort*» en lugar de «prostituta». Ninguna de las combinaciones obtuvo resultados en los datos.

Frustrada y empezando a sentir los efectos de dormir menos de tres horas, Ballard se levantó de la silla y comenzó a caminar por los pasillos ya vacíos del Departamento, deseando poner la sangre en movimiento. Quería evitar una cefalea de cafeína, así que se contuvo de ir a la sala de descanso para tomar otro café. Se plantó un momento delante de las pantallas de televisión silenciosas y observó a un hombre delante de un mapa meteorológico que no mostraba ningún signo de clima inclemente dirigiéndose a Los Ángeles.

Sabía que era el momento de suplicar la búsqueda a fuera de la ciudad. Eso conllevaría un montón de trabajo de escritorio cuando tratara de investigar casos lejanos que pudieran estar relacionados con el suyo. Tendría que sudar tinta, y la perspectiva era aterradora. Regresó a la mesa e hizo otra llamada al Hollywood Presbyterian para verificar el estado de la víctima por si se daba el milagro de que se hubiese recuperado y pudiese ser entrevistada.

No había ningún cambio. Ramona Ramone permanecía en coma inducido.

Ballard colgó el teléfono y miró la lista de características del caso que no habían logrado obtener ningún resultado en la base de datos.

—Palabras clave, mis cojones —dijo en voz alta.

Decidió probar un nuevo enfoque.

California era uno de los cuatro estados en los que la posesión de puños americanos —o puños metálicos, como se los denominaba en los estatutos— era ilegal. Otros estados tenían leyes referentes a la edad mínima o penaban su utilización en la comisión de un crimen, pero en California eran completamente ilegales y su posesión constituía un delito.

Ballard hizo otra búsqueda en el archivo de datos del Departamento de Policía de Los Ángeles para rastrear todos los casos en los últimos cinco años que implicaran una detención por posesión de puños americanos, delito o falta.

Obtuvo catorce resultados en casos diferentes, y pensó que era un número sorprendentemente elevado dado que el arma rara vez había aparecido en casos que ella hubiera trabajado e incluso conocido en sus diez años como detective.

Ballard miró el reloj de pared y empezó la tarea de obtener registros extensos sobre los casos para ver si algo en los sumarios se relacionaba, aunque fuera remotamente, con el *modus operandi* de su caso. Enseguida pudo descartar la mayoría de los casos, porque implicaban detenciones de bandas del sur de Los Ángeles. Ballard tenía la impresión de que los pandilleros, en lugar de armas de fuego, empleaban puños americanos, porque probablemente no sabían que eran ilegales.

Había otras detenciones por posesión de puños americanos practicadas a macarras y matones de mafias, cuyo potencial uso de las armas era obvio. Y entonces Ballard se encontró con un caso de hacía tres años que captó su atención de inmediato.

Un hombre llamado Thomas Trent había sido detenido por posesión de puños americanos por la Unidad de Antivicio del Valley Bureau. El caso no había surgido en la búsqueda previa de Ballard por palabras clave porque ninguna de las palabras usadas en sus combinaciones tenía relevancia. Trent había sido acusado solo de posesión de puños americanos y nada más.

Y, sin embargo, era un caso de Antivicio. Esa contradicción fue lo que llamó inicialmente la atención de Ballard. Cuando obtuvo el archivo digital del caso, descubrió que Trent, a la sazón de treinta y nueve años, había sido detenido durante una operación encubierta en un motel de Sepulveda Boulevard. El expediente decía que Trent había llamado a la puerta de una habitación en el Tallyho Lodge, cerca de Sherman Way, adonde la Unidad de Antivicio había estado enviando hombres que habían conectado en línea con un policía que se hacía pasar por un menor latino disponible para un rol de sumiso. Trent no se había citado con nadie en el motel y los agentes de Antivicio no pudieron relacionarlo con ninguno de los hombres que habían participado en las conversaciones en línea.

Creían que probablemente había sido uno de los pretendientes en línea, pero no tenían pruebas de ello y no pudieron acusarlo de solicitar servicios sexuales de un menor. Tampoco necesitaron relacionarlo con la operación encubierta en Internet una vez que encontraron los puños americanos en sus bolsillos. Fue detenido por posesión de un arma peligrosa y enviado a la prisión de Van Nuys.

El sumario de la investigación citaba al agente encubierto que detuvo a Trent solo por el número de serie. Ballard envió el informe a la impresora del escritorio, luego cogió el teléfono fijo y llamó a la Unidad de Personal del Departamento. Enseguida consiguió el nombre que correspondía al número de serie del agente de Antivicio. Era Jorge Fernández, y todavía trabajaba en la Unidad de Antivicio del valle de San Fernando. Ballard llamó a dicha unidad y le dijeron que Fernández estaba fuera de servicio. Dejó su número de móvil y un mensaje para que la llamara, a la hora que fuera.

Luego se sumergió más a fondo en los registros en línea y sacó un expediente del caso de Trent. Descubrió que, después de su detención, Trent negoció un pacto con la fiscalía del distrito por el cual se declaró *nolo contendere* de una falta por posesión de arma peligrosa, pagó una multa de quinientos dólares y fue puesto en libertad condicional de tres años. El acuerdo formaba parte de un programa de intervención prejudicial que permitiría a Trent eliminar sus antecedentes si completaba la condicional sin ninguna otra detención.

En los registros judiciales, el domicilio que constaba de Trent se hallaba en Wrightwood Drive, en Studio City. Ballard copió la dirección en Google y encontró un mapa que mostraba que Wrightwood bajaba desde Mulholland Drive, en la ladera norte de las montañas de Santa Monica. Hizo clic en la opción de Street View y vio lo que parecía una casa de una planta, estilo rancho contemporáneo, con un garaje de anchura doble. Sin embargo, Ballard sabía por el mapa que la casa se encontraba en la montaña y que lo más probable era que la construcción se extendiera una o dos plantas por debajo del nivel de la calle. Era un diseño muy típico de muchas de las casas de las colinas. El piso superior contenía las áreas comunes —cocina, comedor, salón, etcétera—, mientras que en las plantas inferiores estaban los dormitorios. Habría escaleras, o en algunos casos un ascensor, que conducían a las plantas inferiores.

Ballard se dio cuenta de que a alguien no familiarizado con esos diseños de montaña una de esas casas podría parecerle extraña, porque los dormitorios estaban en las plantas inferiores. En ese sentido, la casa de Trent podría considerarse una casa boca abajo.

Reparar en eso descargó un chute de adrenalina en la sangre de Ballard. Se acercó más a la pantalla del ordenador para estudiar la foto que figuraba en la ficha policial de Trent y el informe de detención. Los detalles personales del informe decían que Trent era un vendedor de coches que trabajaba en un concesionario Acura en Van Nuys Boulevard. La primera pregunta que se le ocurrió en ese momento fue cómo un vendedor de coches podía permitirse una casa en las colinas, donde los precios fácilmente superaban el millón de dólares.

Ballard abrió un buscador diferente que contenía registros públicos e introdujo el nombre y la fecha de nacimiento de Trent. Enseguida se encontró consultando los registros de una disolución de matrimonio ocurrida siete meses después de la detención. Beatrice Trent había alegado diferencias irreconciliables en su petición de divorcio y daba la impresión de que Trent no se opuso. El matrimonio de tres años se disolvió.

Había también un registro de un pleito de 2011 en el cual Trent era el demandante en una denuncia por lesión personal contra una compañía llamada Island Air y su asegurador. El registro mostraba solo la petición —por lesiones ocasionadas en un accidente de helicóptero en Long Beach—, pero no el resultado del caso. Ballard supuso que eso significaba que el caso se había cerrado antes del juicio.

Ballard imprimió todos esos informes, cogió el teléfono del escritorio y llamó al concesionario donde trabajaba Trent. Preguntó por él y la llamada se transfirió.

—Soy Tom —dijo una voz—. ¿En qué puedo ayudarle?

Ballard dudó y luego colgó. Miró el reloj y vio que eran poco más de las seis, en plena hora punta. Sería un trayecto a paso de tortuga desde Hollywood hasta el valle de San Fernando.

Ni siquiera había ninguna garantía de que Trent estuviera trabajando todavía cuando ella llegara, pero Ballard decidió probar. Quería echarle un vistazo.

10

El concesionario Acura donde trabajaba Thomas Trent se hallaba al final de un largo tramo de concesionarios rivales que se extendía al norte por Van Nuys Boulevard hacia el centro del valle de San Fernando. Ballard tardó casi una hora en llegar. Había usado su propia furgoneta, porque el vehículo oficial asignado a ella y Jenkins gritaba «poli» con su pintura color caca de bebé, tapacubos de serie e intermitentes en la rejilla y el parabrisas trasero. La intención de Ballard era echar un vistazo a Trent y formarse una idea de él, no alertarlo del interés policial.

Se había bajado la foto de la detención de Trent tres años antes a su teléfono y en ese momento cargó la imagen en pantalla. Con la furgoneta aparcada en Van Nuys, Ballard estudió la foto y luego examinó los aparcamientos de coches nuevos y usados en busca de vendedores. No había nadie que coincidiera. El interior del concesionario todavía era una posibilidad, pero, como los despachos de ventas parecían alinearse en la pared trasera, Ballard no tenía ángulo para ver a sus ocupantes. Llamó al número principal del concesionario y preguntó otra vez por Trent, solo para asegurarse de que no se había marchado ya. Él respondió otra vez del mismo modo, pero esta vez Ballard no colgó.

—Soy Tom, ¿en qué puedo ayudarle?

Su voz tenía impresa la seguridad del vendedor.

—Quería pasarme a mirar un RDX, pero con este tráfico puede que tarde un rato en llegar —dijo Ballard.

Había leído el nombre del modelo en el parabrisas de un todoterreno que estaba en un pedestal cerca de la entrada del aparcamiento.

—¡No se preocupe! —exclamó Trent—. Estoy aquí hasta que cerremos esta noche. ¿Cómo se llama, cielo?

—Stella.

—Bueno, Stella, ¿está buscando alquiler o compra?

—Compra.

—Pues está de suerte. Tenemos una oferta de financiación del uno por ciento este mes. ¿Me trae algo a cambio?

—Eh, no. Creo que solo estoy buscando comprar.

A través del cristal del concesionario, Ballard vio a un hombre que se levantaba en uno de los despachos de la pared de atrás. Sostenía un teléfono con cable junto a la oreja. El hombre apoyó el brazo encima de la mampara de división y habló por teléfono.

—Bueno, lo que quiera lo tenemos —dijo.

Ballard oyó las palabras al mismo tiempo que el hombre del concesionario las decía. Era Trent, aunque su aspecto había cambiado algo desde su detención en Sepulveda Boulevard. Llevaba la cabeza afeitada y gafas. A juzgar por lo que podía ver de él, también había ganado corpulencia. Sus hombros tensaban la tela de su camisa de traje de manga corta y parecía que tenía un cuello demasiado grueso para abrocharse el último botón detrás de la corbata.

En ese momento Ballard vio algo y enseguida buscó en el compartimento de almacenaje de la consola central. Sacó unos prismáticos compactos.

—Entonces, ¿cuándo cree que llegara aquí? —preguntó Trent.

—Hum... —Ballard dudó. Se puso el teléfono en el regazo y miró por los prismáticos. Se concentró y echó su primer buen vistazo a Trent. La mano del vendedor, que sostenía el teléfono junto a la oreja, parecía amoratada en torno a los nudillos. Ballard volvió a coger el teléfono—. Veinte minutos. Lo veré entonces.

—Trato hecho —dijo Trent—. Tendré un RDX listo.

Ballard colgó, arrancó la furgoneta y se alejó.

Continuó dos manzanas por Van Nuys y giró a la derecha en un barrio de viviendas de la época de la Segunda Guerra Mundial. Se detuvo delante de una casa que no tenía ninguna luz encendida y subió a la parte posterior de la furgoneta. Se quitó la pistola, la placa y la radio y lo puso todo en la caja de seguridad soldada al hueco de la rueda. Sacó la billetera del bolso y la puso también allí. Independientemente de lo que ocurriera en el concesionario, no iba a darle a Trent su carné de conducir. Ya le había dado un nombre falso y no iba a arriesgarse a que conociera su nombre o dirección verdaderos.

Enseguida se quitó el traje. Se dejó la blusa pero se puso unos vaqueros. Los pantalones le quedaban sueltos, de manera que podía llevar su pistola de reserva en una cartuchera de tobillo sin que resultara obvia.

Después de ponerse unas zapatillas de deporte, volvió a ocupar el asiento del conductor. Regresó al concesionario, pero esta vez cruzó la entrada y aparcó delante de él.

Antes de que tuviera tiempo de bajar de la furgoneta, un RDX plateado se acercó y se detuvo detrás de ella. Un truco de vendedor: impediría que se marchara. Trent salió sonriendo y señaló con su dedo a Ballard cuando ella bajó de la furgoneta.

—Stella, ¿verdad? —Sin esperar su confirmación, levantó la mano para presentar el RDX—. Y aquí lo tenemos.

Ballard subió a la parte de atrás de la furgoneta. Miró el RDX, aunque quería mirar a Trent.

—Bonito —dijo—. ¿Es el único color que tiene?

—Por el momento —respondió Trent—. Pero puedo conseguirle el color que quiera. Dos días máximo.

Esta vez Ballard miró a Trent y le tendió la mano.

—Hola, por cierto —dijo.

Trent tomó su mano y ella la apretó con firmeza mientras la estrechaba. Estudió el rostro de Trent mientras se aseguraba de aplicar presión a sus nudillos. Él nunca perdió su sonrisa de vendedor, pero

Ballard vio el dolor pulsando en sus mejillas. Los moratones eran recientes. Ballard sabía que los puños americanos, si quedaban un poco sueltos, podían fácilmente dañar y amoratar la mano de quien los utilizaba.

—¿Quiere probarlo? —preguntó Trent.

—Claro —respondió Ballard.

—Perfecto. Solo necesito hacer una copia de su carné de conducir y su seguro.

—Desde luego. —Ballard abrió el bolso y empezó a buscar en él—. Ay, maldita sea —exclamó—. Me he dejado la billetera en la oficina. Me ha tocado pagar los cafés del Starbucks y me la habré dejado en la mesa. Qué mala pata.

—No hay problema —dijo Trent—. ¿Por qué no cogemos el RDX, vamos a su oficina, hacemos las copias y conduce de vuelta hasta aquí?

Ballard había contemplado esa posibilidad y tenía una respuesta preparada.

—No, mi oficina está en Woodland Hills y vivo en Hollywood —dijo—. Tardaría demasiado. Mi mujer ya estará esperándome para cenar. Salimos los viernes.

—Su... —empezó a decir Trent antes de contenerse—. Ah, bueno... —Trent miró a través del cristal del concesionario como si buscara a alguien—. ¿Sabe qué? —continuó—. Nos saltaremos por una vez las reglas si quiere hacer una pequeña prueba. Después lo dejaremos todo listo para mañana y puede volver con su documento, el seguro... y el talonario de cheques. ¿De acuerdo?

—De acuerdo, pero no estoy completamente segura de querer el coche —dijo Ballard—. Tampoco me gusta el plateado. Esperaba uno blanco.

—Puedo conseguirle uno blanco para el domingo, el lunes a más tardar. Venga, vamos a probarlo.

Trent rodeó rápidamente el coche hasta el lado del pasajero, moviendo los brazos como si estuviera corriendo. Ballard se puso al volante, enfiló Van Nuys Boulevard y se dirigió al norte.

Trent le indicó que subiera por Sherman Way y luego girara al oeste hacia la 405. Ballard podría tomar la autovía hasta la salida de Burbank Boulevard y regresar a Van Nuys, completando un rectángulo de conducción que le proporcionaría una sensación del vehículo en entorno urbano y en autopista. Ballard sabía que ese camino les haría cruzar dos veces por Sepulveda Boulevard, la calle donde Trent había sido detenido tres años antes.

El plan de Trent se topó con un imprevisto cuando llegaron a la 405. Era casi un aparcamiento virtual con gente que regresaba a casa. Ballard dijo que saldría antes, en Vanowen. La mayor parte de la conversación hasta ese punto se había centrado en el RDX y lo que Ballard buscaba en un vehículo. Ella incorporó la mención de su esposa en algunas de las respuestas para ver si podía captar algún indicio de que Trent tuviera problemas con las parejas homosexuales, pero él no mordió el anzuelo.

Después de salir en Vanowen, Ballard giró al sur en Sepulveda. El bulevar discurría en paralelo con Van Nuys y los llevaría a pasar junto al Tallyho Lodge sin que pareciera que ella estaba sacándolo del camino a propósito.

La zona estaba flanqueada de centros comerciales, gasolineras, minimercados y hoteles baratos. Era un territorio fundamental en las operaciones de Antivicio. Mientras conducía, Ballard examinó las aceras, pero sabía que era muy pronto para pillar a prostitutas merodeando. Una vez que cruzaron Victory Boulevard, se encontraron un semáforo en rojo y ella aprovechó la ocasión para examinar la zona y comentar.

—No me había dado cuenta de que era todo tan sospechoso por aquí —dijo.

Trent miró como si lo viera por primera vez antes de decir nada.

—Sí, he oído que se pone feo por la noche. Macarras, camellos... Mujeres de la calle de todo tipo.

Ballard fingió una risa.

—¿Como qué?

—Le sorprendería —dijo Trent—. Hombres que se visten de mujeres, mujeres que eran hombres... Todas las variedades de cosas asquerosas que pueda imaginar. —Ballard se quedó en silencio y Trent pareció darse cuenta de que podría haber comprometido su venta—. No es que juzgue a nadie —continuó él—. Como yo digo, cada uno a lo suyo, vive y deja vivir.

—Yo también —dijo Ballard.

Después de la prueba de conducción, Ballard le dijo a Trent que quería pensarse la compra y que lo llamaría en un día o dos. Él le pidió que pasara por el concesionario y lo acompañara a su mesa para que pudiera rellenar una hoja de información como cliente. Ballard se negó, alegando que ya llegaba tarde a cenar. Le ofreció la mano otra vez y, cuando él se la estrechó, Ballard clavó el pulgar y el índice con fuerza, causando un estremecimiento involuntario de Trent. Ella le giró la muñeca ligeramente y le miró la mano, actuando como si viera los hematomas por primera vez.

—Ay, ¡lo siento mucho! No sabía que estaba herido.

—Está bien. Es solo un moretón.

—¿Qué le pasó?

—Es una larga historia, y no merece la pena. Preferiría hablar de cómo convencerla de que compre un RDX nuevo.

—Bueno, lo pensaré y le llamaré.

—Verá, si no le importa, mi jefe es un pesado que exige que documentemos nuestras acciones. Las somete a evaluaciones de actuación, a decir verdad. ¿Alguna posibilidad de que me dé su número para que pueda demostrar que saqué el coche para una prueba se conducción? De lo contrario, me calentará la cabeza por no verificar el carné y el seguro.

—Eh... —Ballard lo pensó y decidió que no sería un problema. Trent no podría rastrear su número para relacionarlo con su nombre real—. Claro.

Le dio el número y él lo anotó en el dorso de una de sus propias tarjetas de visita. Luego le entregó a Ballard otra tarjeta.

—Que le vaya muy bien la cena de esta noche, Stella.

—Gracias, Tom.

Mientras Ballard sacaba marcha atrás la furgoneta Ford de su plaza de aparcamiento, Trent se quedó en el estacionamiento y la miró marcharse, despidiéndola con un saludo amistoso con la mano. Ella condujo por Van Nuys Boulevard hasta la misma calle y lugar donde había aparcado antes. Sacó una libreta y anotó todas las citas de su conversación con Trent que pudo recordar. Unas notas improvisadas escritas solo momentos después de una conversación tenían mayor peso ante un tribunal que lo escrito mucho tiempo después. No tenía ni idea de si su encuentro clandestino con Trent finalmente formaría parte de un caso, pero sabía que era una decisión inteligente.

Después de guardar su libreta, subió a la parte de atrás de la furgoneta otra vez para recuperar la pistola, la placa y la radio. Decidió que volvería a ponerse su ropa de trabajo cuando llegara a la comisaría de Hollywood. Su teléfono sonó cuando estaba subiendo al asiento del conductor. Era un número 818 y aceptó la llamada. Era Trent.

—Solo estaba mirando en el ordenador, Stella —dijo—. Podemos conseguir uno blanco. Hay muchos en todas partes: Bakersfield, Modesto, Downey, muchas opciones. Todos plenamente equipados, cámara de visión trasera, todo.

Ballard supuso que estaba llamando solo para asegurarse de que no se la había jugado con un número falso. Darse cuenta de que no era así pareció cargarlo de energía.

—Muy bien, déjeme que lo piense —dijo Ballard.

—¿Está segura de que no puedo apretar el gatillo ahora mismo? —preguntó Trent—. Tendría derecho a nuestro descuento de final del día. Es un crédito de quinientos dólares para su primer pago, Stella. Puede usar ese dinero para pedir alfombrillas personalizadas o mejorar la tapicería del techo, si quiere. Hay muchas...

—No, Tom, todavía no —lo cortó Ballard con determinación—. Le he dicho que iba a pensarlo y lo llamaré mañana o el domingo.

—Muy bien, Stella —dijo Trent—. Entonces espero sus noticias.

La línea quedó en silencio. Ballard arrancó. Empezó a dirigirse hacia el sur, hacia las montañas. Miró el reloj del salpicadero. Si Trent estaba trabajando en el concesionario hasta la hora de cerrar, a las diez, entonces pasarían dos horas antes de que llegara a casa. Eso le daba mucho tiempo para lo que había planeado.

11

Ballard estaba sentada en su furgoneta en el mirador de Mulholland, a unas dos manzanas de Wrightwood Drive. Era una noche despejada y las luces del valle de San Fernando se extendían al infinito hacia el norte. Ballard tenía la radio encendida y sintonizada con la frecuencia de emisión de la División de North Hollywood. No tuvo que esperar mucho. Una llamada de radio a todas las unidades patrulla informó de un posible merodeador y del peligro de que entrara en alguna vivienda de Wrightwood. Una patrulla aceptó el aviso y preguntó dónde se reunirían con la persona que había denunciado el incidente. Desde la central de comunicaciones informaron de que la llamada había sido de la propietaria de un vehículo que había pasado y se había negado a identificarse.

Transcurridos otros treinta segundos, Ballard usó su radio. Se identificó a la centralita como una detective de la División de Hollywood que se encontraba en la zona y también respondería a la llamada. Desde la central se repitió la información a la patrulla que había respondido para que los agentes supieran que había una presencia amistosa en el barrio y se llamó a una unidad aérea para que sobrevolara el barrio de la colina con su potente foco.

Ballard arrancó desde el mirador y se dirigió a Wrightwood. Al empezar a descender por la empinada pendiente y tomar la primera curva, vio un coche patrulla —con sus estroboscópicas azules encendidas— aparcado a una manzana de distancia. Ballard dio las luces al acercarse y aparcó la furgoneta junto al coche patrulla. Dos agentes estaban saliendo. Como ella iba en su vehículo personal, sacó su placa por la ventanilla para que confirmaran que era policía. Los agentes de patrulla eran de la División de North Hollywood, y por eso Ballard no los conocía.

—Eh, chicos —dijo—. Pasaba por aquí y he oído la llamada. ¿Queréis ayuda o lo tenéis controlado?

—No estoy seguro de qué hay que controlar —dijo uno de los agentes—. La persona que llamó no está y no sabemos exactamente por dónde andaba el acechador. Parece una llamada falsa.

—Tal vez —dijo Ballard—. Pero tengo unos minutos. Voy a parar.

Aparcó detrás del coche patrulla y salió con una linterna encendida en una mano y la radio en la otra. Después de las presentaciones, Ballard se ofreció voluntaria para dirigirse calle arriba e ir llamando puerta por puerta. Los dos agentes de patrulla trabajarían calle abajo. Acababan de separarse cuando un helicóptero superó la cima de la montaña e iluminó la calle con su foco. Ballard levantó el brazo, saludó al helicóptero con su linterna y empezó a subir por la calle.

La casa de Thomas Trent fue la tercera que visitó. No había luces dentro que pudiera ver. Usó la parte posterior de la linterna metálica para golpear ruidosamente en la puerta. Esperó, pero no salió nadie. Ballard llamó otra vez y, cuando estuvo segura de que no había nadie en la casa, retrocedió hasta la calle y empezó a barrer la parte delantera de la vivienda con su haz de luz, como si estuviera buscando indicios de una entrada ilegal.

Ballard se volvió y miró calle abajo. Vio las linternas de los dos agentes de patrulla en lados opuestos de Wrightwood. Estaban inspeccionando casas y alejándose de ella. El helicóptero se había ladeado y estaba siguiendo la curva de la colina, enfocando con su luz la parte posterior de las viviendas. Ballard vio una zona donde se guardaban los cubos de basura y más atrás una verja. Sabía que la verja bloqueaba el acceso a una escalera que descendía por un lateral de la casa de Trent. Era un requisito legal que las casas de la colina contaran con una vía de acceso secundaria para casos de incendio y otras emergencias. Rápidamente, Ballard rodeó los cubos de basura para ver si Trent había puesto una cerradura en la verja y descubrió que no lo había hecho. La abrió y empezó a bajar por la escalera.

Casi de inmediato se encendió una luz activada por el movimiento que iluminó la escalera. Ballard levantó la mano y la extendió para bloquear la luz, simulando que estaba siendo cegada. Miró entre los dedos separados y buscó cámaras en el exterior de la casa. No vio nada y bajó la mano. Satisfecha de que su imagen no iba a ser grabada, continuó bajando.

La escalera tenía rellanos en otras dos plantas de la casa, que daban acceso a las terrazas que recorrían la parte posterior de la edificación. Ballard se detuvo en el primer rellano y vio que esa planta estaba amueblada con muebles de exterior y una barbacoa. Había cuatro puertas correderas. Ballard las verificó, pero las encontró cerradas. Enfocó al cristal, pero las cortinas habían sido corridas detrás de las puertas y no pudo ver el interior de la casa.

Ballard enseguida regresó a la escalera y descendió hasta el nivel más bajo, donde la terraza era mucho más pequeña y solo había dos puertas correderas. Al acercarse al cristal, vio que la cortina interior solo estaba corrida hasta la mitad de la anchura de la puerta. Enfocó su linterna al hueco y vio que la habitación que había detrás estaba casi vacía. Había una silla de madera de respaldo recto en el centro con una mesita a su lado. No parecía haber nada más en la habitación.

Al enfocar la habitación con el haz de luz, le desconcertó momentáneamente un destello, pero entonces se dio cuenta de que toda la pared de la derecha era un espejo. Era el haz de su propia linterna lo que había visto.

Ballard probó a abrir la puerta y descubrió que no estaba cerrada con llave, pero, en cuanto empezó a deslizarla, esta se detuvo bruscamente. Enfocó la guía de la puerta con su linterna y vio que había un palo de escoba cortado situado en el interior de la guía para impedir que la puerta se abriera desde fuera.

—Mierda —susurró Ballard.

Sabía que no contaba con mucho tiempo antes de que la patrulla diera la vuelta para ver cómo le iba. Hizo un barrido con la linterna por la habitación una vez más y luego caminó por la terraza para conseguir un mejor ángulo sobre una puerta parcialmente abierta dentro de la casa, en el fondo de la habitación. A través de la abertura divisó un pasillo y parte de una escalera que ascendía al siguiente nivel. Se fijó en una forma rectangular en el suelo en un pequeño hueco junto a la escalera. Pensó que podría tratarse de una trampilla que condujera a los cimientos de la construcción.

Caminó por el borde de la terraza y enfocó la luz hacia abajo por encima de la barandilla. El haz brilló en una plataforma en la cual se hallaba el aparato de aire acondicionado de la casa. Ballard se dio cuenta de que tenía que haber acceso a la instalación desde debajo de la casa.

—¿Has encontrado algo?

Ballard se volvió rápidamente de la barandilla. Uno de los agentes de patrulla había bajado los escalones: el mayor y más veterano, con cuatro galones en la manga. Se llamaba Sasso. Levantó su linterna hacia ella.

Ballard levantó la mano para bloquear el brillo.

—¿Te importa? —dijo.

El agente bajó la linterna.

—Lo siento.

—No, nada —dijo Ballard—. La verja de arriba estaba abierta, así que pensé que podría haber alguien aquí abajo. Pero no parece que viva nadie aquí.

Pasó la linterna por las puertas de cristal, revelando la sala que contenía la única silla y la mesa. Sasso también dirigió la luz de su linterna a través de la puerta, y luego volvió a mirar a Ballard, esta vez con su cara en sombra.

—¿Así que solo estabas por el barrio? —preguntó.

—Tenía una reunión en el valle y estaba cruzando la colina —dijo Ballard—. Trabajo en la sesión nocturna y llegaba pronto. ¿Te has enterado del tiroteo de anoche en Sunset? Quería saber qué se estaba diciendo en la radio sobre eso.

—¿Y cruzaste por Wrightwood para ir a Hollywood?

Su voz denotaba un claro tono de sospecha. Sasso llevaba veinte años de servicio, según sus galones. Probablemente había atendido muchas llamadas de radio preparadas por detectives con el fin de tener un móvil para inspeccionar una casa. Lo llamaban «fantasmear».

—Había mucho tráfico en Laurel Canyon, así que me fui por Vineland y salí aquí —dijo ella—. Iba a ir a buscar Outpost y bajar por allí.

Sasso asintió, pero Ballard sospechaba que no la estaba creyendo.

—Vamos a dejarlo —dijo—. Se están acumulando llamadas legítimas y tenemos que ocuparnos de ellas.

Era su forma de reprenderla por hacerle perder el tiempo.

—Claro. Yo también me voy.

—Cancelaré el pájaro —añadió Sasso.

Este empezó a subir la escalera. Ballard echó un último vistazo por encima de la barandilla de la terraza antes de seguirlo. Apuntó su luz abajo y vio que no había acceso exterior a la plataforma que sostenía el aparato de aire acondicionado. Estaba segura de que se accedería tanto desde dentro de la casa como por debajo de esta.

En lo alto de la escalera, Ballard cerró la verja y volvió a dejar los cubos de basura como los había visto al llegar. Luego caminó por la calle hasta su furgoneta. El coche patrulla hizo un giro de ciento ochenta grados detrás de ella y empezó a bajar por la colina. Ballard oyó el sonido del helicóptero alejándose en la noche. Consideró regresar a la casa de Trent para hacer un intento de bajar a la plataforma, pero la sospecha de Sasso le dio que pensar. Él y su compañero podrían dar la vuelta para ver si se había entretenido en el barrio.

Arrancó la furgoneta y se dirigió a Mulholland. Como le había dicho a Sasso, fue a buscar Outpost, con sus vistas intermitentes de la ciudad iluminada a sus pies, y luego bajó a Hollywood. Estaba en Sunset, a unas pocas manzanas de Wilcox, cuando sonó su teléfono. Era la respuesta a su llamada a Jorge Fernández, de la Unidad de Antivicio del Valley Bureau. Ballard le dio las gracias por llamarla tan pronto y describió brevemente el caso en el que estaba trabajando con una víctima de agresión que no podía hablar.

—Bueno, en qué puedo ayudarte? —preguntó Fernández.

Ballard se fijó al pasar junto al Dancers en que había una furgoneta del Departamento de Ciencias Forenses aparcada delante, y a través de las puertas delanteras abiertas vio luces brillantes dentro, de las que usaban en las escenas del crimen. No sabía qué podía estar ocurriendo allí veinticuatro horas después del crimen.

—Eh, Ballard, ¿sigues ahí? —le instó Fernández.

—Ah, sí, lo siento —dijo—. Así que tengo a este tipo, no lo llamaría sospechoso todavía. Digamos que está más en el nivel de posible sospechoso.

—Está bien, ¿y qué tiene que ver conmigo?

—Lo detuviste hace tres años en una redada de Antivicio en Sepulveda Boulevard.

—He detenido a un montón de gente allí. ¿Cómo se llama?

Ballard giró en Wilcox hacia la comisaría.

—Thomas Trent.

Hubo una pausa antes de que Fernández respondiera.

—Nada —dijo Fernández—. No me suena.

Ballard le dio la fecha de la detención, explicó que fue en el Tallyho y que Trent era el tipo que llevaba puños americanos en los bolsillos.

—Ah, sí, ese tipo —dijo Fernández—. Recuerdo los puños americanos. Tenían unas palabras grabadas.

—¿Qué palabras? —preguntó Ballard—. ¿Qué quieres decir?

—Mierda, no me acuerdo. Pero cada uno tenía una palabra para dejar la inscripción y que se pudiera leer.

—No había descripción en el informe de detención. Solo decía puños americanos.

—Estoy pensando...

—¿Estabas con tu compañero? ¿Crees que se acordaría? Podría ser importante.

—Era un operativo. Toda la unidad estaba allí. Puedo preguntar, a ver si alguien lo recuerda.

—Bueno, háblame de la detención si puedes. El tipo llevó puños americanos a la habitación de un motel donde pensaba que habría un prostituto menor de edad y terminó con una condicional. ¿Cómo pudo ocurrir?

—Tenía un buen abogado, supongo.

—¿En serio? ¿No puedes decirme nada más?

—Bueno, estábamos preparando todo en la habitación, porque teníamos a uno de esos tipos siniestros que llegaba a las diez, pero entonces llaman a la puerta a las nueve y es tu hombre, el de los puños americanos. Nos quedamos en plan «¿Qué coño es esto?». Así que lo trincamos y encontramos los puños americanos en el bolsillo de la chaqueta. Recuerdo que tenía una excusa: dijo que era vendedor de coches usados o algo así e iba a pruebas de conducción con gente rara y necesitaba protegerse.

—¿Con puños americanos?

—Solo te cuento lo que dijo.

—Vale, vale. ¿Qué ocurrió después?

—Bueno, fue un chasco. Pensábamos que probablemente era nuestro tipo de las diez en punto, pero no podíamos relacionarlo con el guion que teníamos en marcha, así que...

—¿Qué guion?

—Así llamábamos a las conversaciones que estábamos preparando en Internet. Así que nos faltaba la tentativa. Llamamos a nuestro fiscal y le dijimos lo que teníamos y que no estábamos seguros de que Trent fuera el del guion. El fiscal dijo: «Detenedlo por los puños americanos, y si después lo relacionamos con nuestro caso podemos añadir eso». Así que lo acusamos como ordenó y eso fue todo.

—¿Hubo alguna vez otro intento de relacionarlo con el guion?

—Mira... Es Ballard, ¿no?

—Sí, Ballard.

—¿Tienes alguna idea de cuánto tiempo supone hacer una verificación ordenador a ordenador? Y este tipo trabajaba en un concesionario de coches donde tenía acceso a ordenadores en cada puto escritorio. Lo teníamos por los puños americanos y lo acusamos de ese delito. Eso fue todo. Teníamos otras cosas que hacer.

Ballard asintió para sí misma. Sabía cómo funcionaba el sistema. Había demasiados casos, demasiadas variables, demasiadas normas legales. Pillaron a Trent en un delito y eso significaba otro cabrón fuera de la calle. Era el momento de ir a buscar al siguiente.

—Vale, gracias por llamar —dijo—. Esto ayuda. Hazme un favor: si alguien de la Unidad recuerda lo que ponía en los puños, o si alguien hizo fotos, avísame. Podría ser importante en el caso.

—Claro, Ballard.

Esta entró por la puerta vallada del aparcamiento situado detrás de la comisaría y sacó su identificación por la ventanilla ante el lector electrónico. La pared de acero se deslizó y Ballard entró y empezó a buscar un sitio para estacionar. El aparcamiento a menudo estaba más lleno por la noche porque había menos coches en las calles.

Entró en la comisaría por la puerta trasera y vio dos borrachos esposados al banco del calabozo. Ambos habían vomitado en el suelo entre sus pies. Ballard llevaba su traje en la mano. Enfiló el pasillo y subió por la escalera al vestuario para cambiarse.

La sala de brigada de detectives estaba desierta, como de costumbre, cuando ella llegó. Como no tenía escritorio asignado, tuvo que preguntar en recepción si había mensajes para ella. Había una nota rosa: una llamada recibida a las cuatro de la tarde de un teléfono con prefijo 888. El nombre garabateado en la línea del remitente parecía Nerf Cohen, un nombre que ella no reconoció. Ballard se la llevó a su mesa de trabajo habitual y se sentó.

Antes de leer el mensaje, abrió el archivo de fotos de su móvil y pasó las imágenes hasta que encontró las fotos de detalle tomadas del torso amoratado de Ramona Ramone. Usó el pulgar y el índice para ampliar cada fotografía y buscar indicios de un patrón en los hematomas que ella había deducido que habían sido causados por unos puños americanos. No estaba segura de si era producto de la sugestión provocada por la información de Fernández, pero en ese momento pensó que podía ver lo que no había visto antes en el hospital. Le pareció distinguir marcas diferenciadas en los hematomas en los lados derecho e izquierdo del torso. No era suficiente para leer palabras, pero creyó poder distinguir la letra C u O en el lado izquierdo y, o bien una N, o bien una V en el lado derecho. Se dio cuenta de que las marcas que estaba mirando, si eran palabras, probablemente aparecerían del revés en el hematoma si se leían al derecho en los puños del agresor.

Aun así, las marcas de hematomas eran significativas. Lo que Ballard estaba buscando no era científico ni remotamente concluyente, pero era una pequeña pieza del puzle que parecía encajar con Trent, y por lo tanto le dio un agradable impulso. Decidió que era el momento de empezar a registrar los movimientos que había seguido en su proceso de investigación —los legales al menos— en un archivo digital. Podía avanzar mucho en el tiempo de que disponía. Se puso a trabajar, empezando por una cronología de la investigación, aunque ese no sería el primer documento del archivo. Sabía por experiencia que la cronología escrita era la piedra angular de un caso.

Llevaba media hora trabajando cuando su teléfono sonó con una llamada de un número bloqueado. Respondió.

—Ballard.

—*Good, Evil.*

Reconoció la voz de Jorge Fernández. Su voz subió un tono con la excitación.

—¿Eso ponía en los puños?

—Sí. Pregunté a los chicos y alguien lo recordó. El bien y el mal, la batalla constante del hombre. ¿Lo pillas?

—Lo pillo.

—¿Ayuda?

—Creo que sí. ¿Puedes darme el nombre del agente que lo recordó? Podría necesitarlo.

—*Dandi* Dave Allmand. Lo llamamos así porque tiene mucho estilo para vestir. Esto es Antivicio, pero él piensa que es una puta pasarela de moda.

—Entendido. Y gracias, Fernández. Te debo una.

—Buena caza, Ballard.

Después de colgar, Ballard abrió las fotos de los hematomas de Ramona Ramone en su teléfono otra vez. Entonces pudo verlo: la doble O en *GOOD* y la V en *EVIL*. Se leían igual de derecha a izquierda que de izquierda a derecha.

Ballard sabía que era altamente improbable que Trent hubiera recuperado los puños americanos que estaban en su posesión cuando fue detenido. Después de tres años, habrían sido destruidos por la Unidad de Custodia. Pero, si las armas formaban parte de una parafilia —en este caso, una fantasía sadomasoquista—, no le parecía descabellado creer que hubiera vuelto al lugar donde adquirió los puños americanos originales para comprar otro par.

La descarga de adrenalina que había sentido Ballard antes se convirtió en una locomotora que aceleraba por sus venas. A su juicio, Trent ya no era solo un posible sospechoso. El tren había pasado por esa parada. Creía que era su hombre, y no había nada semejante a ese momento de clarividencia. Era el santo grial del trabajo de un detective. No tenía nada que ver con pruebas, procedimiento legal o causa probable. Era solo un conocimiento visceral. En la vida de Ballard, nada superaba eso. Había pasado mucho tiempo sin experimentar algo así en la sesión nocturna, pero en ese momento lo sintió y supo en lo más hondo que era la razón por la que nunca lo dejaría, no importaba dónde la pusieran ni lo que dijeran de ella.

12

Ballard subió a la sala de reuniones temprano. Siempre era un buen momento para charlar, oír cotilleos de la comisaría y recabar información de la calle. Ya había siete agentes uniformados sentados, incluidos Smith y Taylor, cuando ella entró. Dos de los otros eran una pareja de mujeres que Ballard conocía bien de cruzarse con ellas en el vestuario. Como cabía esperar, la conversación que mantenían era sobre el quíntuple asesinato de la noche anterior. Una de las agentes estaba diciendo que Robos y Homicidios había bloqueado herméticamente las noticias internas sobre el caso: ni siquiera se habían comunicado los nombres de las víctimas veinticuatro horas después del crimen.

—Estuviste dentro, Renée —dijo Herrera, una de las mujeres—. ¿Cuál es la primicia sobre las víctimas? ¿Quiénes eran?

Ballard se encogió de hombros.

—No hay primicia —dijo—. Solo me ocupé de una de las víctimas colaterales, la camarera de la discoteca. No me metieron en el círculo íntimo. Vi tres hombres muertos en un reservado, pero no sé quiénes eran.

—Supongo que no iban a dejarte estando Olivas al mando —dijo Herrera.

Era un recordatorio de que en una comisaría de policía había pocos secretos. Un mes después de su traslado a Hollywood, todo el mundo en la comisaría sabía que su denuncia contra Olivas no había prosperado, aunque la ley exigía confidencialidad en las cuestiones personales.

Ballard trató de cambiar de tema.

—Cuando venía he visto que el DCF estaba allí —dijo ella—. ¿Se les pasó algo anoche?

—He oído que aún no se han ido —respondió Smith—. Llevan casi veinticuatro horas.

—Tiene que ser una especie de récord —añadió Herrera.

—El récord es el caso de Phil Spector, cuarenta y una horas con criminalística en la escena —dijo Smith—. Y eso con un solo cadáver.

El famoso productor musical Phil Spector había matado en su casa a una mujer a la que había conocido en un bar. Ese caso era competencia del *sheriff*, pero Ballard decidió omitir esa distinción.

Pronto entraron más agentes en la sala, seguidos por Munroe. El teniente ocupó su posición detrás del podio situado al frente de la sala y comenzó la reunión con que se iniciaba el turno. Fue sosa y seca, con los habituales informes de delitos de zona, incluido el robo de la tarjeta de crédito del que Ballard se había ocupado la noche anterior. Munroe no tenía noticias sobre el caso Dancers, ni siquiera un retrato robot del sospechoso. Su informe duró menos de diez minutos. Concluyó dando la palabra a Ballard.

—Renée, ¿algo de lo que quieras hablar?

—No mucho. Está la agresión de anoche. La víctima sigue en coma. Ocurrió en el paseo trans, y cualquier cosa relacionada con el caso de la que alguien se entere será bienvenida. El sospechoso usó puños americanos. Preguntad por los puños. Aparte de eso, y de las cinco personas asesinadas en el Dancers, un día tranquilo.

La gente rio.

—Muy bien —dijo Munroe.

El teniente se centró en cuestiones internas de programación y el uso de cámaras incorporadas en los uniformes. Ballard quería marcharse, pero sabía que sería grosero, así que sacó su teléfono y se lo puso sobre el muslo para mirar subrepticiamente sus mensajes. Vio que había recibido un mensaje de Jenkins unos minutos antes. Solo quería saber cómo le iba, como era su costumbre cuando ella trabajaba sola.

Jenkins: ¿Cómo va?
Ballard: Creo que he encontrado «la casa boca abajo».
Jenkins: ¿Cómo?
Ballard: Antecedente con puños americanos.
Jenkins: Bien. ¿Vas a actuar hoy?
Ballard: No, sigo recopilando info. Te avisaré.
Jenkins: Bien.

La reunión terminó cuando ella estaba finalizando su intercambio de mensajes. Ballard se guardó el teléfono y se dirigió a la escalera. Munroe la llamó desde atrás cuando ella estaba girando en el primer rellano.

—Ballard, no vas al Dancers, ¿no? —preguntó.

Ballard se detuvo y esperó a que él le diera alcance.

—No, ¿por qué?

—Solo quería saber lo que está haciendo mi gente —dijo Munroe.

Técnicamente, Ballard no formaba parte de la gente de Munroe, pero dejó pasar el desliz. Munroe dirigía la patrulla en la División durante la sesión nocturna, pero Ballard era detective y rendía cuentas al teniente McAdams, el mando de día de la brigada de detectives.

—Como he dicho en la reunión, estoy trabajando en la agresión de anoche —dijo—. McAdams me lo encargó.

—Pues no he recibido la circular sobre eso —repuso Munroe.

—¿Recibió una circular diciéndole que me mantenga lejos del Dancers?

—No, ya te lo he dicho, solo quiero saber dónde está todo el mundo en el turno.

—Sí, bueno, ahora ya sabe en qué estoy trabajando. Tengo que irme al hospital enseguida, pero estaré por ahí si me necesita.

Se volvió, bajó el último tramo de escaleras y se encaminó directamente a la sala de detectives. Se preguntó si Munroe estaba escondiendo algo. Normalmente ella trabajaba de forma autónoma, sin que el teniente de patrulla la controlara. ¿Olivas o alguna otra persona de arriba le había dicho que la mantuviera alejada de la discoteca y la investigación?

La conversación con Munroe la tensó, pero Ballard dejó de lado esos pensamientos para poder concentrarse en el caso que la ocupaba. Sacó las llaves del coche asignado a la sesión nocturna del cajón del escritorio de recepción y recogió una batería cargada para la radio del lugar donde las ponían a recargar. Volvió a su escritorio a buscar su bolso y la radio y salió. Una vez que estuvo en el coche, se dio cuenta de inmediato de que alguien lo había usado durante el día, alguien que no había hecho caso de la orden que prohibía fumar en todos los vehículos municipales. Abrió las cuatro ventanillas al salir por la puerta del aparcamiento y giró al norte en Wilcox hacia Sunset.

En el Hollywood Presbyterian, mostró su placa para abrirse paso a un vigilante de seguridad y en dos puestos de enfermeras hasta llegar a la habitación donde Ramona Ramone yacía comatosa en una cama. Ballard había pedido a una enfermera llamada Natasha que la acompañara por si en algún momento necesitara un testimonio de respaldo en un juicio.

La víctima en realidad parecía peor una noche después. Tenía la cabeza parcialmente afeitada y la cirugía para sanar la fractura de cráneo y limitar el impacto del edema cerebral había dejado su rostro hinchado e irreconocible. Yacía en el centro de un nido de tubos, goteros y monitores.

—Necesito que le abra la bata para que pueda fotografiar los cardenales de su torso —dijo Ballard.

—¿No lo hicieron anoche? —preguntó Natasha.

—Sí, pero los hematomas tienen otro aspecto hoy.

—No lo entiendo.

—No tiene que entenderlo, Natasha. Solo abra la bata.

Ballard sabía que el hematoma se producía cuando los vasos sanguíneos debajo de la piel se dañaban por el impacto y los glóbulos rojos se filtraban en los tejidos circundantes. En ocasiones los cardenales se volvían más grandes y más oscuros veinticuatro horas después de una herida porque la sangre continuaba filtrándose desde los vasos dañados. Ballard tenía la esperanza de que los hematomas de Ramona Ramone se hubieran vuelto más definidos y posiblemente incluso legibles.

La enfermera apartó unos tubos y bajó la manta térmica que cubría a la paciente. Desabrochó la bata azul pálido para exponer el cuerpo desnudo de la víctima. Había un catéter inserto en el pene y la orina en el tubo transparente tenía un tono rojizo como consecuencia de la hemorragia interna. La enfermera subió ligeramente la manta, y Ballard no supo si debía interpretarlo como una muestra de pudor o de repulsión.

Se fijó en que los costados derecho e izquierdo del torso estaban completamente cubiertos de hematomas oscuros. Los bordes definidos de las marcas rojas de impacto que había visto la noche anterior estaban ahora desdibujados, pues la sangre continuaba extendiéndose debajo de la piel. Si no hubiera visto antes las heridas, le habría sido imposible deducir que se habían infligido con puños americanos. Ballard se inclinó sobre la cama desde el lado izquierdo para estudiar las flores moradas con atención. No tardó mucho en identificar dos anillos contiguos de un color morado intenso entre el tono más leve que exhibía el resto de cardenales. Creía que era la doble O de la palabra *GOOD*.

—Natasha, ¿puede mirar esto?

Ballard se enderezó y se apartó hacia la izquierda para que la enfermera pudiera acercarse. Señaló el patrón.

—¿Qué es eso? —preguntó Ballard.

—¿Se refiere a los moretones? —dijo Natasha.

—Hay un patrón ahí. ¿Lo ve?

—Veo..., bueno, puede ser. ¿Se refiere a los círculos?

—Exactamente. Deje que lo fotografíe.

Ballard sacó su teléfono y se acercó otra vez cuando Natasha retrocedió. Al tomar las fotos, pensó en los anuncios que había visto en toda la ciudad que mostraban asombrosas imágenes de calidad profesional tomadas con la cámara del nuevo iPhone. Ballard suponía que la clase de fotos que ella hacía nunca aparecerían en los anuncios.

—¿Eso es del arma? —preguntó Natasha—. ¿Quizá tenía dos anillos grandes en los dedos cuando golpeó a este hombre?

Ballard continuó fotografiando, con flash y luego sin él.

—Algo así —dijo.

Rodeó la cama hasta el otro lado y estudió los moretones en el lado izquierdo del torso de Ramona Ramone. Allí las flores moradas eran de un color aún más intenso y Ballard no pudo detectar ningún indicio de la palabra *EVIL*. Sabía que el color más intenso correspondía a una herida más profunda, y el desequilibrio entre los dos lados del torso indicaba que la mano dominante del agresor era la derecha. Trató de recordar si Thomas Trent había hecho algo durante su encuentro con él y la prueba de conducción que revelara que era diestro. Había sido evidente que los nudillos de la mano derecha estaban dolorosamente amoratados. Entonces recordó que escribió su número de teléfono con la derecha.

Ballard tomó fotos del lado izquierdo para poder documentar la extensión de las heridas.

—Puede taparla, Natasha —dijo—. He terminado por ahora.

Natasha empezó a abotonar otra vez la bata.

—Ha visto que es un hombre, ¿no? —preguntó la enfermera.

—Biológicamente, sí. Pero ella eligió vivir como mujer. Me quedo con eso.

—Ah —dijo Natasha.

—¿Sabe si ha tenido visitas? ¿Algún familiar?

—No que yo sepa.

—¿Van a trasladarla?

—No lo sé. Probablemente.

El Hollywood Presbyterian era un hospital privado. Si no encontraban familia o un seguro, Ramone sería trasladada a un hospital del condado, donde no recibiría el mismo nivel de atención que tenía allí.

Ballard dio las gracias a Natasha por su ayuda y salió de la habitación.

Después de marcharse del hospital, Ballard se dirigió a un barrio situado a la sombra de una sección elevada de la autovía 101. Ramona Ramone no tenía ningún carné de conducir ni con su actual nombre ni con su nombre de nacimiento, y la única dirección de la víctima que había encontrado Ballard estaba en Heliotrope Drive. Era la dirección que figuraba en dos tarjetas de acoso de su expediente de Antivicio y la que había proporcionado la última vez que la detuvieron.

Ballard había pensado que seguramente sería una dirección falsa, no porque no hubiera una calle en Hollywood llamada Heliotrope, sino porque sabía algo de plantas y flores por haber crecido en Hawái. A menudo había trabajado con su familia en huertos de tomateras y viveros en las densas laderas de Maui. El heliotropo era una planta que florecía con fragantes flores moradas y azules y era conocido por girar sus pétalos hacia el sol. A Ballard le pareció que era una especie de metáfora, que tal vez Ramona Ramone había elegido el nombre de la calle porque encajaba con su deseo de cambiar y girar sus pétalos al sol.

En ese momento, al seguir el camino a la autovía, vio que la dirección correspondía a una fila de autocaravanas viejas y caravanas aparcadas una detrás de otra bajo el paso elevado. Era uno de los campamentos de vagabundos de Los Ángeles, y, más allá de la fila de vehículos abollados en la calle, Ballard vio tiendas oscuras y refugios hechos de lona azul y otros materiales en el miserable solar situado bajo el paso elevado.

Aparcó el coche y bajó.

13

Ballard conocía algo de la estructura social de los campamentos de gente sin hogar de la ciudad. Tanto el ayuntamiento como el Departamento habían sido atacados y demandados por grupos de derechos civiles por gestionar de forma inadecuada encuentros con gente sin hogar en sus comunidades. Ello había dado como resultado un cursillo de sensibilización específica con el problema y el equivalente a una política de no intervención. Ballard había aprendido de esas sesiones que un campamento de vagabundos evolucionaba como una ciudad, generaba la necesidad de una jerarquía social y de un gobierno que proporcionara servicios como seguridad, toma de decisiones y gestión de desechos. Muchos campamentos contaban con individuos que hacían las veces de alcaldes, *sheriffs* y jueces. Cuando Ballard entró en el campamento de Heliotrope, estaba buscando al *sheriff*.

Al margen del sonido constante del tráfico en la autovía, por encima, el campamento permanecía en silencio. Era pasada la medianoche, la temperatura había bajado de los diez grados y los habitantes estaban a resguardo y preparándose para hacer frente una noche más a los elementos protegidos tras las paredes de lona o, en el mejor de los casos, la carcasa de aluminio de una autocaravana.

Ballard se fijó en un hombre que cruzaba lo que parecía un campo de escombros donde la gente que vivía de la basura de otros tiraba la suya propia. Se estaba abrochando el cinturón y tenía la cremallera bajada. Cuando levantó la mirada y vio a Ballard, se sobresaltó.

—¿Quién coño eres tú?

—Policía de Los Ángeles. ¿Quién coño es usted?

—Bueno, vivo aquí.

—¿Es el *sheriff*? Estoy buscando a alguien al mando.

—No soy el *sheriff*, pero me toca el turno de noche.

—¿En serio? ¿Es de seguridad?

—Ese soy yo.

Ballard sacó la placa de su cinturón y la levantó.

—Ballard, Departamento de Policía de Los Ángeles.

—Eh, Denver. La gente me llama Denver.

—Muy bien, Denver. No quiero molestar a nadie. Solo necesito su ayuda.

—Está bien.

Denver dio un paso adelante y tendió la mano. Ballard se contuvo de encogerse abiertamente. Por suerte, estaba sosteniendo la radio en la mano derecha y evitó la mano extendida.

—Choca ese codo, Denver —dijo. Le ofreció el codo, pero Denver no supo qué hacer con él—. Está bien, no importa —continuó Ballard—. Vamos a hablar. La razón de que esté aquí es que creo que una de sus ciudadanas está en el hospital, muy malherida. Quiero saber cuál es su casa. ¿Puede ayudarme?

—¿Quién es? Hay gente que viene y va. En ocasiones solo dejan sus cosas.

—Se llama Ramona Ramone. ¿Una hispana bajita? Dijo que vivía aquí.

—Sí, conozco a Ramona. Pero hay algo que debería saber...: es un hombre.

—Sí, ya lo sé. Nació hombre, pero se identifica como mujer.

—Eso pareció confundir a Denver, así que Ballard continuó—: Entonces, ¿vive aquí?

—Bueno, vivía. Se fue hace como una semana y no pensábamos que fuera a volver. Como le he dicho, la gente viene y va, solo dejan su mierda atrás. Así que alguien ocupó su sitio, ¿entiende lo que quiero decir? Así funcionan las cosas aquí. Nadie te guarda el sitio.

—¿Cuál era su sitio?

—Estaba en la Midas del setenta y cuatro, en la parte delantera del campamento. —Señaló hacia la línea heterogénea de autocaravanas aparcadas junto a la acera delante de la zona de acampada abierta.

La primera autocaravana era un remolque blanco sucio con la cabina de una camioneta Dodge. Había una franja de color naranja apagado en el lado y una bandera estadounidense de plástico envuelta en el borde trasero del tejado para frenar las goteras. Desde el exterior, el vehículo evidenciaba sus cuarenta años.

—Oí que se la compró a su anterior propietario por cuatrocientos dólares y el vendedor se mudó a la selva.

Denver esta vez señaló hacia el campamento. Estaba claro que una autocaravana, por decrépita que estuviera, era uno de los mejores hábitats de la comunidad. Recientemente había surgido una pequeña industria consistente en sacar de vertederos y patios traseros viejas autocaravanas irreparables, remolcarlas a zonas de estacionamiento en la calle bajo autovías o en áreas industriales y venderlas baratas o incluso alquilarlas a gente sin hogar. Pasaban de mano en mano y eran a menudo objeto de peleas por su propiedad y de desahucios ilegales. El Departamento estaba formando a un equipo para ocuparse de ese problema y de las otras muchas cuestiones planteadas por la creciente población sin hogar de la ciudad, la más grande al oeste de Nueva York.

—¿Cuánto tiempo residió aquí? —preguntó Ballard.

—Un año más o menos —dijo Denver.

—¿Hay alguien allí ahora?

—Sí, un tipo. Lunes Tormentoso lo ocupó.

—¿Es el nombre que usa?

—Sí. Aquí la gente utiliza muchos nombres diferentes, ¿sabe? Han dejado otros nombres atrás.

—Entendido. Vamos a hablar con Lunes Tormentoso. Quiero echar un vistazo dentro.

—No es un tipo simpático cuando lo despiertan. Lo llaman Lunes Tormentoso, pero es un cabrón todos los días de la semana.

—Conozco el percal. Nos ocuparemos de eso, Denver.

Cuando empezó a dirigirse a la primera autocaravana, Ballard levantó la radio y llamó para pedir refuerzos. Le dieron un tiempo estimado de llegada de cuatro minutos.

—¿Sabe?, cuando la policía viene por aquí, la gente se pone nerviosa —dijo Denver después de que Ballard bajara la radio.

Llevaba en el bolsillo una pequeña linterna táctica que había sacado de la guantera del coche. El extremo era de acero pesado. Lo usó para llamar a la puerta de la Dodge Midas. De inmediato, se retiró a una posición discreta dos pasos hacia atrás y uno a la izquierda. Se fijó en que no había manija en la puerta, solo dos agujeros a través de los cuales pasaban los eslabones de una cadena de acero. Era una forma de cerrar el vehículo tanto cuando estabas dentro como cuando estabas fuera.

No hubo respuesta ni ningún movimiento en la autocaravana.

—Parece que hay alguien encerrado dentro —dijo Ballard.

—Sí, está ahí —coincidió Denver.

Ballard llamó con más fuerza a la puerta esta vez. El sonido resonó en el cemento del paso elevado y se impuso al bullicio de la autopista.

—¡Eh, Lunes! —gritó Denver—. Sal un momento.

Un coche patrulla avanzó despacio por Heliotrope, y Ballard lo enfocó con su linterna. El coche se detuvo en la calle al lado de la Midas. Salieron las dos mujeres uniformadas que habían estado en la reunión de turno. Herrera era la jefa y su compañera se llamaba Dyson.

—Ballard, ¿qué tenemos aquí? —preguntó Herrera.

—Tengo que despertar al tipo que está ahí dentro —dijo Ballard—. Aquí Denver dice que no le va a hacer gracia.

La suspensión de la autocaravana estaba destrozada después de muchas décadas de uso. El vehículo empezó a crujir y balancearse en cuanto hubo movimiento dentro. Entonces, desde el otro lado de la puerta, se oyó una voz.

—Sí, ¿qué pasa?

Denver intervino sin que lo invitaran.

—Eh, Lunes, tienes a la policía aquí. Quieren ver el interior de tu choza porque Ramona vivía aquí.

—Sí, pero ya no vive aquí —repuso Lunes—. Estoy durmiendo.

—Abra la puerta, señor —dijo Ballard en voz alta.

—¿Tiene una orden o algo? Conozco mis derechos.

—No tenemos ninguna orden. Necesitamos que abra la puerta o lo que haremos será llevarnos este vehículo con usted dentro al aparcamiento de la policía, donde procederemos a abrirlo y usted será detenido por obstruir una investigación. Irá al calabozo y este sitio privilegiado se lo quedará otro. ¿Es lo que quiere, señor?

Ballard pensó que no se había dejado nada. Esperó. Herrera se apartó para escuchar una llamada en el micrófono que llevaba al hombro. Dyson se quedó con Ballard. Pasaron treinta segundos hasta que Ballard oyó el cascabeleo de la cadena al otro lado de la puerta. Lunes Tormentoso estaba abriendo.

Basándose en el apodo y en la advertencia de que tenía malas pulgas, Ballard estaba esperando que saliera de la caravana un tipo grande, listo para la confrontación. En cambio, bajó un hombre pequeño, con gafas y barba gris, con las manos levantadas. Ballard le pidió que bajara las manos y se lo entregó a Dyson y Herrera, que había regresado con el grupo. Le preguntó sobre la propiedad de la autocaravana y su contenido. El hombre, que se identificó como Cecil Beatty, dijo que se había mudado allí solo dos días antes, y eso después de que otros echaran un vistazo a la caravana. Dijo que no creía que quedaran pertenencias de Ramona Ramone.

Ballard pidió a las agentes de patrulla que vigilaran a Beatty mientras ella echaba un vistazo en el interior de la caravana. Se puso guantes de látex, subió los dos escalones y entró. Barrió con el haz de la linterna un pequeño espacio de dos ambientes que estaba repleto de basura y despedía un olor tan acre como la celda de borrachos de la comisaría de Hollywood un domingo por la mañana. Puso la boca y la nariz en el hueco del codo al moverse entre los desechos que sembraban toda la superficie del suelo. No vio nada que pudiera pertenecer a Ramona Ramone. Atravesó la primera zona hasta la parte de atrás, que esencialmente consistía en una cama de metro y medio de ancho con un montón de sábanas y mantas oscuras y manchadas. Casi dio un salto cuando de repente las sábanas se movieron y se dio cuenta de que había alguien en la cama.

—Dyson, ven aquí —gritó Ballard—. ¡Ahora!

Ballard oyó que la agente entraba en la caravana, detrás de ella. Mantuvo la linterna en la cara de la mujer que estaba en la cama. Su aspecto era zarrapastroso, con los rizos encrespados. Tenía marcas en la cara y el cuello. Una persona al extremo de su adicción.

—Sácala de aquí —dijo Ballard.

Dyson se acercó, retiró las sábanas y tiró de la mujer, que estaba completamente vestida con múltiples capas de sudaderas y chaquetas, para sacarla de la cama. La acompañó fuera y Ballard continuó la búsqueda.

Al no ver nada de interés para su investigación, Ballard dejó atrás la zona de dormitorio. Había una pequeña cocina frente a lo que había sido un pequeño cuarto de baño, pero que hacía mucho que no se utilizaba. La cocina de dos quemadores probablemente se usaba más que nada para calentar cucharitas de heroína o cristal de metanfetamina. Ballard empezó a abrir los armarios de arriba, medio esperando encontrar ratas resbalando en las sombras del fondo. En cambio, encontró una cajita vacía que había contenido un teléfono de prepago. La caja parecía bastante nueva, a diferencia del resto de basura que contenía la caravana.

Ballard salió de la Midas y se acercó al lugar donde Beatty y la mujer estaban con la cabeza baja, junto a las dos agentes de uniforme. Levantó la caja para mostrársela a Betty.

—¿Es suya? —preguntó.

Beatty la miró y apartó la mirada.

—No, no es mía —dijo él—. Estaba ahí.

—¿Era de Ramona?

—Puede ser. No lo sé. Nunca la había visto antes.

Ballard supuso que la caja había pertenecido a Ramona. Si había algo en la caja o en su interior que llevara un número de producto o de serie, tendría una oportunidad de conocer las llamadas realizadas desde ese teléfono, aunque el teléfono en sí no estuviera y fuera supuestamente no rastreable. Si había llamadas que relacionaran a Ramona con Trent, la prueba podría utilizarse en un juicio y toda la operación, y el hecho de respirar el aire pútrido de la caravana, no sería en vano.

—Está bien, gracias por su cooperación —dijo. Hizo una señal a Herrera y a Dyson para que soltaran a los dos ocupantes de la caravana y ellos inmediatamente se volvieron a escabullir dentro. A continuación, Ballard se volvió hacia Denver y le hizo una seña para hablar con él en privado—: Gracias por su ayuda, Denver. Se lo agradezco.

—No hay problema. Es mi trabajo aquí.

—Antes me ha dicho que se fue hace una semana.

—Sí, tenemos una regla. Nadie ocupa el sitio de nadie a menos que no haya aparecido en cuatro días. Porque, bueno, a la gente la detienen, y eso puede durar setenta y dos horas. Así que esperamos cuatro días antes de considerar un sitio libre.

—Entonces, ¿está seguro de que ella estuvo ausente cuatro días antes de que Lunes se mudara allí anteayer?

—Estoy seguro. Sí.

Ballard asintió. Era una indicación de que el agresor de Ramona podría haberla mantenido cautiva durante hasta cinco días infligiéndole dolor y torturándola antes de abandonarla en el aparcamiento la noche anterior y darla por muerta. Era una idea horrible que había que considerar.

Ballard volvió a darle las gracias a Denver y esta vez le estrechó la mano. No estaba segura de si él se dio cuenta de que ella todavía llevaba puesto el guante de látex.

De regreso en la comisaría de Hollywood a la una y media, Ballard se paseó por la oficina de guardia antes de dirigirse otra vez a la sala de detectives. Munroe estaba en su mesa y otro agente ocupaba el escritorio de redactar informes al fondo de la sala.

—¿Ha pasado algo? —preguntó Ballard.

—Todo tranquilo —dijo Munroe—. Después de anoche, no viene mal.

—¿Los de criminalística siguen en el Dancers?

—No lo sé. La Unidad Forense no me responde.

—Bueno, ya que está todo tranquilo, me pasaré y veré si necesitan alguna ayuda.

—La nuestra no, Ballard. Tienes que quedarte aquí, por si acaso.

—¿Por si acaso qué?

—Por si acaso te necesito.

Ballard no tenía ninguna intención de ir al Dancers. Solo quería ver cómo reaccionaba Munroe, y su agitación y respuesta rápida le confirmaron que había recibido instrucciones de mantenerla a ella y, posiblemente, a todo el personal de la División de Hollywood alejados de la escena del crimen.

Munroe trató de cambiar de tema.

—¿Cómo está tu víctima? —le preguntó.

—Aguanta —dijo Ballard—. De eso quería hablarle. Parece que va a salvarse. Me preocupa que el sospechoso pueda enterarse y tratar de terminar el trabajo.

—¿Qué? ¿Se va a colar en el hospital? ¿Asfixiará a la víctima con una almohada?

—No lo sé, tal vez. No se ha publicado nada sobre el caso, pero...

—Has visto demasiadas veces *El padrino*. Si lo que quieres es que ponga a alguien en la puerta de la habitación de esa puta, no va a ocurrir, Ballard. No tengo gente suficiente. No voy a quedarme corto en la calle para tener a un tipo pensando en las musarañas o haciendo tiempo en la sala de enfermeras. Puedes hacer una petición a la División Metro, pero, si quieres saber mi opinión, lo evaluarán y pasarán también.

—Vale, entendido.

Cuando regresó a su escritorio prestado en la sala de detectives, Ballard dejó la caja del teléfono que había cogido en la caravana y se preparó para pasar el resto de su turno intentando rastrear el móvil que había contenido. Pero entonces vio el mensaje rosa que había recogido antes. Se sentó y levantó el teléfono del escritorio. No se lo pensó dos veces antes de llamar a ese número en plena noche. Era un número gratuito, lo cual significaba que seguramente pertenecía a una empresa. Estaría abierta o cerrada, pero no iba a despertar a nadie en plena noche.

Mientras esperaba que la llamada se conectara, trató una vez más de descifrar el nombre escrito en el trozo de papel. Era imposible. Pero, en cuanto respondieron, se dio cuenta de quién había llamado y dejado el mensaje.

—Servicios de tarjetas. ¿En qué puedo ayudarle?

Oyó un acento indio, como el de los hombres de Bombay con los que había hablado desde el teléfono de la señora Lantana la noche anterior.

—¿Puedo hablar con Irfan?

—¿Cuál? Tenemos tres.

Ballard miró el papel rosa. Parecía que decía Cohen. Convirtió la C en una K y pensó que lo tenía.

—Khan. Irfan Khan.

—Espere, por favor.

Treinta segundos más tarde, se escuchó una nueva voz en la línea y a Ballard le pareció que la reconocía.

—Soy la detective Ballard, del Departamento de Policía de Los Ángeles. Dejó un mensaje para mí.

—Sí, detective. Hablamos por teléfono hace poco más de veinticuatro horas. La localicé.

—Sí, ya veo. ¿Por qué?

—Porque he recibido autorización para compartir con usted la dirección de entrega solicitada en el intento de compra fraudulenta con la tarjeta de crédito que se robó.

—¿Ha recibido autorización judicial?

—No, el jefe de mi departamento lo ha autorizado. Acudí a él y dije que debería hacerlo porque usted fue muy insistente.

—Para ser sincera, me sorprende. Gracias por hacer el seguimiento.

—No hay de qué. Me alegro de ser de ayuda.

—¿Cuál es la dirección, pues?

Khan le dio el número de un apartamento y una dirección en Santa Monica Boulevard, y Ballard se dio cuenta de que no estaba lejos de El Centro Avenue y la casa de Leslie Anne Lantana. Probablemente estaba a una distancia que podía recorrerse a pie sin problema.

Ballard contuvo el impulso de decirle a Khan que las posibilidades de efectuar una detención en el caso se habían visto mermadas por el retraso de veinticuatro horas en conseguir la dirección. En cambio, le dio las gracias por plantearle la cuestión al jefe del departamento y colgó.

Entonces cogió la radio y la llave del coche y se dirigió a la puerta.

14

La dirección facilitada desde Bombay correspondía a un motel decadente llamado Siesta Village. Era un complejo de dos plantas en forma de U, con un aparcamiento en su interior, así como una pequeña piscina y una oficina. Un cartel situado en la fachada decía HBO Y WIFI GRATIS. Ballard entró y circuló despacio por el aparcamiento. Cada habitación tenía una gran ventana de hoja de vidrio que daba al centro del complejo. Era la clase de motel que todavía tendría una tele en cada habitación encerrada en un mueble con marco de metal.

Ballard localizó la habitación 18 y vio que no había luces encendidas detrás de la ventana con cortinas. Se fijó en la camioneta Ford destartalada aparcada ante la puerta. La 18 era la última habitación antes de un rincón bien iluminado que contenía un dispensador de hielo y una máquina de Coca-Cola en el interior de una jaula de acero con huecos para meter el dinero y sacar las bebidas. Ballard siguió avanzando y aparcó el coche oficial al otro lado de la oficina para que no pudiera verlo alguien que apartara la cortina en la habitación 18 y mirara por la ventana. El coche podía ser identificado como un vehículo de policía desde un kilómetro.

Antes de salir, Ballard usó la radio para saber si había alguna denuncia relacionada con la camioneta. No había ninguna denuncia y el vehículo estaba registrado a nombre de Judith Nettles, de Poway, una pequeña localidad que Ballard sabía que pertenecía al condado de San Diego. Nettles no tenía antecedentes ni órdenes de búsqueda en el ordenador.

Ballard fue a pie a la oficina del motel, donde tuvo que pulsar un botón en la puerta de cristal y esperar hasta que salió un hombre de la trastienda situada detrás del mostrador. Ballard ya tenía la placa levantada y el hombre desbloqueó la puerta.

—Hola —saludó Ballard al entrar—. Soy la detective Ballard, de la comisaría de Hollywood. Quería hacerle unas preguntas.

—Buenas noches —dijo el hombre del mostrador—. Adelante con las preguntas.

El hombre contuvo un bostezo al sentarse. Detrás de él, en la pared, había varios relojes que mostraban la hora en ciudades de todo el mundo, como si el motel prestara sus servicios a viajeros internacionales que hacían negocios en todo el planeta. Ballard oyó el sonido de una tele en la habitación del fondo. Era la risa del público de un *late night*.

—¿Hay alguien en la habitación 18 esta noche? —preguntó Ballard.

—Ah, sí, la 18 está ocupada —dijo el hombre.

—¿Cómo se llama el cliente?

—¿No necesita una orden para eso?

Ballard puso las manos en el mostrador y se inclinó hacia el hombre.

—Ve usted demasiada televisión en ese cuarto. No necesito una orden para hacer preguntas y usted no necesita que le presente una orden para responderlas. Solo necesita elegir ahora mismo si quiere colaborar en una investigación del Departamento de Policía o si prefiere entorpecerla.

El hombre la miró un momento y enseguida giró la silla en el sentido de las agujas del reloj hasta que quedó mirando a una pantalla de ordenador a su derecha. Pulsó la barra espaciadora y la pantalla cobró vida. El hombre abrió el gráfico de ocupación del motel e hizo clic en la habitación 18.

—Se llama Christopher Nettles —dijo.

—¿Está solo? —preguntó Ballard.

—Se supone. Se registró solo.

—¿Cuánto tiempo lleva?

El hombre miró su pantalla otra vez.

—Nueve días.

—Deletree nombre y apellido.

Después de anotar el nombre, Ballard le dijo al recepcionista que volvería. Cogió un par de folletos del bus turístico «Casas de las Estrellas» de una pila del mostrador y los usó para impedir que la puerta se bloqueara. Fue al aparcamiento para que el hombre del mostrador no pudiera oírla y llamó por radio para averiguar si Christopher Nettles tenía órdenes pendientes. Resultó que estaba limpio, pero Ballard era lo bastante lista para saber que no tenía que dejarlo ahí. Sacó el teléfono, llamó a la oficina de guardia de la comisaría de Hollywood y pidió a un agente uniformado que buscara el nombre en la base de datos del Registro Nacional de Delitos.

Ballard paseó por el asfalto mientras esperaba los resultados y se fijó en que no había agua en la piscina del motel. Rodeó la esquina de la oficina para poder conseguir otra perspectiva de la habitación 18. Estaba oscuro detrás de la cortina. Miró la camioneta y supuso que tendría al menos veinte años. Probablemente no tendría alarma y no sería útil para sacar a Nettles de la habitación.

El agente de la comisaría volvió a la línea y le informó de que había un Christopher Nettles en el sistema con una condena de 2014 por múltiples cargos de robo, incluido un robo en una casa habitada. Ese Christopher Nettles era blanco, tenía veinticuatro años y estaba en libertad condicional después de cumplir dos años en una prisión estatal por sus delitos.

Ballard pidió al agente que le pasara con el teniente Munroe.

—Teniente, soy Ballard. Estoy en el Siesta Village y tengo localizado a un sospechoso del cuatro cinco nueve en El Centro anoche. ¿Puede mandarme una unidad?

—Puedo hacerlo. Tenía a todos en un altercado doméstico, pero ya se ha calmado. Sacaré un coche y te lo enviaré. Están en el canal diez.

—Bien, que esperen a una manzana de aquí y pasen a Táctica 4. Los llamaré. Quiero sacar a este tipo de la habitación.

—Recibido, Ballard. ¿Tienes un nombre que pueda anotar?

El teniente estaba preguntando el nombre del sospecho por si las cosas se torcían y tenían que ir a por él sin la ayuda de Ballard. Ella le dio los detalles que tenía sobre Nettles y colgó. Cambió su radio a la frecuencia Táctica 4 y volvió a la oficina, donde el hombre del mostrador estaba esperando.

—¿Cómo ha estado pagando por su habitación el señor Nettles? —preguntó.

—Paga en efectivo —dijo—. Cada tres días paga tres noches por adelantado. Tiene pagado hasta el lunes.

—¿Ha estado recibiendo entregas aquí?

—¿Entregas?

—Bueno, cajas, correo... ¿Alguien le ha estado mandando cosas?

—La verdad es que no lo sé. Trabajo por la noche. Las únicas entregas son de pizzas. De hecho, creo que Nettles ha recibido una pizza hace un par de horas.

—Entonces, ¿lo ha visto? ¿Sabe qué aspecto tiene?

—Sí, ha entrado y ha pagado la habitación un par de veces por la noche.

—¿Qué edad tiene?

—No lo sé. Veintitantos, diría. Joven. No soy bueno con esas cosas.

—¿Grande o pequeño?

—Más bien grande. Parece que va al gimnasio.

—Hábleme del wifi gratis.

—¿Qué quiere que le diga? Es gratis. Nada más.

—¿Cada habitación tiene un *router* o hay un *router* principal para todo el motel?

—Tenemos el sistema allí atrás. —Señaló con un pulgar sobre su hombro hacia la trastienda.

Ballard sabía que el historial del *router* podría examinarse para demostrar que Nettles había intentado hacer compras en línea con la tarjeta de crédito de Leslie Anne Lantana, pero eso requeriría una orden y una dedicación de tiempo y dinero por parte de la División de Delitos Comerciales del Departamento que superaba la importancia del caso. Nunca se llevaría a cabo a menos que lo hiciera Ballard o alguien que trabajara en la Unidad de Robos del turno de día.

—¿Y los teléfonos? ¿Hay teléfonos en las habitaciones?

—Sí, tenemos teléfonos. Salvo en un par de habitaciones. Los robaron y todavía no los hemos repuesto.

—Pero ¿la 18 tiene teléfono?

—Sí, tiene teléfono.

Ballard asintió mientras sopesaba un plan para sacar a Nettles de su habitación de manera que pudiera interrogarlo y posiblemente detenerlo.

—¿Puede apagar la luz en el rincón de la máquina de Coca-Cola?

—Ah, sí. Tengo un interruptor aquí. Pero apaga la luz también en el fondo de la planta de arriba.

—Está bien, apague las dos. Después necesito que llame a su habitación y lo haga venir a la oficina.

—¿Y cómo lo hago? Son casi las tres de la mañana.

El hombre señaló por encima de su hombro hacia la pared de relojes para subrayar que era demasiado tarde para llamar a la habitación de Nettles. Como si le hubieran dado pie, la radio de Ballard chirrió y ella oyó su código de llamada. Levantó la radio para responder.

—Seis, Williams, veintiséis, ¿estáis en posición?

—Afirmativo.

Ballard reconoció la voz. Era Smith. Ballard supo que estaba respaldada por un poli experto y un novato entusiasta.

—Bien, esperad ahí. Cuando os llame, entrad por la puerta principal y no dejéis salir a nadie. Sospecho que tiene una camioneta Ford 150 de los años noventa, plateada.

—Recibido. ¿Armas?

—No que se sepa.

Smith hizo clic dos veces en la radio para indicar que lo había recibido.

—Vale, cinco minutos —dijo Ballard—. Te daré un aviso antes y la señal para actuar.

El hombre del mostrador estaba mirándola con los ojos como platos cuando Ballard volvió su atención hacia él.

—De acuerdo, ahora necesito que llame a la habitación 18 y le diga a Nettles que la policía acaba de estar aquí preguntando por él —dijo.

—¿Por qué iba a hacer eso? —preguntó el empleado.

—Porque es lo que acaba de ocurrir. Y porque quiere continuar cooperando con la policía. —El hombre no dijo nada. Parecía muy preocupado de que lo metieran en un problema—. Mire —insistió Ballard—: no va a mentirle a ese hombre. Le está diciendo exactamente lo que acaba de ocurrir. No se complique. Diga algo como: «Siento despertarlo, pero una detective de policía acaba de estar aquí preguntando por usted». Entonces preguntará si la policía sigue ahí y usted le dirá que cree que se ha ido. Ya está. Si pregunta algo más, dígale que tiene otra llamada y tiene que colgar. Breve y simple.

—Pero ¿por qué quiere que sepa que ha estado aquí? —preguntó el hombre.

—Solo estoy tratando de asustarlo y hacerle salir de esa habitación para que sea más fácil acercarse a él. Ahora deme tres minutos y haga la llamada. ¿De acuerdo?

—Supongo.

—Bien. El Departamento de Policía valora mucho su cooperación.

Ballard salió de la oficina y siguió el sendero que discurría por delante de las habitaciones hasta que llegó a la 18. Pasó por delante y entró en el cobertizo de la derecha de la ventana. La luz cenital en el cobertizo estaba ahora apagada, pero el frontal de plástico de la máquina de Coca-Cola continuaba brillantemente iluminado, y Ballard necesitaba ocultarse y no luz. Metió el brazo detrás de la máquina y desconectó el cable. El cobertizo se sumió en una oscuridad absoluta. Ballard se quedó en la penumbra y esperó, mirando su reloj para controlar cuándo pasaban los tres minutos.

Justo al hacerlo, oyó sonar un teléfono a través de la pared que separaba el cobertizo de la habitación 18. Se oyeron cuatro tonos antes de que respondiera una voz ahogada pero ronca. Ballard tocó el micrófono en la radio dos veces, enviando así la alerta al equipo de respaldo que esperaba en la calle.

Continuó oyendo una voz ahogada a través de la pared y supuso que Nettles estaba formulando preguntas al hombre del mostrador. Se acercó al borde del cobertizo para disponer de un ángulo sobre la camioneta. Justo al hacerlo, oyó que la puerta de la habitación se abría. Antes de mirar, se encogió otra vez en la penumbra un momento, abrió el micrófono de la radio y susurró: «Vamos. Vamos».

Cuando Ballard volvió al borde del cobertizo, vio a un hombre con vaqueros azules gastados y el torso desnudo guardando una caja de cartón en la parte de atrás de la camioneta. Estaba de espaldas a ella y Ballard pudo ver la culata de una pistola negra metida en la parte de atrás de la cinturilla de los vaqueros.

Eso cambiaba las cosas. Enseguida sacó el arma de la cartuchera que llevaba en la cadera y salió del cobertizo. El hombre, que estaba cargando con la caja pesada, no la vio cuando se acercaba desde atrás. Ballard levantó el arma y se llevó la radio a la boca.

—Sospechoso armado, sospechoso armado.

Entonces dejó la radio en el suelo y se puso en posición de combate, empuñando su arma con ambas manos, apuntando al sospechoso. En ese momento se dio cuenta de su error táctico. No podía cubrir al hombre que estaba junto a la puerta de la camioneta y la puerta de la habitación 18 al mismo tiempo. Si había alguien más en la habitación, lo tenía crudo. Empezó a moverse de costado para cerrar el ángulo entre los dos posibles puntos de peligro.

—¡Policía! —gritó—. ¡Muéstreme las manos! —El hombre se paralizó, pero no obedeció. Sus manos permanecieron en la caja—. ¡Ponga las manos en el techo de la camioneta! —gritó Ballard.

—No puedo —gritó el hombre—. Si lo hago, se caerá la caja. Tengo que...

Un coche patrulla entró a toda velocidad en el aparcamiento de la calle. Ballard mantuvo los ojos en el hombre de la camioneta, pero tenía el coche patrulla en su visión periférica. Empezó a sentir una oleada de alivio. Pero sabía que todavía no estaba a salvo.

Esperó a que el coche se detuviera, los agentes salieran y hubiera tres armas apuntando al sospechoso.

—¡Abajo! —gritó Smith.

—Al suelo —añadió Taylor.

—¿En qué quedamos? —gritó el hombre de la camioneta—. Ella ha dicho manos arriba. Ustedes dicen que al suelo.

—Tírese al suelo, capullo, o lo tiramos nosotros —ordenó Smith.

Había suficiente tensión en la voz de Smith para dejar claro que su paciencia se había agotado, y el hombre de la camioneta era lo bastante listo para interpretarlo.

—Vale, vale, me tumbo —gritó—. Tranquilos, ahora me tumbo.

El hombre dio un paso atrás desde la furgoneta y dejó caer la caja. Algo de cristal se rompió en el interior. El hombre se volvió hacia Ballard con las manos levantadas. Ella perdió de vista la pistola, pero mantuvo su mirada en las manos del hombre.

—Capullos —dijo—. Me han hecho romper mis cosas.

—De rodillas —gritó Smith—. Ahora.

El sospechoso apoyó en el suelo una rodilla y luego la otra y se tumbó boca abajo en el asfalto. Juntó las manos en la nuca. Conocía la rutina.

—Ballard, detenlo —gritó Smith.

Ella actuó, se enfundó el arma y sacó las esposas. Puso una mano en la espalda del hombre para mantenerlo sujeto y le arrancó la pistola del pantalón con la otra. Deslizó el arma por el asfalto en dirección a los agentes. A continuación, apoyó una rodilla en la zona de los riñones del hombre y le bajó las manos de una en una para esposárselas a la espalda. En el momento en que la segunda esposa se encajó, gritó a los otros agentes.

—¡Código cuatro! ¡Bien!

15

El hombre al que Ballard esposó fue identificado como Christopher Nettles. Sin embargo, la identificación fue posible gracias a la cartera que llevaba en el bolsillo trasero, no gracias a él. En el momento en que las esposas se cerraron en sus muñecas, anunció que quería un abogado y se negó a decir nada. Ballard lo entregó a Smith y Taylor y fue a abrir la puerta de la habitación 18. Sacó otra vez su pistola para confirmar que la habitación estaba despejada y asegurarse de que no había ningún otro sospechoso escondido. La compañera de cama de Lunes Tormentoso ya la había sorprendido esa noche. No iba a dejar que le ocurriera otra vez.

Al entrar, se encontró en la habitación pilas de cajas y artículos comprados en Internet. Nettles tenía toda una operación en marcha: robaba tarjetas de crédito y las convertía en mercancía que podía empeñar o vender. Ballard enseguida constató que no había más ocupantes en la habitación y retrocedió.

Puesto que Nettles se hallaba en libertad condicional por un delito menor, Ballard no necesitaba pasar por el aro de todos los derechos constitucionales que protegían a los ciudadanos del registro y la incautación ilegales. Jurídicamente hablando, el hecho de que estuviera en libertad condicional significaba que Nettles seguía bajo custodia del estado. Al aceptar salir de prisión en esas condiciones, había renunciado a sus derechos. Su agente de la condicional estaba autorizado a acceder a su casa, su vehículo y su lugar de trabajo sin mandato judicial.

Ballard sacó su móvil y llamó al número que tenía de Rob Compton, el agente de condicional del estado asignado a la División de Hollywood. Lo despertó. Lo había hecho en el pasado en numerosas ocasiones y sabía cómo reaccionaría.

—Robby, levanta —dijo—. Uno de tus clientes se ha desbocado en Hollywood.

—¿Renée? —dijo arrastrando la voz por el sueño—. Ballard, joder, ¡es un puto viernes por la noche! ¿Qué hora es, por cierto?

—Es hora de que te ganes el sueldo. —Compton maldijo otra vez y Ballard le dio unos segundos para que se espabilara—. ¿Estás ya despierto? ¿Conoces a Christopher Nettles?

—No, no es mío.

—Porque viene del condado de San Diego. Estoy segura de que lo conocen allí, pero está en Hollywood, y eso lo convierte en tu problema.

—¿Quién es?

—Tiene una condicional de dos años por una condena por robo en vivienda habitada y parece que ha estado ejerciendo sus habilidades durante un par de semanas. Tengo una habitación en un motel llena de cajas de Amazon y Target y necesito que lo acuses de infringir la condicional para que pueda entrar y revisar sus cosas.

—¿Qué motel?

—El Siesta Village de Santa Monica. Estoy segura de que lo conoces.

—He estado varias veces, sí.

—Entonces, ¿qué tal si te pasas por aquí esta noche y me ayudas con este tipo?

—Ballard, no. Estaba dormido como un tronco y mañana tengo que ir a pescar con mis hijos.

Ballard sabía que Compton estaba divorciado y tenía tres hijos a los que solo veía los fines de semana. Lo había descubierto una mañana que fue a su casa después de trabajar toda la noche en un caso.

—Vamos, Robby, este sitio parece el almacén de un Best Buy. Y lo olvidaba, iba armado. Te deberé una buena si me ayudas.

Era una de las veces en las que Ballard usaba descaradamente su sexualidad. Si podía ayudar a convencer a agentes varones de que hicieran lo que tenían que hacer, no le importaba usarla. Compton era bueno en lo que hacía, pero siempre se mostraba reacio a salir de noche. Tenía que cumplir estrictamente su horario de oficina, al margen del trabajo extra que hiciera. Además, a Ballard le gustaba su compañía fuera de servicio. Era atractivo y limpio, su aliento olía fresco y tenía un sentido del humor que la mayoría de los polis con los que trabajaba habían perdido hacía mucho tiempo.

—Necesito media hora —dijo por fin.

—Trato hecho —accedió Ballard enseguida—. Necesitaré eso para empapelarlo. Gracias, Robby.

—Como has dicho, me vas a deber una, Renée.

—Una buena.

Sabía que el último comentario recortaría diez minutos de su media hora. Le alegraba saber que vendría. La participación del Departamento de Condicionales aceleraría considerablemente el proceso. Compton contaba con autoridad para revocar la condicional de Nettles, lo cual también suspendería sus derechos legales. No habría necesidad de tratar con la fiscalía ni con un juez de guardia cascarrabias para conseguir una orden de registro para la habitación del motel. Podrían simplemente entrar en la habitación y la camioneta y registrarlo todo sin limitaciones.

También podrían detener al sospechoso sin fianza. Nettles estaría fuera de circulación y de camino a la prisión antes incluso de que se presentaran cargos por los nuevos casos, si es que se presentaban. En ocasiones, el regreso a prisión y la solución de los casos bastaban para que el sistema siguiera su curso. Ballard sabía que con el exceso de población reclusa se imponían sentencias más benignas para delitos no violentos. Si Nettles regresaba un año o dos a prisión por infringir la condicional, probablemente pasaría más tiempo entre rejas que si preparaban una acusación por los robos que había cometido. La realidad era que la posesión de arma de fuego sería el único agravante que probablemente recibiría la consideración de la fiscalía.

Después de terminar la llamada con Compton, Ballard se acercó a Smith y Taylor y les pidió que llevaran a Nettles a la comisaría y lo acusaran de un cargo de posesión de arma de fuego por parte de un exconvicto. Les dijo que ella se quedaría en la escena y esperaría a que llegara el agente de condicional antes de revisar las pertenencias en la habitación del motel.

Smith no respondió. Se limitó a moverse lentamente después de recibir las órdenes, y Ballard no sabía por qué estaba molesto.

—¿Pasa algo, Smitty? —preguntó. Él siguió avanzando hacia el coche de Ballard para recoger a Nettles, al que habían puesto en el asiento de atrás—. ¿Smitty? —preguntó Ballard.

—Táctica —dijo Smith sin mirar atrás.

—¿De qué estás hablando? —preguntó ella. Smith no respondió, y Ballard lo siguió. Sabía que no le convenía dejar algo sin decir con un agente varón, y menos con un agente de instrucción. Tenían influencia. Se preguntó si era por la situación expuesta en que había quedado al salir del cobertizo, pero no pensó que los agentes de patrulla hubieran llegado a tiempo de verlo—. Dime, Smitty, ¿qué pasa con la táctica? —Smith levantó las manos como si quisiera detener la discusión que había iniciado—. No, tío, tú has sacado el tema —insistió Ballard—. El tipo está en el asiento trasero del coche, no hay nadie herido, no se ha disparado ni un tiro. ¿Qué pasa con mi táctica?

Smith se volvió. Taylor también se detuvo, pero estaba claro que estaba perdido respecto a la queja de su compañero.

—¿Dónde está tu chaqueta de asalto? —dijo Smith—. Y veo que tampoco llevas chaleco. Número uno, deberías llevarlos puestos, Ballard. Número dos, deberíamos haber estado aquí antes de empezar con la detención, no aparecer para salvarte el pellejo.

Ballard asintió al asimilarlo todo.

—Es una gilipollez —repuso—. ¿Vas a denunciarme por una chaqueta de asalto y un chaleco?

—¿Quién ha dicho nada de denunciarte? —dijo Smith—. Te lo comento, nada más. No has actuado bien.

—Tenemos al tipo, es lo que importa.

—La seguridad del agente es lo que importa. Estoy tratando de enseñar a este novato cómo funcionan las calles y tú no has predicado con el ejemplo.

—¿Estabas predicando con el ejemplo anoche cuando decidiste no precintar una escena del crimen en Santa Monica Boulevard?

—¿Qué? ¿Con ese travelo? Ballard, ahora eres tú la que suelta mierda.

—Lo único que estoy diciendo es que acabamos de detener a un delincuente con un arma de fuego y nadie ha resultado herido. Creo que el chico ha aprendido algo, pero, si quieres llenarle los oídos de chorradas, adelante.

Smith abrió la puerta de atrás del coche de incógnito de Ballard y eso zanjó la discusión. Sabían que más les valía no continuar delante del sospechoso. Ballard despidió a Smith y se volvió hacia la habitación 18.

Compton llegó quince minutos después de que Smith y Taylor salieran del motel con Nettles. Para entonces, Ballard había consumido su rabia paseando por delante de la puerta abierta de la habitación. Aunque se había calmado considerablemente, sabía que la queja de Smith la atormentaría durante varios días y echaría a perder sus sentimientos sobre lo que se había logrado con la detención de Nettles.

Compton era un hombre de constitución fuerte que normalmente llevaba camisetas ajustadas para acentuar sus músculos e impresionar o intimidar a las personas en condicional que estaban a su cargo. Sin embargo, esa noche llevaba una camisa de franela suelta de manga larga que disimulaba sus atributos físicos.

—¿Estás bien? —preguntó.

—Sí, bien —dijo ella—. ¿Por qué?

—Tienes la cara colorada. Bueno, ¿dónde está mi hombre?

—Ha sido un poco movido detenerlo. Mi equipo de patrulla se lo ha llevado para ficharlo. Puedo ponerte en contacto con el jefe del turno si quieres impedir la fianza. Les dije que lo harías.

—Está bien. ¿Cómo quieres manejar esto?

—Hay un montón de cosas en la habitación. Creo que empezaremos por ahí. En la camioneta no hay más que la caja que estaba cargando cuando lo trincamos. Es una pantalla plana, y está rota.

—Pues vamos allá.

—He llamado al jefe del turno y alguien va a traer la furgoneta de vigilancia que tenemos en comisaría. Con suerte, podremos meter todo esto dentro.

—Lo tienes todo atado.

Trabajaron durante el resto de la noche, haciendo inventario de la habitación 18 y cargando las cajas y otras propiedades en la camioneta. Tenían una relación fluida por haber trabajado juntos con anterioridad. Durante el registro, encontraron tarjetas de crédito con ocho nombres diferentes, incluida la tarjeta robada del bolso de Leslie Anne Lantana. También encontraron otras dos armas de fuego escondidas bajo el colchón de la habitación.

Una vez de regreso en comisaría, Ballard pudo relacionar cinco de los nombres que figuraban en las tarjetas de crédito con robos denunciados en la División de Hollywood en los siete últimos días. Entretanto, Compton ocupó uno de los escritorios e inició una búsqueda de las tres pistolas en la Agencia Estatal de Alcohol, Tabaco, Armas de Fuego y Explosivos. Ninguna de las armas de fuego estaba vinculada con las denuncias por robo que Ballard había encontrado, pero Compton descubrió que se había denunciado el robo de la Glock —el arma que Nettles llevaba en su cinturón— en Texas dos años antes. Los detalles no estaban disponibles en el ordenador. Compton hizo entonces una solicitud a la ATF para recibir más información, pero tanto él como Ballard sabían que la respuesta tardaría días, si no semanas.

A las seis de la mañana, toda la mercancía recuperada de la habitación del motel se había colocado en un contenedor junto a la salida posterior de la comisaría; la camioneta había sido incautada y trasladada por la grúa, y habían dejado en la mesa del supervisor de la Unidad de Robos un inventario y un informe completos sobre la detención de Nettles. Aunque el supervisor no regresaría al trabajo hasta el lunes por la mañana, no había ninguna prisa, porque Nettles no iría a ninguna parte. Compton había presentado formalmente un orden de prisión sin fianza.

Las tres pistolas recuperadas fueron los últimos objetos de los que se ocuparon. Todas las armas de fuego se almacenaban en cajas especiales antes de meterlas en armarios destinados a tal fin en la Unidad de Custodia de la oficina. Ballard dejó a Compton en la sala de detectives y se llevó las armas. El ruido al cerrar la puerta del armario de armas de fuego llamó la atención del teniente Munroe, que salió por el pasillo y asomó la cabeza por la sala de custodia.

—Ballard, buen trabajo esta noche.

—Gracias, teniente.

—¿De cuántos casos hablamos?

—Tengo ocho nombres diferentes en tarjetas de crédito que se relacionan con seis casos hasta el momento. Apuesto a que serán todo víctimas.

—¿Y las pistolas?

—Se denunció el robo de una de ellas en Dallas hace dos años. Hemos pedido los detalles a la ATF. Con suerte sabremos más la semana que viene.

—Una ola criminal de un solo hombre, ¿eh? Buena detención. Al capitán le gustará.

—Al capitán no le caigo bien, así que no importa.

—Le gusta cualquiera que resuelva casos y saque a la escoria de la calle. Lo curioso es que este tipo, Nettles, dijo que no a la sala de abstinencia.

Munroe le estaba contando que Nettles había negado ser un adicto a las drogas y había rechazado una celda acolchada para detenidos con síndrome de abstinencia. Era un hecho inusual. La mayoría de los robos estaban motivados por la necesidad de dinero para comprar drogas y alimentar adicciones. Nettles podría ser diferente. Ballard no había visto señales físicas de adicción a las drogas en su breve interacción con él durante la detención.

—Estaba reuniendo pasta para algo —dijo—. Tenía dos mil seiscientos en efectivo en su bolsillo. Encontré otros mil en la camioneta junto a un montón de papeletas de empeño. Estaba robando las tarjetas y comprando cosas en línea antes de que las cuentas se bloquearan, y luego empeñándolas para obtener efectivo.

—¿En qué casa de empeño?

—En varias distintas. Diversificaba para pasar desapercibido. El misterio es que no había ningún portátil en la habitación ni en la camioneta.

—Habrá estado yendo a centros de negocios y usando ordenadores alquilados.

—Tal vez. O tal vez tenía un compañero. Robos puede investigarlo el lunes.

Munroe asintió y se produjo una pausa incómoda. Ballard sabía que él tenía algo más que decir y sabía de qué se trataba.

—¿Y? —dijo ella—. ¿Smitty me ha denunciado?

—Dijo algo sobre táctica, sí —admitió Munroe—. Pero él no me preocupa. En mi guardia, los resultados mandan.

—Gracias, teniente.

—Pero eso no significa que no me preocupe por ti.

—Mire, teniente, fue la mejor manera de detenerlo. Incluso ahora, si tuviera que hacerlo otra vez, haría exactamente lo mismo, sacarlo de la habitación. Solo me habría puesto una puta chaqueta y un chaleco para no violentar a Smitty.

—Calma, Ballard. En ocasiones, eres como un gato salvaje. Smitty no estaba confundido, ¿vale? Solo quería que su novato supiera cómo había que actuar.

—Vale. Ha dicho que no me iba a denunciar.

—Y no lo haré. Le dije a Smitty que hablaría contigo y lo he hecho. Nada más. Aprende de eso, Ballard.

Esta hizo una pausa antes de responder. Sabía que el teniente quería alguna clase de aceptación por su parte para zanjar el asunto, pero a ella le costaba rendirse cuando sabía que no se equivocaba.

—Está bien, lo haré —dijo por fin.

—Bien —dijo Munroe.

El teniente desapareció otra vez en la sala de guardia y Ballard volvió a la de detectives. Su turno había terminado y lamentó haberse apartado del caso de Ramona Ramone durante la mayor parte de la noche. Sintió que la fatiga le pesaba en los huesos y supo que necesitaba dormir antes de pensar en los pasos que iba a dar en relación con Thomas Trent.

Cuando llegó a la oficina, Compton todavía estaba allí esperándola.

—Vamos —dijo Ballard.

—¿Adónde?

—A tu casa.

16

Ballard estaba profundamente sumida en un sueño azul. El pelo largo y la barba descuidada de su padre flotaban con libertad en torno a la cabeza. Tenía los ojos abiertos. El agua se notaba caliente. Una burbuja se formó en su boca y luego se elevó hacia la luz turbia, muy por encima de ellos.

Ballard abrió los ojos.

Compton estaba sentado al borde de la cama con la mano sobre su hombro. La sacudió suavemente para despertarla. Él tenía el pelo húmedo de la ducha y estaba completamente vestido.

—Renée, tengo que irme —dijo.

—¿Qué? ¿Qué hora es?

Ballard trató de despertarse y sacudirse el sueño.

—Son las once menos veinte —dijo Compton—. Puedes quedarte y dormir. Solo quería decirte que me iba. Tengo que recoger a mis hijos.

—Vale.

Ballard se tumbó boca arriba y miró al techo. Estaba tratando de orientarse. Se frotó los ojos con las dos manos. Recordó que habían llegado a casa en el coche de Compton. Su furgoneta seguía en comisaría.

—¿Con qué estabas soñando? —le preguntó él.

—¿Por qué? ¿Estaba hablando?

—No, solo estabas... Parecía muy intenso.

—Creo que estaba soñando con mi padre.

—¿Dónde está?

—Está muerto. Se ahogó.

—Vaya, lo siento.

—Fue hace mucho tiempo, más de veinte años.

Ballard recuperó una resonancia fugaz del sueño. Recordó la burbuja que subía a la superficie como una llamada de auxilio.

—¿Quieres venir a pescar con nosotros? —preguntó Compton.

—Ah, no, iré a remar y luego trabajaré un poco —dijo Ballard—. Pero gracias. Algún día me gustaría conocer a tus hijos.

Compton se levantó de la cama y se acercó al vestidor. Empezó a meterse la cartera y el dinero en efectivo en los bolsillos de los vaqueros. Ballard lo observó. Tenía una espalda fuerte y musculosa, y las puntas de un par de llamas del sol que llevaba tatuado asomaban por encima del cuello de su camiseta.

—¿Adónde los llevas? —le preguntó.

—Solo hasta las rocas junto a la entrada al puerto deportivo —dijo Compton.

—¿Es legal pescar ahí?

Compton le mostró a Ballard su placa antes de sujetársela al cinturón. La asociación estaba clara. Si un socorrista o alguien trataba de decirle que pescar era ilegal en el embarcadero de rocas a la entrada de Marina del Rey, entonces apelaría a la norma de exclusión de las fuerzas del orden.

—Podría acercarme hasta allí remando —propuso ella—. Os buscaré.

—Sí, pásate. Trataremos de no engancharte con un anzuelo. —Compton se volvió desde el vestidor, sonriendo y listo para irse—. Hay zumo de naranja en la nevera. Lo siento, no hay café.

—Está bien —dijo Ballard—, pasaré por un Starbucks.

Compton se acercó y se sentó otra vez en la cama.

—Eras solo una niña cuando tu padre se ahogó.

—Catorce.

—¿Qué pasó?

—Estaba haciendo surf y quedó debajo de una ola. No volvió a salir.

—¿Estabas allí?

—Sí, pero no pude hacer nada. Me puse a correr de un lado a otro por la playa, gritando como una loca.

—Qué duro. ¿Y tu madre?

—No estaba allí. No formó parte de mi vida. Ni entonces ni ahora.

—¿Qué hiciste después de que muriera?

—Bueno, viví como habíamos estado viviendo. En la playa, en sofás de amigos cuando hacía frío. Luego, al cabo de un año, se presentó allí mi abuela y me encontró. Me trajo otra vez aquí cuando yo tenía dieciséis. A Ventura, de donde era mi padre.

Compton asintió. Habían tenido la intimidad física máxima, pero ninguno había compartido los detalles más personales de su vida antes. Ballard no había conocido a los hijos de Compton y ni siquiera sabía sus nombres. Tampoco le había preguntado nunca por su divorcio. Sabía que ese momento podría acercarlos o separarlos.

Se sentó en la cama y se abrazaron.

—Bueno, ya nos veremos, ¿vale? —dijo él—. Llámame, y no solo por trabajo.

—Claro. Pero gracias por lo de anoche.

—Cuando quieras, Renée.

Se acercó a darle un beso, pero ella volvió la cara hacia su hombro.

—Tú te has lavado los dientes. Yo no —dijo ella y lo besó en el hombro—. Espero que piquen hoy.

—Te mandaré una foto si pescamos algo.

Compton se levantó y salió del dormitorio. Ballard oyó que se cerraba la puerta de la calle, luego el sonido del coche de Compton arrancando. Se quedó unos minutos pensando y se levantó para ir a ducharse. Se sentía un poco dolorida. El sexo de final de turno nunca era bueno. Era rápido, mecánico, a menudo brusco, al servicio de un impulso primario para reafirmar de algún modo la vida a través de la satisfacción carnal. Ballard y Compton no habían hecho el amor, solo habían conseguido lo que necesitaban el uno del otro.

Al salir de la ducha, a Ballard no le quedó otra alternativa que vestirse con la misma ropa de la noche anterior. Percibió el aroma de sudor cargado de adrenalina que había dejado en su blusa en el momento en que Nettles salió de la habitación y ella vio que tenía una pistola. Se tomó una pausa para revivir esa emoción. La sensación era adictiva y peligrosa, y Ballard se preguntó si podría haber algo malo en el hecho de anhelarla.

Continuó vistiéndose, sabiendo que se pondría un traje limpio antes de empezar a trabajar. Su objetivo ese día era localizar y echar un vistazo a la exesposa de Thomas Trent, la mujer que lo había abandonado unos meses después de su detención en Sepulveda Boulevard y que probablemente conocía un montón de sus secretos. Ballard sabía que tenía que tomar una decisión respecto a si ir a verla y hablar con ella directamente o bien forzar una conversación sin revelar que era policía.

Al mirarse en el espejo y pasarse los dedos por el pelo, notó que su teléfono vibraba por la llegada de un mensaje de texto. Sorprendida de que todavía le quedara batería, lo sacó del bolsillo de su traje y miró la pantalla. Vio que se había perdido una llamada de Jenkins mientras estaba en la ducha y tenía un mensaje de texto de Sarah, que cuidaba de su perra, preguntando si pensaba pasar a recoger a *Lola* pronto.

Ballard primero envió un mensaje de texto a Sarah, se disculpó por el retraso y dijo que recogería a *Lola* en menos de una hora. Después llamó a Jenkins, pensando que solo querría saber cómo habían ido las cosas la noche anterior.

—Compañero, ¿qué me dices?

—Solo llamaba para darte las condolencias —dijo Jenkins—. Menudo palo.

—¿De qué estás hablando?

—De Chastain. ¿No has recibido el ARCET?

Se estaba refiriendo a una alerta digital de la Unidad de Análisis y Respuesta Crítica de Emergencias en Tiempo Real, que enviaba mensajes de correo electrónico a todo el personal del servicio de detectives cuando se producía un crimen o una actividad cívica importante. Ballard todavía no había mirado el correo electrónico esa mañana.

—No, no lo he mirado —dijo ella—, ¿qué le ha pasado a Chastain?

Tenía una sensación funesta creciendo en la boca del estómago.

—Eh, está muerto —dijo Jenkins—. Su mujer lo encontró en su garaje esta mañana.

Ballard se acercó a la cama y se sentó. Se inclinó hacia delante, acercando el pecho a sus rodillas.

—Ay, Dios —logró decir.

Tuvo un destello de la confrontación que había mantenido en la oficina de detectives dos noches antes. La confrontación unilateral. Le asaltó la idea de que de alguna manera había puesto en marcha una cascada de sentimientos de culpabilidad que había conducido a Chastain a quitarse la vida. Entonces recordó que no se informaba de suicidios de policías en ARCET.

—Espera un momento —dijo—. ¿Cómo lo han matado? No se ha suicidado, ¿no?

—No, le dispararon —explicó Jenkins—. Alguien entró en el garaje cuando estaba saliendo del coche. La alerta ARCET dice «asesinato estilo ejecución».

—Ay, Dios mío.

Ballard estaba desolada. Chastain la había traicionado, sí, pero su mente anuló todo eso y quedó anclada en los cinco años en los que habían formado una buena pareja de detectives. Chastain era un investigador hábil y decidido. Llevaba cinco años en Robos y Homicidios cuando llegó Ballard, y le había enseñado mucho. De repente, estaba muerto, y pronto su placa y su nombre se unirían a los de su padre en el monumento conmemorativo a agentes caídos en el exterior del EAP.

—Renée, ¿estás bien? —preguntó Jenkins.

—Estoy bien —dijo ella—. Pero tengo que irme. Voy a pasarme.

—No creo que sea buena idea, Renée.

—No me importa. Hablaré contigo después.

Colgó y abrió la aplicación de Uber para reservar un trayecto a la División de Hollywood.

Chastain había vivido con su mujer y un hijo adolescente en Chatsworth, en el extremo noroeste de la ciudad. Era lo máximo que podías alejarte del centro y el EAP sin dejar de vivir dentro de los límites de Los Ángeles. La mayoría de los polis escapaban de la ciudad al final de sus turnos y vivían fuera de sus límites, pero Chastain había sido ambicioso y pensaba que le daría puntos poder contar durante las comisiones de ascenso que siempre había vivido en la ciudad donde trabajaba.

De regreso a la comisaría, Ballard enseguida se puso un traje limpio, cogió el coche asignado a la sesión nocturna y se dirigió al norte, tomando una serie de tres autovías diferentes para llegar a Chatsworth. Una hora después de recibir la llamada de Jenkins, aparcó detrás de una larga fila de coches patrulla y vehículos de incógnito que atestaban el final sin salida de Trigger Street. Al pasar junto al cartel de la calle, Ballard recordó que Chastain solía bromear diciendo que era un poli que vivía en la «calle del gatillo».

De pronto parecía una ironía amarga.

Lo primero en lo que se fijó Ballard al bajar de su coche fue en que no parecía que hubiera ningún medio de comunicación en el perímetro de la escena. De alguna manera, nadie en la legión de periodistas que cubría Los Ángeles había descubierto la noticia o sido avisado de ella. Probablemente se debía a que era un sábado por la mañana y la maquinaria de medios locales iba a empezar tarde.

Ballard se colgó la placa en torno al cuello al acercarse a la cinta amarilla del sendero. Salvo los medios, vio a todos los demás participantes habituales en una escena del crimen: detectives, agentes de patrulla y técnicos criminalistas y forenses. La vivienda era una casa de una planta de mediados de siglo construida cuando Chatsworth estaba en el quinto pino. La puerta doble del garaje estaba abierta en el centro de la actividad.

Un agente de patrulla de la División de Devonshire se ocupaba de anotar los nombres junto a la cinta amarilla. Ballard dio su nombre y número de placa y pasó bajo la cinta mientras él tomaba nota. Al acercarse por el sendero hacia el garaje, un detective con el que ella había trabajado en Robos y Homicidios salió y caminó hacia ella con las manos levantadas para detenerla. Su nombre era Corey Steadman y Ballard nunca había tenido ningún problema con él.

—Renée, espera —dijo él—. ¿Qué estás haciendo ahí?

Ballard se detuvo delante de él.

—Era mi compañero. ¿Por qué crees que estoy aquí?

—El teniente se cagará en todo si te ve —dijo Steadman—. No puedo dejarte pasar.

—¿Olivas? ¿Por qué se ocupa de esto su equipo? ¿No hay un conflicto de intereses?

—Porque está relacionado con lo del Dancers. Lo estamos incluyendo en la investigación del caso. —Ballard hizo un movimiento para rodear a Steadman, pero este dio rápidamente un paso de costado y la bloqueó. Levantó la mano otra vez delante de ella—. Renée, no puedo.

—Vale, entonces solo cuéntame qué ha pasado —dijo Ballard—. ¿Por qué está en el garaje?

—Pensamos que le dispararon anoche cuando entró. El que disparó o bien estaba dentro, o, seguramente, esperaba fuera y entró detrás de él por su ángulo ciego.

—¿A qué hora fue?

—Su mujer se fue a acostar a las once. Había recibido un mensaje de texto de Kenny que decía que había estado trabajando hasta al menos la medianoche. Se levanta esta mañana y ve que no ha vuelto a casa. Envía mensajes, no responde. Saca la basura a los cubos del garaje y lo encuentra. Fue alrededor de las nueve.

—¿Dónde le dispararon?

—Estaba en el asiento del conductor. Un tiro en la sien. Con suerte, ni lo vio venir.

Ballard se tomó una pausa y los sentimientos de rabia y pena se mezclaron en su pecho.

—¿Y Shelby no oyó el disparo? ¿Y Tyler?

—Tyler estaba pasando el fin de semana con un amigo del equipo de voleibol. Shelby no oyó nada, creemos que porque usaron un silenciador improvisado. Tenemos algunas fibras de papel y residuo líquido en el asiento del coche y el cadáver. Pegajoso. Creemos que era refresco de naranja, pero es cosa del laboratorio.

Ballard asintió. Sabía que Steadman estaba refiriéndose al método de acoplar una botella de plástico de refresco al cañón de una pistola. Antes se vaciaba de líquido y se rellenaba con algodón, toallas de papel o lo que fuera. Eso amortiguaba de manera considerable el sonido del estallido del cañón, pero también expelía parte del material de la botella.

Y solo servía para un disparo. El asesino tenía que estar seguro de que acabaría el trabajo.

—¿Dónde estuvo anoche? —preguntó Ballard—. ¿Qué estuvo haciendo?

—El caso es que el teniente lo envió a casa a las seis —dijo Steadman—. Llevaba dieciocho horas seguidas trabajando y Olivas le dijo que se tomara un descanso. Pero no fue a casa. Shelby dijo que envió un mensaje diciendo que tenía que currarse a un testigo y llegaría tarde a casa.

—¿Esa fue la palabra que usó? ¿Currarse?

—Es lo que oí, sí.

Ballard había oído a Chastain usar la palabra en múltiples ocasiones cuando eran compañeros. Sabía que, para él, currarse a un testigo significaba ocuparse de una situación complicada. Podía ser complicada por numerosas razones, pero casi siempre significaba ir a buscar a un testigo reticente, alguien al que habría que controlar y acompañar a juicio o a hacer una declaración.

—¿Quién era el testigo?

—No lo sé. Alguien del que oyó hablar o que tenía una pista.

—¿Y estaba trabajando solo?

—Ha sido el dos de la brigada. Ya sabes, desde que... te trasladaron.

El dos era un detective que asumía un papel secundario al del teniente. Casi siempre se trataba de alguien que estaba siendo preparado para un ascenso y que no tenía asignado compañero. Explicaba por qué Chastain podría haber salido solo.

—¿Cómo está Shelby? —preguntó Ballard.

—No lo sé —dijo Steadman—. No he hablado con ella. El teniente está con ella dentro.

Mencionar a Olivas pareció conjurar su presencia. Mirando por encima del hombro, Ballard vio que el teniente salía del garaje y se dirigía hacia ellos. Se había quitado la chaqueta y llevaba las mangas de la camisa enrolladas y la cartuchera del hombro a la vista: equilibrado con la pistola a la izquierda y dos cargadores a la derecha. En un susurro, Ballard advirtió a Steadman.

—Aquí viene. Dime que salga de aquí otra vez. Hazlo en voz alta.

Steadman tardó un momento en comprender la advertencia.

—Te lo he dicho —dijo imperativamente—. No puedes estar aquí. Tienes que volver a tu...

—¡Corey! —gruñó Olivas desde atrás—. Ya me ocupo yo.

Steadman se volvió como si se diera cuenta en ese momento de que Olivas estaba detrás de él.

—Ya se va, teniente. No se preocupe.

—No, vuelve a entrar —dijo Olivas—, tengo que hablar con Ballard.

Olivas esperó a que Steadman volviera al garaje. Ballard lo miró, lista para lo que sabía que sería un ataque verbal.

—Ballard, ¿tuviste algún contacto con Chastain ayer? —preguntó.

—No desde que le entregué un testigo por la mañana después de los disparos —dijo Ballard—. Nada más.

—Vale, entonces tienes que irte. No eres bien recibida aquí.

—Era mi compañero.

—Lo fue. Hasta que intentaste incorporarlo a tus mentiras. No creas ni por un momento que puedes compensarlo ahora.

Ballard abrió los brazos y miró a su alrededor como si estuviera preguntándose quién podía oírlos en el lugar que ocupaban en el sendero de entrada.

—¿Por qué está mintiendo? No hay nadie más aquí. No me diga que se lo ha repetido tan a menudo que ha llegado a creérselo.

—Ballard, tú...

—Los dos sabemos exactamente lo que ocurrió. Dejó claro en más de una ocasión que mi trayectoria en el Departamento dependía de usted y tenía que abrirme de piernas o me relegarían. Luego, en la fiesta de Navidad, me empujó contra una pared y trató de meterme la lengua hasta la campanilla. ¿Cree que mentirme a la cara sobre eso ayudará a convencerme de que no ocurrió?

Olivas pareció desconcertado por la intensidad de su voz.

—Lárgate. O haré que te escolten fuera de la propiedad.

—¿Qué pasa con Shelby?

—¿Qué pasa con ella?

—¿Acaba de dejarla sola dentro? Necesita a alguien a su lado.

—¿Tú? Ni en un millón de años.

—Nos llevábamos bien. Era la compañera de su marido y ella confiaba en que no me acostaría con él. Podría serle de ayuda.

Olivas pareció tardar un momento en considerar la opción.

—Nosotros cuidamos de los nuestros, y tú no eres una de los nuestros. Muestra un poco de integridad, Ballard. Muestra un poco de respeto. Tienes treinta segundos antes de que pida a los agentes de patrulla que te saquen de la propiedad.

Dicho eso, Olivas se volvió y se dirigió hacia el garaje abierto. Ballard miró más allá de él y vio que en el garaje varias personas observaban a escondidas su confrontación. También alcanzó a ver el coche de incógnito de su excompañero aparcado en el lado derecho del garaje. El maletero estaba abierto y Ballard se preguntó si era para procesar posibles pruebas o para impedir la visión del cadáver caído en el asiento del conductor.

Chastain había traicionado a su pareja de la peor manera en que podía hacerlo un compañero. Era inaceptable e imperdonable, pero Ballard lo entendía, considerando las ambiciones de Chastain. Aun así, siempre había pensado que él haría examen de conciencia y finalmente actuaría correctamente, que daría marcha atrás y le contaría al mundo lo que vio hacer a Olivas. Ya nunca tendría ocasión de hacerlo. Ballard sintió la pérdida por Chastain y por sí misma.

Se volvió y se dirigió por el sendero a la calle. Pasó junto a un todoterreno negro que estaba aparcando y que ella sabía que traía al jefe de policía. Ballard notó que las lágrimas le escocían en los ojos antes de llegar a su coche.

17

Ballard recogió a *Lola* deshaciéndose en disculpas con Sarah y se fue a la playa. Al principio simplemente se sentó con las piernas cruzadas en la arena con su perra y observó el sol poniéndose en el horizonte. Decidió no remar. Sabía que los tiburones se acercaban a la orilla al anochecer en busca de comida.

Recordó el día en que Chastain le había contado la verdadera historia de su padre, un policía corrupto de Asuntos Internos que había sido sacado de un coche y asesinado por una turba durante una revuelta por motivos raciales que él mismo había contribuido a desatar con sus propias acciones. Chastain no conoció la verdad hasta que fue policía y reunió el valor necesario para sacar los registros confidenciales sobre la muerte de su padre. Después confió a Ballard que lo que le había hecho sentirse orgulloso en su infancia en última instancia lo había humillado profunda y privadamente al convertirse en un hombre con placa. Eso había despertado sus ambiciones de ascender y redimir de alguna manera a su padre y a sí mismo.

El único problema era que había pisoteado a Ballard en el ascenso.

—¿Renée? —Ballard levantó la cabeza. Aaron el socorrista estaba ahí—. ¿Estás bien? —preguntó.

—Estoy bien, sí. —Se secó lágrimas de las mejillas—. Alguien que me jodió la vida ha muerto hoy.

—Entonces, ¿por qué estás triste? —preguntó Aaron—. Quiero decir, que le den.

—No lo sé. Supongo que porque eso significa que lo que hizo nunca podrá cambiarse. Su muerte lo hace permanente.

—Creo que eso lo entiendo.

—Es complicado.

Aaron llevaba una chaqueta de nailon roja con la palabra RESCATE escrita. La temperatura estaba bajando al mismo tiempo que el sol, que estaba a punto de hundirse en el océano. El cielo se estaba tiñendo de un rosa fluorescente.

—No vas a dormir aquí esta noche, ¿no? —preguntó Aaron—. La patrulla nocturna en bloque está fuera un sábado por la noche.

—No —dijo Ballard—, voy a ir a trabajar. Solo quería ver la puesta de sol.

Aaron le dio las buenas noches y continuó por la playa hacia la torre del socorrista, donde debía permanecer hasta que oscureciera. Ballard observó el sol hundirse en el agua negra y se levantó. Una vez más, compró comida para llevar para ella y para *Lola* en el paseo entablado y comió sentada en un banco cercano. No consiguió entusiasmarse mucho con la comida y terminó dando la mitad de su plato de judías negras, arroz y plátano macho a un sintecho al que conocía llamado Nate. Era un artista callejero que hasta enero se había ganado bien la vida vendiendo retratos del expresidente. Le contó a Ballard que las imágenes del nuevo presidente no se vendían porque sus votantes no iban a Venice Beach.

Ballard devolvió a *Lola* a la casa de Sarah, con más disculpas tanto al animal como a la cuidadora, y se dirigió de nuevo al este para continuar con sus casos. Llegó a la comisaría de Hollywood tres horas antes del inicio de su turno. En el vestuario, después de ponerse el traje, sacó una banda negra elástica de luto que guardaba detrás de su placa y la extendió por la parte delantera del escudo.

Una vez que estuvo en la sala de detectives, ocupó su lugar habitual e inmediatamente se puso a trabajar en el ordenador. Empezó por abrir el sitio web del *Los Angeles Times*. Sabía que podía usar la red de datos del Departamento —la mayoría de las investigaciones generaban información básica que se colgaba en línea para acceso interno—, aunque dejaría un rastro digital. Ballard quería conocer los nombres de los tres hombres asesinados en el reservado del Dancers y creía que el periódico abanderado de la ciudad ya los conocería, casi cuarenta y ocho horas después de la masacre.

No se equivocó y enseguida encontró un artículo que mencionaba que fuentes de la Oficina del Forense habían comunicado los nombres de los muertos después de notificar su fallecimiento a los parientes más cercanos y de que se hubieran completado las autopsias. El artículo identificaba a Cynthia Haddel y Marcus Wilbanks como los empleados del Dancers asesinados por el pistolero desconocido, y a Cordell Abbott, Gordon Fabian y Gino Santangelo como los tres hombres que fueron tiroteados en el reservado donde estaban sentados.

Con los nombres en la mano, Ballard procedió a buscar los antecedentes de los tres hombres del reservado conectándose a los ordenadores del Registro de Crímenes y de Tráfico. También eso dejaría un rastro de sus búsquedas, pero no sería detectado con tanta facilidad como si simplemente usara su acceso en el Departamento para abrir archivos en línea del caso. Actuar de ese modo generaría de inmediato una alerta de sus actividades que recibirían los investigadores del caso.

Ballard estudió los tres nombres uno por uno y trazó perfiles con sus datos. Como se había anunciado la noche anterior en las noticias de la televisión, los tres hombres tenían antecedentes delictivos. Lo que dejó más intrigada a Ballard era que parecían proceder de ámbitos diferentes del submundo criminal, y eso hacía que su reunión en ese reservado fuera inusual.

Cordell Abbott era un varón negro de treinta y nueve años con cuatro condenas en su haber por delitos relacionados con el juego. En cada uno de esos casos, fue acusado de participar en juegos ilegales. En términos sencillos, era corredor de apuestas. Aceptaba apuestas en deportes que iban desde carreras de caballos hasta partidos de los Dodgers. Al parecer, a pesar de sus cuatro condenas, nunca había cumplido condena en una prisión estatal. A lo sumo, sus delitos le valieron estancias en la prisión del condado de semanas y meses, nunca de años.

De manera similar, Gordon Fabian había escapado de la prisión, a pesar de un largo historial de condenas por varios delitos relacionados con las drogas. Fabian era blanco y, con cincuenta y dos años, la víctima de más edad de la masacre. Ballard contó diecinueve detenciones en su expediente, que se remontaba a la década de 1980. Todo ello se relacionaba con el consumo personal o la venta, de drogas a pequeña escala. Probablemente, en la mayoría de los casos se benefició de una libertad condicional o hubo compensaciones por el tiempo cumplido antes del juicio. En otros, se retiraron los cargos. No obstante, en el momento de su asesinato, Fabian había ascendido ya a la primera división y estaba a la espera de un juicio inminente en un tribunal federal por posesión de un kilo de cocaína. Se encontraba en libertad después de pagar fianza, pero se enfrentaría a una larga temporada en prisión si lo condenaban.

La tercera víctima, Gino Santangelo, era un varón blanco de cuarenta y tres años, y el único de los tres con un historial de violencia. Había sido acusado de agresión en tres ocasiones en un período de quince años. En uno de los casos había disparado un arma de fuego, pero no mató a la víctima, y las otras dos veces la fiscalía había añadido a los cargos de agresión el agravante de lesiones graves. En todos los casos, Santangelo se declaró culpable de cargos menores y se benefició de una rebaja en la pena. Su primera condena era la correspondiente al uso de arma de fuego, que le costó tres años en una prisión estatal. Al parecer, después se espabiló y desechó de su repertorio la utilización de una pistola, porque eso añadía años al abanico de penas. En detenciones posteriores, había usado manos y pies para agredir a las víctimas y se le permitió declararse culpable de cargos menores, como agresión y alteración del orden público, que derivaron en sentencias de menos de un año en una prisión del condado. La interpretación de Ballard, sin tener delante los detalles de cada caso, era que Santangelo era un matón de la mafia. Ballard se centró en el tercer caso, por el que se le había acusado de lesiones graves. La condena se rebajó a un delito menor de agresión. Ballard sabía que para que una pena se rebajara de ese modo tenía que haber un problema con un testigo o una víctima. Santangelo tenía un historial de violencia, pero la víctima, o tal vez un testigo, tuvo miedo o se negó a testificar. El resultado fue una sentencia de treinta días reducida a una semana en la cárcel del condado.

Ballard podía deducir mucho leyendo entre líneas los extractos de los casos, pero no tenía acceso a expedientes detallados de las investigaciones para poner los delitos y los individuos en contexto. Para eso necesitaría obtener los informes reales y eso no iba a ocurrir un sábado por la noche. Miró las fotos de las fichas de los tres hombres, lo cual le permitió recordar sus posiciones en el reservado donde fueran asesinados.

Cordell Abbott era fácil de situar, porque era la única víctima de raza negra. Ballard recordaba haber visto su cuerpo a la izquierda del reservado. Eso situaba a Abbott a la derecha del asesino.

La foto de perfil de Gordon Fabian mostraba a un hombre con una cola de caballo gris, y eso lo situaba en el asiento de enfrente del asesino. Era la víctima que se había desplomado hacia el exterior del reservado, con el extremo de su cola de caballo mojado en su propia sangre como un pincel.

Y eso dejaba a Gino Santangelo en medio.

Ballard se recostó en la silla de su escritorio y pensó en lo que sabía y podía asegurar. Cuatro hombres entraron en un reservado. ¿Ocuparon las posiciones al azar o había una coreografía basada en las relaciones entre los hombres? Había un corredor de apuestas, un matón, un camello y, a falta de mejor información, un sicario.

Había que añadir la secuencia de disparos. Ballard no tenía acceso a los informes del crimen ni a las pertenencias halladas, pero, si hubiera tenido que apostar a que alguno de los presentes en el reservado además del asesino iba armado, se la habría jugado con Santangelo. Ya había sido condenado por un crimen con pistola y, aunque al parecer había abandonado el uso de armas de fuego en sus tácticas de matón, era poco probable que hubiera renunciado a ir armado. Su registro mostraba que tenía un historial criminal, así que la pistola sería una herramienta de trabajo.

Eso condujo a la siguiente pregunta. El vídeo de una fracción de segundo proporcionado por el testigo Alexander Speights mostraba claramente que el asesino disparó primero sobre Fabian, el camello. ¿Por qué lo habría hecho si tenía conocimiento de quién era Santangelo y de que era probablemente el que iba armado?

Ballard sacó varias conclusiones de su información manifiestamente incompleta. La primera era que no todos los hombres del reservado se conocían entre sí. Era probable que quien disparó conociera a Abbott, el corredor de apuestas, si conocía a alguno de los hombres, porque se sentó a su lado. Y Ballard suponía que disparó primero al camello por malicia o impulso. Malicia si consideraba al camello responsable de lo que fue mal durante la reunión. Impulso si simplemente eligió disparar a los otros hombres siguiendo una pauta de un, dos, tres. Habría sido la forma más rápida y más segura de disparar, siempre y cuando no supiera que Santangelo iba armado.

Ballard sabía que sus hipótesis no iban a ninguna parte. Había un sinfín de posibilidades y factores en juego. El que disparó podría haber revisado si los otros llevaban armas antes de la reunión y la disposición de asientos podría haber estado dictada simplemente por el orden de llegada de los hombres. No había forma de saber nada a ciencia cierta, y la conclusión final de Ballard era que estaba derrapando en un caso que no era suyo y del que le habían ordenado taxativamente que se apartara.

Pero, aun así, no podía dejarlo. La obsesionaba lo de Chastain. Y en ese momento consideró un movimiento que seguramente le costaría el despido si el Departamento lo descubría.

Ballard y Chastain habían sido compañeros durante casi cinco años antes de la disputa por la denuncia a Olivas. Durante ese tiempo trabajaron codo con codo en investigaciones prioritarias y a menudo peligrosas. Eso los unió y en muchos sentidos su pareja era como un matrimonio, aunque nunca habían traspasado, ni siquiera desdibujado, la línea de lo profesional. Aun así, compartían todo lo relacionado con el trabajo y Ballard incluso conocía la contraseña de Chastain en el sistema informático del Departamento. Se había sentado a su lado demasiadas veces mientras se conectaba como para no fijarse y no recordarlo. El Departamento exigía a sus detectives que cambiaran sus contraseñas cada mes, pero los investigadores eran animales de costumbres y casi siempre se limitaban a actualizar los tres últimos dígitos de una contraseña constante, usando el mes y el año.

Ballard creía que era improbable que Chastain hubiera cambiado su contraseña principal después de la disolución de su pareja. Ella no había cambiado la suya, porque era fácil de recordar —el nombre de su padre escrito al revés— y no quería molestarse en memorizar una combinación de letras y números que podrían no tener ningún significado para ella. Sabía que la contraseña de Chastain era la fecha de su matrimonio seguida por sus iniciales y las de su mujer y el mes y año en curso.

Ballard no creía que la cuenta de Chastain hubiera sido cerrada después de su muerte. En la burocracia del Departamento de Policía de Los Ángeles podían pasar meses antes de que la Unidad de Acceso Digital borrara del sistema el acceso de sus usuarios. Sin embargo, Ballard sabía que, si se conectaba como Chastain, la infracción podría rastrearse hasta el ordenador usado. No importaba que no fuera técnicamente el ordenador o la mesa de Ballard. Se convertiría en la principal sospechosa y eso desembocaría en su expulsión del cuerpo, cuando no en una acusación legal.

Cerró su propia sesión y abrió el formulario de entrada. Tamborileó con los dedos en el escritorio unos momentos, esperando que una voz interna la advirtiera de no dar el siguiente paso. Pero nunca llegó. Escribió el nombre de usuario y la contraseña de Chastain y esperó.

Estaba dentro. A partir de ahí podría seguir al fantasma de su antiguo compañero en el sistema, y enseguida usó su acceso autorizado para abrir archivos del caso Dancers. Abrió numerosos informes de pruebas y de la escena del crimen, así como declaraciones de testigos y los informes cronológicos que mantenían los investigadores del caso. Ballard examinó los informes para identificar lo que eran y los envió a la impresora de la sala de detectives para revisarlos posteriormente más a conciencia. Se sentía como si hubiera entrado en la casa de alguien y necesitara salir antes de que la descubrieran.

Al cabo de quince minutos, se desconectó y quedó a salvo. Fue a la sala de la impresora y cogió un fajo de copias de casi cinco centímetros de grosor.

Durante la siguiente hora, se tomó su tiempo para revisar los documentos. La mayor parte era papeleo, pero algunos de los informes ofrecían una visión más amplia del crimen y del rol que desempeñaron los individuos. Lo más reseñable era la exposición mucho más extensa de los antecedentes de las tres víctimas en el reservado. La biografía de Santangelo afirmaba que era un conocido usurero y recaudador de deudas relacionadas con una familia del crimen organizado de Las Vegas. Además, el informe de la escena del crimen señalaba que se encontró una pistola de calibre 45 en la cinturilla de sus pantalones de traje. La pistola estaba vinculada al robo en una casa en 2013 en Summerland, Nevada.

Un documento que sorprendía por su falta de contenido era el informe de revisión de vídeo. Afirmaba que un examen de las grabaciones de las cámaras situadas a la entrada del Dancers y en tiendas de Sunset Boulevard y alrededores había revelado que no había imágenes del sospechoso ni de su vehículo. La Unidad de Vídeo no podía proporcionar ni siquiera la más mínima descripción de un vehículo dándose a la fuga ni de la dirección —este u oeste— que había tomado el asesino. Para Ballard era casi como si el asesino supiera que no había cámaras, o bien había elegido el lugar de la reunión siendo consciente de los huecos sin cámaras por los que podría colarse.

Decepcionada, Ballard continuó y terminó con las cronologías de investigación. Había cinco detectives asignados a tiempo completo al caso, además del teniente Olivas. Eso había generado tres cronologías: las de las dos parejas de detectives y la de Chastain, el dos del equipo de trabajo. Aún no constaba ningún informe cronológico de Olivas.

A partir de esos documentos, Ballard pudo deducir los movimientos que se estaban llevando a cabo y determinó que el foco principal de la investigación era Santangelo. Se creía que el asesinato múltiple podría haber sido una ejecución del hombre de la mafia, con las otras cuatro víctimas como daños colaterales. Uno de los equipos de detectives había sido enviado a Las Vegas para continuar investigando esa hipótesis.

Ballard sabía que todo ello probablemente cambiaría con el asesinato de Chastain. Las prioridades de la investigación se recalibrarían. Si el asesinato del detective y la masacre del Dancers estaban relacionados por pruebas balísticas o de otro tipo, eso significaba obviamente que el asesino estaba todavía en Los Ángeles.

Ballard leyó la cronología de Chastain en último lugar. Comprobó que había registrado debidamente su visita a la División de Hollywood para consultar con ella y hacerse cargo del testigo Alexander Speights. También mostraba que este último identificó a Metro, el amigo y compañero de trabajo de Speights que había estado con él en la discoteca, como Matthew Robison, de veinticinco años, que vivía en La Jolla Avenue, en West Hollywood. Chastain habló con Robison el viernes por la mañana en su apartamento después de obtener la información del director de la tienda Slick Kicks. Una nota en la cronología después de la entrada decía NVC, que Ballard sabía que era el modo que tenía Chastain de resumir la declaración de un testigo que supuestamente «no vio un carajo».

Ni Speights ni Robison eran testigos probatorios, pero el vídeo de una fracción de segundo que había conseguido Speights seguía siendo de gran valor. Si alguna vez la investigación derivaba en una presentación de cargos y había un juicio, Speights sería testigo, aunque solo fuera para presentar el selfi en el que había captado el primer disparo. Si era cuestionado de algún modo por la defensa, podría recurrirse a su colega Robison para que testificara y respaldara la declaración.

La cronología de Chastain contenía el registro de dos llamadas telefónicas que intrigaron a Ballard. La primera era de las 13:10 del viernes. Era una llamada que Chastain había hecho a alguien llamado Dean Towson. Y la segunda, que figuraba como último registro en la cronología, era una llamada recibida a las 17:10 de Matthew Robison, el testigo que supuestamente no había visto un carajo. No había más explicaciones de ninguna de las llamadas en el expediente. Chastain probablemente pensaba completar los detalles después. Ballard se fijó en que la llamada se había recibido, y Chastain así lo había registrado, poco antes de que Olivas lo mandara a casa.

El nombre de Dean Towson le resultaba familiar a Ballard, pero no logró situarlo. Lo buscó en Google en el ordenador y pronto se encontró mirando el sitio web de un abogado penalista especializado en juicios federales.

—Fabian —dijo Ballard en voz alta.

Encajó. Fabian se enfrentaba a cargos federales por drogas. Towson estaba especializado en juicios federales. Era probable que fuera el abogado de Fabian en el caso del kilo de cocaína y que Chastain hubiera contactado con él para tratar de averiguar por qué su cliente estaba en ese reservado en el Dancers cuando empezaron los disparos.

Ballard miró el reloj encima de las pantallas de televisión y vio que eran casi las diez. Sabía que podía buscar el domicilio de Towson a través del Registro de Tráfico y llamar a su puerta, pero era sábado a última hora y decidió que su aproximación al abogado sería mejor recibida en horas diurnas. Desechó la idea pero marcó el número de teléfono desde el que Robison había llamado a Chastain. El número que constaba en la cronología tenía el prefijo 213. La llamada no obtuvo respuesta y concluyó en un pitido sin ningún saludo. Ballard dejó un mensaje.

—Señor Robison, soy la detective Ballard del Departamento de Policía de Los Ángeles. Estoy haciendo seguimiento de la conversación telefónica que tuvo el viernes con el detective Chastain. ¿Puede llamarme lo antes posible?

Estaba dejando su número en el mensaje cuando vio en una de las pantallas de televisión imágenes de vídeo de las puertas de la casa de Ken Chastain. Los medios finalmente habían sido alertados de la noticia. El sonido de la tele estaba bajo, pero en el vídeo Ballard vio al jefe de policía dirigiéndose a varios periodistas mientras Olivas se quedaba detrás de él y a su izquierda. El jefe estaba pálido, como si supiera que lo que había empezado en ese reservado en el Dancers había acabado afectando a lo más hondo del Departamento y causando daños irreparables.

Ballard no necesitaba oír su declaración para saberlo.

El último conjunto de documentos que revisó la detective eran las notas a vuelapluma de Chastain sobre las autopsias. Las había transferido a un archivo digital en preparación para escribir los informes que se enviarían al archivo general del caso. Había muerto antes de tener la oportunidad de cumplir esa tarea.

Puesto que el caso era de máxima prioridad —tanto como para atraer a la Doctora J, la forense jefe, a la escena del crimen—, los exámenes de los cadáveres se realizaron el viernes por la mañana en la Oficina del Forense, con la Doctora J supervisando a varios forenses asignados a cada uno de los cadáveres. Pese a que cabían escasas dudas respecto a la causa de la muerte de las víctimas, la recuperación de balas de los cadáveres era un paso importante en la investigación y, por tanto, confería prioridad a los casos individuales. Normalmente, las autopsias ni siquiera se programaban en veinticuatro o cuarenta y ocho horas. Esas se llevaron a cabo menos de doce horas después de los fallecimientos.

La Doctora J se ocupó personalmente de la autopsia de Fabian. El informe se demoraría varios días, pero entretanto Chastain había tomado notas como investigador presente. Fue en esas notas donde Ballard encontró una frase y una pregunta que hicieron que sus pensamientos sobre el caso tomaran una nueva dirección.

Según las notas de Chastain, la Doctora J había calificado una herida en el pecho de Fabian como una quemadura de primer grado que se había producido en el momento de la muerte pero no había sido causada por un arma de fuego. Chastain había añadido una segunda anotación a esta conclusión: «¿Quemadura por batería?».

Ballard se quedó paralizada al recordar que había visto a Chastain, la Doctora J y el teniente Olivas reunidos en torno al cadáver de Fabian en la escena del crimen y examinándole el pecho.

En ese momento supo por qué. Fabian tenía una quemadura en el pecho que podría haber sido producida por una batería.

Ballard rápidamente consultó el informe de pertenencias de Fabian y no vio nada que constara como recuperado con el cuerpo que pudiera explicar la quemadura. Fuera lo que fuese lo que lo quemó en el momento del disparo, fue eliminado de la escena, aparentemente, por la persona que disparó.

Todo encajó para Ballard. Pensaba que Fabian había llevado un dispositivo de escucha. Entró con un micrófono a la reunión del Dancers y la batería del dispositivo había empezado a quemarlo. Era un riesgo bien conocido cuando se trabajaba de incógnito. Los dispositivos de grabación compactos se sobrecalentaban y los aceites y el sudor del cuerpo podían crear una conexión en arco con la batería. Los profesionales que trabajaban de incógnito tomaban medidas para aislarse de lo que llamaban quemadura de micro envolviendo los dispositivos en fundas de goma para aislarlos de las glándulas sudoríparas del cuerpo.

No había nada en el informe de antecedentes de Fabian que Ballard había revisado que indicara que hubiera trabajado como agente de incógnito. Sin embargo, había una quemadura en su pecho que indicaba lo contrario en la masacre del Dancers.

Ballard pensó que Chastain había descubierto algo y eso podría haberle costado la vida.

18

Ballard esperó hasta las nueve de la mañana del domingo para llamar a la puerta de Dean Towson. Acababa de desayunar en el Dupar's de Studio City después de una noche relativamente tranquila en la sesión nocturna. Solo había recibido dos llamadas, la primera para certificar un suicidio y la segunda para colaborar en la búsqueda de un anciano con alzhéimer desaparecido. Fue encontrado en la cochera de un vecino incluso antes de que ella llegara a la escena.

Ballard había necesitado toda su voluntad y paciencia para contenerse de intentar contactar con Towson en plena noche. Cuanto más pensaba en las notas de la autopsia de Ken Chastain, más convencida estaba de que Towson podía poseer la clave para resolver el misterio de lo ocurrido en el reservado del Dancers.

Logró contenerse y aprovechó el tiempo libre entre sus salidas de la comisaría para zambullirse más a fondo en todas las bases de datos policiales disponibles y realizar una búsqueda detallada de los tres hombres asesinados en el reservado del Dancers. El esfuerzo dio frutos justo antes del amanecer. Al cotejar los antecedentes penales de los tres hombres con las prisiones en que cumplieron condena pudo encontrar el punto de cruce: el lugar donde los tres podrían haberse conocido e interactuado previamente. Cinco años antes, los tres hombres del reservado estuvieron en el Centro de Detención Peter J. Pitchess, en Castaic.

Este formaba parte del inmenso sistema carcelario del condado de Los Ángeles. Décadas atrás era una granja de borrachos con un nivel de seguridad mínimo, donde sinvergüenzas desgraciados dejaban la bebida y cumplían sus condenas por conducir bajo los efectos del alcohol y por embriaguez pública. Después se había convertido en el centro más grande del sistema penal del condado y funcionaba bajo estrictas condiciones de seguridad. El centro albergaba a casi ocho mil personas que esperaban juicio o cumplían condenas inferiores a un año. En mayo de 2012, Santangelo se encontraba en Pitchess tras ser sentenciado a noventa días por agresión, mientras Fabian estaba cumpliendo treinta días por un delito de posesión de drogas y Abbott estaba terminando una condena de seis meses por juego ilegal. Hasta donde Ballard pudo determinar, los tres hombres habían coincidido en Pitchess tres semanas.

Ballard sabía que era un sitio grande. Había estado allí en numerosas ocasiones para interrogar a reclusos. Sin embargo, también sabía que existían formas de reducir el grupo de población que habría podido incluir a los tres hombres del reservado. Las bandas se separaban en Pitchess según raza y afiliación, y los pabellones destinados a las bandas daban cuenta de la mitad de la capacidad del centro. Ballard no había encontrado ningún registro en que constara que alguno de los tres hombres del reservado tuviera afiliación a bandas callejeras.

La otra mitad del centro estaba más segregada en pabellones para reclusos que esperaban juicios y vistas, y para aquellos ya sentenciados y que cumplían condena. Santangelo, Fabian y Abbott estaban en este último grupo: ya habían sido condenados. Eso situaba al grupo en cuestión entre aproximadamente dos mil reclusos. Era un número lo bastante pequeño como para que Ballard creyera en la posibilidad de que los tres hombres interactuaran. Los tres estaban implicados en delitos relacionados con el vicio —juego, usura y drogas— y podrían haber continuado con sus negocios incluso detrás de las rejas de acero de la cárcel. El resumen era que Ballard tenía una buena razón para creer que Santangelo, Fabian y Abbott se habían conocido hasta cinco años antes de su funesto encuentro final en el Dancers.

No figuraba nada en los informes del caso que había revisado Ballard que indicara que la investigación oficial de la masacre del Dancers hubiera arrojado la misma conclusión sobre las víctimas del reservado. En ese momento, la detective se enfrentaba al dilema de si debería buscar una forma de compartir su información con los investigadores, aunque los dirigiera el hombre que había hecho todo lo que estaba en su mano para expulsarla del departamento de policía.

Además, sus conclusiones sobre los tres hombres daban que pensar respecto al cuarto hombre, el desconocido del reservado: el asesino. ¿También había estado en Pitchess con los otros tres? ¿También estaba implicado en delitos relacionados con el vicio? ¿O era alguien cuyo vínculo con los otros hombres no tenía nada que ver con esas actividades?

Al fichar al final del turno y dirigirse a desayunar, Ballard decidió que continuaría su investigación y encontraría una forma de transmitir sus hallazgos a la investigación oficial. De alguna manera, sabía que le debía eso a Chastain.

Saciado el hambre, Ballard quería encontrar a Towson antes de que saliera de casa. Las ocho en punto habría sido su hora preferida, pero le concedió una hora extra de sueño porque era domingo. Contaba con su cooperación, y esa hora extra de sueño podía dar sus frutos.

También esperaba pillarlo antes de que tuviera tiempo de leer el *Times,* porque sabía que aparecía un artículo sobre el asesinato de Chastain. Si Towson estaba al tanto del asesinato, podría negarse a hablar por miedo a que quien se había cargado a Chastain fuera a por él a continuación.

Ballard sabía que todos los movimientos de Chastain en los últimos dos días serían repasados por los detectives que investigaban su asesinato. El artículo del *Times,* que Ballard había leído en el Du-par's, decía que el asesinato se englobaba en la investigación del Dancers, pero que el equipo que se ocupaba del caso contaría con el refuerzo de detectives de la Unidad de Delitos Graves.

Ballard había obtenido la dirección de Towson del ordenador de Tráfico y se dirigió a Sherman Oaks después del desayuno, llevando consigo dos tazas de café en una bandeja de cartón.

El abogado defensor vivía en una casa en Dickens, una manzana al sur de Ventura Boulevard. La construcción contaba con un aparcamiento subterráneo y entrada de seguridad en la calle. Ballard esperó en la acera y entró cuando alguien salió a pasear al perro.

—He olvidado mis llaves —murmuró.

Localizó la puerta de Towson y llamó. Sacó la placa de su cinturón y la levantó antes de que el abogado abriera la puerta en lo que Ballard supuso que era su ropa de dormir: pantalones de chándal y una camiseta con el logo de Nike. Tenía unos cincuenta años y era bajo, con barriga, gafas y barba gris.

—Señor Towson, policía de Los Ángeles. Tengo que hacerle unas preguntas.

—¿Cómo ha entrado en el edificio?

—La puerta de seguridad estaba entornada. He entrado sin más.

—Tiene un muelle. Debería cerrarse automáticamente. En todo caso, ya he hablado con la policía y es domingo por la mañana. ¿Esto no puede esperar hasta mañana? No tengo tribunal. Estaré todo el día en el bufete.

—No, señor, no puede esperar. Como sabe, tenemos una investigación de suma importancia en marcha y estamos cotejando nuestras entrevistas.

—¿Qué demonios significa cotejar entrevistas?

—Diferentes detectives que se ocupan de lo mismo. En ocasiones, uno encuentra algo que al otro se le ha pasado. Los testigos recuerdan nuevos detalles.

—No soy testigo de nada.

—Pero tiene información que es importante.

—¿Sabe a qué suena lo de cotejar entrevistas? Suena a lo que hacen cuando no tienen nada de nada.

Ballard no respondió. Quería que pensara eso. Le haría sentirse importante y sería más franco. Parecía claro que no sabía que Chastain estaba muerto.

—Le he traído un café —anunció Ballard, mostrando la bandeja de cartón.

—Está bien —dijo él—. Me lo hago yo.

El abogado dio un paso atrás para que ella pudiera entrar. Ya estaba dentro.

Towson ofreció a Ballard un asiento en la cocina para que pudieran hablar mientras él preparaba café. Ella se tomó su café de Dupar's. Llevaba casi veinticuatro horas sin parar y lo necesitaba.

—¿Vive solo aquí? —preguntó.

—Sí —respondió él—. Soy un soltero empedernido. ¿Usted?

Era una pregunta extraña para que se la devolviera. Ballard había estado preparando el terreno: quién estaría en casa y cómo manejaría la entrevista. Que el abogado le planteara la misma pregunta no era una respuesta apropiada, pero la detective vio la oportunidad de fomentar la cooperación y conseguir lo que necesitaba de él.

—Nada serio —dijo—. Trabajo a horas intempestivas y es difícil mantener algo.

Bien, le había dado la posibilidad. Era el momento de ir al grano.

—Llevaba la defensa de Gordon Fabian en el juicio federal de drogas —manifestó.

—Exacto —dijo Towson—. Y sé que suena cínico, pero que lo mataran me ha ahorrado poner una cruz en mi casillero, no sé si sabe a qué me refiero.

—¿Quiere decir que iba a perder el caso?

—Eso es. Fabian iba a pringar.

—¿Fabian lo sabía?

—Se lo dije. Lo pillaron con un kilo en la guantera del coche que conducía, iba solo y el coche estaba registrado a su nombre. No había forma de librarse de eso. La razón fundada para pararlo también era completamente legítima. No había nada que se pudiese alegar. Íbamos a ir a juicio y sería un viaje muy rápido que conduciría a un veredicto de culpabilidad.

—¿No estaba interesado en llegar a un acuerdo?

—No se le ofreció. El kilo de droga tenía marcas de un cártel. El fiscal solo sugeriría un acuerdo si Fabian delataba a su contacto. Y Fabian no iba a hacerlo, porque dijo que prefería ir a la cárcel cinco años (es el mínimo que establece la ley) a que el cártel de Sinaloa lo eliminara por hablar.

—Salió bajo fianza. Cien mil. ¿De dónde sacó dinero para pagarla y para usted? Es uno de los abogados más reputados y más caros de la ciudad.

—Si eso es un cumplido, gracias. Fabian liquidó la casa de su madre, además de otros bienes valiosos. Bastó para cubrir mis honorarios y el diez por ciento de garantía de la fianza.

Ballard asintió y echó un largo trago de café tibio. Vio que Towson se miraba disimuladamente en el cristal de la puerta de uno de los armarios altos y se peinaba. Estaba hablando más de lo que debería del caso. Tal vez era porque el cliente estaba muerto y no importaba. O tal vez porque estaba interesado en ella y comprendía que la mejor manera de conquistar el corazón de una detective era a través de la cooperación. Ballard sabía que era el momento de centrarse en el propósito de su visita.

—Mi colega el detective Chastain le llamó el viernes —dijo.

—Así es —admitió Towson—. Y le dije más o menos lo mismo que a usted. No sé nada de lo que ocurrió.

—¿No tiene ni idea de por qué estaba Fabian en el Dancers un jueves por la noche?

—La verdad es que no. Lo único que sé es que era un hombre desesperado. Y los hombres desesperados hacen cosas desesperadas.

—¿Como qué?

—No lo sé.

—¿Alguna vez le mencionó el nombre de Cordell Abbott o Gino Santangelo antes?

—Estamos entrando en cuestiones que vulneran la confidencialidad abogado-cliente, que mantiene su validez después de la muerte. Pero le diré algo: la respuesta es no, nunca me los mencionó, aunque es evidente que los conocía. Al fin y al cabo, lo asesinaron con ellos.

Ballard decidió ir al grano. Towson o bien estaba dispuesto a traicionar el acuerdo de confidencialidad o no.

—¿Por qué Fabian llevó un micrófono a esa reunión en el Dancers?

Towson la miró un momento antes de responder. Ballard se dio cuenta de que la pregunta había dado en el clavo. Significaba algo.

—Es interesante —dijo Towson.

—¿En serio? —inquirió Ballard—. ¿Por qué es interesante?

—Porque, como ya hemos comentado, estaba jodido. En algún momento de nuestra relación le dije que si no estaba dispuesto a delatar al cártel, su única salida podría ser delatar a otro.

—¿Y cómo respondió a eso?

Towson soltó el aire pesadamente.

—Mire, creo que llegados a este punto necesito esgrimir la bandera de la confidencialidad abogado-cliente. Estamos llegando demasiado lejos revelando comunicaciones privadas entre...

—Por favor, han muerto seis personas. Si sabe algo, necesito saberlo.

—Pensaba que eran cinco.

Ballard se dio cuenta de que había patinado y había incluido a Chastain en la cuenta.

—Quería decir cinco. ¿Qué dijo Fabian cuando le preguntó si podía delatar a otro?

Towson finalmente se sirvió una taza de café. Ballard lo observó y esperó.

—¿Sabe que trabajé en la fiscalía al acabar la carrera? —preguntó.

—No, no lo sabía —dijo Ballard. Se reprendió en silencio por no haber estudiado el historial de Towson cuando había buscado el de su cliente.

Este sacó un brik de dos litros de leche desnatada de la nevera y se sirvió en su taza.

—Sí, estuve ocho años como ayudante del fiscal —explicó él—. Los últimos cuatro los pasé en el J-SID. Sabe lo que es, ¿no?

Towson pronunció Jay-Sid. Todo el mundo lo llamaba así y todo el mundo sabía lo que significaba. La División de Integridad del Sistema de Justicia era la unidad de control de la propia fiscalía.

—Investigaba a policías —dijo Ballard.

Towson asintió, luego se recostó en la encimera y se quedó de pie mientras daba un sorbo de la taza. Ballard pensó que era alguna clase de táctica masculina: quedarse de pie para tener una posición más elevada en la conversación.

—Así es —dijo él—. Y usábamos muchos micrófonos, ¿sabe? La mejor manera de hacer caer a un poli corrupto era tenerlo grabado. Siempre cedían si sabían que sus propias palabras iban a ser reproducidas en audiencia pública. Las palabras dichas por ellos que los condenaban. —Towson hizo una pausa, pero Ballard no dijo nada. Sabía que el abogado estaba tratando de decirle algo sin violar del todo el acuerdo de confidencialidad con su cliente muerto. Ballard esperó y Towson tomó otro trago de café antes de continuar—. Permítame que empiece por decir que no sé por qué estaba Fabian en esa discoteca el jueves por la noche y que no tengo ni idea de con quién se estaba reuniendo ni de qué se trataba. Pero le expliqué que, si iba a delatar a alguien para conseguir un pacto, tenía que ser un pez más gordo que él mismo. Quiero decir, evidentemente, las cosas funcionan así. Tenía que entregar a alguien que el fiscal federal considerase más valioso que el propio Fabian.

—Vale. ¿Y qué dijo él?

—Dijo: «¿Y un poli?».

Towson hizo un gesto con la taza de café, apartando el brazo de su cuerpo como si estuviera diciendo: «Puede seguir la historia desde ahí».

Ballard se tranquilizó y recompuso sus ideas. Lo que Towson estaba diciendo encajaba con la teoría que ella había estado considerando toda la noche: que Fabian había llevado un micrófono a la reunión en el Dancers y que el cuarto hombre del reservado era un agente de policía. Era lo único que podía explicar el comportamiento de Chastain, el hecho de que continuara trabajando en el caso el viernes por la noche después de que le dijeran que se fuera a casa.

—Vamos a recapitular un segundo —dijo Ballard—. ¿Cuándo fue su conversación sobre un pez más gordo que Fabian?

—Hace un mes más o menos —dijo Towson—. Fue la última vez que hablé con él.

—¿Y qué dijo cuando él propuso entregar a un policía?

—Dije que sabía por mi experiencia en el J-SID que a los federales siempre les gustaban los trueques con polis. Lo siento, pero es un hecho. Más titulares, más caché político. Traficantes de drogas de un kilo los hay por docenas. Acusar a un poli hace salivar a un fiscal.

—Así que le dijo todo eso. ¿Le dijo que llevara un micrófono?

—No, nunca se lo dije. Lo advertí. Le dije que los policías corruptos son muy peligrosos porque tienen mucho que perder.

—¿Preguntó quién era el poli?

—No, no lo hice. Tiene que comprender que fue una conversación muy general. No fue una reunión planeada. No dijo: «Conozco a un poli corrupto». Dijo: «¿Y si pudiera entregar a un poli?». Y, en términos muy generales, dije: «Sí, un poli estaría bien». Y nada más. No le sugerí que llevara un micrófono, pero es posible que le dijera algo parecido a que se asegurara de que tenía algo sólido. Eso fue todo y fue la última vez que nos vimos. Nunca volví a hablar con él.

Ballard pensaba que por fin conocía el motivo de la masacre y la razón de que el asesino acabara primero con Fabian: porque era el traidor. El asesino eliminó a todos los que había en el reservado, luego buscó en la camisa de Fabian y le arrancó la grabadora.

La pregunta era cómo supo el asesino lo del micrófono. Para Ballard parecía obvio. La grabadora había empezado a quemarle el pecho a Fabian y él mismo se delató al hacer una mueca o al intentar arrancarse el cable de la piel. Hubo algún indicio que el poli del reservado captó. Y actuó con rapidez y contundencia en cuanto se dio cuenta de que la reunión era una trampa.

Ballard miró a Towson y se preguntó cuánto iba a revelar ella en ese momento.

—¿El detective Chastain le hizo algunas preguntas en esta misma línea el viernes?

—No. No lo hizo. Nunca mencionó nada de esto.

—Bien.

—¿Bien? ¿Por qué bien?

—¿Ha visto o leído las noticias anoche o esta mañana, señor Towson?

—Acabo de levantarme. No he visto nada.

—En realidad hay seis víctimas ahora. Al detective Chastain lo asesinaron el viernes por la noche.

Los ojos de Towson se ensancharon al asimilar la noticia y llegó directamente a la conclusión que Ballard pretendía.

—¿Estoy en peligro? —preguntó.

—No lo sé —dijo Ballard—. Pero debería tomar todas las precauciones posibles.

—¿Está de broma?

—Ojalá lo estuviera.

—No me meta en este asunto. Hice una sugerencia a un cliente, nada más.

—Eso lo entiendo, y, por lo que a mí respecta, esta conversación es privada. No escribiré ningún informe. Eso se lo prometo.

—Madre mía. Debería haberme dicho que habían matado a Chastain.

—Lo he hecho.

—Sí, después de sacar todo lo que quería de mí.

Cinco minutos más tarde, después de tranquilizar a Towson asegurándole que no lo pondría en peligro, Ballard se estaba poniendo las gafas de sol mientras se dirigía a su furgoneta. En la puerta fingió jugar con las llaves mientras miraba a hurtadillas a su alrededor.

Había asustado a Towson, y al hacerlo también se había asustado a sí misma. Era el momento de seguir su propio consejo y tomar todas las precauciones posibles.

19

Ballard necesitaba dormir, pero seguía presionándose. Después de dejar a Towson, volvió a cruzar la colina para dirigirse a West Hollywood. Su siguiente parada era la casa de Matthew *Metro* Robison. Le había dejado tres mensajes durante la noche y él no había devuelto las llamadas.

La dirección de Robison que constaba en Tráfico llevó a Ballard a un complejo de apartamentos en La Jolla, al sur de Santa Monica Boulevard. Al pasar por delante de la casa, vio un coche que claramente era de un detective. Continuó y aparcó a media manzana de distancia. Steadman le había contado a Ballard que Chastain le envió un mensaje de texto a su mujer en el que hablaba de currarse a un testigo. Identificar y encontrar a ese testigo sería una prioridad, y, puesto que Chastain había documentado una llamada de Robison como último movimiento en la cronología de su investigación, el vendedor de zapatillas tenía un alto interés para el grupo operativo.

Ballard ajustó su espejo retrovisor para poder mantener un ojo en el coche municipal. Al cabo de veinte minutos, vio que dos detectives salían del edificio de Robison y entraban en el coche. Los identificó como Corey Steadman y su compañero, Jerry Rudolph. No iba nadie con ellos, lo cual significaba que o bien Robison no estaba en casa, o había respondido a sus preguntas de manera satisfactoria. A juzgar por la falta de respuesta de Robison la noche anterior, Ballard pensaba que la opción más probable era que no estuviera allí.

Ballard esperó hasta que Steadman y Rudolph se alejaron antes de bajar de su furgoneta y caminar hasta el edificio de apartamentos. No había puerta de seguridad. Llegó a la puerta de Robison y le sorprendió obtener una respuesta. Una mujer bajita que aparentaba unos diecinueve años la miró desde detrás de una cadena de seguridad. Ballard mostró su placa.

—¿Es la novia de Metro? —preguntó.

Confiaba en que el hecho de ser mujer y su aparente familiaridad la llevaran más lejos que a los dos detectives blancos que acababan de estar allí.

—¿Por qué lo pregunta? —dijo la mujer joven.

—Como esos dos hombres que acaban de estar aquí, estoy buscándolo —dijo Ballard—. Pero por razones diferentes.

—¿Cuál es su razón?

—Estoy preocupada por él. Contactó con mi compañero el viernes. Y ahora mi compañero está muerto. No quiero que a Metro le pase nada.

—¿Conoce a Metro?

—La verdad es que no. Solo estoy tratando de mantenerlo a él y a su amigo Zander al margen de esto en la medida de mis posibilidades. ¿Sabe dónde está?

La chica apretó los labios y Ballard vio que contenía las lágrimas.

—No —dijo con voz estrangulada.

—¿Cuándo fue la última vez que estuvo en casa? —preguntó Ballard.

—El viernes. Yo tenía trabajo y cuando salí a las diez él no estaba en casa y no respondió a los mensajes. Ha desaparecido y yo he estado esperando.

—¿Tenía que trabajar en Kicks ayer?

—Sí, y no se presentó. Fui allí y hablé con Zander y me dijo que no había ido. Dijeron que lo despedirían si no aparecía hoy. Me estoy desquiciando.

—Me llamo Renée —dijo Ballard—. ¿Y usted?

—Alicia —dijo la chica.

—¿Le ha contado todo esto a esos dos detectives que acaban de irse, Alicia?

—No. Me asustaron. Solo dije que no ha estado aquí. Vinieron anoche también y me preguntaron lo mismo.

—Muy bien, volvamos al viernes. Metro llamó a mi compañero a eso de las cinco. ¿Estaba con él entonces?

—No, entro a las cuatro.

—¿Y dónde trabaja?

—En el Starbucks de Santa Monica.

—¿Dónde estaba Metro la última vez que lo vio?

—Aquí. Tenía el viernes libre y estaba aquí cuando me fui a trabajar.

—¿Qué estaba haciendo?

—Nada, solo veía la tele en el sofá. —Alicia miró desde la puerta abierta como si verificara el sofá en la sala detrás de ella. Se volvió de nuevo hacia Ballard—. ¿Qué tengo que hacer? —preguntó con un claro tono de desesperación en la voz.

—Esto es West Hollywood —dijo Ballard—. ¿Ha informado de su desaparición al Departamento del Sheriff?

—No, todavía no.

—Pues creo que debería denunciar su desaparición. Han pasado dos noches y no ha venido a casa ni se ha presentado en el trabajo. Llame a la comisaría de West Hollywood y haga la denuncia.

—No harán nada.

—Harán lo que puedan, Alicia. Pero si Metro se está escondiendo porque está asustado, será difícil que lo encuentren.

—Pero, si se está escondiendo, ¿por qué no me manda un mensaje?

Ballard no tenía respuesta para eso y temía que su rostro revelara su auténtica teoría sobre el destino de Metro.

—No estoy segura —dijo—. Puede que lo haga. Puede que tenga el teléfono apagado porque tiene miedo de que la gente lo localice a través de él.

Eso no proporcionó ningún consuelo.

—Tengo que irme —dijo Alicia.

Lentamente, cerró la puerta. Ballard estiró la mano y la detuvo.

—Deje que le dé una tarjeta —dijo—. Si tiene noticias de Metro, dígale que lo más seguro para él es que me llame. Dígale que el detective Chastain y yo éramos compañeros, y él confiaba en mí.

Sacó una tarjeta y la pasó por la abertura. Alicia la aceptó sin decir ni una palabra y cerró la puerta.

Ballard volvió al coche y cruzó los brazos sobre el volante. Apoyó la frente en los brazos y cerró los ojos. Estaba más que cansada, pero su mente no podía apartarse del caso. Matthew Robison en principio había sido clasificado como un testigo NVC, «no vio un carajo». Y luego, a las 17:10 del viernes, llamó a Chastain. En cuestión de horas uno estaría muerto y el otro, desaparecido. ¿Qué había ocurrido? ¿Qué sabía Metro?

Ballard se sobresaltó cuando sonó su teléfono. Levantó la cabeza y miró la pantalla. Era su abuela.

—¿Tutu?

—Hola, Renée.

—¿Va todo bien, Tutu?

—Todo bien, pero ha venido un hombre. Dijo que era policía y te estaba buscando. Pensaba que deberías saberlo.

—Claro. ¿Te dijo su nombre y te enseñó una placa?

Ballard trató de contener su urgencia e intentó que la preocupación no se reflejara en su voz. Su abuela tenía ochenta y dos años.

—Tenía placa y me dio una tarjeta. Dijo que tenías que llamarlo.

—Está bien, lo llamaré. ¿Puedes leerme su nombre y darme su número?

—Sí, es Rogers, con ese al final, Carr, con dos erres.

—Rogers Carr. ¿Y el número? —Ballard cogió un bolígrafo de la consola central y anotó un número que empezaba por 213 en un viejo recibo de aparcamiento. No reconoció el nombre ni el número—. Tutu, ¿debajo del nombre dice dónde trabaja? ¿La unidad?

—Sí, dice Unidad de Delitos Graves.

Entonces Ballard comprendió lo que estaba ocurriendo.

—Perfecto, Tutu. Lo llamaré. ¿Iba solo?

—Sí, solo. ¿Vas a venir esta noche?

—Eh, no, no creo que vaya esta semana. Estoy trabajando en un caso, Tutu.

—Renée, es tu fin de semana.

—Lo sé, lo sé, pero me han hecho trabajar. Puede que tenga un día libre más la semana que viene si resolvemos esto. ¿Has salido a mirar las olas últimamente?

—Todos los días paseo por la playa. Hay muchos chicos en el agua. Tiene que estar bien.

La abuela de Ballard vivía en Ventura, no muy lejos de Solimar Beach y Mussel Shoals, los lugares donde su hijo —el padre de Renée— había crecido haciendo surf.

—Bueno —dijo Ballard—. Espero que siga bien la semana que viene. Voy a llamar a este hombre ahora, Tutu, a ver qué quiere. Te llamo la semana que viene y te digo qué día voy.

—Vale, Renée, ten cuidado.

—Claro, Tutu.

Ballard colgó y miró el reloj de la pantalla. Eran las 11:11, y eso significaba que las tiendas de Melrose Avenue estaban abiertas. Según Alicia, Zander Speights no estaba desaparecido. Había hablado con él el sábado en Kicks cuando fue a buscar a Metro.

Ballard arrancó el motor y puso la marcha. Se dirigió por La Jolla hacia Melrose. A pesar de lo que le había dicho a su abuela, no tenía ninguna intención de llamar a Rogers Carr. Sabía lo que tramaba y lo que quería. Delitos Graves se había sumado a la investigación del caso Dancers/Chastain, y Carr, igual que Steadman y Rudolph, probablemente estaba rastreando los últimos pasos de Chastain. Eso incluiría su visita a la comisaría de Hollywood para hacerse cargo de Zander Speights y su teléfono móvil. También incluiría la conversación final que ella había mantenido con Chastain. Eso era algo personal y privado, y Ballard no quería compartirlo.

Ella daba la dirección de su abuela como su domicilio permanente en todos los registros de personal del Departamento. Tenía un dormitorio en el pequeño bungaló y pasaba la mayor parte de sus días libres allí, atraída por la comida casera y la conversación de Tutu, la cercanía de las olas y la lavadora y la secadora del garaje. Pero nadie más que su compañero, Jenkins, sabía exactamente adónde iba en sus días libres. El hecho de que Carr hubiera conducido noventa minutos hasta la casa de Ventura le decía a Ballard que había tenido acceso a su fichero de personal, y eso la molestaba. Decidió que si Carr quería hablar con ella, podía ir a buscarla.

Kicks era una más entre el montón de tiendas que se sucedían en Melrose entre Fairfax y La Brea. Chic, minimalista y cara. Era en esencia una tienda de zapatillas deportivas personalizadas. Modificaban zapatillas de marcas reconocidas como Nike, Adidas y New Balance con tintes, pins, cremalleras, lentejuelas, cruces y rosarios cosidos, y luego las vendían cientos de dólares más caras que la zapatilla original. Y Ballard tuvo la impresión al entrar de que a nadie parecía importarle. Había un cartel detrás de la caja registradora que decía LAS ZAPATILLAS SON ARTE.

Ballard se sintió tan fuera de lugar como un acompañante en un baile de instituto. Examinó la tienda, ya llena, y vio a Speights abriendo una caja de zapatos para una clienta interesada en unas Nike engalanadas con besos de pintalabios rosa. Estaba ensalzando las virtudes que diferenciaban a esas zapatillas de otras cuando vio a Ballard cerca.

—Enseguida estoy con usted, detective —anunció. Lo dijo lo bastante alto para que Ballard atrajera las miradas de todo el mundo en la zapatería. Ella hizo caso omiso de las miradas y levantó una zapatilla de uno de los pedestales de plástico claro utilizados para exhibir los artículos de la tienda. Era una bota Converse roja a la que de alguna manera habían montado unos tacones de plataforma de ocho centímetros—. Le quedarían muy bien, detective.

Ballard se volvió. Era Speights. Se había separado de su clienta, que estaba paseando delante de un espejo y contemplando las Nike con besos que se había probado.

—No estoy segura de que aguantaran en un contrataque —dijo Ballard. El rostro delató que Speights no pilló la referencia deportiva. Ballard continuó—: Zander, necesito hablar con usted un momento. ¿Hay alguna oficina ahí atrás donde podamos hablar en privado?

Speights hizo un gesto hacia su clienta.

—Estoy trabajando y vamos a comisión —dijo—. Tenemos rebajas hoy y tengo que vender. No puedo...

—Vale, lo entiendo —dijo Ballard—. Solo hábleme de Metro. ¿Dónde está?

—No sé dónde está Metro. Tendría que estar aquí. Ayer tampoco se presentó y no respondió al teléfono cuando lo llamé.

—Si se estuviera escondiendo, ¿adónde iría?

—¿Qué? No lo sé. Quiero decir, ¿por qué tendría que esconderse? Esto es muy raro.

—¿Cuándo fue la última vez que lo vio?

—Esa noche, cuando nos fuimos de la discoteca. Escuche, mi clienta está esperando.

—Deje que se mire en el espejo un par de minutos más. ¿Y el viernes? ¿No lo vio el viernes?

—No, los dos libramos los viernes. Por eso salimos el jueves por la noche.

—Entonces, ¿no sabe qué hizo el viernes? ¿No lo llamó usted para decirle que había ido a comisaría y que la policía se había quedado su móvil? ¿No lo advirtió de que podríamos querer hablar con él?

—No, porque no vio nada esa noche. Ninguno de los dos vio nada. Además, no podía llamarlo, porque usted y ese detective se llevaron mi móvil.

—Entonces, ¿por qué llamó él a la policía el viernes a las cinco? ¿Qué sabía?

—No tengo ni idea de por qué llamó ni de qué sabía y estoy a punto de perder una venta. Tengo que irme.

Speights se alejó de Ballard y se acercó a su clienta, que estaba sentada y quitándose las Nike. A Ballard le pareció que no iba a comprar. Se dio cuenta de que todavía sostenía las Converse con el tacón de ocho centímetros. Miró la suela de la zapatilla y vio la etiqueta con el precio: 395 dólares. Entonces volvió a dejarla cuidadosamente en su pedestal, posándola allí como una obra de arte.

Ballard se dirigió a Venice para irse a dormir. Recogió a *Lola* y plantó su tienda cincuenta metros al norte del puesto de salvamento de Rose Avenue. Estaba tan cansada que decidió dormir primero y remar después.

Su sueño se vio interrumpido repetidamente por una serie de llamadas a su teléfono desde un número 213 que coincidía dígito por dígito con el que su abuela había leído de la tarjeta que le había entregado Rogers Carr. Ballard no respondió, y él siguió llamando, despertándola cada treinta o cuarenta minutos. Nunca dejó un mensaje. Tras la tercera interrupción, Ballard puso el teléfono en silencio.

Después durmió tres horas seguidas y se despertó con el brazo en torno al cuello de *Lola*. Miró su teléfono y vio que Carr había llamado dos veces más y, finalmente, después de la última llamada, había dejado un mensaje: «Detective Ballard, soy el detective Rogers Carr, de Delitos Graves. Oiga, tenemos que hablar. Estoy en el equipo que investiga el asesinato del compañero agente Ken Chastain. ¿Puede llamarme para que podamos quedar y vernos cara a cara?».

Dejó dos números: su móvil —que Ballard ya tenía— y su fijo en el EAP. A Ballard siempre le molestaba la gente que comenzaba lo que tenía que decir con la palabra «oiga».

Oiga, tenemos que hablar.

Oiga, pues no.

Decidió no devolverle la llamada todavía. Era su día libre, y se estaba perdiendo la luz. Subió un poco la cremallera de la tienda para mirar el mar y vio que el viento de la tarde había revuelto el agua. Ballard echó un vistazo al sol y calculó que podría remar una hora antes de que anocheciera y empezaran a salir los tiburones.

Veinticinco minutos más tarde, Ballard estaba en el agua con un pasajero. *Lola* se sentaba en cuclillas, hundiendo ligeramente la parte delantera de la tabla, que avanzaba entre la marejada. Ballard remó hacia el norte contra el viento para poder tenerlo a favor cuando estuviera cansada y regresara a la playa.

Hundió con fuerza el remo en el agua con paladas largas y regulares. Dejó que los detalles del caso Dancers fluyeran en su mente mientras se esforzaba. Trató de delimitar lo que sabía, lo que podía suponer y lo que desconocía. Si suponía que el cuarto hombre del reservado era un policía, se trataba de una reunión de individuos con experiencia en varias áreas del vicio y la ley: juego, préstamos con usura y drogas. Fabian, el camello, le había planteado a su abogado la posibilidad de entregar a un poli a cambio de ayuda para su caso. Eso indicaba que conocía a un policía que estaba implicado en actividades ilegales. Tal vez un policía que había aceptado sobornos o había hecho de intermediario en casos. Tal vez un policía que debía dinero.

Ballard imaginaba un escenario en el que a un policía que debía dinero a un corredor de apuestas le presentaban a un usurero con tal vez un camello como intermediario. En otro escenario que contempló mientras remaba aparecía el policía ya en deuda con el corredor de apuestas y el usurero y le presentaban al camello para negociar un trato que saldaría sus deudas.

Había muchas posibilidades plausibles y Ballard no podía concluir nada sin más datos. Cambió de dirección en la tabla y se centró en Chastain. Sus acciones indicaban que había transitado por el mismo camino en el que se hallaba Ballard en ese momento, pero de alguna manera había llamado la atención y lo habían matado. La cuestión era cómo había llegado ahí tan deprisa. No disponía de la información que Ballard había obtenido de Towson y, sin embargo, algo le había llevado a concluir que era un policía el que había estado en ese reservado.

Ballard volvió al inicio, a la llamada sobre el caso. Enseguida repasó sus propios pasos en la investigación, empezando en el Hollywood Presbyterian y llegando al momento en que Olivas la había echado de la escena del crimen. Examinó cada momento como si se tratara de una película, interesada en todo lo que aparecía en cada fotograma.

Por fin vio algo que no encajaba. Era ese primer momento en la escena del crimen, con Olivas delante de ella, insultándola y diciéndole que se marchara. Ballard había mirado por encima del hombro del teniente en busca de una mirada compasiva. Primero, a la forense y luego, a su antiguo compañero. Sin embargo, la Doctora J había apartado su mirada y Chastain estaba ocupado guardando una prueba. Nunca miró hacia ella.

Entonces se dio cuenta de que ese era el momento. Chastain estaba guardando algo —a Ballard le había parecido un botón negro— mientras Olivas se encontraba de espaldas y la estaba mirando a ella. Chastain también estaba de espaldas a la Doctora J, así que ella tampoco vio lo que estaba haciendo.

Los detectives no recogían pruebas en la escena de un crimen. Lo hacían los criminalistas. Además, era demasiado pronto para que nadie recogiera y embolsara pruebas. La escena del crimen estaba fresca, nadie había movido los cadáveres y todavía no se había instalado la cámara en 3D. ¿Qué estaba haciendo Chastain? ¿Por qué estaba saltándose el protocolo y llevándose una prueba de la escena del crimen antes de que fuera adecuadamente anotada, grabada y catalogada?

Ballard estaba agotada, pero apretó el ritmo, exigiéndose más y más cada vez que hundía el remo. Le vibraban los hombros, los brazos y los muslos de la tensión. Necesitaba volver. Necesitaba regresar a los archivos del caso de Chastain para descubrir lo que le faltaba.

Al llegar a la orilla, se olvidó del dolor y sus planes al ver a un hombre esperando junto a su tienda. Llevaba vaqueros, una cazadora negra y botas negras de aviador. Ballard supo que era poli antes de distinguir la placa en su cinturón.

Salió del agua y enseguida sacó la correa de la tabla. Pasó la correa de velcro del tobillo en torno al aro del collar de *Lola*. Sabía que podría romperla con facilidad si se abalanzaba, pero confiaba en que la perra sentiría el tirón de la correa y sabría que estaba bajo su control.

—Tranquila, chica —dijo Ballard.

Con la tabla bajo el brazo izquierdo y sus dedos en el agujero de sujeción, Ballard caminó lentamente hacia el hombre de la cazadora. Le resultaba familiar, pero no podía situarlo. Tal vez era solo por las gafas. Eran habituales en la mayoría de los polis.

Habló antes de que Ballard tuviera que hacerlo.

—¿Renée Ballard? He estado tratando de localizarla. Rogers Carr, Delitos Graves.

—¿Cómo me ha encontrado?

—Bueno, soy detective. Alguna gente, lo crea o no, dice que soy muy bueno.

—No bromee. Dígame cómo me ha encontrado o ya puede largarse.

Carr levantó las manos en ademán de rendición.

—Vaya, lo siento. No quería cabrear a nadie. Emití un aviso sobre su furgoneta y un par de polis en bicicleta la vieron en el aparcamiento. Vine, pregunté y aquí estoy.

Ballard dejó su tabla al lado de la tienda. Oía un rumor grave, como un trueno distante, procedente del pecho de *Lola*. La perra había captado la vibración.

—¿Emitió un aviso sobre mi furgoneta? —preguntó—. Ni siquiera está registrada a mi nombre.

—Ya lo sé —dijo Carr—. Pero hoy he conocido a Julia Ballard. Creo que es su abuela. Busqué vehículos registrados a su nombre y me encontré la furgoneta. Vi que le gustaba el surf y sumé dos y dos.

Hizo un gesto hacia el océano como si eso confirmara su lógica investigativa.

—Estaba haciendo remo de pie —dijo Ballard—. No es surf. ¿Qué quiere?

—Solo quiero hablar —dijo Carr—. ¿Recibió mi mensaje en el móvil?

—No.

—Bueno, le dejé un mensaje.

—Tengo el día libre. Mi móvil también.

—Estoy en el caso Chastain y estamos repasando sus movimientos en las últimas cuarenta y ocho horas. Interactuó con él y necesito preguntarle al respecto. Nada más. Nada siniestro, estrictamente rutinario. Pero tengo que hacerlo.

Ballard se agachó y dio un golpecito en el hombro de *Lola* para hacerle saber que todo iba bien.

—Hay un restaurante en Dudley que se llama Candle —dijo—. Está en el paseo. Lo veré allí en quince minutos.

—¿Por qué no vamos ya? —preguntó Carr.

—Porque necesito ducharme y quitar la sal de las patas de mi perra. Veinte minutos máximo. Puede confiar en mí, Carr. Estaré allí.

—¿Tengo elección?

—No si esto es rutinario, como dice. Pruebe los tacos *mahi-mahi*, están buenos.

—La veré allí.

—Consiga una mesa fuera. Llevaré a la perra.

20

Carr estaba obedientemente sentado a la mesa, junto a la barandilla exterior del porche lateral del restaurante, cuando apareció Ballard. Ella ató la correa a la barandilla para que *Lola* pudiera quedarse junto a su mesa pero en la acera, fuera del restaurante. Después rodeó la entrada del porche —cruzando por detrás de la espalda de Carr— y se sentó frente al detective de Delitos Graves. Dejó el teléfono en la mesa. Al pasar por detrás, había encendido la aplicación de grabación que usaba para documentar sus propias entrevistas.

Carr no dio muestras de sospechar nada. Poner un teléfono en una mesa era una costumbre habitual, aunque grosera, en muchas personas. El detective sonrió cuando Ballard se sentó. Miró por encima de la barandilla a la perra tumbada en la acera.

—¿Es un pitbull? —preguntó.

—Cruce de bóxer —dijo—. Lo primero es lo primero, Carr. ¿Soy sospechosa en alguna investigación criminal o investigación interna? En ese caso, quiero un representante legal.

Carr negó con la cabeza.

—No, para nada —dijo—. Si fuera sospechosa, estaríamos teniendo esta conversación en una sala de la División del Pacífico. Como le he dicho, estoy en el caso de Chastain y formo parte de un equipo que examina sus pasos en sus últimas cuarenta y ocho horas de vida.

—Así que supongo que eso significa que no tienen nada —dijo Ballard.

—Es una valoración precisa. No hay sospechosos en el tiroteo del Dancers ni en el caso Chastain.

—¿Y está seguro de que están relacionados?

—Eso parece, pero no creo que estemos seguros de nada. Además, no es mi caso. Solo soy el recadero. Ayer por la mañana estaba acusando a un puñado de cabrones de Europa del Este por tráfico de personas. Me sacaron de allí y me pusieron en esto.

Ballard entendió de dónde lo reconocía. Aparecía en el vídeo que había seguido al informe sobre el tiroteo del Dancers en las noticias que había visto el viernes en comisaría. Estaba a punto de hacer una pregunta sobre el caso cuando se acercó una camarera y le preguntó si quería algo para beber. Pidió un té helado. Cuando le ofrecieron un menú, dijo que no iba a comer y la camarera se alejó.

—¿Está segura? —preguntó Carr—. Yo he pedido los tacos de pescado.

—No tengo hambre —dijo Ballard.

—Bueno, he estado corriendo todo el día y necesito combustible. Además, me los ha recomendado.

—Esto no es una cita, Carr. Haga sus preguntas. ¿Qué quiere?

Carr levantó las manos en ademán de rendición y Ballard supuso que era un hábito.

—Quiero que me hable del último contacto que mantuvieron usted y Chastain —dijo—. Pero primero necesito contextualizar. Los dos fueron compañeros, ¿no?

—Sí —dijo Ballard.

Carr esperó a que ella se extendiera, pero enseguida se dio cuenta de que Ballard no iba a dar más que respuestas monosilábicas a menos que encontrara un modo de hacerle cambiar de actitud.

—¿Cuánto tiempo trabajaron juntos? —preguntó.

—Casi cinco años —dijo Ballard.

—Y eso terminó hace veintiséis meses.

—Exacto.

—Usted fue la que denunció a Olivas, ¿no?

Una vez más, la radio macuto azul había traicionado a Ballard. Lo ocurrido entre Olivas y ella era una cuestión personal que debería ser confidencial. Sin embargo, igual que los uniformados de la División de Hollywood conocían la historia, también, evidentemente, la conocían los detectives de Delitos Graves.

—¿Qué tiene que ver con esto? —preguntó Ballard.

—Probablemente nada —repuso Carr—, pero es detective. Sabe que conviene conocer todos los datos. Lo que he oído es que cuando Chastain acudió a verla a la comisaría de Hollywood el viernes por la mañana temprano las cosas se pusieron tensas.

—¿Y en qué se basa eso? ¿Presentó un informe?

—Se basa en una conversación que Chastain tuvo después con una tercera persona.

—Deje que lo adivine: Olivas.

—No puedo discutir eso, pero no importa lo que dijera Chastain. ¿Cómo definiría la reunión en la División de Hollywood?

—Ni siquiera lo definiría como una reunión. Él vino a recoger a un testigo que se había presentado y al que yo había interrogado. El testigo se llama Alexander Speights. Tomó una foto con su teléfono que captaba el momento exacto del primer disparo en el Dancers. Kenny vino a recoger el teléfono y al testigo.

—¿Kenny?

—Sí, fuimos compañeros, ¿recuerda? Lo llamaba Kenny. Teníamos una relación muy estrecha, pero nunca follamos, si esa era su siguiente pregunta.

—No lo era.

—Bueno, bien por usted.

—¿Cuál fue el motivo de la confrontación? Su cita a una tercera persona después fue: «Sigue muy cabreada».

Ballard negó con la cabeza, enfadada. Podía sentir la rabia hirviendo en su interior. Instintivamente, miró por encima de la barandilla a la mesa contigua y a su perra. *Lola* estaba tumbada en el cemento, con la lengua fuera, observando la procesión de gente que caminaba por el paseo entablado. La gente iba marchándose de la playa después del atardecer.

Lola había pasado un calvario antes de que Ballard la rescatara: maltrato, hambre, miedo... Sin embargo, siempre perseveraba y mantenía la calma hasta que había una amenaza real para sí misma o su dueña.

Ballard se recompuso.

—¿Puedo discutir cuestiones personales, ya que cree que de alguna manera son significativas para la investigación? —preguntó.

—Creo que sí —dijo Carr.

—Muy bien, entonces la llamada confrontación se produjo cuando Ken Chastain ofreció una disculpa a medias por haberme jodido por completo con mi denuncia de acoso hace dos años. Ponga eso en su informe.

—Dijo que lo sentía. ¿Por qué?

—Por no hacer lo que tenía que hacer. No me respaldó y sabía que debería haberlo hecho. Así que, dos años después, yo estoy fuera de RyH y trabajo en la sesión nocturna de Hollywood y él se disculpa. Digamos que sus disculpas no fueron aceptadas.

—Así que esto fue solo un aparte. Nada que ver con el testigo ni con la investigación del Dancers.

—Se lo he dicho al principio.

Ballard se recostó cuando la camarera trajo un té helado y los tacos de Carr. Después exprimió el limón en su vaso mientras él empezaba a comer.

—¿Quiere uno? —ofreció Carr.

—Le he dicho que no tengo hambre.

El hecho de que él empezara a comer le dio tiempo para pensar. Se dio cuenta de que había abandonado su propósito en la conversación. Había estado a la defensiva, sobre todo por su propia rabia, y había perdido de vista lo que necesitaba sacar de esa entrevista, a saber, conseguir más información que la que daba. Sospechaba que Carr había tomado ese rumbo a propósito, pillándola con el pie cambiado al principio de la entrevista con preguntas que incluso él sabía que no eran pertinentes. Eso la hacía vulnerable a las cuestiones que sí lo eran. Miró a Carr masticando un taco y supo que tenía que ser sumamente cauta.

—Entonces —dijo Carr con la boca llena de comida—, ¿por qué llamó a Matthew Robison?

Ahí estaba. Por fin Carr estaba yendo al grano. Ballard se dio cuenta de que estaba allí para transmitir un mensaje.

—¿Cómo sabe que llamé a Matthew Robison? —preguntó.

—Tenemos un grupo operativo especial de ocho investigadores y dos supervisores trabajando en esto —dijo Carr—. No sé de dónde sale cada información o prueba. Lo único que sé es que lo llamó anoche, varias veces, y quiero saber por qué. Si no quiere responder, podemos reservar esa sala en la División del Pacífico y sentarnos allí.

Dejó el taco a medio comer en su plato. Las cosas de repente se pusieron muy serias.

—Llamé a Robison para preguntar por él —dijo Ballard—. Me sentía responsable. Entregué a Speights a Chastain, y Speights le dio a Robison. Ahora Chastain está muerto. Fui a casa de Kenny. No me dejaron acercarme, pero recabé alguna información. Lo último que sabían de Kenny era que salió el viernes por la noche a currarse a un testigo. Sabía lo que significa currarse a un testigo y pensé en Robison. Supuse que era el tipo al que Kenny, perdón, Chastain, estaba tratando de convencer. Así que llamé y le dejé mensajes, pero no me ha llamado. Eso es todo.

Había elegido muy cuidadosamente sus palabras para no revelar sus actividades extraoficiales, entre ellas, acceder a los archivos informáticos de su compañero fallecido. Sabía que Carr la estaba grabando mientras ella lo grababa a él. Necesitaba asegurarse de que no decía nada que le echara encima a Asuntos Internos.

Carr usó una servilleta para limpiarse guacamole de la comisura de la boca y la miró.

—¿No tiene casa, detective Ballard?

—¿De qué está hablando? —repuso ella con indignación.

—El domicilio que consta como su hogar en los registros personales está a dos horas por la autopista. Y también consta en su carné de conducir. Pero no creo que pase allí mucho tiempo. Esa señora no parecía saber cuándo iba a volver.

—Esa señora no da información a desconocidos, ni con placa ni sin placa. Mire, trabajo en la sesión nocturna. Mi día empieza cuando su día termina. ¿Qué importa dónde o cuándo duermo? Hago mi trabajo. El Departamento me exige que tenga una residencia permanente y tengo una. Y no está a dos horas por la costa cuando yo conduzco. ¿Tiene preguntas serias?

—Sí. —Carr cogió su plato y se lo entregó a un camarero que pasó junto a su mesa—. Está bien —dijo—. Para que conste, vamos a revisar sus actividades del viernes por la noche.

—¿Ahora quiere mi coartada? —preguntó Ballard.

—Si la tiene. Pero, como le he dicho, no es sospechosa, detective Ballard. Tenemos la trayectoria del disparo que mató a Chastain. Tendría que haberse subido a un taburete para disparar.

—¿Y todavía no tienen la hora de la muerte?

—Entre las once y la una.

—Es fácil. Estaba en mi turno. Estuve en la reunión a las once y luego fui a trabajar.

—¿Salió de la comisaría?

Ballard trató de recordar sus movimientos. Habían ocurrido tantas cosas en las últimas setenta y dos horas que le costaba recordar qué había ocurrido en cada momento. Pero, una vez que se centró, todo encajó en su lugar.

—Sí, salí —dijo—. Justo después de la reunión, me fui al Hollywood Presbyterian para ver cómo estaba una víctima de un intento de asesinato en el que estoy trabajando. Tomé fotos, y una enfermera llamada Natasha me ayudó. Lo siento, no le pregunté su apellido. Nunca pensé que lo necesitaría para confirmar una coartada.

—Está bien —dijo Carr—. ¿Cuándo se fue del hospital?

—Poco después de medianoche. Entonces fui a buscar la casa de mi víctima. Tenía una dirección en Heliotrope y resultó que era un campamento de personas sin techo. Vivía allí en una caravana, pero alguien se la había quedado y la estaba ocupando, así que pedí refuerzos para poder echar un vistazo dentro. Los agentes Herrera y Dyson respondieron a la llamada.

—Está bien. ¿Y después?

—Volví a comisaría a la una y media. Recuerdo que pasé por delante del Dancers y vi que las furgonetas de criminalística continuaban allí. Cuando volví, fui a la oficina de guardia para ver qué sabía el teniente. Recuerdo que miré el reloj y era la una y media.

Carr asintió.

—¿Y permaneció allí durante el resto de la noche? —preguntó.

—Para nada —dijo Ballard—. Recibí una pista de una oficina de seguridad de tarjetas de crédito en la India sobre una habitación en un motel que se utilizaba como punto de entrega de compras con tarjetas de crédito robadas. Fui para allá y detuve al tipo. Esta vez me respaldaron los agentes Taylor y Smith, y luego también vino el agente de condicional del sospechoso. Se llama Compton, por si lo necesita. Hacer inventario de todo lo que había en el motel y acusar al sospechoso me llevó hasta el amanecer y el final del turno.

—Muy bien, y fácil de comprobar.

—Sí, para alguien que no es ni siquiera sospechoso, me alegro de no haber estado durmiendo toda la noche, o me vería metida en un buen lío.

—Escuche, detective, sé que está cabreada, pero hay que hacerlo. Si terminamos deteniendo a alguien por lo de Chastain, lo primero que hará su abogado será comprobar si hemos llevado a cabo una investigación completa y hemos verificado otras posibilidades. Usted y Chastain tuvieron un encontronazo. Un buen abogado defensor podría sacar petróleo de eso en un juicio, y lo único que trato de hacer es colocarnos en posición de rebatirlo. No soy el malo. Estoy ayudando a garantizar que conseguiremos un veredicto de culpabilidad para el que lo hizo.

A primera vista, su explicación parecía plausible, pero Ballard no se la creía. Tenía que recordar que Carr formaba parte de una investigación dirigida por el teniente Olivas, un hombre al que no le importaría verla desaparecer definitivamente del Departamento.

—Oh, es bueno saberlo —comentó.

—Gracias por el sarcasmo —dijo Carr—. Y, por si sirve de algo, creo que la jodieron mucho en su denuncia con Olivas. Lo sé, todo el mundo lo sabe, igual que todo el mundo sabe que Olivas es la clase de tipo que haría lo que usted dijo que hizo. —Levantó las manos como si se rindiera otra vez—. Dígame, ¿declararía algo así si fuera un mal tipo? —continuó Carr—. ¿Sobre todo cuando sé que está grabando cada palabra que digo? —Hizo una seña hacia el teléfono que estaba sobre la mesa.

Ballard cogió el teléfono, abrió la pantalla y cerró la grabación. Se metió el teléfono hasta la mitad en uno de los bolsillos traseros de sus vaqueros.

—¿Satisfecho ahora? —preguntó.

—No me importa que me grabe —dijo él.

Ballard lo miró un momento.

—¿Cuál es su historia, Carr?

Él se encogió de hombros.

—Ninguna historia —dijo él—. Soy policía. Y es curioso, pero no me gusta que maten a policías. Quiero ayudar, pero me han mandado con usted, y, aunque sé que es una estupidez, es mi contribución al caso, así que voy a cumplir con mi parte.

—¿Le han mandado?

—Olivas y mi teniente.

—Aparte de dar vueltas en falso conmigo, ¿tienen alguna pista?

—Que yo sepa, nada. No saben a quién coño estamos buscando.

Ballard asintió y sopesó hasta qué punto podía o debía confiar en Carr. Lo que había dicho sobre su demanda contra Olivas jugaba a su favor. Sin embargo, sabía que o bien habían ocultado a Carr parte de la información de la investigación, o él se la estaba guardando. En el primer caso sería habitual. A menudo las investigaciones de los operativos se compartimentaban. En el último caso, estaría hablando con un hombre en el que no podía confiar.

Decidió hacer un movimiento para ver cómo reaccionaba.

—¿Ha oído mencionar la posibilidad de que lo hiciera un poli? —preguntó—. En el reservado. Y con Chastain.

—¿En serio? —preguntó Carr—. No, nada. No que yo haya oído. Pero me he incorporado tarde a la fiesta y hay una separación clara entre los tipos de Homicidios Especiales y nosotros, en Delitos Graves. Vamos a remolque en esto. —Ballard asintió—. ¿Por qué? ¿Qué tiene? —preguntó Carr.

—La quemadura en el pecho de Fabian —dijo Ballard—. Hay una teoría de que llevaba micrófono.

—¿Qué? ¿Para Asuntos Internos? —preguntó.

—Para él. Se enfrentaba a cinco años en una prisión federal a menos que tuviera algo que intercambiar.

—¿Y cómo sabe eso?

Ballard tenía un problema. No quería delatar a Towson, pero iban a acabar llegando a él de todos modos, porque una de las últimas llamadas de Chastain había sido al abogado defensor. Si contactaban con él y Towson mencionaba la visita de Ballard, se enfrentaría a la ira del teniente Olivas.

—Tiene que protegerme en esto —dijo—. Lo que sé le ayudará.

—Mierda, Ballard, no lo sé —se quejó Carr—. No me involucre en algo que se pueda volver en mi contra.

—¿Ha dicho que estaba siguiendo los pasos de Chastain?

—Yo y otros, sí.

—Bueno, a alguien le tocará el abogado de Fabian. Chastain habló el viernes con él. Llame al que tenga esa misión y diga que se encargará usted.

—Bueno, para empezar, ya me ha tocado esa misión. Dean Towson está en mi lista de deberes. Pero, lo que es más importante, ¿cómo sabe que Chastain habló con él y cómo sabe nada de todo este asunto? La quemadura en el pecho, el cable, el abogado... ¿Qué ha estado haciendo, Ballard?

—Estuve en la escena del crimen el jueves por la noche. Estaba allí cuando descubrieron la quemadura. Cuando mataron a Chastain, hice un par de llamadas. Era mi compañero y me enseñó mucho. Se lo debía.

Carr negó con la cabeza, sin aprobar sus iniciativas.

—Mire —dijo—. Estoy investigando la parte del caso que atañe a Chastain. No sé nada de una marca de quemadura o un micrófono, pero que Fabian llevara micrófonos no significa que estuviera grabando a un poli. Podría haber estado grabando a cualquiera de los capullos del reservado. Eran todos delincuentes.

Ballard se encogió de hombros.

—No tenían suficiente importancia para los federales —dijo—. Hable con Towson. Era a un poli. —Carr frunció el ceño. Ballard insistió—. Hablando de los otros capullos del reservado, ¿cuál era su relación? —preguntó.

—No estoy seguro —dijo Carr—. Estoy con Chastain.

—No eran desconocidos. Estuvieron en Pitchess juntos hace cinco años. El mismo mes.

—Eso no significa nada. Pitchess es un sitio muy grande.

—Si lo investigan, creo que descubrirá que estaban en el mismo pabellón. Eso reduce las posibilidades.

Carr la miró a los ojos.

—Ballard, en serio, ¿qué coño ha estado haciendo?

—Mi trabajo. Tengo mucho tiempo libre en la sesión nocturna. Y supongo que podría decir que soy como usted. Nadie debería acabar con un policía y salir impune. Tuve mis problemas con Kenny, pero fue mi compañero durante casi cinco años y estábamos unidos. Aprendí mucho de él. Pero, mire, estoy fuera del caso. Usted está dentro. Puedo pasarle lo que tengo. Solo tiene que protegerme.

—No lo sé; si descubren que está metiendo las narices, me salpicará a mí. Creo que tiene que dejarlo, Ballard. Usaré lo que acaba de decirme, pero tiene que dejarlo. Ese es el mensaje que tenía que darle.

Ballard se levantó.

—Bien. Como quiera. Mensaje recibido. Tengo otros casos que investigar.

—Mire, no se cabree.

Ballard se alejó de la mesa y pasó por el hueco de la barandilla. Dio la vuelta para desatar la correa de la perra. Miró a Carr una vez más.

—Si me necesita, sabe dónde encontrarme.

—Claro.

Se alejó con *Lola*. La playa ya casi estaba a oscuras y la brisa marina se estaba enfriando.

21

La primera parada de Ballard fue en Abbot Kinney Boulevard. Sarah se mostró reticente a aceptar a la perra, pese a que Ballard le pagaba extra cuando *Lola* pasaba más que la noche en su casa.

—Se está deprimiendo —dijo—. Te echa de menos todo el tiempo.

Sarah era una residente de Venice desde hacía mucho tiempo que vendía gafas de sol en el paseo. Le había ofrecido ayuda cuando Ballard rescató a *Lola* de su dueño, un vagabundo que la maltrataba. Eso suponía un lugar donde quedarse mientras Ballard trabajaba en el turno de noche, pero la rutina se había ido al garete en los últimos días.

—Lo sé —dijo Ballard—. No es justo, pero no dejo de pensar que las cosas pronto volverán a la normalidad. Es solo que tengo varios casos al mismo tiempo.

—Si sigue así, a lo mejor deberías llevarla a casa de tu abuela —propuso Sarah—. Así tendrá algo de estabilidad con alguien.

—Es buena idea —dijo Ballard—, pero espero que pronto se calme todo y vuelva a la normalidad.

Ballard se dirigió al este hacia Hollywood, tratando de sepultar su frustración por las conversaciones con Sarah y Carr. Con Carr se sentía particularmente tensa, porque se había arriesgado con sus revelaciones y a cambio no había recibido de él ninguna señal clara de que seguiría el caso. Su mensaje final había sido pedirle que lo dejara, pero no sabía si era porque él iba a continuar a partir de ahí o si no ocurriría nada de nada.

En comisaría, Ballard aparcó la investigación de Chastain por el momento y volvió a ocuparse del caso Ramona Ramone. Su primer movimiento fue llamar al Hollywood Presbyterian para informarse del estado de la víctima. Después de que la pasaran de un lado a otro y la mantuvieran en espera, empezó a preocuparle que el estado de Ramone hubiera empeorado y hubiera sucumbido a sus heridas. Sin embargo, finalmente, Ballard pudo hablar con el supervisor de turno, que le informó de que la paciente había sido trasladada al Los Angeles County-USC Medical Center, en el centro de la ciudad. Ballard preguntó si el traslado significaba que Ramone había salido del coma, pero el supervisor se negó a compartir detalles de su estado apelando a las leyes de confidencialidad. De todos modos, Ballard sabía que existía una legislación que regulaba la evacuación de pacientes, y no creía que esta se permitiera en el caso de un paciente en coma. Eso le hizo albergar esperanzas de que Ramona Ramone pudiera finalmente participar en la investigación.

Ballard decidió que iría al County-USC para verificar el estado, la seguridad y la disponibilidad como testigo de Ramone lo antes posible. No obstante, por el momento, su interés estaba plenamente centrado en Thomas Trent, y ya era hora de volver al caso y seguir insistiendo.

Todavía quería hablar con la exmujer de Trent. El final de su matrimonio después de la detención de su marido y la aparente decisión de no litigar por una parte de la casa en las colinas indicaban que era una mujer que solo quería alejarse de un mal tipo y un grave error. Ballard pensaba que la exmujer podría hablar de Trent sin darse la vuelta e informarlo del interés de la policía en él. Podía tomar precauciones para impedir que ocurriera algo así, pero en general Ballard se sentía segura de su decisión de acudir directamente a la exmujer de Trent.

Tras buscar a Beatrice Trent en la base de datos de Tráfico, logró seguir su pista a través de tres direcciones y un cambio de nombre después del divorcio. Ahora era Beatrice Beaupre, y, al remontarse en el tiempo en la búsqueda, Ballard descubrió que ese era su nombre cuando recibió su primer carné de conducir en California dos décadas antes. Tenía cuarenta y cuatro años y en los registros de tráfico constaba que vivía en Canoga Park.

Antes de salir de la comisaría, Ballard reunió un juego de seis fotos que incluía la foto de Trent tomada después de su detención por los puños americanos. Esperaba poder estar mostrándole las fotos a Ramona Ramone antes de que acabara la noche.

El tráfico del domingo por la noche era fluido y Ballard llegó a Canoga Park antes de las nueve. Era tarde para llamar a una desprevenida Beatrice Beaupre, pero no tardísimo. Fueran las nueve de la mañana o de la noche, a Ballard siempre le gustaba recurrir a la llamada inesperada a la hora inesperada. Eso ponía a la gente un poco contra las cuerdas, facilitaba hablar con ellos.

Sin embargo, fue Ballard la que se quedó desconcertada cuando llegó a la dirección en Owensmouth Avenue que constaba en Tráfico como domicilio de Beaupre. Estaba en medio de un barrio de almacenes desierto donde funcionaban pequeños comercios y fabricantes durante el día pero todo estaba cerrado a cal y canto por la noche. Ballard se detuvo delante de un edificio con un lateral de aluminio y una puerta que estaba marcada solo con una dirección y un número. Había otros cinco coches y una furgoneta aparcados cerca de la puerta y una luz estroboscópica destellante situada encima. Ballard conocía lo suficiente de la industria más próspera del valle de San Fernando para saber que dentro del almacén había una grabación porno en curso. La luz intermitente significaba no entrar hasta que se apagara.

Se sentó en su coche y vigiló la luz. Permaneció encendida durante los siguientes doce minutos y se preguntó si eso significaba que la gente que estaba dentro estaba manteniendo relaciones sexuales durante todo ese tiempo. En cuanto se apagó la luz, Ballard bajó del coche y llegó a la puerta antes de que empezara a parpadear otra vez. Llamó a la puerta cerrada. Estaba lista con su placa cuando la puerta se abrió y se asomó un hombre con un gorro de lana.

—¿Qué pasa? —dijo—. ¿Viene a comprobar si se usan condones?

—No, no me importan los condones —dijo Ballard—. Tengo que hablar con Beatrice Beaupre. ¿Puede llamarla, por favor?

El hombre negó con la cabeza.

—No hay nadie que se llame así aquí —dijo.

Empezó a cerrar la puerta, pero Ballard la sujetó y recitó la descripción que recordaba de los registros de Tráfico de Beaupre.

—Mujer negra, metro setenta y ocho, cuarenta y cuatro años. Puede que no use el nombre de Beatrice.

—Parece Sadie. Espere.

Esta vez Ballard le dejó cerrar la puerta. Se sujetó la placa en el cinturón y dio la espalda a la puerta mientras esperaba. Se fijó en que dos de los almacenes al otro lado de la calle tampoco tenían ningún cartel en el exterior. Uno de ellos también tenía una luz estroboscópica sobre la puerta. Ballard se encontraba en la zona cero de la industria de más de mil millones de dólares que algunos decían que era el motor de la economía de Los Ángeles.

La puerta se abrió por fin y apareció una mujer que encajaba con la descripción de los registros de Tráfico. No llevaba maquillaje, tenía el pelo recogido en un moño descuidado y vestía una camiseta y unos pantalones de deporte sueltos. No tenía el aspecto que Ballard esperaba de una estrella del porno.

—¿En qué puedo ayudarla, agente?

—Soy detective. ¿Es usted Beatrice Beaupre?

—Sí, y estoy trabajando. Dígame lo que quiere o márchese.

—Necesito hablar con usted de Thomas Trent.

Eso golpeó a Beaupre como una puerta batiente.

—Ya no sé nada de él —dijo—. Y tengo trabajo. —Empezó a retirarse y a cerrar la puerta.

Ballard sabía que tenía una bala y que podría poner en riesgo toda la investigación si la usaba.

—Creo que hizo daño a alguien —dijo—. Mucho daño. —Beaupre hizo una pausa, con la mano en el pomo—. Y lo hará otra vez —insistió Ballard.

Eso era todo. Ballard esperó.

—Joder —dijo Beaupre por fin—. Pase.

Ballard la siguió a un recibidor tenuemente iluminado con pasillos a derecha e izquierda. Un letrero con una flecha decía que los escenarios se hallaban a la izquierda y las oficinas y zonas de descanso, a la derecha. Fueron a la derecha y por el camino pasaron junto al hombre que había abierto la puerta a Ballard.

—Billy, diles que se tomen quince minutos —dijo Beaupre—. Y quiero decir quince. Que nadie se vaya del escenario. En diez minutos, Danielle empieza a calentarlos. Filmamos en cuanto vuelva.

A continuación pasaron por delante de un cuarto preparado con una encimera de cocina donde había cestas con aperitivos y chocolatinas, así como una cafetera. Había una nevera portátil abierta en el suelo, llena de botellas de agua y latas de refrescos. Entraron en una oficina con el nombre de Shady Sadie en la puerta. Las paredes estaban cubiertas de carteles de películas para adultos que mostraban a actores casi desnudos en poses provocativas. Ballard tuvo la impresión —por los títulos, indumentaria (escasa) y poses— de que la temática de los vídeos tendía al fetichismo *bondage* y sadomasoquista. Mucha dominación femenina.

—Siéntese —dijo Beaupre—. Puedo dedicarle quince minutos, luego tengo que filmar. De lo contrario, esto será un caos.

Beaupre se sentó detrás de una mesa y Ballard sacó la silla de enfrente.

—¿Es la directora? —preguntó Ballard.

—Directora, guionista, productora, realizadora..., lo que haga falta —dijo Beaupre—. También me ocuparía de los azotes y los polvos, pero soy demasiado mayor. ¿A quién hizo daño Thomas?

—En este momento es solo un posible sospechoso. La víctima fue una prostituta transgénero que creo que fue raptada, violada y torturada durante un período de cuatro días y luego abandonada tras ser dada por muerta.

—Joder. Sabía que lo haría algún día.

—¿Hacer qué?

—Realizar sus fantasías. Por eso lo dejé. No quería que las realizara conmigo.

—Señora Beaupre, antes de que continuemos, necesito que me prometa que mantendrá en secreto lo que hablemos aquí. Sobre todo con él.

—¿Está de broma? No hablo con ese hombre. Es la última persona en la Tierra con la que hablaría.

Ballard la estudió en busca de signos de engaño. No vio nada que la disuadiera de continuar. Simplemente no estaba segura de por dónde empezar. Sacó el teléfono.

—¿Le importa si grabo esto? —preguntó.

—Sí —dijo Beaupre—. No quiero verme implicada en esto y no quiero que haya una grabación circulando por ahí que él pudiera oír algún día.

Ballard apartó el teléfono. Se esperaba la respuesta de Beaupre. Continuó sin grabar.

—Estoy tratando de formarme una idea de su exmarido —empezó—. Qué clase de persona es. Qué le haría cometer un crimen como ese. Si lo cometió.

—Está jodido —dijo Beaupre—. Tan simple como eso. Produzco vídeos de sadomaso. La acción es falsa. El dolor no es real. Gran parte del público lo sabe y muchos no quieren saberlo. Quieren que sea real. Él es uno de ellos.

—¿Se conocieron porque estaba interesado en sus vídeos?

—No, nos conocimos porque yo quería comprar un coche.

—¿Él era el vendedor?

—Sí. Creo que me reconoció, pero siempre dijo que no.

—¿De dirigir?

—No, entonces era actriz. Creo que me había visto en vídeo y vino corriendo por el concesionario, dispuesto a ayudar. Siempre lo negó, pero creo que había visto mi trabajo.

Ballard señaló con un pulgar hacia la puerta.

—¿Shady Sadie es su nombre en el porno?

—Uno de tantos. He tenido una larga lista de nombres y aspectos. Más o menos me reciclo cada pocos años, como hace el público. Ahora mismo soy Shady Sadie la directora. Vamos a ver, he sido Noches de Ébano, Shaquilla Shackles, B. B. Black, Lunes Tormentoso y unos pocos más. ¿Qué? ¿Me ha visto?

Se había fijado en la sonrisa de Ballard.

—No, es solo una extraña coincidencia —dijo Ballard—. Hace dos noches conocí a un hombre al que llamaban Lunes Tormentoso.

—¿En porno? —preguntó Beaupre.

—No, algo completamente distinto. Así que dice que Trent tenía fantasías.

—Estaba jodido. Le gustaba el dolor. Le gustaba causar dolor, verlo en sus ojos.

—¿En los ojos de quién? ¿De quién estamos hablando?

—Estoy hablando de sus fantasías. De lo que le gustaba en mis vídeos, lo que quería hacer en la vida real.

—¿Está diciendo que nunca lo puso en práctica?

—Conmigo no. No sé con otras. Pero lo detuvieron y llevaba unos puños americanos. Eso era cruzar la frontera.

—¿Por eso se fue?

—Por todo eso. No solo iba a empezar a hacer daño a alguien, sino que la policía comentaba que se trataba de un chico. Cuando me enteré, tuve que irme. Era demasiado jodido, hasta para mí.

—¿Cuál es su opinión psicológica de esa conducta?

—¿Qué coño significa eso?

—Mi víctima es latina. Cuando lo pillaron con los puños americanos, iba a ver a un varón latino. Su exmujer es afroamericana, pero de piel clara. Se deduce un estereotipo de víctima y...

—Yo no fui una puta víctima.

—Lo siento, me he expresado mal. Pero él tiene un estereotipo. Forma parte de lo que se llama parafilia. Parte de su programa sexual, a falta de una palabra mejor.

—Forma parte de su rollo de subyugación y control. En mis películas, yo estaba por encima, era la dominatriz. En nuestro matrimonio, él quería controlarme, mantenerme bajo su yugo. Como si fuera un reto para él.

—Pero ¿no fue abusivo?

—No lo fue. Al menos conmigo no, porque me habría marchado. Pero eso no significa que no usara la intimidación y su envergadura física para controlar las cosas. Puedes usar tu tamaño sin llegar a abusar físicamente.

—¿Cuánto porno veía?

—Mire, no vaya por ese camino. Todo eso de que la culpa es del porno. Nosotros damos un servicio. La gente mira estas películas y eso las mantiene controladas, mantiene el impulso en el terreno de la fantasía. —Ballard no estaba segura de que Beaupre creyera sus propias palabras. Ella podía defender sin despeinarse que la pornografía era una pasarela a la conducta aberrante, pero sabía que no era el momento. Necesitaba a esa mujer como fuente y, llegado el caso, como testigo potencial. Criticar su estilo de vida y ocupación no era la forma de hacerlo—. Tengo que volver al escenario —dijo Beaupre abruptamente—. No se puede dejar nada para el día siguiente en este trabajo. Pierdo a una de mis actrices a medianoche. Tiene universidad mañana.

Ballard habló con urgencia.

—Por favor, solo unos minutos más —dijo—. ¿Vivía con él en la casa de Wrightwood Drive?

—Sí, la tenía cuando lo conocí. Me mudé allí.

—¿Cómo podía tener una casa así vendiendo coches?

—No la consiguió vendiendo coches. Exageró sus heridas de un accidente en helicóptero cuando volvía de Catalina. Consiguió que un doctor pagado lo respaldara y presentó una demanda. Terminó sacando ochocientos mil dólares y compró «la casa boca abajo».

Ballard se inclinó adelante en la silla. Quería actuar con precaución y no darle pistas a Beaupre.

—¿Quiere decir que estaba hipotecada? —preguntó—. Estaban boca abajo con su hipoteca.

—No, no, estaba literalmente boca abajo —dijo Beaupre—. Los dormitorios estaban abajo en lugar de arriba. Tom siempre la llamaba «la casa boca abajo».

—¿Así la describiría a otros? ¿A visitantes? ¿«La casa boca abajo»?

—Más o menos, sí. Pensaba que era gracioso. Decía que era «una casa boca abajo en un mundo patas arriba».

Era una información clave, y el hecho de que Beaupre la hubiera proporcionado de manera voluntaria la haría más convincente. Ballard continuó.

—Vamos a hablar de los puños americanos. ¿Qué sabe de ellos?

—No sé, sabía que los tenía —dijo Beaupre—. Pero no creo que los usara nunca. Tenía toda clase de armas, cuchillos de puño, *shuriken,* puños americanos... Los llamaba puños metálicos.

—Entonces, ¿tenía varios pares?

—Ah, sí, tenía una colección.

—¿Tenía duplicados? El par que se le confiscó durante su detención llevaba las inscripciones *good* y *evil*. ¿Tenía otro par igual?

—Tenía varios, y la mayoría decían eso. Era su rollo. Decía que se tatuaría eso en los nudillos (el bien y el mal) si no fuera porque probablemente perdería el trabajo.

Ballard sabía que era un gran descubrimiento. Beatrice le estaba dando los ladrillos para construir un caso.

—¿Guardaba las armas en casa?

—Sí, en casa.

—¿Pistolas?

—Pistolas no. Por alguna razón, no le gustaban las pistolas. Decía que le gustaban las armas afiladas.

—¿Qué más hay en la casa?

—No lo sé. Hace mucho que no vivo allí. Lo que sí sé es que invirtió todo el dinero en comprar la casa porque decía que era mejor una propiedad inmobiliaria que poner el dinero en el banco, pero la consecuencia fue que no le quedó mucho para amueblar la casa. Hay un par de dormitorios que están completamente vacíos, al menos lo estaban cuando yo vivía allí. —Ballard pensó en la habitación que había visto desde la terraza inferior. Beaupre se levantó—. Mire, cerramos a medianoche —dijo—. Si quiere quedarse y mirar o volver entonces, podemos hablar más. Pero ahora tengo que irme. El tiempo es oro en este negocio.

—Bien —dijo Ballard—. De acuerdo. —Decidió disparar un tiro a ciegas—. ¿Conserva una llave? —preguntó.

—¿Qué? —dijo Beaupre.

—Cuando se divorció, ¿se quedó una llave de la casa? Mucha gente que pasa por un divorcio se queda una llave.

Beaupre miró a Ballard con indignación.

—Le he dicho que no quería saber nada de ese hombre. Ni entonces ni ahora. No me quedé ninguna llave porque nunca quise volver a acercarme a ese sitio.

—Vale; es solo porque, si lo hubiera hecho, yo podría usarla. Ya sabe, en caso de emergencia. El tipo que hizo daño a mi víctima... No es algo que se hace solo una vez. Si cree que se ha salido con la suya, lo volverá a hacer.

—Es una lástima.

Beaupre se quedó al lado de la puerta para hacer salir a Ballard.

Recorrieron el pasillo y, cuando pasaron por el cuarto donde estaban los aperitivos, Ballard vio a una mujer que estaba desnuda a excepción de unas botas altas hasta los muslos decidiendo qué chocolatina comerse.

—Bella, vamos a filmar —dijo Beaupre—. Ahora mismo vuelvo.

Bella no respondió. Beaupre acompañó a Ballard a la puerta y le deseó buena suerte en su investigación. Ballard le entregó una tarjeta con la habitual petición de que la llamara si recordaba alguna cosa.

—En Tráfico esta es la dirección que consta como su domicilio —dijo Ballard—. ¿Es cierto?

—¿Una casa no es el sitio donde comes, follas y duermes? —dijo Beaupre.

—Tal vez. ¿No hay ninguna otra?

—No necesito otra casa, detective.

Beaupre cerró la puerta.

Ballard arrancó el coche, pero entonces abrió la libreta y empezó a anotar todo lo que podía recordar de la entrevista. Estaba escribiendo con la cabeza baja cuando la sobresaltó una abrupta llamada a la ventanilla del coche. Levantó la mirada y se encontró a Billy, el portero del gorro. Bajó la ventanilla.

—Detective, Shady dice que olvidó esto —dijo.

Billy sostenía una llave. No estaba en un llavero. Una llave suelta.

—Oh —dijo Ballard—. Sí. Gracias.

Tomó la llave y volvió a subir la ventanilla.

22

Ballard buscó la autovía 101 y se dirigió por el sur hacia el centro. Conducía con un impulso interno. Aún no contaba ni por asomo con una prueba directa, pero la entrevista con Beatrice Beaupre situaba a Thomas Trent mucho más allá de la línea que separaba a una persona de interés en una investigación de un sospechoso. Ahora era el único foco de atención de Ballard, y sus pensamientos estaban centrados exclusivamente en cómo construir un caso que llevar al fiscal.

Estaba tomando la curva hacia el paso de Cahuenga cuando sonó su teléfono y vio que era Jenkins. Conectó los auriculares y respondió a la llamada.

—Hola, compañera, te llamaba solo para ver qué tal antes de entrar. ¿Te ha sobrado algo para mí?

Jenkins iba a ocuparse del turno en solitario durante las dos noches siguientes. Se suponía que era el fin de semana de Ballard.

—En realidad no —dijo ella—. Con suerte, tendrás una guardia tranquila.

—No me importaría estar sentado en la oficina toda la noche —dijo Jenkins.

—Bueno, al menos la primera hora o así. Tengo el coche.

—¿Qué? Deberías estar en Ventura, haciendo surf. ¿Qué está pasando?

—Acabo de venir de una entrevista con la exmujer del sospechoso en el caso Ramona Ramone. Es él, no cabe duda. Es nuestro hombre. Llama a su casa «la casa boca abajo», lo mismo que le dijo la víctima a Taylor y Smith.

—Muy bien.

Ballard se dio cuenta por el tono y la forma de hablar de que su compañero no estaba tan convencido.

—También colecciona puños americanos —añadió—. Con las palabras *good* y *evil*. Se distinguen las letras en los hematomas de Ramona. Volví a comprobarlo y tomé fotos.

Al principio Jenkins guardó silencio. Era una información nueva para él y también era una indicación de la obsesión de Ballard con el caso. Finalmente, Jenkins habló.

—¿Tienes suficiente para una orden de registro?

—Todavía no estoy en ese punto. Pero han trasladado a la víctima al County, y no creo que pudieran hacerlo si siguiera en coma. Así que voy hacia allí, y si está despierta voy a mostrarle fotos. Si hace una identificación, le presentaré todo a McAdams por la mañana y pensaré un plan.

Solo recibió el silencio de Jenkins mientras aparentemente él asumía que lo hubieran dejado en el andén mientras el tren aceleraba sin detenerse.

—Vale —dijo por fin—. ¿Quieres que me desvíe y nos vemos en el County?

—No, creo que lo tengo cubierto —dijo Ballard—. Ve a la reunión del turno, a ver qué pasa. Te avisaré cuando esté volviendo en el coche.

El County-USC había sido un hospital nefasto, pero en los últimos años había recibido un lavado de cara y una capa de pintura y ya no tenía un aspecto tan deprimente. Su personal médico sin duda era tan dedicado y capaz como el equipo de cualquier hospital privado de la ciudad, pero, como con cualquier burocracia gigantesca, todo se reducía al presupuesto. La primera parada de Ballard fue en la oficina de seguridad, donde mostró su placa e intentó convencer a un tal Roosevelt, supervisor del turno de noche, de que pusiera más atención en Ramona Ramone. Roosevelt, un hombre alto y delgado que se acercaba a la edad de jubilación, estaba más interesado en lo que hubiera en su pantalla del ordenador que en lo que Ballard le estaba contando.

—No puedo hacerlo —dijo con brusquedad—. Para poner a alguien en esa habitación, tendría que sacarlo de la entrada de Urgencias, y es imposible que las enfermeras de allí me dejen hacerlo. Me despellejarán vivo si las dejo desprotegidas.

—¿Me está diciendo que solo tiene a un hombre en Urgencias y nada más? —dijo Ballard.

—No, tengo dos. Uno dentro y otro fuera. Pero el noventa y nueve por ciento de las situaciones violentas ocurre en Urgencias. Tenemos una protección en dos pasos: un tipo para los que entran andando, otro que se ocupa de los que salen de la parte de atrás de una ambulancia. No puedo perder a ninguno.

—Así que entretanto mi víctima está allí desnuda, sin ninguna protección.

—Tenemos seguridad en las zonas de ascensores, y yo hago rondas. Si quiere protección extra en esa habitación, la invito a que pida que se la proporcione el Departamento de Policía.

—Eso no va a ocurrir.

—Pues lo siento.

—Tengo su nombre, Roosevelt. Si ocurre algo, constará en el informe.

—Asegúrese de que lo escribe bien. Como el presidente.

A continuación, Ballard fue a la sala de cuidados intensivos, donde se estaba tratando a Ramone. Le decepcionó descubrir que, pese a que la paciente había estado consciente y semialerta cuando fue transportada desde el Hollywood Presbyterian, había sido sedada e intubada después de un revés en su estado. Haber optado por dar prioridad a localizar y entrevistar a Beaupre le había costado a Ballard una oportunidad de comunicarse con la víctima. Sin embargo, visitó a Ramone y sacó fotos con su teléfono móvil como parte del registro de seguimiento del alcance y tratamiento de sus heridas. Esperaba mostrárselas a un jurado algún día.

Después Ballard hizo una parada en el puesto de enfermeras y entregó a la enfermera de guardia una pila de tarjetas.

—¿Puede repartirlas y dejar una aquí junto al teléfono? —preguntó Ballard—. Si alguien viene a ver a la paciente de la 307, necesito saberlo. Si llaman preguntando por su estado, necesito saberlo. Tomen el nombre y el número y digan que los llamarán. Entonces me llaman a mí.

—¿La paciente está en peligro?

—Fue objeto de una agresión brutal y dada por muerta. He consultado con su jefe de seguridad y me ha denegado la protección de la paciente. Así que lo que digo es que hay que estar vigilantes.

Dicho esto, Ballard se fue, esperando que comunicarlo a la enfermera de guardia pudiese cosechar algún resultado. A la seguridad del hospital le resultaría más difícil resistirse a preocupaciones de seguridad internas que a las del Departamento de Policía de Los Ángeles.

De regreso a la comisaría a medianoche, Ballard estaba caminando por el pasillo trasero hacia la sala de detectives cuando Jenkins bajó la escalera desde la sala de reunión. Entraron en la sala de brigada codo con codo.

—¿Algo en marcha? —preguntó Ballard.

—Todo tranquilo en el frente occidental —dijo Jenkins. Extendió la mano y Ballard le puso las llaves del coche municipal en la palma—. ¿Ramona ha visto las fotos? —preguntó Jenkins.

—No —dijo Ballard—. Perdí mi oportunidad. Estoy cabreada conmigo misma. Debería haber estado allí cuando estaba despierta.

—No te fustigues. Con lesiones cerebrales de ese tipo, lo más probable es que no recuerde nada. Y, aunque lo hiciera, un abogado defensor cuestionaría la identificación.

—Tal vez.

—Entonces, ¿vas a la costa?

—Todavía no. Quiero escribir un informe sobre mi testigo esta noche.

—Hablas como si aquí todavía pagaran horas extra.

—Ojalá.

—Bueno, termina y vete.

—Lo haré. ¿Y tú?

—Munroe dice que tengo que escribir un informe sobre el autobús de los testigos de la otra noche. Alguien ha presentado una notificación de demanda alegando haber sufrido dolor y humillación por estar encerrado en un autobús carcelario. Tengo que decir que nunca estuvieron encerrados.

—Estás de broma.

—Ojalá.

Se marcharon a sus respectivos rincones de la sala. Ballard enseguida se puso a trabajar en una declaración de testigos de la entrevista con Beatrice Beaupre, poniendo especial énfasis en la revelación de que Thomas Trent a menudo se refería a su casa como «la casa boca abajo». Estaría lista para formar parte de las pruebas de acusación si Ramona Ramone alguna vez identificaba a Trent.

Ballard completó el informe al cabo de treinta minutos. Había terminado por esa noche, pero entonces recordó que quería verificar el informe de pertenencias del caso Dancers. Fue al archivador y miró en la gruesa resma de documentos que había imprimido al revisar los expedientes de Chastain. Localizó el informe de pruebas preliminar y se lo llevó a su escritorio. La lista de pruebas se extendía siete páginas. No era el informe de pruebas oficial de los criminólogos, sino el libro de registro que un detective de Robos y Homicidios cumplimentaba en la escena del crimen. Servía a los investigadores como referencia de cualquier prueba que se hubiera recogido mientras se esperaba el informe oficial. Ballard revisó la lista dos veces, pero no vio nada que pareciera el pequeño botón que había visto que Chastain guardaba en una bolsa de pruebas. Se convenció de que su antiguo compañero se había llevado la prueba de la escena sin documentarla. Era algo pequeño y algo que lo indujo a ir por libre y conducir su propia investigación. Una investigación que le costó la vida.

Ballard se quedó inmóvil mientras repasaba en su mente la imagen de Chastain en la escena del crimen. Su atención se vio entonces atraída al otro lado de la sala cuando se fijó en que el teniente Munroe entraba desde el pasillo delantero y se dirigía hacia donde estaba sentado Jenkins.

Ballard pensó que Munroe probablemente iba a enviar a su compañero a alguna misión. Cogió el informe de pruebas y se levantó para escuchar, por si se trataba de una situación en la cual Jenkins pudiera necesitar un respaldo. Cogió su radio también y se dirigió hacia ellos.

Aunque los escritorios que utilizaban Jenkins y Ballard estaban en rincones opuestos de la sala de brigada, no había un camino directo en diagonal entre ellos. Ballard tuvo que recorrer un pasillo a lo largo de la parte delantera de la sala y luego caminar por un segundo pasillo para aparecer detrás de Munroe. Al acercarse, advirtió una expresión incómoda en la cara de su compañero mientras miraba al jefe del turno, y se dio cuenta de que Munroe no le estaba encargando una misión.

—... lo único que estoy diciendo es que tú eres el veterano, tú mandas, métela en vereda y...

La radio que Ballard tenía en la mano empezó a retransmitir un aviso. Munroe se detuvo y se volvió a mirar a Ballard, que estaba allí de pie.

—¿Y qué, teniente? —dijo ella.

El rostro de Munroe momentáneamente mostró su asombro y luego lanzó una mirada a Jenkins, registrando su traición por no haberle avisado de que Ballard se acercaba.

—Mira, Ballard... —dijo.

—Entonces, ¿me quiere en vereda? —preguntó Ballard—. ¿O usted es solo el mensajero?

Munroe levantó ambas manos, como si tratara de detener una agresión física por parte de Ballard.

—Ballard, escúchame, tú... No... no sabía que estabas aquí —tartamudeó—. Se supone que tienes el día libre. Quiero decir, si hubiera sabido que estabas aquí, te habría dicho lo mismo que le he dicho a Jenks.

—Que era... —preguntó Ballard.

—Mira, hay gente que tiene miedo de que arruines las cosas, Ballard, que teme que cruces una línea con el asunto de Chastain. No es tu caso, y tienes que dejarlo estar.

—¿Qué gente, teniente? ¿Olivas? ¿Está preocupada por mí o por sí mismo?

—Mira, no voy a nombrar a nadie. Solo...

—Me está nombrando a mí. Acaba de acudir a mi compañero y le ha dicho «métela en vereda».

—Como acabas de decir, solo soy el mensajero, detective. Y el mensaje está entregado. Nada más.

Se volvió y se dirigió hacia el pasillo de atrás, tomando el camino largo a la oficina de guardia para evitar pasar junto a Ballard.

Esta miró a Jenkins cuando estuvieron solos.

—Capullo —dijo ella.

—Puto cobarde —dijo Jenkins—. Mira que dar toda la vuelta...

—¿Qué le habrías dicho si no me hubiera levantado?

—No lo sé. Tal vez le habría dicho: «Si tiene algo que decirle a Ballard, vaya y dígaselo». O tal vez: «Váyase a la mierda».

—Eso espero, compañero.

—Entonces, ¿qué has estado haciendo exactamente que les toca tanto las pelotas?

—Esa es la cuestión. No estoy segura. Pero es la segunda advertencia que he recibido hoy. Un tipo de Delitos Graves fue a Ventura y luego vino a la playa a buscarme para decirme lo mismo. Y ni siquiera sé lo que he hecho.

Jenkins arrugó la cara en un gesto de sospecha y preocupación. No se creía que Ballard no supiera lo que había hecho. Y le preocupaba que siguiera haciéndolo.

—Ten cuidado, esta gente no se anda con chiquitas.

—Eso ya lo sé. —Jenkins asintió con la cabeza. Ballard se acercó al escritorio de su compañero y le dejó la radio para que la utilizara—. Creo que voy a subir a la Suite —dijo—. Ven a buscarme si me necesitas. De lo contrario, probablemente te veré antes de que te vayas.

—No te molestes —dijo Jenkins—. Duerme hasta tarde si puedes. Lo necesitas.

—Solo me cabrea que venga aquí a por ti porque cree que no estoy.

—Mira, le he estado leyendo a Marcie sobre Japón, y tienen ese dicho: los...

—¿Te estoy hablando de estos tipos y tú me hablas de Japón?

—¿Me vas a escuchar? Yo no soy uno de esos tipos, ¿vale? Le leo libros sobre sitios en los que nunca hemos estado. Ahora está interesada en la historia de Japón, y eso es lo que le estoy leyendo. Y está ese dicho de que tienen una sociedad conformista: al clavo que sobresale se le pega un martillazo.

—Vale; ¿y exactamente qué me estás queriendo decir?

—Estoy diciendo que hay muchos tipos con martillos en este departamento. Ten cuidado.

—No hace falta que me digas eso.

—No lo sé, a veces me parece que sí.

—Como quieras. Me voy. De repente, estoy harta de todo eso.

—Duerme un poco.

Jenkins levantó un puño solemnemente y Ballard se lo golpeó con el suyo. Era una forma de decir que todo iba bien entre ellos.

Ballard dejó el informe de pruebas en el cajón de su archivador y lo cerró antes de marcharse. Subió por la escalera del fondo del pasillo al segundo piso de la comisaría, donde, al otro lado de la sala de reuniones, había una sala conocida como Honeymoon Suite. Era un cuarto con literas de tres pisos en dos de las paredes. El cuarto se utilizaba por orden de llegada. En un mostrador situado en un extremo de la sala había pilas de paquetes envueltos en plástico: unas sábanas, una almohada y una manta fina como las de la cárcel.

El cartel deslizante de la puerta indicaba OCUPADO. Ballard sacó su teléfono, encendió la linterna, abrió la puerta en silencio y entró en la habitación. El interruptor de las luces del techo estaba bloqueado en la posición de apagado para que nadie deslumbrara a los que dormían. Usó su teléfono para examinar las literas y vio que las dos camas del medio estaban ocupadas, una de ellas por alguien que roncaba ligeramente. Se quitó los zapatos y los puso en una casilla, luego cogió dos paquetes de ropa de cama y los lanzó a una de las literas superiores. Subió la escalera y dio la vuelta al colchón delgado antes de meterse en el reducido espacio. Tardó cinco minutos en extender las sábanas y meterse debajo de una manta. Se colocó las almohadas en torno a la cabeza para bloquear el sonido de los ronquidos y trató de dormir.

Mientras iba adormeciéndose en la oscuridad, pensó en las dos advertencias que había recibido durante el día. Sabía que de alguna manera ella las había provocado con sus acciones del día anterior. Revisó sus pasos, tratando de recordar cada detalle de cada movimiento que había hecho, pero no logró localizar la mina terrestre que al parecer había pisado.

Luchando contra el sueño, retrocedió hasta el viernes por la noche y luego avanzó otra vez, utilizando su memoria como un ariete. Esta vez dio con algo a lo que antes no había dado importancia porque no le había llevado a ninguna parte. Después de revisar la cronología de Chastain, había tratado de ponerse en contacto con Matthew *Metro* Robison para ver si era el testigo que Chastain había intentado currarse el viernes por la noche antes de que lo mataran. Ballard no había localizado a Robison, pero le había dejado al menos tres mensajes en su teléfono.

Robison estaba desaparecido y el grupo operativo lo estaba buscando. Cuando Carr fue a interrogarla en la playa, sabía que ella lo había llamado. Lo que inquietó a Ballard en ese momento era que si Robison, dondequiera que estuviese, llevaba su teléfono consigo —que era lo más probable—, ¿cómo sabían Carr y el grupo operativo que ella lo había llamado por la noche?

Recordó que le había planteado a Carr esa pregunta, pero él no había respondido. Había esquivado la pregunta y simplemente había dicho que le habían dado la información.

Era algo que no tenía sentido. Le carcomió por dentro hasta que finalmente se deslizó hacia el sueño.

23

Una serie de risas estridentes procedentes de la sala de reuniones penetró en la Honeymoon Suite y despertó a Ballard. Se sintió desorientada y casi se golpeó la cabeza en el techo al empezar a levantarse. Sacó su teléfono y miró la hora. Le sorprendió darse cuenta de que había dormido hasta las diez de la mañana, y sabía que habría continuado durmiendo de no haber sido por la reunión de media guardia que se llevaba a cabo al otro lado del pasillo.

Enrolló las sábanas, mantas y almohadas y bajó con cuidado de la litera de arriba. Se fijó en que era la única que quedaba en la habitación. Tiró todo en un cesto, se puso los zapatos y se dirigió por el pasillo al vestuario de mujeres.

Bajo la ducha caliente, se terminó de despertar y trató de recordar los hechos de la noche anterior. Recordó que se había quedado dormida con una pregunta: ¿Cómo sabía Rogers Carr que ella había estado llamando al desaparecido Matthew Robison? Era lunes, día libre, pero Ballard decidió descubrir la respuesta a esa pregunta antes de que terminara el día.

Después de vestirse con ropa limpia de su taquilla, se sentó en un banco y compuso un mensaje de texto para Carr.

Tenemos que hablar. ¿Está por ahí?

Dudó un momento y lo envió. Sabía que Carr podría compartir el mensaje con otros y discutir cómo proceder. Pero contaba con que no lo hiciera. Sabía que una respuesta rápida a su mensaje indicaría que no lo había compartido con nadie todavía.

¿En persona? ¿Dónde? En el EAP no.

Pensó un momento y contestó al mensaje, preparando la reunión. Eligió como punto de encuentro la decimocuarta planta del edificio del tribunal penal, porque era un lugar donde la presencia de detectives de policía resultaba perfectamente natural. Si alguien en Delitos Graves o en el EAP preguntaba a Carr adónde iba, podría simplemente decir que iba al tribunal y no suscitaría ninguna pregunta. La ubicación también colocaría a Ballard muy cerca del County-USC, donde esta vez esperaba encontrar a Ramona Ramone consciente y alerta.

Antes de salir de la comisaría, llamó a la puerta del teniente McAdams en la sala de detectives y lo puso al día de la investigación de Ramona Ramone. Fue cauta con la colección de puños americanos de Trent y en el uso de la frase «la casa boca abajo» para describir su hogar. McAdams le advirtió de que las pruebas eran circunstanciales y le recordó que la base de su excitación eran las afirmaciones de una exmujer.

—Vas a necesitar más que eso —insistió McAdams.

—Lo sé —dijo Ballard—. Lo conseguiré.

Después de entregar el coche de incógnito del último turno, Ballard se dirigió al centro por la autovía 101. Bregar con el tráfico que iba al centro, encontrar aparcamiento y luego esperar el ascensor en el tribunal le hicieron llegar veinte minutos tarde a su reunión con Carr, pero encontró al detective de Delitos Graves sentado en un banco delante de la puerta de una de las salas del tribunal, mirando mensajes en su teléfono.

Ballard se sentó a su lado en el banco de madera.

—Siento llegar tarde. Todo fue mal. Tráfico, aparcamiento, tener que esperar diez minutos a un maldito ascensor...

—Podría haber enviado un mensaje, pero no importa. ¿De qué va esto, Ballard?

—Está bien, ayer le planteé una pregunta que no respondió. Nos distrajimos o continuó con otra cosa, pero nunca recibí una respuesta completa.

—¿Qué pregunta?

—Me preguntó por qué había llamado a Matthew Robison y yo le pregunté que cómo lo sabía.

—Y yo le respondí eso. Le dije que me dieron la información de que había intentado localizarlo.

—No lo niego. Pero ¿quién le dijo que había estado llamándolo?

—No lo entiendo. ¿Qué importa eso?

—Piénselo. Robison está desaparecido, ¿no?

Carr no respondió de inmediato. Parecía estar sopesando muy cautelosamente esa información antes de compartirla con ella.

—Lo estamos buscando, sí —dijo por fin.

—Supongo que donde está, si está vivo, lleva su teléfono móvil, ¿sí? —preguntó ella con rapidez—. ¿O se encontró en su casa o en algún otro lugar?

—No que yo sepa.

—Entonces, si está escondiéndose, tiene su teléfono. Si está muerto, quien lo mató tiene su teléfono. En cualquier caso, ¿cómo se sabe que yo lo llamé? ¿Me va a decir que han conseguido su registro de llamadas tan deprisa? Nunca he conseguido una orden judicial para una compañía telefónica en menos de un día, y mucho menos un sábado, cuando no hay nadie trabajando. Aparte de eso, es un testigo, no un sospechoso. Así que, para empezar, no hay motivo suficiente para pedir una orden que permita registrar su teléfono. —Carr no respondió—. Supongo que la alternativa es que tienen mis registros o pinchan mi teléfono, pero eso no tiene sentido a menos que me mintiera ayer y yo sea la principal sospechosa. En ese caso, no me habría dejado grabar nuestra conversación. Y no habría hablado conmigo sin leerme mis derechos.

—No es sospechosa, Ballard. Se lo dije.

—De acuerdo, entonces vuelvo a mi pregunta. ¿Cómo sabe alguien que llamé a Robison?

Carr negó con la cabeza, en ademán de frustración.

—Mire, no lo sé —dijo él—. Tal vez se obtuvo una orden alegando riesgo personal. Desapareció y consiguieron una orden para acceder a sus registros porque les preocupa que pueda estar en peligro o algo así.

—Ya he pensado en eso, pero no cuela —dijo Ballard—. Si querían encontrarlo para ver si estaba bien, habrían pedido una orden para localizar su teléfono con un *ping*. Hay algo más. Alguien sabe que lo llamé. ¿Quién se lo dijo?

—Escúcheme. Todo lo que sé es que mi teniente salió de la reunión y me contó que usted había llamado a Robison y yo tenía que descubrir por qué y apartarla del caso. Nada más.

—¿Quién es su teniente?

—Blackwelder.

—Está bien. ¿En qué reunión estaba Blackwelder?

—¿Qué?

—Ha dicho que salía de una reunión y le dio instrucciones sobre mí. No se haga el tonto. ¿Qué reunión?

—Estaba en la reunión con Olivas y un par de tipos más de RyH. Llamaron a Delitos Graves después de que dispararan a Chastain, y fue la reunión en la que Olivas puso a Blackwelder al día.

—Así que la fuente es Olivas. De alguna manera sabía que había estado llamando a Robison.

Carr miró alrededor en el pasillo repleto para asegurarse de que nadie los estaba vigilando. La gente iba y venía en todas direcciones, pero nadie parecía estar interesado en los dos detectives.

—Tal vez —dijo—. No era el único hombre en la sala.

—Más que tal vez —dijo Ballard—. Piénselo. ¿Cómo sabía Olivas que llamé a Robison si no tiene su teléfono? —Ballard esperó, pero Carr no dijo nada—. Algo no cuadra —insistió.

—¿Esto forma parte de su teoría del poli? —preguntó Carr por fin—. Quiere encasquetarle esto a un policía.

—Quiero encasquetárselo a la persona responsable. Nada más.

—Bueno, entonces, ¿cuál es el próximo movimiento?

—No lo sé. Pero creo que necesito actuar con precaución.

—Escuche, Ballard, lo entiendo. Olivas la jodió a lo grande. Pero sugerir sin la menor prueba que está al tanto de esto o tiene información sobre...

—No es eso lo que estoy haciendo.

—Es lo que me parece.

Frustrada, Ballard miró alrededor del pasillo mientras decidía qué hacer.

—Tengo que irme —dijo ella por fin.

—¿Adónde? —preguntó Carr—. Debe mantenerse al margen de esto, Ballard.

—Tengo que trabajar en mi propio caso. Así que no se preocupe.

Se levantó y miró a Carr.

—No me mire así —dijo él—. No tiene ninguna prueba de nada. Tiene una teoría. Pero, aunque tenga razón en que fue un poli, tratar de colgarle el muerto a alguien que todo el mundo sabe que es su antagonista en el Departamento no cuela, Ballard.

—Al menos todavía no —dijo ella.

Empezó a alejarse.

—Ballard, ¿puede volver aquí? —dijo Carr.

Ella volvió y miró a Carr otra vez.

—¿Por qué? —repuso—. No va a hacer nada y yo tengo un caso que investigar.

—Solo siéntese un minuto, ¿quiere? —rogó Carr. Ballard se sentó a regañadientes—. Hizo lo mismo ayer —dijo—. «Tengo que investigar un caso. Adiós.» ¿Qué es tan importante en ese otro caso?

—Hay un tipo haciendo daño a la gente por placer —dijo Ballard—. Eso es maldad absoluta y voy a detenerlo.

—¿Thomas Trent?

—¿Cómo coño lo sabe?

Pero entonces negó con la cabeza. No necesitaba la respuesta, aunque Carr se la dio.

—Sabe que todo acceso al NCIC queda registrado —dijo él—. Vi que estudió a los tres fiambres del reservado y a este Thomas Trent. Me preguntaba quién era este tipo y qué conexión había.

—Ahora lo sabe —dijo Ballard—. Ninguna conexión. Su gente... Ese caso no tiene nada que ver con Chastain ni con el Dancers ni con nada más.

—Es bueno saberlo.

—Mire, ¿va a hacer algo con lo que acabo de darle o no?

—Lo haré, Ballard, pero piense en lo que está sugiriendo. Un teniente de policía mata a cinco personas en un bar y luego elimina a uno de los suyos. ¿Por qué? Porque tiene ¿qué? ¿Deudas de juego? Es descabellado.

—No hay nada que explique por qué mata la gente. Eso lo sabe. Y, una vez cruzada esa línea, ¿qué impide pasar de uno a seis?

Ballard miró hacia el pasillo. En ese momento vio a un hombre que esquivaba su mirada. Estaba al otro lado del pasillo y a una sala de distancia. Llevaba traje, pero parecía más un poli que un abogado.

Ballard miró otra vez a Carr con naturalidad.

—Hay alguien que nos observa —dijo—. Varón negro, fornido, traje marrón, al otro lado del pasillo, delante de la otra sala.

—Calma —dijo Carr—, es Quick, mi compañero.

—¿Ha traído a su compañero?

—Es impredecible, Ballard. Quería asegurarme de que las cosas estaban bien.

—¿Estaba ayer cuando estuvimos cenando?

—Estaba cerca, sí.

Ballard miró al compañero de Carr.

—¿Quick?

Carr rio.

—Se llama Quinton Kennedy —dijo—. Lo llamamos Quick.
—Ballard asintió—. Bueno, mire —prosiguió—. Voy a tomar todo
esto en consideración, ¿de acuerdo? Volveré a hablar con mi teniente y le sonsacaré lo del teléfono de Robison. Descubriré cómo sabía-
mos que le había llamado. Si tiene usted razón, volveré a llamarla, y
entonces tendremos que hablar del siguiente paso: ¿adónde lo llevamos?

—Lo llevamos a la fiscalía —dijo Ballard—. Al J-SID.

—Bueno, no nos adelantemos. Necesitamos mucho más que información sobre sus llamadas. Todavía podría haber una explicación razonable.

—Siga pensando eso, Carr. Y mantenga a Quick a su espalda. No
querrá terminar como mi antiguo compañero.

Ballard se levantó otra vez. Sin decir ni una palabra más, se encaminó hacia la zona de ascensores. Hizo un saludo de burla a Quick
y este entrecerró los ojos como si no supiera quién era. Pero era demasiado tarde para eso.

24

Ballard recibió una noticia buena y una mala cuando llegó al puesto de enfermeras de cuidados intensivos de la tercera planta del County-USC. La buena noticia era que Ramona Ramone estaba consciente y alerta y que su pronóstico había cambiado a favorable. La mala noticia era que permanecía intubada, incapaz de hablar, y que por medio de señales con las manos parecía haber indicado que no sabía por qué estaba hospitalizada ni qué le había ocurrido.

A Ballard se le permitió visitarla, y, en cuanto entró en la habitación, Ramona entreabrió muy ligeramente los ojos todavía hinchados y se miraron la una a la otra por primera vez. Por alguna razón, ver a esa víctima despierta y tratando de asumir sus terribles circunstancias fue desgarrador. Había un miedo absoluto en aquellos ojos. Temor a lo desconocido.

—Ramona —empezó Ballard—. Soy Renée. Soy detective del Departamento de Policía de Los Ángeles y voy a encontrar al hombre que le hizo esto.

Ballard dejó la carpeta que llevaba en la mesa lateral y se puso de pie al lado de la cama. Las pupilas de Ramona se movían con nerviosismo y rapidez. Todavía tenía muy hinchado el lado derecho de la cara, y eso le daba una forma asimétrica. Ballard se estiró y le tomó la mano, poniendo el pulgar en la palma de Ramona.

—Ahora está a salvo —dijo ella—. Nadie volverá a hacerle daño. Lo que quiero que haga es que apriete mi pulgar si comprende lo que le estoy diciendo.

Ballard esperó y enseguida notó el apretón.

—Vale, bien. Está bien, Ramona. Vamos a hacer una cosa. Le haré preguntas de sí o no, ¿de acuerdo? Si su respuesta es sí, apriete mi pulgar una vez. Si la respuesta es no, apriete dos veces. ¿De acuerdo?

Ballard esperó y notó un apretón.

—Bien. La enfermera me dijo que le estaba costando recordar lo que le ocurrió. ¿Tiene anulado completamente el recuerdo?

Dos apretones.

—Entonces, ¿recuerda algo?

Un apretón.

—Está bien, deje que le diga lo que sabemos y partiremos de ahí. Hoy es lunes. El jueves por la noche la encontraron en un aparcamiento de Santa Monica Boulevard, cerca de Highland Avenue. Se recibió una llamada anónima y los agentes que respondieron pensaron que estaba muerta. Ya ve lo grave que estaba. —Ramona cerró los ojos y los mantuvo cerrados. Ballard continuó—: Recuperó momentáneamente la conciencia mientras los agentes esperaban a que llegara la ambulancia. Dijo algo sobre una «casa boca abajo» y luego perdió la conciencia. Era todo lo que teníamos. Desde entonces he estado en la caravana donde vivía y allí me dijeron que llevaba cinco días desaparecida. Creo que alguien la retuvo todo ese tiempo, Ramona. Y le hizo mucho daño.

Ballard vio que se formaba una lágrima en la comisura de uno de los ojos de Ramona. Pestañeó para deshacerse de ella y miró a Ballard. Era el momento de empezar a hacer preguntas.

—Ramona, ¿recuerda «la casa boca abajo»?

Dos apretones.

—Está bien. ¿Y al hombre que le hizo daño? ¿Lo recuerda?

Ballard esperó, pero no hubo ninguna reacción de Ramona.

—¿Eso significa que tiene un recuerdo un poco nublado?

Un apretón.

—Vale, está muy bien. Está bien. Vamos a empezar con lo básico. ¿Recuerda la raza del hombre?

Un apretón.

Ballard tenía que tener cuidado de no hacer preguntas tendenciosas. Un abogado podía destrozarla en el estrado por cualquier movimiento en falso.

—Está bien, voy a darle algunas opciones y siga apretándome una o dos veces según su respuesta. ¿De acuerdo?

Un apretón.

—¿Era hispano?

Dos apretones.

—Vale, ¿afroamericano?

Dos apretones.

—¿Era un hombre blanco?

Un largo apretón.

—De acuerdo, era un hombre blanco. Gracias. Tratemos de trabajar en una descripción. ¿Tenía algún rasgo físico que destacara?

Dos apretones.

—¿Llevaba gafas?

Dos apretones.

—¿Tenía bigote o barba?

Dos apretones.

—¿Era alto?

Un apretón.

—¿Más de un metro ochenta?

Ramona le agitó la mano, añadiendo una tercera señal a la conversación.

—¿Eso significa que no está segura?

Un apretón.

—Vale, entendido. Bien. Agite la mano así cuando no esté segura. Tengo unas fotos que me gustaría mostrarle. Se llama rueda de reconocimiento fotográfico, y quiero saber si alguno de estos hombres es el que le hizo daño. ¿Le parece bien que se las muestre?

Un apretón.

—Voy a mostrarle seis a la vez. Se toma su tiempo, las mira y entonces yo le preguntaré si reconoce alguna de las fotos. ¿De acuerdo?

Un apretón.

Ballard soltó la mano de Ramona y se volvió hacia la mesa lateral para recoger la carpeta. Abrió la tapa. Había seis fotos tomadas de fichas policiales en seis ventanitas individuales cortadas en una segunda cartulina. Debajo de cada foto había un número. Ballard sostuvo la carpeta sobre la cama y a un palmo de los ojos de Ramona. Observó mientras los ojos de la víctima se movían de foto a foto, con el temor y la aprensión reflejándose claramente en ellos. Ballard sostuvo la carpeta sin hablar durante casi un minuto.

—Está bien —dijo.

Volvió a poner el dedo pulgar en la palma de la mano de Ramona.

—¿Cree que alguno de los hombres de la rueda de reconocimiento fotográfico es el hombre que le hizo daño, Ramona?

Ballard esperó y finalmente Ramona le sacudió la mano.

—¿No está segura?

Un apretón.

—Está bien, vamos a analizarlos. ¿El hombre de la foto marcada con el número uno se parece al que le hizo daño?

Dos apretones.

—¿El hombre de la foto marcada con el número dos parece el hombre?

Dos apretones.

—De acuerdo, ¿qué pasa con el número tres? ¿Parece el hombre que le hizo daño?

Esta vez Ramona le agitó la mano.

—No está segura, pero le resulta familiar.

Un apretón.

—Está bien. Vamos al siguiente. El hombre de la foto marcada con el número cuatro.

Otra vez le agitó la mano.

—El número cuatro también le resulta familiar.

Un apretón.

—¿Y el número cinco, Ramona? ¿Podría ser el hombre que le hizo daño?

Le agitó la mano de un modo casi dubitativo.

—El número cinco es otra duda. Vamos a ver el número seis. ¿Podría ser el hombre que le hizo daño?

Dos fuertes apretones.

—Está bien, definitivamente, no.

Ballard cerró la carpeta y volvió a ponerla en la mesa. Ramona había registrado familiaridad con tres de las seis fotos, pero ninguna identificación directa. La foto de Trent era la número cinco. Las otras dos fotos que le habían planteado dudas pertenecían a dos hombres que en ese momento se encontraban en una prisión del estado y no podían haber secuestrado y asaltado a la víctima.

No era una buena respuesta, y Ballard tuvo que tragarse la decepción. Ramona sufría una lesión cerebral y todavía se estaba recuperando. Ballard sabía que esas lesiones tardaban un tiempo variable en curarse y que algo que no se recordaba en un momento podría recordarse con gran detalle después. La memoria podría no recuperarse nunca. Era cuestión de esperar, pero no quería esperar. Tanto si era Trent como si no, el que le había hecho daño a Ramona podría actuar otra vez mientras Ballard esperaba a que su cerebro se sanara.

Ballard sonrió cuando se volvió hacia la víctima.

—Lo ha hecho bien, Ramona. Lo importante es que siga restableciéndose, ya veremos si recupera más memoria.

Ballard se estiró y le apretó la mano.

—Volveré mañana a ver cómo está.

Ramona le apretó la mano a su vez.

De camino a la escalera, Ballard se fijó en un vigilante de seguridad que merodeaba cerca del puesto de enfermeras. No lo había visto antes. Fue a hablar con él, mostrándole su placa al acercarse.

—Ballard, policía. ¿Está siempre en esta planta?

—No, la supervisora de enfermeras pidió seguridad extra porque hay víctimas de delitos aquí.

—Bien. ¿Fue autorizado por Roosevelt?

—No, Roosevelt es el supervisor de noche.

Ballard sacó una tarjeta y se la entregó al vigilante.

—Mantenga la atención en la paciente de la 307. Si ocurre cualquier cosa, me avisa.

El vigilante estudió la tarjeta un momento.

—Claro.

Fuera del hospital, Ballard se detuvo y valoró la situación. Se enfrentaba a la deprimente certeza de que sus investigaciones se estaban paralizando en todos los frentes. Con Ramona Ramone incapaz de identificar a su agresor, carecía de pruebas y de caso contra Trent, por segura que estuviera de que era el culpable.

En cuanto a la investigación Chastain/Dancers, no era su caso, y Carr, su conexión con él, parecía poco dispuesto a investigar en profundidad las pistas principales que ella había facilitado.

Todo ello la dejó con una sensación extraña, como de impotencia. Metió la mano en el bolsillo y pasó el dedo por los dientes de la llave que Beatrice Beaupre le había hecho llegar la noche anterior. Trató de controlar el impulso de ir a «la casa boca abajo» y ver qué había dentro. Suponía saltarse muchos límites, y sabía que eran sus frustraciones las que la estaban empujando a considerarlo.

Dejó la llave en su bolsillo y sacó su teléfono. Llamó al concesionario Acura del valle de San Fernando y preguntó por Thomas Trent. Asegurarse de que estaba en una ubicación verificable era el primer paso para saltarse esos límites.

—Lo siento, Tom tiene el día libre hoy —dijo la operadora—. ¿Quiere dejarle un mensaje?

—No, ningún mensaje —dijo Ballard.

Colgó y sintió una ligera sensación de alivio que necesitaba para contener el impulso de fantasmear en la casa de Trent. Si él no estaba trabajando, sería demasiado peligroso. Aun en el caso de que no estuviera en casa, podía presentarse en cualquier momento. La idea que le había parecido una posibilidad quedó descartada.

—Joder —soltó Ballard.

Eran solo las dos de la tarde y era su día libre. No volvería a estar de servicio hasta casi medianoche del día siguiente. Decidió hacer lo único que le permitiría despejar la cabeza y librarse de esa sensación de consternación.

Decidió ir al norte.

25

A las cuatro de la tarde, Ballard había devuelto el coche municipal y había recogido su furgoneta, comprado comida y conducido hasta Venice para recoger a su perra. Estaba en la Pacific Coast Highway en dirección norte hacia Ventura. Llevaba las ventanillas bajadas y soplaba brisa marina. Los pensamientos sobre los casos iban quedando atrás conforme avanzaba. *Lola* iba sentada donde el copiloto asomando el hocico al viento por la ventanilla.

Todo eso cambió cuando Ballard llevaba alrededor de una hora de trayecto y acababa de pasar Point Mugu. Recibió una llamada de un número con prefijo 818, el correspondiente a las poblaciones del valle de San Fernando. No reconoció el número, pero aceptó la llamada.

Era Trent.

—¡Hola! —empezó él con alegría—. Soy Tom Trent. Y adivine qué estoy mirando.

—No tengo ni idea —dijo Ballard, con vacilación.

—Un RDX blanco ártico, completamente equipado y listo. ¿Cuándo quiere pasarse por el concesionario?

—Eh, ¿está ahí ahora?

—Claro.

Ballard no lo entendía, porque había llamado unas horas antes y le habían dicho que libraba. Trent pareció captar su confusión.

—Tengo el día libre hoy —dijo—, pero llamaron los de las entregas de vehículos y dijeron que tenían el RDX blanco, así que vine enseguida. Quiero asegurarme de que nadie nos lo quite de las manos. ¿A qué hora le va bien esta tarde?

Ballard sabía que podía concertar una cita y dirigirse a la casa de Trent mientras él la esperaba en el concesionario. Pero en las horas transcurridas desde que salió del hospital había abandonado esa línea y ya no estaba segura de cruzarla. Además, ya había llamado a su abuela y le había dicho que iría a cenar.

—Hoy no me va bien —dijo—. No puedo ir.

—Stella, lo he traído para usted —insistió Trent—. Es precioso. Tiene cámara de aparcamiento, todo. ¿Qué tal si se pasa de camino a casa desde el trabajo otra vez?

—No voy a casa esta noche, Tom. Estoy fuera de la ciudad.

—¿En serio? ¿Ha ido a hacer surf en esa furgoneta suya?

Ballard se quedó paralizada, pero entonces recordó que había entrado con su furgoneta en el aparcamiento cuando hizo la prueba de conducción y su tabla estaba en el techo.

—No, Tom, no hago surf. Estoy fuera de la ciudad por negocios y lo llamaré cuando vuelva. Lamento el malentendido.

Colgó antes de que él pudiera responder. Había algo en la llamada que la aterrorizó: el tono de familiaridad que había empleado Trent tras una simple prueba de conducción.

—Joder —exclamó.

Lola se volvió de la ventanilla y la miró.

Su teléfono sonó otra vez e inmediatamente una sensación de rabia hirvió en su interior. Pensó que era Trent, que la llamaba otra vez.

Pero no era Trent. Era Rogers Carr.

—Vale, fue una orden —dijo—. RyH obtuvo la información de sus registros telefónicos.

Estaba hablando del teléfono de Robison y las llamadas que había hecho Ballard. Era escéptica.

—¿Cómo se han saltado la causa probable? Es un testigo, no un sospechoso.

—No dijeron que fuera un sospechoso. Alegaron circunstancias apremiantes y que el poseedor del teléfono posiblemente estaba en peligro. Nada más.

—¿Han conseguido algo más? ¿Quién más lo llamó o a quién llamó él?

—No, Ballard, nada. Ni siquiera he preguntado, porque no formaba parte de la investigación que me encargaron.

—Por supuesto que no. Quiero decir, ¿por qué dar un paso más cuando es más fácil mantener la cabeza enterrada en la arena?

—Ballard...

Renée colgó y condujo el resto del camino a Ventura en silencio, casi incapaz de contener su frustración por estar fuera del terreno de juego.

Esa noche, durante la cena, la abuela de Ballard trató de animarla preparando la comida favorita de su infancia: alubias negras con arroz y guacamole y plátano macho frito. A Ballard le encantaba la comida, pero tenía poco que decir aparte de alabar el plato. Fue la cocinera la que habló más y planteó las preguntas.

Tutu era una mujer pequeña, y parecía estar encogiéndose con la edad. Tenía la piel color marrón oscuro y curtida por años al sol, primero, enseñando a surfear a su único hijo y luego, viajando por playas de todo el mundo para verlo competir. Aun así, tenía una mirada aguda y conocía a su nieta mejor que nadie.

—¿Estás trabajando en un caso? —preguntó.

—Estaba —dijo Ballard—. Me lo han quitado de las manos.

—Pero estás trabajando en algo. Me doy cuenta. Estás muy callada.

—Supongo. Lo siento.

—Tienes un trabajo importante. Está bien.

—No, no está bien. Necesito olvidar las cosas un rato. Si no te importa, después de cenar saldré al garaje a lavar ropa y encerar una corta para mañana.

—¿No vas a ir a remar?

—Creo que necesito un cambio de ritmo.

—Haz lo que tengas que hacer, cariño. Después de fregar los platos, subiré a acostarme.

—Vale, Tutu.

—Pero, dime, ¿has sabido algo de Makani últimamente?

—Nada desde Navidad.

—Es una pena.

—La verdad es que no. Es lo que es. Encuentra un teléfono en Navidad y cuando necesita algo. Está bien.

Makani era la madre de Ballard. Hasta donde Renée sabía, vivía en un rancho remoto de Kaupo, Maui. No disponía de teléfono ni de Internet. Y no tenía ninguna intención de mantener un contacto regular con la hija a la que había dejado marchar al continente veinte años antes para que viviera en la casa donde había crecido su padre. Ni siquiera cuando Ballard regresó a Hawái para ir a la universidad mantuvieron contacto. Ballard siempre creyó que era porque ella constituía un recordatorio demasiado fuerte del hombre que Makani había perdido en las olas.

Ballard se quedó en la cocina a ayudar con los platos, como hacía siempre, trabajando codo con codo con su abuela en el fregadero. Después la abrazó y le dio las buenas noches. Se llevó a *Lola* al patio delantero y miró al cielo claro nocturno mientras el animal hacía sus necesidades. Enseguida llevó a *Lola* a la cama para perros y fue a su habitación a recoger la mochila de cuerda con la ropa sucia que había sacado antes de la furgoneta.

En el garaje, Ballard metió la ropa sucia en la lavadora y puso la máquina en marcha. Se acercó al estante de tablas que recorría la pared del fondo. Había ocho tablas ordenadas en ranuras según tamaño: la colección de su vida hasta el momento. Nunca vendía sus tablas. Atesoraban demasiados recuerdos.

Sacó una tabla corta de la primera ranura y la depositó sobre una tabla de planchar boca abajo que usaba para encerar y limpiar. La tabla era una Biscuit de Slick Sled de metro ochenta con rieles rosas y una cubierta de color púrpura de cachemir. Era su primera tabla, se la había regalado su padre cuando ella tenía trece años y la había elegido por los colores luminosos más que por el diseño. Los colores estaban desvaídos por el paso de los años, el sol y la sal, pero todavía hacía giros bruscos y podía ponerse bajo la pared de una ola tan bien como un modelo más nuevo. A medida que Ballard se hacía mayor, cada vez más era la tabla que elegía del estante.

Desde el primer día, a Ballard siempre le había gustado el proceso de limpiar y encerar la tabla y preparar la salida del día siguiente. Su padre le había enseñado que un buen día de surf empezaba la noche anterior. Conocía a detectives de la División de Hollywood que pasaban horas sacando brillo a sus zapatos y aceitando cartucheras de cuero y cinturones. Eran tareas que exigían cierto grado de concentración y los distraían de la carga de las investigaciones. Les despejaban la cabeza y los renovaban. Para Ballard, encerar una tabla de surf servía para lo mismo. Se olvidaba de todo.

Primero sacó un peine de cera de la caja de herramientas que tenía en la mesa de trabajo y empezó a arrancar la cera vieja de la plancha. Dejó que cayera en copos en el suelo de cemento para recogerla luego. El último paso del proceso era la limpieza.

Una vez que arrancó la mayor parte de la cera, cogió un bidón de dos litros de Firewater de un estante situado sobre la mesa de trabajo. Vertió el disolvente de limpieza en un trapo y lavó la plancha de la tabla hasta que obtuvo un reflejo brillante de la luz del techo. Pasó por encima de la tabla y pulsó el botón que abría la puerta del garaje para que el olor químico del limpiador se disipara.

Volvió a la tabla y la secó con un trapo de toalla. Luego cogió una pastilla sin abrir de Sex Wax del estante. Aplicó con cuidado una base de cera y a continuación una capa más gruesa en la cubierta. Siempre había surfeado estilo *goofy* —con el pie derecho delante— y se aseguró de poner el doble de cera en la sección de la cola, donde colocaba el talón izquierdo.

Cada surfista tenía su propio método a la hora de extender la cera. Ballard siempre seguía el ejemplo de su padre y peinaba de la parte delantera a la trasera, dejando surcos que seguían las líneas del agua.

—Sigue la ola —decía su padre.

Cuando Ballard hubo terminado, dio la vuelta a la tabla para finalizar su trabajo con la parte más importante de todo el proceso: limpiar y abrillantar la superficie de la tabla que tocaría el agua.

Primero se inclinó y estudió la integridad de un viejo parche de fibra de vidrio cerca del morro. La tabla se había mellado en una bolsa de surf durante un viaje a la isla Tavarua, en Fiyi. En veinte años había estado en todo el mundo, y el parche que había puesto su padre era la única mácula. Ballard vio que las fibras del parche estaban empezando a deshilacharse y sabía que pronto tendría que llevar la tabla a un taller. Pero al menos aguantaría un día más en la playa.

Luego agarró una llave especial de una lata en el banco y apretó la quilla. Finalmente, vertió más Firewater en la tabla y limpió toda la superficie. La secó, dejándola ya lista para el mar. Estaba tan limpia y brillante que se vio reflejada en ella cuando la inclinó hacia arriba para subirla a la furgoneta.

También vio un movimiento repentino a su espalda. Antes de que pudiera reaccionar, tenía una bolsa de plástico negro tapándole la cabeza y tensada en torno a su cuello. Ballard soltó la tabla y empezó a debatirse. Se agarró al plástico y a las manos que sujetaban la bolsa con fuerza detrás de su cabeza. Entonces un brazo grueso y musculoso le atenazó el cuello. La presión de un antebrazo en la nuca cerró todavía más la presa. Bloqueada como en un tornillo de banco, Ballard sintió que sus pies se levantaban del suelo cuando su atacante se echó atrás y usó su pecho como palanca sobre la cual levantarla.

Ballard enseguida estuvo pateando en el aire, y sus manos no encontraron nada a lo que agarrarse.

Y entonces la oscuridad se apoderó de ella.

26

Ballard abrió los ojos y trató de levantar la cabeza. Había una luz tenue procedente de detrás de ella. Intentó orientarse y supo instintivamente que la habían drogado. Cuando volvió la cabeza, su visión chapoteó como agua en un cubo hasta que se ajustó y se estabilizó. Cerró los ojos con fuerza y volvió a abrirlos. Las cosas no cambiaron.

Se dio cuenta de que estaba desnuda y notó varios puntos de dolor en el cuerpo. Tenía una mordaza apretada con fuerza en la boca y echada atrás entre los dientes. Y no podía moverse. Estaba sentada en una silla de madera de respaldo recto. Tenía las muñecas junto a sus caderas, atadas a las barras posteriores de la silla. Se le habían dormido los dedos de permanecer atada con tanta fuerza durante mucho tiempo. Un cinturón le envolvía el torso y la sujetaba firmemente al respaldo de la silla. Sus tobillos estaban atados a las patas delanteras.

Ballard trató de recordar lo que había ocurrido. ¿La habían golpeado? ¿La habían violado? Le costó controlar su ansiedad, y cuanto más trataba de respirar a través de la mordaza, más se expandía su pecho contra el cinturón, que se le clavaba en las costillas justo por debajo de los senos.

Levantó la cabeza otra vez y estudió el espacio. A su izquierda vio su reflejo desdibujado en la pared de espejo. Las ligaduras en sus muñecas y tobillos eran bridas de plástico negras.

También había una mesita a la izquierda, sin nada más que una llave. En el otro extremo de la habitación, las cortinas de suelo a techo estaban cerradas. Ballard veía que se filtraba luz en torno a los bordes, pero no sabía si era luz solar, luz de luna o luz artificial. Vio su ropa apilada en el suelo cerca de las cortinas. Parecía que se la habían arrancado o cortado.

Sabía dónde se encontraba: en la habitación del nivel inferior de «la casa boca abajo» de Thomas Trent. Ahora estaba viéndola desde el otro lado del cristal. La certeza funesta de esa información y de la situación en la que se hallaba le impactó como un puñetazo de terror en el pecho. Volvió a flexionarse contra las ataduras, pero no consiguió moverse.

Empezó a respirar por la nariz. El conducto no estaba obstruido e inspiró aire larga y profundamente. Sabía que cuanto más oxígeno introdujera en su sangre, más deprisa desaparecería el veneno, fuera el que fuese, con el que la habían drogado. Su mente aceleró tratando de recordar lo que había ocurrido. Captó imágenes de la tabla de surf y el garaje. La habían agarrado desde atrás. Se acordó de que la habían asfixiado y sintió una repulsión física por el recuerdo.

Tutu. ¿Habían hecho daño o se habían llevado a su abuela? ¿Cómo sabía Trent que estaba en Ventura?

Recordó que había hablado con Trent en el coche mientras conducía. Había llamado y ella había rechazado la cita en el concesionario. ¿La llamada era una trampa? ¿La había estado siguiendo? ¿Cómo había descubierto que era policía?

Parecía existir una única respuesta a esas preguntas, y fue como un segundo puñetazo de terror en el pecho.

Beatrice.

Ballard se dio cuenta de que había interpretado mal a la exmujer. Beatrice había hablado de ella con Trent.

Pero eso todavía no explicaba Ventura, el paso de una clienta llamada Stella a Ballard. Ella no le había mencionado a Beatrice nada sobre el concesionario ni lo que había hablado con Trent.

Entonces recordó la llamada en la autopista y que le había dicho a Trent que estaba fuera de la ciudad. Él mencionó la furgoneta de surf. ¿La había localizado por medio de la furgoneta? Hizo fuerza contra las ataduras una vez más, pero seguía sin poder moverse.

Entonces oyó la voz de Trent, y se quedó paralizada.

—No te molestes, Renée. No puedes romperlas.

Ballard miró al espejo, pero no pudo ver a Trent en la habitación. Entonces él salió de un hueco y se acercó a ella. Pasó a su lado antes de volverse a mirarla. Con ambas manos le bajó bruscamente la mordaza sobre la barbilla y la dejó colgando en torno a su cuello.

—¿Dónde está mi abuela? —preguntó Ballard, con la voz tensa por el miedo—. ¿Qué le has hecho?

Trent la miró un buen rato, aparentemente saboreando el miedo de Ballard.

—Supongo que seguirá durmiendo en su cama en casa —dijo por fin—. Deberías preocuparte más por ti.

—¿Qué me has dado? Me has drogado.

—Solo un pequeño chute de ketamina. La guardo para ocasiones especiales. Tenía que asegurarme de que eras manejable durante el viaje.

Ballard de inmediato computó una noticia positiva. Conocía la ketamina. A lo largo de los años había leído y estudiado debidamente todos los boletines departamentales en relación con el espectro de drogas utilizadas en violaciones que estaban de moda y aparecían en casos de agresión sexual. El principal uso de la ketamina era como anestésico. Pero Ballard también sabía que sus efectos no duraban mucho. Ya podía sentir que se sacudía el trance letárgico del que acababa de salir hacía solo un momento. Pronto estaría con todos sus sentidos alerta. Tenía que considerarlo un error por parte de Trent, y donde había un error había esperanza.

—Jódete, Trent —dijo—, crees que vas a salirte con la tuya. Es imposible. Hay gente que sabe de ti, gente con la que he hablado. Hay informes escritos. Tengo un compañero. Tengo un teniente. Esto ha terminado. Estás acabado, no importa lo que me hagas.

Trent frunció el ceño y negó con la cabeza.

—No lo creo, Renée —dijo—. Van a encontrar tu furgoneta de surf aparcada en una playa costa arriba y no habrá rastro de ti en ninguna parte. Sabrán que has sido infeliz, e incluso tu abuela tendrá que reconocer que parecías distante y un poco deprimida. —Ballard se preguntó si había estado en casa de su abuela todo el tiempo que ella había permanecido allí. ¿Había escuchado su conversación con Tutu en la cena, la poca que había habido?—. Entretanto, puede que vengan a hablar conmigo, pero ¿qué tendrán, Renée? Nada. No tendrán nada. Y yo tendré testigos que me oyeron llamarte y decirte que el coche que pediste había llegado. Dirán que te rogué que vinieras al concesionario, pero tú dijiste que no, que ya no lo querías. —Hizo una pausa para causar efecto—. La detective eres tú —dijo por fin—. ¿Cómo funciona eso? No hay cuerpo, no hay pruebas, no hay caso. —Ballard no respondió. Trent se acercó y se agachó, poniendo una mano en el poste de la silla al lado de su oreja izquierda para equilibrarse. Entonces se inclinó y pasó la otra mano por sus muslos y luego entre ellos. Ballard se puso rígida—. Ahora eres mía —susurró Trent. Ella volvió la cara y trató de echarse atrás en la silla, pero no tenía escapatoria. Trent levantó la mano y le apretó el músculo de su bíceps derecho para comprobar su fuerza—. Me gusta una buena pelea —dijo—. Supe la primera vez que te vi que podías pelear. Será divertido. —Le acarició el pezón derecho al enderezarse, con una sonrisa—. ¿Otra cosa que me gusta? —continuó Trent—. No hay marcas de bronceado. Busqué marcas de bronceado cuando te vi en el concesionario. Esa piel marrón suave... ¿De dónde eres? ¿Polinesia? ¿Medio blanca medio polinesia? ¿Tal vez un poco mexicana también?

—Jódete —dijo—, soy la que te va a trincar, eso es lo que soy.

Trent se rio.

—Ya veremos, Renée —dijo—. Podemos hablar de todo eso después. Pero ahora mismo tengo una pregunta importante para ti. —Trent se estiró hacia la mesa y cogió la llave. La sostuvo delante de la cara de Ballard. Ella la reconoció: la llave que le había dado Beatrice y que ella se había guardado en el bolsillo de sus vaqueros—: ¿De dónde la sacaste? —preguntó Trent.

—No sé de qué hablas —dijo Ballard—. No es mía.

—Bueno, sé que no es tuya, porque es la llave de mi casa. La he probado en la puerta. Pero estaba en tu bolsillo y quiero saber cómo la conseguiste.

—Te he dicho...

De repente, Trent propulsó el brazo izquierdo hacia delante y agarró a Ballard por el cuello. Se acercó y usó su impulso para golpear la cabeza de Ballard contra el respaldo de la silla y mantenerla allí. Se inclinó y ella pudo sentir su aliento cálido en la cara.

—No me mientas.

No podía responder. La mano de Trent en su garganta le estaba cortando la vía de entrada del aire. Ballard sintió que la oscuridad empezaba a envolverla otra vez antes de que Trent la soltara por fin.

Probó su voz, pero sentía la garganta herida.

—Te lo he dicho, no es mía.

—¡La encontré en tu ropa! Registré tu ropa y encontré una llave de mi propia... —Se detuvo bruscamente. Miró la llave y Ballard percibió que se le nublaba la cara al caer en la cuenta—. Esa zorra —dijo—. Ella te la dio. Has hablado con la zorra de mi mujer, ¿eh?

—No, Trent —se defendió Ballard—. Ni siquiera sé de qué estás hablando.

Trent movió la llave a quince centímetros de la cara de Ballard.

—Mentirosa —dijo—. Ella te la dio. Se la guardó y te la dio. Para que pudieras entrar en mi casa. ¡Esa puta zorra! —Trent se apartó, levantó las manos y se presionó los puños en las sienes. Ballard vio la rabia en sus ojos. De pronto, Trent se volvió abruptamente y dijo—: Bueno, ¿sabes qué? —dijo—. Lo que voy a hacer es organizar una pequeña reunión. Ella, tú y yo, Renée. Será divertido.

—Trent, espera —dijo Ballard—. No quieres hacer eso. Si le haces algo a ella, tendrás a la policía en tu puerta. Sabes que un exmarido es el primero de la lista cuando asesinan a una mujer. Conmigo podrías tener una opción de salvarte. Con ella, no. Déjala al margen de esto.

Trent tiró la llave a la mesa y se colocó delante de Ballard. Se inclinó y apoyó los puños cerrados en sus propios muslos.

—¿No es noble que trates de salvarla? Pero ¿qué ocurre si, como la chica surfista, la mujer desaparece sin más, sin dejar rastro?

—Lo mismo, Trent. Vendrán aquí.

—No lo creo. No cuando la mujer es una reina del porno sadomasoquista. ¿Sabes lo que pienso? Creo que dirán: «Buen viaje».

—Trent, no lo hagas. Ella no tiene nada...

Ballard no terminó. Trent se estiró y con ambas manos tiró bruscamente de la mordaza hacia arriba y volvió a colocarla en la boca de Ballard. Acto seguido, buscó en un bolsillo trasero y sacó un estuche de gafas negro. Lo abrió y reveló una jeringuilla y un pequeño vial ámbar con una etiqueta. Ballard sabía que era ketamina y que iba a drogarla otra vez.

—Solo necesito desconectarte un rato —dijo Trent—, y cuando vuelva tendremos una fiesta con mi hermosa novia.

Ballard luchó contra sus ataduras, pero era una causa perdida. Trató de hablar contra la mordaza, pero no pudo formular palabras. Trent clavó la jeringuilla a través de la tapa superior de goma del vial y extrajo una cantidad de líquido claro.

—La utilizan con gatos y perros —dijo él—. También funciona muy bien en humanos.

Dejó el vial y el estuche de gafas en la mesa y procedió a sostener la aguja levantada mientras le daba unos golpecitos con el dedo.

—No queremos burbujas ahora, ¿verdad?

Ballard sintió que se formaban lágrimas en sus ojos. Lo único que podía hacer era observarlo. Trent se agachó, poniendo una mano en el poste de la silla otra vez. Clavó bruscamente la aguja en el muslo izquierdo de Ballard. Ella se sacudió, pero era lo único que podía hacer. Trent empujó lentamente el émbolo con el pulgar y Ballard sintió que el contenido de la jeringuilla fluía a través de su cuerpo.

—El efecto es muy rápido —dijo Trent—. Dos minutos máximo. —Trent retrocedió y empezó a guardar la jeringuilla y el vial en el estuche—. Podría necesitar esto con la otra zorra —dijo—. Sabe pelear.

Ballard lo observó desde cierta distancia, como a través de un túnel. Ya podía sentir la ketamina en su organismo, haciendo su trabajo. Trató de flexionar los músculos contra sus ataduras, pero no consiguió hacer ni siquiera eso. Se sentía impotente. Trent se dio cuenta y la observó después de cerrar ruidosamente el estuche de gafas. Sonrió.

—Es una sensación agradable, ¿no?

Ballard lo miró mientras sentía que resbalaba por un túnel. Pronto este se derrumbó y se convirtió en un punto de luz. Y luego incluso eso desapareció.

27

Ballard notó un regusto a sangre. Abrió los ojos, pero estaba desorientada. Entonces lo recordó todo. «La casa boca abajo.» La silla. Las ataduras. Trent. La mordaza le había lastimado las dos comisuras de la boca cuando Trent se la había vuelto a colocar. Notaba el cuello rígido y le costaba moverlo. Otra vez su visión tembló cuando levantó la barbilla.

La habitación estaba oscura. Trent había apagado la luz al irse. Ballard apenas distinguía la silueta tenue de luz en torno a las cortinas de la habitación. No tenía ni idea de cuánto tiempo había permanecido inconsciente ni de cuánto pasaría antes de que Trent volviera.

Miró a su alrededor y vio en el espejo una imagen oscura de sí misma, todavía atada. Tensó su cuerpo y sintió las ataduras tan fuertes e inamovibles como antes. Trató de calmar su pensamiento y apaciguar la sensación de pánico que experimentaba.

Empezó con Beatrice. Trent había ido a por ella. Ballard sabía dónde estaba «la casa boca abajo» y dónde vivía y trabajaba Beatrice. Tardaría un mínimo de veinticinco minutos con el tráfico rutinario. Si era plena noche, sería mucho más rápido. Si era mediodía, mucho más tiempo. Trent también tendría que encontrar una forma de raptar y anular a Beatrice. Si estaba sola en el almacén, sería una cosa. Si estaba en medio de una producción de vídeo, habría gente alrededor, y eso complicaría considerablemente la operación y a Trent le llevaría tiempo.

Había demasiadas variables, pero ninguna importaba, porque Ballard carecía del punto de partida que le permitiese saber cuánto tiempo había permanecido inconsciente. Lo único que sabía le inyectó la adrenalina de la esperanza. Estaba sola y Trent había cometido un error. Antes, cuando se había mirado en el espejo, había visto que sus muñecas y tobillos estaban atados a los postes de la silla con bridas de plástico negras. Parecían como las que se compraban en una ferretería. Delgadas y diseñadas para juntar cables o para otras necesidades industriales o domésticas; no eran de las que llevaba la policía para atar a personas.

Al margen de su finalidad o firmeza, Ballard sabía que todas las ligaduras de cremallera tenían algo en común: obedecían las leyes de la física.

En las fuerzas policiales, ese tipo de bridas, o esposas flexibles, se consideraban oficialmente métodos de contención temporales. No se encuadraban en la misma categoría que las esposas por la simple razón de que unas estaban hechas de plástico y las otras, de acero. Había muchas historias y advertencias que se comunicaban en memorandos oficiales, reuniones de turno y charlas en los pasillos traseros de las comisarías. El mensaje era simple: siempre mantén un ojo en un detenido con esposas flexibles. No importaba lo fuertes que fueran. El plástico cumple las leyes de la física. La fricción genera calor. El calor expande el plástico.

Ballard trató de mover las muñecas, esta vez sin empujar contra las bridas, sino más bien deslizando las manos arriba y abajo por los postes verticales de la silla. Las ataduras estaban tan tensas que no podía moverlas más de un centímetro en cada dirección. Pero un centímetro arriba y otro abajo bastaban. Empezó a mover los brazos como pistones, arriba y abajo, arriba y abajo, tan deprisa como podía, generando fricción entre el plástico y la madera. Las ataduras de plástico duro casi de inmediato empezaron a cortarle la piel dolorosamente. Sin embargo, Ballard enseguida pudo sentir también el calor que estaba generando, y eso la impulsó a mover los brazos cada vez más deprisa y con más fuerza.

El dolor se volvió casi insoportable, y pronto pudo sentir que la sangre empezaba a gotear de sus muñecas a sus manos. Pero Ballard no se detuvo. Y pronto el centímetro de movimiento se convirtió en dos centímetros y luego en cinco cuando sintió que el plástico empezaba a aflojarse.

Ballard mordió la mordaza y las lágrimas resbalaron por su rostro, pero continuó, parando cada dos minutos, según sus cálculos, para comprobar rápidamente la circunferencia de las ataduras. Estaba haciendo la misma fuerza en ambos lados, pero enseguida quedó claro que la atadura en su muñeca izquierda estaba reaccionando a la fricción y el calor con más rapidez. Detuvo la fuerza en el lado derecho y la redobló en el izquierdo, concentrándola en el movimiento de pistón de su brazo.

Le dolía hasta el hombro y el cuello, pero continuó. Enseguida la muñeca y la mano se pusieron resbaladizas con la sangre y el sudor, y, de repente, en un tirón hacia arriba, su mano atravesó la ligadura y el borde de la brida le arrancó piel del lateral de la palma.

Ballard tenía una mano libre y gritó en la mordaza, un grito primigenio de liberación. Levantó la mano ensangrentada, con los dedos todavía entumecidos, y logró bajarse la mordaza sobre la barbilla.

—¡Hijo de puta! —gritó a la habitación.

A partir de ahí, se movió con rapidez. Trent había dejado la llave en la mesa. Ballard la vio brillando a la luz desde la puerta corredera. Se estiró hacia la mesa, pero le faltaba un palmo. Utilizando su brazo libre como un péndulo, balanceó la silla adelante hasta que esta se inclinó. Al volcar la silla, Ballard intentó agarrar la llave, pero falló y cayó de bruces.

Sin embargo, desde el suelo pudo alcanzar con facilidad la pata de la mesa. La empujó e inclinó la mesa. La llave resbaló y cayó al suelo, a su alcance. Ballard la agarró, pero su pulgar y su dedo índice estaban demasiado entumecidos para sujetarla con fuerza.

Trató de agitar la mano izquierda para recuperar la movilidad mientras se ponía a trabajar con la derecha, otra vez moviendo el brazo arriba y abajo del poste de la silla. Pronto recuperó la suficiente sensibilidad en la mano izquierda para utilizar los dientes de la llave como una sierra en la atadura reblandecida de la derecha. Al cabo de unos momentos, la segunda ligadura se partió y tuvo las dos manos libres.

Todavía caída de costado en el suelo, Ballard se desabrochó el cinturón que tenía en torno al torso. Continuaba con los tobillos atados a la silla. Se colocó sobre su lado izquierdo y, doblándose de costado, consiguió agarrar uno de los travesaños que unían las patas delanteras y traseras de la silla. Trató de soltarlo de sus piernas, pero estaba sólidamente sujeto. Asestó un golpe al travesaño con la palma ensangrentada de su mano, pero la madera resistió. Golpeó una y otra vez con resultado similar.

Puso todas sus fuerzas en el siguiente golpe y no estuvo segura de si el crujido que oyó era del travesaño o de un hueso de su mano.

—¡Joder!

Se tomó un momento de pausa hasta que se alivió un poco el dolor, luego agarró el travesaño y tiró. La madera se había quebrado y, al tirar de la parte central, se partió del todo. Deslizó la brida de plástico por la pata de la silla y la liberó.

Ya con solo un miembro atado, Ballard pudo manipular la silla y llevarla contra la pared de la habitación. Allí partió el otro travesaño con el talón de su pie libre. Ni siquiera sintió mucho dolor por el impacto, porque tenía el pie completamente entumecido.

Libre por fin, Ballard se sentó en el suelo y trató de frotarse tobillos y pies para recuperar la sensibilidad. En cuanto lo consiguió, empezó a sentir punzadas de intenso dolor. Trató de levantarse y caminar, pero le faltaba estabilidad y cayó de bruces al suelo. Se arrastró el resto del camino por la habitación hasta la pila de ropa.

Trent la había cortado por varios sitios y las prendas estaban completamente inservibles. La esperanza de Ballard de que su teléfono móvil estuviera en la pila se frustró cuando recordó que lo había dejado cargándose en su habitación antes de salir al garaje.

Sabía que tendría que buscar un teléfono y ropa en la casa. Trató de levantarse otra vez, estirando la mano y usando la pared de espejo en busca de apoyo. Dejó una huella de su mano ensangrentada.

Con la otra mano echó atrás la cortina y vio que la luz que se filtraba por los bordes procedía de una bombilla en el techo del porche. Fuera reinaba la oscuridad. Parecía noche cerrada.

Justo cuando se dio cuenta de que eso significaba que el trayecto por las calles vacías del valle de San Fernando sería considerablemente menor de lo que ella habría deseado, la casa pareció sacudirse con una ruidosa vibración procedente de arriba.

Se estaba abriendo la puerta del garaje.

La adrenalina inundó el cuerpo de Ballard. Cruzó la habitación, todavía con paso vacilante, abrió la puerta y se internó por un pequeño pasillo. Vio escaleras que subían y una trampilla que se abría en el suelo. Dudó, pero luego volvió a la habitación del espejo y cerró la puerta. Sabía en qué parte de la casa se encontraba, pero no conocía la distribución más allá de la habitación en la que se hallaba. Sabía que podía utilizar la puerta corredera para acceder a la escalera exterior. Eso la dejaría desnuda y libre en la calle. Podría llamar a las puertas de los vecinos hasta que consiguiera un teléfono para llamar a Emergencias.

Pero ¿y Beatrice? Era el deber de Ballard proteger y servir. Si Trent había secuestrado a su exmujer, ¿podría Ballard llevar ayuda a la casa a tiempo para salvarla?

Oyó una puerta que se cerraba bruscamente arriba. Trent estaba dentro.

Ballard miró a su alrededor y sus ojos se posaron en los travesaños rotos de las patas de la silla. Uno de ellos se había astillado longitudinalmente, dejando una punta afilada. Enseguida se agachó y lo agarró, y luego probó la punta contra su pulgar. Era lo bastante afilada para romper la piel. Era cuestión de blandir y clavar.

Se situó detrás de la puerta de la habitación con su recién hallada arma. Y casi inmediatamente supo que era un mal plan. Todavía tenía manos y pies parcialmente adormecidos y doloridos. El arma que sostenía requería un asalto de cerca y Trent era mucho más grande y más fuerte. Ella contaba con el factor sorpresa, pero, aunque entrara y apuñalara a Trent en la espalda, era poco probable que lo derribara, y entonces se veía obligada a librar un combate cuerpo a cuerpo con un enemigo mucho más fuerte.

Oyó pisadas fuertes que bajaban. Calculó que había dos tramos de escaleras desde el garaje hasta la planta inferior.

Ballard volvió a colocarse contra la pared y se preparó para seguir la única vía de acción que tenía. Pero entonces recordó algo y se lanzó a través de la habitación hacia las cortinas. Las apartó y sacó el palo de escoba de madera de la guía de la puerta corredera. Retrocedió hacia la puerta y por el camino agarró lo que quedaba de su sujetador de la pila de ropa destrozada.

Apoyó el palo de escoba contra la pared junto a las bisagras de la puerta y enseguida se puso a trabajar. Las pisadas de Trent en las escaleras se habían detenido y lo oyó moverse en el suelo justo encima de ella. Sus pasos eran lentos y supuso que estaba cargando a Beatrice.

El sujetador había sido cortado entre las copas de seda y los tirantes y luego aparentemente arrancado del cuerpo de Ballard. El cierre posterior seguía enganchado. Ballard enseguida ató la prenda con fuerza en torno a su muslo derecho y deslizó la improvisada daga de madera de la silla contra su piel.

En ese momento oyó las pisadas de Trent en la escalera que conducía al nivel inferior. Enseguida entraría en la habitación. Ballard cogió el palo de escoba y dio un paso atrás desde la pared para ocupar una posición en el punto ciego de la puerta que todavía le dejaba espacio para moverse.

La puerta se abrió. Lo primero que vio Ballard fue un par de pies desnudos mientras Trent introducía a una inconsciente Beatrice.

—Cielo, he...

Trent se detuvo en cuanto vio la huella de la mano ensangrentada en la pared de espejo. Empezó a examinar la habitación y descubrió la silla vacía y la mesa volcada en el suelo. Sin pensar en Beatrice, la soltó en el suelo como un peso muerto y se volvió hacia la puerta.

Ballard lo pilló por sorpresa, porque Trent no pensó en verificar su punto ciego. Seguramente pensaba que ella ya se había marchado. Cuando Trent se volvió, el primer golpe de Ballard con el palo de la escoba le impactó en el lado derecho de la cara. Se oyó un crujido y Ballard pensó que era el sonido de un pómulo roto.

No esperó a comprobar el alcance del impacto. Echó el palo de escoba hacia atrás y atizó más abajo con su segundo estacazo, golpeando a Trent en el torso, a la altura de las costillas. Esta vez el sonido fue más pesado, como el de un saco de boxeo. Trent soltó un grito de dolor y se dobló sobre sí mismo. Ballard atacó otra vez, poniendo toda su fuerza en un golpe en la coronilla.

El palo de la escoba se partió por la mitad con el impacto y el extremo libre voló por la habitación y golpeó el espejo. Aun así, de alguna manera, Trent permaneció en pie. Se llevó las dos manos a la cabeza y caminó hacia atrás inestable, inseguro. Era como un boxeador grogui a punto de caer, pero entonces se recuperó y empezó a enderezarse.

—¡Puta zorra! —gritó.

Ballard soltó el palo de escoba roto y se lanzó hacia Trent, derribándolo contra la pared. Lo golpeó con el hombro, bloqueándolo. Él cerró los brazos en torno a ella mientras Ballard sacaba la daga de la funda improvisada.

Sujetó el arma con fuerza y clavó la punta en la tripa de Trent. Se echó atrás para tomar impulso y continuó con tres rápidas puñaladas más, como en una pelea carcelaria. Trent gritó de dolor y la soltó. Ballard dio un paso atrás, levantó el brazo y se preparó para volver a atacarlo con la daga.

Trent la miró, con la boca abierta en una expresión de sorpresa. Entonces se deslizó por la pared hasta quedar sentado, tratando de sujetarse las tripas. Fluía sangre entre sus dedos.

—Ayúdame —susurró.

—¿Que te ayude? —dijo Ballard—. Jódete.

Moviéndose de costado para mantener a Trent en su campo de visión, Ballard se acercó a Beatrice y se agachó. Le tomó el pulso en el cuello. Beatrice estaba viva pero inconsciente, seguramente también drogada con ketamina, pensó. Ballard miró un instante hacia abajo y vio que el rostro de Beatrice se estaba hinchando en el lado derecho y que tenía un labio partido. No se había ido con Trent por las buenas.

Este estaba ahora tumbado sobre el costado izquierdo. Había perdido fuerza en las manos y las había dejado caer en el regazo. La sangre fluía sin parar de cada punción. Trent tenía la mirada fija y se estaba desangrando. Ballard, todavía sosteniendo la daga improvisada preparada, se acercó y palpó los bolsillos empapados de sangre de los pantalones de Trent, buscando un teléfono. No llevaba ninguno.

Empujó a Trent hasta darle la vuelta y lo dejó boca abajo. Él emitió un sonido de ahogo, pero ningún otro ruido. Ballard desató el sujetador del muslo y lo usó para atarle a Trent las manos a su espalda. Supuso que estaba muerto o a punto de morir, pero no iba a correr ningún riesgo.

Ballard salió de la habitación y subió por la escalera para buscar un teléfono y ropa que pudiera ponerse. Conseguir ayuda para Beatrice era la prioridad. Subió hasta el piso de arriba con la esperanza de encontrar un teléfono en la cocina.

Había un fijo montado en la pared. Ballard marcó el 911.

—Soy la detective Ballard, División de Hollywood. Agente necesita ayuda. Mil dos de Wrightwood Drive. Repito, agente necesita ayuda. Tengo un sospechoso caído, una víctima caída y una agente herida.

Ballard mantuvo la línea abierta y dejó caer el teléfono al suelo. Miró su cuerpo desnudo. Sus brazos, piernas y la cadera izquierda estaban completamente salpicados de sangre. La mayor parte de la sangre era suya, pero parte era de Trent. Salió de la cocina y empezó a bajar al siguiente nivel, donde habría ropa en el dormitorio de

Trent. Sin embargo, estando en el pasillo, vio una puerta abierta al garaje. Su furgoneta estaba aparcada allí.

Se dio cuenta de que Trent se la había llevado de Ventura en su propia furgoneta. Había formado parte de su plan trasladar su cadáver a algún lugar para esconderlo y luego abandonar la furgoneta costa arriba. Supuso que el coche de Trent estaría cerca de la casa de su abuela y que él habría planeado recogerlo antes de regresar a Los Ángeles.

Ballard entró en el garaje y encontró la furgoneta sin cerrar con llave. Abrió la puerta lateral y buscó en el interior la ropa de playa que dejaba colgada en ganchos junto a la rueda de recambio. Eligió unos pantalones de chándal y una camiseta negra. Encima se puso una chaqueta de nailon con el logo de Slick Sled. A continuación abrió la caja de seguridad y cogió su pistola y su placa. Se las estaba poniendo en los bolsillos de la chaqueta cuando oyó la primera sirena acercándose.

Entonces oyó a Beatrice gritando desde la habitación de abajo.

Ballard bajó por la escalera con rapidez.

—¡Beatrice! —gritó—. ¡Está bien! ¡Está bien!

Llegó a la habitación. Beatrice todavía estaba en el suelo, intentando sentarse. Se llevó las manos a la boca y miró con los ojos como platos a través de la habitación al cuerpo de su exmarido. Ballard levantó las manos en un gesto de calma.

—Está bien, Beatrice. Ahora está a salvo. Está a salvo.

Ballard se acercó a Trent y le buscó el pulso en el cuello. Detrás de ella, Beatrice habló presa de la histeria.

—Ay, Dios mío, Dios mío, no puede ser.

No había pulso. Ballard se volvió hacia Beatrice y se arrodilló.

—Está muerto —dijo—. Nunca le hará daño, nunca volverá a hacer daño a nadie.

Beatrice la agarró con fuerza.

—Iba a matarme, me lo dijo.

Ballard la abrazó.

—Ya no podrá hacerlo.

28

Primero llegaron unidades de patrulla de la División de North Hollywood y a continuación un camión de bomberos y dos ambulancias de rescate. El personal médico verificó el pulso y las pupilas de Trent sin hallar ninguna señal de vida. Decidieron no trasladarlo y dejar el cadáver *in situ* hasta que llegaran los investigadores de la Oficina del Forense y el Departamento de Policía de Los Ángeles.

El otro equipo trató a Beatrice Beaupre las heridas superficiales en la cara y las costillas y determinó que no quedaban efectos residuales de la ketamina que le había administrado Trent. Después se ocuparon de las heridas en las muñecas y la boca de Ballard. Le vendaron las muñecas con gasa y esparadrapo, lo cual la dejó con el aspecto de alguien que ha intentado suicidarse. Le examinaron el hematoma en el cuello provocado por su raptor cuando había empezado a asfixiarla, pero no encontraron otras lesiones.

Ballard pidió a la mujer del equipo médico que tomara fotos de sus heridas con su teléfono y se las mandara por correo. También se bajó el lateral de los pantalones de chándal para que tomara una foto de la sangre en su cadera. Tenía una sensación de repugnancia, pero sabía que no debía limpiarse la sangre de Trent. Era una prueba. No de la culpa de Trent, porque ya nunca habría un juicio, pero sí de apoyo a la narración de los hechos que ella haría.

Los primeros detectives en llegar pertenecían a la División de North Hollywood, pero estaba claro que el caso se entregaría a la

División de Investigación del Uso de la Fuerza, pues implicaba una muerte a manos de una policía. Siguiendo el protocolo, uno de los agentes locales comunicó a la DIUF el informe inicial y recibió instrucciones de aislar a Ballard y enviar a Beaupre en un coche al Edificio de Administración de Policía en el centro de la ciudad, donde sería interrogada por un equipo de la DIUF.

A Ballard la sacaron de la casa y también la metieron en un coche, donde esperó más de una hora a que el equipo de campo de la DIUF se reuniera después de que los despertaran. Durante esa espera vio las primeras luces del alba en el valle. También pidió un teléfono a uno de los detectives de North Hollywood y llamó al Departamento de Policía de Ventura para pedirles que comprobaran el estado de su abuela. Media hora más tarde, mientras todavía estaba esperando en el asiento de atrás, el detective abrió la puerta y le dijo que había llamado el DPV y había informado de que su abuela estaba a salvo.

El equipo de la DIUF estaba formado por cuatro detectives, un teniente y un puesto de mando móvil, que en esencia era una autocaravana que contaba con espacios de trabajo, ordenadores, impresoras, pantallas de televisión y wifi, así como una sala de interrogatorios equipada con una cámara.

El teniente se llamaba Joseph Feltzer. Ballard lo conocía de lo que ella llamaba el caso Spago, el embrollo que ella y Jenkins habían tenido con el ladrón en la casa de aquellos importantes electores de Doheny Drive. Feltzer había sido justo durante la investigación, aunque en modo alguno era de los que automáticamente buscaban exonerar a los policías de mala praxis. Pero la investigación básicamente se había centrado en Jenkins y en su golpe con la pequeña estatua al ladrón que había atacado a Ballard. En esta ocasión la atención se centraría exclusivamente en ella, que era consciente de que su denuncia contra Olivas la convertía en objetivo que eliminar en el Departamento. Tenía que mostrarse muy cauta hasta que supiera si Feltzer iba a actuar con honestidad.

Mientras sus cuatro detectives se ponían botas y guantes antes de entrar en la casa, Feltzer abrió la puerta del vehículo de incógnito e invitó a Ballard al puesto de mando móvil. No hablaron hasta que estuvieron sentados cada uno a un lado de una mesa en la sala de interrogatorios.

—¿Cómo se encuentra, detective? —empezó Feltzer.

—Entumecida —dijo Ballard.

Era una valoración precisa. El organismo de Ballard había pasado de funcionar a toda máquina durante su cautividad a mantener control de crucero desde su fuga y la posterior confirmación de que su abuela y Beaupre estaban a salvo. Estaba mareada, como si estuviera observando a otra persona sometida a una investigación.

Feltzer asintió.

—Comprensible —dijo—. Tengo que preguntar, ¿lleva su pistola?

—La llevo en el bolsillo —dijo Ballard—. No se puede llevar cartuchera en estos pantalones.

—Necesito que me la entregue antes de que empecemos.

—¿En serio? No le disparé. Lo acuchillé.

—Es el protocolo. ¿Puede entregar el arma, por favor? —Ballard sacó su Kimber de la chaqueta y se la pasó a través de la mesa. Feltzer comprobó el seguro, la puso en una bolsa de plástico de pruebas, luego escribió algo en ella y la colocó en una bolsa de papel marrón que dejó en el suelo—. ¿Lleva una de reserva? —preguntó.

—No, nada más.

—Está bien, vamos a empezar. Estoy seguro de que conoce el procedimiento, detective Ballard, pero se lo explicaré de todas formas antes de encender la cinta. Le leeré sus derechos y renunciará a permanecer en silencio. Luego le leeré la advertencia Lybarger y me contará lo que ocurrió. Una vez tengamos su declaración, entraremos en la casa y nos explicará todo otra vez a mi equipo y a mí. ¿Está de acuerdo?

Ballard asintió. La advertencia Lybarger se utilizaba para obligar a un agente a responder a preguntas sin un abogado presente. Tomaba el nombre de un agente que fue despedido por negarse a hacerlo. La Lybarger obligaba a un agente a hablar, pero tenía una cláusula que impedía que esas declaraciones se utilizaran en un procedimiento penal contra el agente.

Feltzer encendió el equipo de vídeo, leyó las dos advertencias legales y fue al grano.

—Empecemos por el principio —dijo—. Detective Ballard, cuénteme lo que ocurrió y qué condujo a la muerte de Thomas Trent a sus manos.

—Trent era el principal sospechoso en el secuestro y asalto de Ramón Gutiérrez, un varón que se prostituía en Hollywood —comenzó Ballard—. Trent de alguna manera descubrió dónde vivía yo en Ventura y se presentó allí anoche sin que yo lo supiera. Mientras yo estaba preparando una tabla de surf en el garaje con la puerta abierta, se me acercó desde atrás y me puso una bolsa en la cabeza. Me raptó, me drogó y me trajo aquí, a su casa. Podría haberme agredido sexualmente mientras estuve inconsciente, pero no lo sé. Me desperté desnuda y atada a una silla. Entonces me dijo que iba a raptar a otra víctima y me drogó otra vez antes de aparentemente marcharse. Recuperé la conciencia antes de que él regresara y conseguí liberarme. Antes de que pudiera escapar de la casa, regresó con la segunda víctima. Temiendo por su seguridad, me quedé en la habitación donde me había dejado. Me armé con un palo de escoba que estaba en la guía de la puerta corredera y un trozo de madera afilado que había roto de las patas de la silla. Cuando entró con la segunda víctima, tuve un enfrentamiento físico con él, lo golpeé varias veces con el palo de escoba hasta que se partió. Entonces él logró rodearme con los brazos y agarrarme. Sabía que era más grande que yo y temí por mi vida, por eso lo acuchillé varias veces con el palo astillado. Al final me soltó, se derrumbó en el suelo y murió poco después.

Feltzer se quedó un buen rato en silencio, posiblemente anonadado por la complejidad de la historia, incluso abreviada.

—De acuerdo —dijo por fin—. Ahora vamos a analizarlo con más detalle. Empecemos con el caso Gutiérrez. Hábleme de eso.

Ballard tardó noventa minutos en repasar todo sometida a un interrogatorio detallado pero no acusatorio. En ocasiones, Feltzer sacó a relucir aparentes incoherencias y en otras cuestionó sus decisiones, pero Ballard sabía que cualquier buen investigador planteaba algunas preguntas concebidas para provocar malestar e incluso indignación. Se trataba de conseguir una reacción. Sin embargo, Ballard mantuvo la calma y habló con tranquilidad durante todo el interrogatorio. Su objetivo era mantenerse en calma en esa fase, por mucho que se prolongara. Sabía que al final la dejarían y podría marcharse. A lo largo de los años había leído varios manuales en el boletín del sindicato de policía y sabía que debía usar repetidamente palabras clave y frases como «temiendo por mi propia seguridad y la de la otra víctima», que dificultarían que la DIUF calificara la muerte de Trent como no justificada ni consecuente con la política de uso de la fuerza del Departamento. La DIUF recomendaría entonces a la Oficina del Fiscal del Distrito que no se tomaran medidas contra Ballard.

Ella también sabía que el asunto se limitaría a comprobar si sus palabras coincidían con las pruebas recogidas en la casa de Trent, su propia furgoneta y el garaje de Ventura. Sin haberse desviado durante la entrevista de lo que sabía que había ocurrido, salió de la sala de interrogatorios con la seguridad de que no habría contradicciones a las que Feltzer y su equipo pudieran aferrarse.

Al bajar de la caravana, vio que la escena del crimen se había convertido en un gran circo. Varios vehículos policiales, así como furgonetas de criminalística y del forense, se apiñaban en la calle. Había tres furgonetas de televisión al otro lado de la cinta amarilla en Wrightwood, y en el cielo sobrevolaban los helicópteros. También vio a su compañero, Jenkins, de pie en los alrededores. La saludó con la cabeza y levantó un puño. Ella también lo hizo e interpretaron con mímica el gesto de golpearse desde seis metros de distancia.

A las diez de la mañana, Ballard había completado el paseo con el equipo de la DIUF. La mayor parte del tiempo lo había pasado en la habitación de la planta más baja, donde continuaba el cadáver de Trent, con las manos todavía atadas a la espalda con su sujetador. Ballard sintió que la fatiga la vencía. Aparte de los minutos en que había estado drogada e inconsciente, llevaba en pie veinticuatro horas seguidas. Le explicó a Feltzer que no se sentía bien y necesitaba dormir. Él dijo que antes de que pudiera irse a casa necesitaba pasar por un centro de asistencia en violaciones para descubrir si Trent la había violado mientras ella había estado inconsciente y para que se recogieran indicios. Estaba organizando que uno de sus detectives la llevara cuando Ballard preguntó si su propio compañero podía escoltarla.

Feltzer accedió. Concertaron una cita para una entrevista de seguimiento a la mañana siguiente y el teniente de la DIUF finalmente la dejó marchar.

Cuando se estaba yendo, Ballard preguntó por su furgoneta y le dijeron que iba a ser incautada y examinada por el equipo forense. Sabía que eso significaba que podría pasar una semana antes de que pudiera recuperarla. Preguntó si podía sacar algunas pertenencias y otra vez le dijeron que no.

Cuando salió de la casa, vio a Jenkins esperándola. Su compañero le dedicó una sonrisa compasiva.

—Hola, compañera —dijo—. ¿Estás bien?

—Mejor que nunca —respondió ella con ironía—. Necesito que me lleven.

—Desde luego. ¿Adónde?

—A Santa Monica. ¿Dónde está tu coche?

—Detrás de las furgonetas de la prensa. No he podido encontrar aparcamiento.

—No quiero pasar al lado de los periodistas. ¿Y si vas a buscarlo y me pasas a recoger por aquí?

—Claro, Renée.

Jenkins bajó por la calle y Ballard esperó delante de «la casa boca abajo». Dos de los detectives de Feltzer salieron por la puerta principal detrás de ella y subieron al centro de mando móvil. No dijeron ni una palabra al pasar junto a Ballard.

Jenkins tomó Mulholland hasta la autovía 405 antes de dirigirse al sur. Una vez que dejaron atrás las colinas y Ballard supo que tendría suficiente cobertura, le pidió el teléfono a su compañero. Sabía que tendría que pasar un examen psicológico antes de que le permitieran regresar al servicio. Quería terminar con eso. Llamó a la Unidad de Ciencias del Comportamiento y concertó una cita para el día siguiente, encajándola después de su reunión de seguimiento con Feltzer.

Después de devolverle el teléfono a Jenkins, Ballard se derrumbó contra la puerta del coche y se durmió. Hasta que tomó rumbo al oeste por la 10, Jenkins no se estiró hacia ella para darle un suave golpecito en el hombro. Ballard se despertó sobresaltada.

—Casi estamos —dijo Jenkins.

—Solo quiero que me dejes y te vayas.

—¿Estás segura?

—Sí, estoy segura. No te preocupes por mí. Ve a casa con tu mujer.

—No me quedo tranquilo así. Prefiero esperarte.

—John, no. Quiero estar sola para asumir todo esto. Ni siquiera estoy segura de qué ocurrió, y, si ocurrió, estaba desmayada y no lo recuerdo. Ahora mismo quiero pasar por esto sola, ¿vale?

—Vale, vale. No tienes que hablar de eso. Pero, si alguna vez quieres hacerlo, aquí estoy. ¿De acuerdo?

—De acuerdo, compañero. Pero probablemente no lo haré.

—También está bien.

Ese centro de asistencia en violaciones formaba parte del centro médico Santa Monica-UCLA en la calle Dieciséis. Había otros hospitales donde Ballard podría haber ido a que la examinaran y le sacaran muestras, pero ese centro de asistencia en violaciones tenía reputación de ser uno de los más punteros del país. Ballard había enviado a suficientes víctimas de violación durante la sesión nocturna para saber que la tratarían con compasión plena e integridad profesional.

Jenkins se detuvo delante de la entrada.

—No tienes que hablar de esto, pero en algún momento me tendrás que hablar de Trent —dijo.

—No te preocupes, lo haré —dijo Ballard—. Vamos a ver cómo va con la DIUF, luego hablaremos. ¿Crees que Feltzer fue justo en el caso Spago?

—Sí, en el punto medio.

—Esperemos que no tenga a nadie en la décima planta susurrándole al oído. —La Oficina del Jefe de Policía, u OJP, como se la conocía, estaba en la décima planta del EAP.

Ballard abrió la puerta y salió. Se volvió para mirar a Jenkins.

—Gracias, compañero —dijo ella.

—Ten cuidado, Renée —dijo—. Llámame si puedes.

Lo despidió y se alejó. Ballard entró en el complejo, sacó la placa de su chaqueta y preguntó por un supervisor. Salió una enfermera llamada Marion Tuttle de la sección de tratamiento y habló con ella. Cuarenta minutos después, Ballard estaba en una sala de tratamiento. Le habían limpiado la sangre de la cadera y le habían tomado muestras con torundas que habían introducido en frascos de pruebas.

También se habían utilizado torundas durante un examen humillante e intrusivo de su cuerpo. Tuttle procedió entonces a realizar un test para buscar semen en las torundas usando un producto químico que identificaría la presencia de una proteína presente en el esperma. A esto le siguió un examen anal y vaginal todavía más intrusivo. Cuando terminó por fin, Tuttle dejó que Ballard se cubriera con una bata mientras la enfermera tiraba sus guantes quirúrgicos en el contenedor de desechos médicos de la sala de examen. A continuación hizo unas marcas en un formulario que llevaba sujeto a una tablilla y se dispuso a informar de sus hallazgos.

Ballard cerró los ojos. Se sentía humillada. Se sentía pegajosa. Quería darse una ducha. Había pasado horas atada y sudando, había sentido la adrenalina y el pánico del impulso «lucha o huye» y se había enfrentado a un hombre que la doblaba en peso, y todo eso después de posiblemente haber sido violada. Quería saberlo, sí, pero también quería terminar de una vez.

—Bueno... —dijo Tuttle—. No hay nadadores. —Ballard sabía que quería decir que no había semen—. Buscaremos silicona en las torundas y otros indicios de uso de preservativo —dijo Tuttle—. Hay hematomas. ¿Cuándo fue la última vez que tuviste relaciones sexuales antes de este incidente?

Ballard pensó en Rob Compton y en el encuentro poco delicado que habían compartido.

—El sábado por la mañana —dijo ella.

—¿Era grande? —preguntó Tuttle—. ¿Fue brusco?

Planteó las preguntas con naturalidad y sin un atisbo de juicio.

—Bueno, las dos cosas —dijo Ballard—. Más o menos.

—Vale, ¿y cuándo fue la última vez antes de esa? —preguntó Tuttle.

Aaron, el socorrista.

—Hace un tiempo —dijo Ballard—. Al menos un mes.

Tuttle asintió. Ballard rehuyó su mirada. ¿Cuándo terminaría eso?

—Está bien, así que las pequeñas magulladuras podrían ser del sábado por la mañana —dijo Tuttle—. No habías mantenido relaciones en un tiempo, de modo que tus tejidos estaban tiernos, y has dicho que él era grande y no fue demasiado delicado.

—El resumen es que no puedes decirme si me han violado —concluyó Ballard.

—No hay indicios concluyentes ni interna ni externamente. No se ha obtenido nada del peinado púbico, porque tampoco hay mucho que peinar. En resumen, no puedo presentarme en un tribunal y decir bajo juramento una cosa o la otra, aunque sé que en este caso no importa. Es solo por ti. Tú necesitas saberlo.

—Sí.

—Lo siento, Renée. No puedo estar segura. Pero puedo presentarte a alguien aquí con quien puedes hablar y que podría ayudarte a aceptarlo sin tener una respuesta. Podría ayudarte a superar la pregunta.

Ballard asintió. Sabía que el mismo asunto se abordaría en el examen psicológico al que sería sometida al día siguiente en la Unidad de Ciencias del Comportamiento.

—Lo agradezco —dijo ella—. De verdad que sí, y me lo pensaré. Pero ahora mismo creo que lo que más necesito es un coche. ¿Puedes pedir un servicio de coches y responder por mí? Tengo mi billetera y mi teléfono en Ventura. Tengo que ir allí y no tengo coche.

Tuttle salió y le dio un golpecito en el hombro a Ballard.

—Por supuesto —dijo ella—. Haremos eso.

29

Ballard llegó a Ventura y a la casa de su abuela a las cuatro de la tarde. Recogió su billetera en el dormitorio y usó una tarjeta de crédito para pagar al conductor que la había llevado por la costa. Le dio una buena propina por no hablar durante el trayecto y dejar que apoyara la cabeza contra la ventanilla y se sumiera en un reposo sin sueños. Al volver a entrar en la casa, cerró la puerta y dio un largo abrazo a Tutu, a la que tranquilizó diciéndole que estaba bien y que todo se iba a arreglar. Como prometió la noche anterior, Tutu había ido a acostarse después de fregar los platos. Había estado durmiendo durante el rapto de Ballard en el garaje y no se enteró hasta que la policía llegó para asegurarle que estaba bien.

Después Ballard abrazó a su perra y esta vez ella fue la que se tranquilizó por la calma y el estoicismo de *Lola*. Finalmente entró en el cuarto de baño del pasillo. Se sentó en el suelo de la ducha y dejó que el chorro cayera sobre ella hasta que se agotó el depósito de agua caliente.

Mientras el agua se clavaba en sus hombros y penetraba en su cuero cabelludo, Ballard trató de aceptar lo que había ocurrido en las últimas veinticuatro horas y el hecho de que nunca sabría exactamente lo que le había hecho Trent. Además, también reflexionó por primera vez sobre el hecho de que había matado. No importaba que fuera un acto justificado, ya formaba parte de la población que sabía lo que era acabar con una vida. Había sabido desde el primer día en la academia que algún día podría usar su arma para matar a alguien, pero eso era algo diferente. Era algo que nunca podía haber anticipado. Independientemente de lo que hubiera dicho a los investigadores, había matado como una víctima, no como una policía. Su mente no dejaba de recibir destellos de los momentos de su lucha con Trent, cuando lo había atacado como un presidiario con un punzón.

Había algo en su interior que no sabía que poseía. Algo oscuro. Algo que la asustaba.

No sentía ni un ápice de compasión por Trent, y, sin embargo, se veía asaltada por sentimientos encontrados. Había sobrevivido a lo que sin duda era una situación de matar o morir, y ese pensamiento le produjo una euforia de afirmación de la vida. Pero la euforia duró poco, porque las preguntas se entrometieron y Ballard empezó a cuestionarse si había llegado demasiado lejos. En el tribunal interno, umbrales legales como «temía por mi seguridad y la de otros» carecían de significado. No probaban nada. El jurado presentó su veredicto basándose en pruebas nunca compartidas más allá de los confines de la mente culpable. En su interior, Ballard sabía que Thomas Trent, independientemente del alcance y las características de su maldad, debería seguir vivo.

La idea de la muerte de Trent dio paso a las preguntas sin responder: ¿Cómo sabía él que era policía? ¿Cómo la encontró en Ventura? El hecho de que al final se hubiera vuelto contra Beatrice Beaupre le decía a Ballard que la exmujer no era la fuente. Una vez más revisó, lo mejor que pudo recordar, sus conversaciones con Trent en el concesionario de automóviles, durante la prueba de conducción y mientras se dirigía a Ventura. No recordó nada que pudiera haberla puesto en evidencia como agente de la ley. Se preguntó si había sido el firme apretón de manos que le había dado para obtener de él una respuesta de dolor. ¿Eso la había delatado? ¿O fueron las preguntas sobre los moretones que le hizo a continuación?

Entonces pensó en la furgoneta. Trent la había visto cuando ella aparcó en el concesionario. ¿De alguna manera había podido comprobar su matrícula y conseguir su identidad verdadera a través de la dirección de la casa de Ventura? Trabajaba en un concesionario de coches, donde cada día se llevaban a cabo decenas de transacciones con Tráfico. Tal vez Trent tenía una fuente, un amigo en Tráfico que registraba nuevas matrículas y tenía acceso a los datos de las existentes. Durante el rapto, Trent habló de sus marcas de bronceado y sus orígenes étnicos, revelando una fascinación por ella que se había iniciado durante la visita al concesionario. Ballard se dio cuenta de que tal vez Trent había empezado a acosarla porque era un objetivo, no porque fuera una policía y el objetivo fuese él.

Una vez más, el resumen era que Trent estaba muerto. Ballard podría no tener nunca una respuesta a sus preguntas.

No se dio cuenta de que el agua se había enfriado gradualmente hasta que su cuerpo empezó a agitarse con escalofríos. Solo entonces se levantó y salió.

Lola continuaba obedientemente sentada a la puerta del cuarto de baño.

—Vamos, chica.

Ballard recorrió el pasillo hasta su habitación descalza, envuelta en una gran toalla blanca. Cerró la puerta del dormitorio y se fijó en que Tutu había terminado la colada que ella había empezado la noche anterior en el garaje. Su ropa estaba pulcramente doblada en la cama, y a Ballard le alegró la perspectiva de ponerse prendas frescas y limpias.

Se puso un sujetador y unas bragas. Pero antes de vestirse más, miró su teléfono, que estaba cargándose en la mesita de noche, donde ella lo había dejado. La pantalla decía que tenía once nuevos mensajes de voz. Se sentó en la cama y empezó a reproducirlos uno por uno.

Los dos primeros mensajes eran de Jenkins y los había dejado antes de que se hubieran visto en la escena del crimen. Se había enterado de la investigación de un agente implicado en una muerte en Wrightwood Drive y quería saber si estaba bien. El segundo mensaje era para hacerle saber que estaba yendo a la escena del crimen para verla.

El siguiente mensaje era de una compañera de clase de la academia con la que Ballard mantenía lazos. Rose Boccio se había enterado de que Ballard era objeto de la investigación de una muerte con una agente implicada en Studio City.

«¡Balls! —dijo usando el apodo de Ballard en la academia—. Gracias a Dios que estás bien. Llámame. Tenemos que hablar.»

El cuarto mensaje era similar. Era de Corey Steadman, de Robos y Homicidios. Otro amigo que esperaba que Ballard estuviera bien.

La quinta llamada era de Rob Compton, agente de la condicional y amante ocasional. Evidentemente, no sabía lo que estaba pasando con Ballard y no llamaba por su rapto o por la muerte de Thomas Trent.

«Eh, Renée, soy Robby. Escucha, tenemos una bomba. Un agente de la ATF me llamó por la Glock robada que recuperamos de nuestro Nettles. Material muy interesante. Llámame, ¿vale?»

Ballard tardó un momento en comprender de qué estaba hablando Compton. Los acontecimientos del día anterior habían sido tan intensos que habían arrinconado por completo otros casos y recuerdos en su mente. Entonces lo recordó. Christopher Nettles, el de la ola criminal de un solo hombre. Compton había hecho una solicitud a la ATF por las tres armas presuntamente robadas encontradas en poder de Nettles y en su habitación en el motel Siesta Village.

Ballard tomó una nota mental para llamar a Compton en cuanto se encontrara en las condiciones adecuadas para trabajar. Pensó que zambullirse otra vez en el robo de Nettles sería una distracción muy bienvenida en sus circunstancias.

El siguiente mensaje era de su supervisor directo, el teniente McAdams. Empezó diciéndole a Ballard que era un alivio oír que estaba razonablemente bien después del episodio. Dicho eso, empezó a leer una orden que había recibido desde arriba y según la cual Ballard debía centrarse en tareas administrativas mientras continuaba su investigación como agente involucrada en una muerte.

«Así que estoy trabajando en el programa y conseguiré a alguien que forme pareja con Jenkins —concluyó McAdams después de leer la orden—. Vas a estar en una mesa en el turno de día hasta que la DIUF termine y consigas el visto bueno de la UCC. Es todo rutina. Llámame o envíame un correo para hacerme saber que has recibido esta orden y la comprendes. Gracias, Renée.»

El siguiente par de mensajes eran buenos deseos de miembros del Departamento. Uno de ellos era Rogers Carr, de Delitos Graves.

«Soy Carr y, uf, acabo de enterarme. Me alegro de que esté a salvo, me alegro de que esté bien y me alegro de que haya acabado con tanta maldad. Estoy aquí si necesita algo.»

Ballard había estado borrando mensajes al oírlos, pero guardó la grabación de Carr. Pensó que podría querer escucharlo otra vez, sobre todo lo referente a acabar con tanta maldad. Pensó que, cuando su jurado interno volviese a deliberar y se inclinara hacia un veredicto de culpabilidad, escuchar el mensaje podría ser tranquilizador.

El siguiente mensaje también era digno de ser conservado. Era de Beatrice Beaupre. Estaba llorando, como cuando la había dejado solo una hora antes.

«Por fin me han soltado. Me han hecho un montón de preguntas y me las han repetido una y otra vez. De todos modos, detective Ballard, les conté la verdad. Me salvó la vida. Salvó la vida de las dos. Iba a matarme, lo sé. Me lo dijo cuando me clavó la jeringuilla. Pensaba que era el final. Pero ahí estaba usted para salvarme. Lo hizo muy bien. Luchó con él y se impuso. Se lo dije. Les conté lo que vi. Gracias, detective Ballard. Muchísimas gracias.»

Su voz se estaba apagando en un sollozo cuando Beatrice colgó. El mensaje, aunque sentido, dio que pensar a Ballard. Sabía que Beatrice no había visto la pelea con Trent. Estaba inconsciente. El mensaje indicaba que había dicho a los investigadores de la DIUF que había visto lo que no había visto. ¿Beatrice había percibido que la DIUF estaba tratando de alguna manera de culpar a Ballard y convertir lo ocurrido en una muerte no justificada? Tenía que andarse con cuidado. No podía llamar a Beaupre para resolver esas dudas. La DIUF podría interpretarlo como manipulación de testigos, y tratar de manipular una investigación interna era una falta que se castigaba con el despido. Ballard tenía que esperar la oportunidad y ser cauta. La llamada de Beatrice era una buena pista.

Sus sentimientos de preocupación parecían más que justificados cuando llegó a los dos últimos mensajes. El primero de ellos era del teniente Feltzer de la DIUF. Solicitaba adelantar la hora de la cita para la entrevista de seguimiento. Dijo que la investigación de la escena del crimen se había completado y todas las entrevistas iniciales se habían llevado a cabo.

«Tenemos que sentarnos y eliminar las incoherencias —dijo—. Por favor, venga mañana por la mañana a la oficina de la DIUF, digamos a las ocho en punto. Trataremos de salir de aquí lo antes posible.»

En lo primero que pensó Ballard fue en si debería presentarse a la DIUF con un representante del sindicato. Había captado un tono de enfrentamiento en la voz de Feltzer, y, dado el mensaje de Beatrice, cuanto más lo pensaba, más le preocupaba lo que Feltzer había dicho sobre inconsistencias. Pensó que habría elegido como representante de defensa a Ken Chastain. Era listo. Su mente analítica podría haberla ayudado a descifrar las maniobras contra ella. Habría sido perfecto para ayudarla a dar respuesta a las preguntas.

Pero Chastain la había traicionado y ahora estaba muerto. No tenía a nadie que se pudiera sentar a su lado y que la hiciera sentirse cómoda. Nadie cercano, nadie listo y lo bastante astuto. Ni Jenkins. Ni Steadman. Estaba sola en eso.

Si esa conclusión no fuera ya lo bastante deprimente, el último mensaje en su teléfono fue el que le heló la sangre. Se había recibido hacía menos de treinta minutos, mientras ella estaba en la ducha. Era de un periodista del *Times* llamado Jerry Castor. Ballard nunca había hablado con él, pero lo conocía. Lo había visto en varias escenas del crimen y conferencias de prensa, sobre todo durante su época en Robos y Homicidios.

Leer la cobertura que hacía el *Times* del Departamento a lo largo del tiempo te permitía obtener una perspectiva sobre las posiciones de diferentes periodistas. El enfoque dado a los artículos muy a menudo revelaba las fuentes que había detrás, aunque no se nombraran. Castor era considerado un periodista de nivel 8 por los miembros del Departamento que analizaban esas cosas. Se trataba de una referencia a la configuración del EAP. El edificio tenía diez plantas, y el equipo directivo y la administración ocupaban las plantas de la ocho a la diez, con el jefe arriba.

Se creía que Castor era un periodista más vinculado a las tres plantas superiores que a las siete de abajo. Eso suponía que tratar con él fuera más peligroso profesionalmente que hacerlo con otros periodistas. Esa era una de las razones por las cuales Ballard siempre lo había evitado.

«Detective Ballard, Jerry Castor, del *Times* —empezaba el mensaje—. No nos conocemos, pero me ocupo de las noticias policiales y estoy trabajando en un artículo sobre la muerte de Thomas Trent. Realmente necesito hablar hoy con usted. Mi principal pregunta es sobre las heridas fatales que recibió el señor Trent. Según entiendo, este hombre iba desarmado y no estaba acusado de ningún crimen, pero terminó siendo acuchillado repetidas veces, y tengo curiosidad por saber si quería comentar cómo encaja eso con el uso justificado de una fuerza letal. La primera hora de cierre es esta noche a las ocho, así que espero tener noticias suyas antes. Si no, el artículo reflejará los esfuerzos infructuosos para contactar con usted para que ofrezca su versión de los hechos.»

Castor le dio las gracias, dejó su número directo de la sala de redacción y colgó.

Lo que Ballard sintió como un puñetazo en las tripas no fue que el periodista la acusara refiriéndose al uso de una fuerza letal. En la academia no enseñaban a disparar una sola vez cuando tenías que usar el arma. Si se requería fuerza letal, se utilizaba en la cantidad necesaria para cumplir el objetivo. Desde un punto de vista legal y departamental, que hubiera apuñalado a Trent cuatro veces o solo una no importaba. Lo que preocupaba a Ballard era que alguien del Departamento le había contado al periodista los detalles de la muerte para que fueran del dominio del público no uniformado. Alguien había llamado a Castor sabiendo que los detalles proporcionados serían causa de debate y vilipendio.

Sintió que el Departamento la había abandonado y estaba sola.

Hubo una llamada a la puerta del dormitorio.

—¿Renée?

—Me estoy vistiendo. Salgo en un momento.

—Cielo, voy a hacer pescado esta noche. Recibí barramundi fresco de Australia. Espero que puedas quedarte.

—Tutu, ya te lo he dicho: que lo llamen fresco no significa que lo sea. ¿Cómo puede algo estar fresco después de que lo empaqueten en hielo seco y lo manden en avión o en barco desde Australia? Elige cosas que sabes que son frescas: fletán de la bahía.

Se hizo un silencio y Ballard se sintió fatal por pagar su frustración del momento con su abuela. Empezó a vestirse con rapidez.

—¿Eso significa que no quieres quedarte? —preguntó Tutu a través de la puerta.

—Lo siento mucho, pero es una noche de trabajo y me citan temprano —dijo Ballard—. Necesito coger un coche de alquiler y tengo que irme pronto.

—Ay, cielo, has pasado un infierno. ¿No puedes tomarte la noche libre? —preguntó Tutu—. Prepararé otra cosa.

Ballard terminó de abotonarse la blusa.

—No es por el pescado —dijo ella—. Cocina tu pescado, Tutu. Pero no puedo quedarme. Lo siento. ¿Te importa que deje a *Lola* aquí un par de días más?

Abrió la puerta. Su minúscula abuela estaba allí, con la preocupación claramente reflejada en su rostro.

—*Lola* siempre es bienvenida aquí —dijo—. Es mi colega. Pero quiero también a su dueña.

Ballard se estiró y la abrazó, sosteniéndola en un abrazo frágil.

—Pronto —dijo ella—. Lo prometo.

A Ballard no le gustaba mentir a su abuela, pero la explicación completa y honesta era demasiado complicada. Tenía que volver a la ciudad. No solo tenía la sesión con Feltzer la mañana siguiente y el examen psicológico a continuación, sino que sabía que no podía librar esa batalla desde Ventura. Tenía que ir a la zona cero para defender su posición.

30

La mayoría de la gente trataba de salir de Los Ángeles. Ballard estaba intentando entrar. Iba pisando el acelerador de su Ford Taurus alquilado entre el tráfico de la hora punta en la autovía 101 hacia el centro. Los kilómetros pasaban lentamente y temía no llegar antes de las ocho al *Times*. Había concebido un plan que creía que le daría la mejor baza frente a aquellos que trabajaban contra ella en el Departamento.

Conocía un par de cosas sobre cómo se negociaban las líneas difusas entre los medios y la policía. Sabía que existía poca cooperación e incluso menos confianza. Aquellos que elegían cruzar esas líneas difusas se protegían de sus riesgos. Era esa práctica la que Ballard iba a usar para sus propios propósitos.

El EAP y el edificio del *Times* se hallaban en la calle Uno, solo separados por Spring Street. Las dos burocracias gigantescas se miraban la una a la otra con desconfianza, pese a que en ocasiones ciertamente se necesitaban mutuamente. Ballard finalmente llegó a la zona a las 7:20 y aparcó en un estacionamiento caro detrás del edificio del periódico. Cogió una mochila que contenía algunas prendas limpias y caminó hasta una cafetería de Spring Street que, desde una ventana de la esquina, ofrecía una vista clara de toda la manzana que separaba los edificios del periódico y de la policía.

Una vez apostada con una taza de café en la barra, detrás de la ventana del rincón, Ballard sacó su móvil y llamó a Jerry Castor a su línea directa de la redacción.

—Soy Renée Ballard.

—¡Oh! Vaya, me alegro de que llame. No estaba... Todavía hay tiempo para incluir sus comentarios en el artículo.

—No voy a hacer comentarios. Esta conversación es *off the record*.

—Bueno, esperaba conseguir alguna reacción a lo que estoy diciendo en mi artículo, que es...

—No voy a darle ninguna reacción, no voy a hacer comentarios y no me importa lo que diga en su artículo. Voy a colgar ahora a menos que esté de acuerdo en que esta conversación es *off the record*.

Hubo un largo silencio.

—Bueno, de acuerdo, estamos *off the record* —dijo por fin Castor—. Por ahora al menos. Simplemente no comprendo por qué no quiere darme su versión para el artículo.

—¿Está grabando esto? —preguntó Ballard.

—No, no lo estoy grabando.

—Bueno, solo para que lo sepa, yo sí. He estado grabando desde el inicio de la llamada. ¿Le parece bien?

—Supongo que sí. Pero no veo por qué...

—Lo entenderá enseguida. Entonces, ¿eso es un sí a que grabe?

—Ah, sí.

—Bien. Señor Castor, le llamo para decirle que su información es incorrecta. Ha sido manipulado por sus fuentes del Departamento de Policía para que publique un artículo que no solo es errado sino que está diseñado para infligirme daño a mí y a otros.

—¿Daño? ¿Cómo es eso?

—Si cuenta una mentira en su periódico, eso me hace daño. Necesita volver a sus fuentes, analizar sus motivos y luego preguntarles la verdad.

—¿Está diciendo que no apuñaló a Thomas Trent repetidas veces? ¿Que su declaración no se contradice con la declaración de otra víctima?

Esa segunda parte era información nueva y sería útil para Ballard.

—Estoy diciendo que le han mentido y tengo esta conversación grabada —dijo Ballard—. Si sigue adelante con ese artículo y mantiene sus mentiras y declaraciones fuera de contexto, entonces esta grabación y esta advertencia directa llegarán a su director y a otros medios para que la comunidad y sus colegas tengan claro qué clase de periodista es y qué clase de periódico es el *Times*. Buenas noches, señor Castor.

—¡Espere! —gritó Castor.

Ballard colgó y esperó, manteniendo la mirada en la entrada de empleados del *Times* por Spring Street.

Estaba actuando basándose en un hecho, una suposición y una hipótesis. El hecho era que iba contra la ley y la política del Departamento de Policía de Los Ángeles desvelar públicamente los detalles de una investigación interna. Ballard había matado a un hombre esa mañana en acto de servicio. Era una noticia y el Departamento debía informar a la ciudadanía. Se hacía en forma de comunicado de prensa acordado por todas las partes. Ballard y Feltzer habían escrito la declaración de tres párrafos cuando estaban en el puesto de mando esa mañana. Sin embargo, Ballard no había accedido a que se dieran más detalles de la muerte y la subsiguiente investigación. Castor obviamente conocía detalles que iban más allá del comunicado de prensa. Eso significaba que tenía una fuente que le estaba pasando esos detalles, violando la ley y la política departamentales.

La suposición de Ballard era que la fuente de Castor sería alguien listo y desconfiado, alguien que se aseguraría de no situarse en una posición que pudiera comprometerlo. Desde luego, no revelaría los detalles de una investigación interna en una llamada telefónica que podía ser grabada o escuchada por otros sin su conocimiento. Fuera cual fuese el motivo para que alguien filtrara información al periódico, la comunicación sería clandestina y no se produciría por vía telefónica, ni en la oficina del periódico ni en el Departamento de Policía de Los Ángeles.

Eso conducía a la hipótesis. Ballard acababa de lanzarle una bola rápida a Castor y suponía que el pánico lo haría salir corriendo, presuntamente, hasta su fuente, para salvar el artículo. Necesitaba contarle a su fuente lo que Ballard acababa de decir. Si había reglas básicas para no hablar por teléfono, Castor saldría del edificio del *Times* en cualquier momento para dirigirse a una reunión con su informador.

La única preocupación de Ballard era que el sitio secreto de la reunión del periodista con su fuente podría ser la misma cafetería en la que ella estaba sentada. Sería perfectamente razonable que un periodista del edificio del *Times* y un empleado del Departamento de Policía del EAP se cruzaran en una cafetería equidistante a sus puestos de trabajo. Podrían intercambiarse palabras y documentos en la barra después de pedir o donde la gente se servía el azúcar y la leche.

Ballard siguió con la mirada a un hombre durante media manzana después de que este saliera por la puerta del *Times* y se dirigiera al norte y lejos de ella. Después de decidir finalmente que no era su hombre, Ballard volvió a mirar a las puertas del edificio a tiempo para ver salir al verdadero Jerry Castor. El periodista giró al sur y pasó por delante de la cafetería por el otro lado de Spring Street. Ballard tiró el café que había pagado y que ni siquiera había probado. Salió a la acera y se dirigió al sur, siguiendo a Castor desde el otro lado de la calle.

Hubo un tiempo en que seguir a alguien a pie por la noche en el centro de Los Ángeles habría sido tarea imposible por la escasez de peatones una vez que acababa el turno de nueve a cinco. Sin embargo, el distrito había empezado a cobrar vida en años recientes con muchos jóvenes profesionales que decidían evitar la angustia del tráfico insufrible y vivir en la zona donde trabajaban. Pronto siguieron los restaurantes y el ocio nocturno. Esa noche, cerca de las ocho, Ballard no tuvo problema en mantener a otros peatones entre ella y Castor, aunque tampoco le dio la impresión de que el periodista se hubiese planteado la posibilidad de que lo siguieran. No miró atrás ni una sola vez. Nunca miró astutamente el reflejo en el vidrio de un escaparate. Caminó con rapidez y determinación, como un hombre con una misión o una hora de entrega.

Castor llevó a Ballard al sur durante cuatro manzanas, hasta que en la esquina de la calle Cinco giró a la derecha y desapareció por una puerta abierta. Ballard se preguntó si se trataba de un movimiento concebido para despistar a un acechador, pero, al darle alcance, vio un cartel de neón que anunciaba la tienda: THE LAST BOOKSTORE.

Ballard entró con cautela y se encontró una gigantesca librería en un espacio que parecía haber sido anteriormente el espléndido vestíbulo de un banco. Había filas de estanterías sueltas en ángulo entre columnas corintias que se elevaban dos pisos hasta un techo encofrado ornamentado. De una pared colgaba una escultura de libros que formaban una ola. Balcones situados frente a las secciones de pequeños objetos artísticos y discos de segunda mano ofrecían una vista de la planta principal, que estaba repleta de clientes. Ballard no tenía ni idea de la existencia de ese lugar y la excitación de conocerlo casi la hizo olvidarse de su misión.

Cubierta parcialmente por un conjunto de estantes dedicados a los clásicos, Ballard examinó la planta inferior de la librería, buscando a Castor. El periodista no estaba a la vista, y era imposible cubrir cada rincón del espacio por los estantes, columnas y otros obstáculos que se interponían en su observación.

Ballard vio a un hombre con una etiqueta con su nombre pegada a la camisa caminando hacia el mostrador de salida, cerca de la puerta.

—Disculpe —dijo ella—. ¿Cómo se sube?

—Se lo enseñaré enseguida —dijo el hombre.

Acompañó a Ballard a una zona que quedaba oculta a su vista y señaló unas escaleras. Ella le dio las gracias y empezó a subir con rapidez.

Los balcones del piso superior brindaron a Ballard una visión más completa de la planta de la librería. Había varias zonas de lectura creadas por estanterías posicionadas en ángulos rectos y completadas con viejas sillas o sofás de cuero en lugares privados. Era el sitio perfecto para una reunión clandestina.

Ballard examinó todo el local dos veces antes de localizar a Castor en un recinto casi justo debajo de ella. Estaba sentado en el borde de un sofá, inclinado hacia delante y en animada pero silenciosa conversación con otro hombre. El otro hombre tardó un momento en volver la cara para que Ballard pudiera verlo con claridad.

Era el teniente Feltzer.

Ballard no sabía si sentirse indignada por la traición de Feltzer o eufórica ahora que sabía cuál era el origen de la filtración y podría hacer algo al respecto.

Sacó el teléfono y disimuladamente tomó varias fotos de la reunión que se desarrollaba abajo. En un momento optó por la aplicación de vídeo cuando Castor se levantó como si tuviera prisa y miró a Feltzer. Movió las manos en un gesto de desdén, salió de la zona y cruzó la planta principal de la librería. Ballard mantuvo la cámara encendida, siguiendo al periodista hasta que este salió por la misma puerta por la que había entrado.

Cuando Ballard volvió a enfocar otra vez con la cámara la zona donde había estado sentado Feltzer, el teniente se había ido. La detective bajó el teléfono y examinó la librería lo mejor que pudo. No había rastro de Feltzer.

Ballard de repente se preocupó por la posibilidad de que Feltzer la hubiera visto y estuviera subiendo al piso de arriba. Se volvió hacia la escalera pero no vio subir a nadie. Estaba a salvo. Feltzer debía de haberse marchado de la librería, tomando una ruta diferente a la puerta, a través del laberinto de estanterías.

Ballard regresó a la planta baja buscando a Feltzer, pero sin encontrar ningún atisbo de él. Salió de la librería y miró alrededor. Ni rastro de él.

Supuso que Feltzer, como Castor, habría ido a pie a la reunión, pero habría recorrido las mismas cuatro manzanas por Main Street en lugar de hacerlo por Spring. Main era más conveniente desde la salida del EAP y además ponía distancia entre el periodista y su fuente. Ballard vio que el semáforo del cruce se ponía verde. Cruzó y siguió por la calle Cinco hasta Main Street. En la intersección, miró disimuladamente al norte por Main. Allí, a dos manzanas de distancia en dirección al EAP, vio a un hombre que caminaba a paso ligero y reconoció el paso marcial de Feltzer.

Preocupada de que Feltzer estuviera más alerta que Castor a la posibilidad de que lo siguieran, Ballard aguardó otros diez minutos antes de dirigirse ella misma a Main. Cuando llegó a la Uno, giró a la derecha y caminó hacia Little Tokyo.

En el hotel Miyako pidió una habitación después de que el empleado le asegurara que había varias opciones de *sushi* en el menú del servicio de habitaciones.

Entró en la habitación y pidió la cena lo primero. A continuación abrió la mochila y preparó la ropa que planeaba ponerse por la mañana. La reunión con Feltzer iba a ser capital.

Mientras esperaba la cena, sacó el móvil y buscó en Google el número del abogado defensor Dean Towson. No esperaba que Towson estuviera en su oficina a esa hora, pero podría dejarle un mensaje. Los abogados defensores estaban acostumbrados a llamadas de sus clientes a altas horas de la noche. Y, a juzgar por lo temeroso que se había mostrado Towson al final de la entrevista con él el domingo por la mañana, le devolvería la llamada con rapidez.

La llamada fue a un servicio de contestador y Ballard habló con una persona en lugar de hacerlo con una máquina.

—Soy la detective Renée Ballard, del Departamento de Policía de Los Ángeles. Hablé con el señor Towson el domingo por la mañana sobre una investigación de asesinato. Por favor, déjele un mensaje esta noche. Necesito que me llame lo antes posible, no importa lo tarde que sea. Es urgente.

Colgó y se dispuso a esperar.

Para pasar el tiempo puso la televisión y enseguida se distrajo con las disputas políticas y los insultos que ofrecía cada noche la televisión por cable.

La llamada de Towson llegó antes que el *sushi*.

31

A las 8:25 del miércoles, Ballard entró en las oficinas de la División de Investigación de Uso de la Fuerza, en el Edificio de Administración de Policía, acompañada de Dean Towson. Había sido idea de él llegar tarde y no hacer caso de las dos llamadas y mensajes que el teniente Feltzer le había dejado a Ballard preguntando dónde estaba. Eso puso a Feltzer tenso antes incluso de que llegaran allí.

Como jefe de una de las dos brigadas de la División, Feltzer disponía de una oficina privada. Era pequeña y tuvieron que meter una silla con ruedas para acomodar a Towson. Él y Ballard se sentaron en una mesa enfrente de un visiblemente molesto teniente, que había cerrado la puerta.

—Detective Ballard, no estoy seguro de por qué ve la necesidad de tener a un abogado presente —dijo Feltzer—. Sigue sujeta a Lybarger y está obligada a responder las preguntas. Si de esta investigación se derivan circunstancias de carácter penal, entonces, por supuesto, todas sus declaraciones serán desautorizadas.

Levantó las manos de su escritorio en un gesto que sugería que era algo simple y que no necesitaban que lo complicara un abogado.

—Tengo intención de cooperar plenamente y responder a todas sus preguntas —manifestó Ballard—. Pero solo si mi abogado está presente. Dijo en su mensaje que teníamos que aclarar algunas incoherencias. ¿Por qué no lo hacemos en lugar de preocuparnos por si tengo representación?

Feltzer lo consideró, dejando bien a las claras que estaba preocupado por caer en algún tipo de trampa legal.

—Vamos a grabar esto —dijo por fin—. Como la primera entrevista.

Abrió un cajón del escritorio y sacó una grabadora digital. Cuando empezó a grabar, Towson sacó su teléfono del bolsillo interior del traje y lo puso en la mesa.

—Nosotros también grabaremos la sesión —dijo.

—Lo que le convenga —repuso Feltzer.

—Gracias —dijo Towson.

—Empecemos con la otra víctima, Beatrice Beaupre —dijo Feltzer—. En su declaración de ayer dijo que estaba inconsciente cuando entró en la habitación con Trent.

—Creo que dije que «parecía» inconsciente —dijo Ballard—. Estaba concentrada en Trent, no en ella.

—La señora Beaupre nos ha contado que de hecho estaba consciente en ese momento y que simuló no estarlo para poder tener alguna oportunidad de escapar de Trent.

—Muy bien. Es completamente posible.

—Continuó diciendo que vio que usted y Trent se enzarzaban en una pelea que terminó en sus heridas fatales. Y su descripción de lo que ocurrió difiere significativamente de la suya.

—Bueno, ella desde luego tuvo una visión diferente.

—Le estoy dando la oportunidad de corregir el registro si lo desea.

—Me fiaré del relato de la señora Beaupre. Yo en ese momento estaba inmersa en una pelea a vida o muerte con un hombre que me doblaba en tamaño y peso. No iba a pararme a tomar notas o a memorizar mis movimientos. Estaba tratando de mantenerme con vida y mantener con vida también a la señora Beaupre.

Fue una respuesta que Ballard y Towson habían ensayado porque suponían que las discrepancias a las que había aludido Feltzer en su mensaje telefónico eran las contradicciones entre sus declaraciones y las de la señora Beaupre. Ballard y Towson se habían reunido esa mañana a las seis y media en el comedor para desayunos del hotel Miyako para preparar la cita en la DIUF. La respuesta ensayada cubría todas las contradicciones dentro del umbral del homicidio justificado: temor a la muerte o a heridas corporales graves al agente o a los ciudadanos.

—Creo que eso lo justifica, teniente —dijo Towson—. ¿Tiene algo más para mi cliente?

Feltzer miró a Towson.

—Sí —dijo. Había una seguridad en la voz de Feltzer que de inmediato puso a Ballard en alerta máxima—. ¿Ha tenido alguna comunicación con la señora Beaupre desde que ocurrió el incidente y las dos fueron separadas para ser interrogadas? —preguntó Feltzer.

—No directamente —dijo Ballard—. Me llamó al móvil ayer, pero no respondí a la llamada. Dejó un mensaje dándome las gracias por salvarle la vida. No he respondido todavía, porque pensé que sería inapropiado hablar con ella antes de que su investigación concluyese. —Otra respuesta cuidadosamente concebida y ensayada—. Todavía conservo el mensaje —continuó Ballard—. Puedo ponerlo en el altavoz y reproducirlo para que conste en la grabación, si quiere.

—Ya llegaremos a eso después si es necesario —dijo Feltzer—. Ha llegado tarde, y eso ha hecho que me retrase en otras citas, así que sigamos. Ayer dijo que, cuando logró liberarse mientras Trent estaba ausente, no abandonó inmediatamente la casa porque no estaba segura de dónde estaba ni de si podría escapar. ¿Es correcto?

—Estamos hablando de solo un momento —dijo Ballard—. Esos fueron mis pensamientos iniciales, pero entonces oí la puerta del garaje y supe que Trent había vuelto y que muy probablemente traía a otra víctima consigo, porque me había dicho que iba a raptar a su exesposa.

—Pero su respuesta inicial indica que no tenía ni idea de dónde estaba.

—Bueno, desde luego suponía que estaba en la casa de Trent, y sabía dónde vivía porque había estado investigándolo cuando se convirtió en un posible sospechoso en mi investigación.

—¿Había estado antes en esa casa?

Ahí estaba. Feltzer tenía información de la que no disponía cuando la había interrogado el día anterior.

—No, nunca había estado dentro de esa casa —dijo Ballard.

Tenía que suponer que los dos agentes de patrulla de North Hollywood que había conocido en Wrightwood el viernes por la noche habían comparecido.

—¿Había estado en el terreno de la casa de Thomas Trent? —preguntó Feltzer.

—Sí, había estado en el terreno —respondió Ballard sin dudarlo.

Towson se inclinó ligeramente adelante. Ahora andaba a ciegas. Ballard no había discutido con él en el desayuno su intento de fantasmear en la casa de Trent, porque no tenía ni idea de si surgiría. Towson tenía que confiar en que Ballard sabría manejar esa serie de preguntas.

—¿Cómo es eso, detective Ballard? —preguntó Feltzer.

—El viernes por la noche confirmé que Trent estaba en su trabajo en el concesionario y fui a su casa para echar un vistazo —dijo Ballard—. Mi víctima había descrito que la habían llevado a una «casa boca abajo». Me parecía importante averiguar si la casa de Trent encajaba en esa descripción.

—Detective, ¿hizo una denuncia falsa acerca de un merodeador en Wrightwood Drive para que le resultara más fácil echar ese vistazo?

Towson puso la mano en el brazo de Ballard para impedir que respondiera.

—No va a contestar eso —dijo—. Estamos en una investigación sobre el uso de la fuerza. No vamos a discutir cuestiones no relacionadas con eso.

—Está relacionado —dijo Feltzer—. Según mi información, el viernes por la noche la detective Ballard estuvo en el porche frente a la habitación en la que después supuestamente permaneció cautiva y donde mató a Thomas Trent. Dijo en su declaración que no sabía dónde se encontraba y no podía escapar. Eso entra en contradicción con los datos que he recabado.

—Estar fuera de una habitación y estar dentro son dos cosas completamente diferentes —repuso Towson—. Mi cliente fue asaltada, drogada y posiblemente violada, y todo ello afectó su percepción.

—Las cortinas estaban corridas —agregó Ballard—. No sabía que estaba en la habitación que daba a ese porche.

Towson movió una mano en un gesto de desdén.

—Esto no se sostiene, teniente —dijo—. Nos está haciendo perder el tiempo. Todo esto tiene un claro propósito. Está intentando construir un caso para echar a la detective Ballard por razones que no existen. No escapó. Se quedó en la casa y arriesgó su vida para salvar otra. ¿En serio está tratando de usar eso contra ella? ¿A qué viene esto?

—No hay ningún propósito —dijo Feltzer—. Y rechazo enérgicamente su descripción de esta investigación. Está completamente fuera de lugar.

—¿Quiere que hablemos de lo que está fuera de lugar? —dijo Towson—. Esto es lo que está fuera de lugar.

El abogado abrió su maletín, sacó la sección A doblada de la edición matutina del *Los Angeles Times* y la dejó caer en la mesa. El artículo sobre la muerte de Trent había ocupado el rincón inferior de la primera página. Estaba firmado por Jerry Castor.

—No tengo nada que ver con lo que publican los medios —dijo Feltzer—. Ni tengo nada que decir sobre lo completo o incompleto que es ese artículo.

—Mentira —dijo Ballard.

—Este artículo incluye detalles que van mucho más allá del comunicado de prensa oficial que publicó ayer el Departamento —dijo

Towson—. No solo eso, sino que la publicación de detalles seleccionados y la omisión de otros deja a mi cliente en una situación desfavorable. Es un artículo tendencioso.

—Investigaremos de dónde sacó el *Times* su información —dijo Feltzer.

—Eso resulta poco tranquilizador cuando el investigador es probablemente quien lo filtró —acusó Towson.

—Se lo advierto, caballero —dijo Feltzer enfadado—. He aguantado mucho de usted, pero no voy a permitirle que cuestione mi reputación. Yo sigo las reglas.

La cara de Feltzer se enrojeció de rabia. Estaba haciendo una actuación creíble. También estaba cayendo en la trampa de Ballard y Towson.

—Su rabia indica que estaría de acuerdo en que la filtración de detalles que no figuran en el comunicado de prensa acordado constituye una violación de los derechos de la detective Ballard según la ley y la política de este departamento —dijo Towson.

—Le he dicho que voy a investigar la filtración —insistió Feltzer.

—¿Por qué? —preguntó Towson—. ¿Fue ilegal o simplemente injusta?

—Va contra la ley, ¿de acuerdo? —dijo Feltzer—. Investigaremos.

Towson señaló la pantalla de ordenador de Feltzer.

—Bueno, teniente, nos gustaría ayudar con esa investigación. Deje que le pase un enlace.

—¿De qué está hablando? —inquirió Feltzer—. ¿Qué enlace?

—Es un sitio web al que dirigiremos a los mandos del Departamento y a los medios para una conferencia de prensa más tarde —dijo Towson—. Se llama jerryandjoe.com. Abra su navegador y mírelo.

La pantalla de Feltzer estaba en una extensión lateral de su mesa para no formar una barrera visual entre él y cualquiera que se sentara enfrente. Feltzer se volvió y activó la pantalla. Abrió el navegador y empezó a escribir la dirección web.

—Jerry con jota —dijo Ballard—. Como en Jerry Castor.

Feltzer se paralizó un instante, con los dedos sobre del teclado.

—Adelante, teniente —lo urgió Towson—. Es un sitio web.

Feltzer escribió. La web se abrió en su pantalla. Era una única página con un vídeo de nueve segundos que se reproducía en bucle: una vista cenital del encuentro de Feltzer con Jerry Castor en The Last Bookstore la noche anterior. Towson había ideado lo del sitio web en el desayuno, había comprado el dominio y lo había configurado mientras él y Ballard comían.

Feltzer miró el vídeo en un silencio atónito. Después del tercer bucle, apagó la pantalla. Estaba de espaldas a Ballard y Towson, así que ninguno de los dos pudo ver plenamente la expresión de su rostro. No obstante, Feltzer inclinó la cabeza mientras obviamente consideraba el apuro en el que se hallaba. En cuestión de segundos cayó en la cuenta de que la fecha y hora estampados en el vídeo hablaban por sí solos y que su situación era insostenible. Como animal político que era, tal como revelaba el vídeo, Feltzer se volvió lentamente hacia Ballard y Towson, con una expresión a medio camino entre el pánico y la aceptación de consecuencias funestas.

—¿Qué quieren? —preguntó.

Ballard estaba eufórica. Su plan de acorralar a Feltzer había funcionado de manera impecable.

—Queremos que este evidente intento de echar a la detective Ballard del Departamento se detenga aquí —dijo Towson. Esperó y Feltzer asintió una vez, de manera casi imperceptible—. Y queremos otro artículo en la web del *Times* a las seis de la tarde y en papel por la mañana —continuó Towson—. Queremos detalles completos filtrados a su amigo Jerry Castor, detalles que ofrezcan la imagen positiva que la detective Ballard se merece. Quiero ver palabras como «heroína», «reglamentario» y «justificado» en el artículo.

—No puedo controlar cómo escriben —protestó Feltzer—. Eso lo sabe.

—Inténtelo, teniente —dijo Towson—. Su amigo Castor tiene las mismas razones que usted para corregir su artículo. No quedará bien si esto aparece en algunos de los medios de la ciudad. Quedará como el cómplice de la dirección del Departamento que es, y no creo que a los editores del otro lado de la calle les guste.

—Vale, vale —dijo Feltzer—. ¿Es todo?

—No, ni mucho menos —dijo Ballard—. Quiero acceso a la casa de Trent y a todas las pruebas que su equipo sacó de allí. Sigue siendo una investigación en curso y sin cerrar. Quiero buscar indicios de que Trent le hiciera esto a otras víctimas.

Feltzer asintió.

—Hecho.

—Y otra cosa —dijo Ballard—. Voy de aquí a la UCC para someterme al examen psicológico. Quiero que se acelere mi regreso al trabajo.

—No puede esperar que contacte con Ciencias del Comportamiento y...

—En realidad, lo esperamos —dijo Towson, cortando a Feltzer—. Dígales que está recibiendo presiones de la oficina del jefe para cerrar esto y que Ballard vuelva al trabajo porque el jefe quiere que los policías heroicos regresen a la calle.

—Vale, vale —dijo Feltzer—. Me ocuparé de todo. Pero necesito que elimine ese enlace. Alguien podría descubrirlo.

—Lo eliminaré en cuanto cumpla este acuerdo —dijo Towson—. Solo entonces. —Towson miró a Ballard—: ¿Algo más? —preguntó—. ¿Hemos cubierto todo?

—Creo que sí —dijo ella.

—Entonces, salgamos de aquí.

Towson lo dijo en un tono que dejó claro su asco. Se levantó y miró a Feltzer. El teniente detective estaba pálido, como si hubiera visto su vida pasar ante sus ojos. O, al menos, su carrera.

—En una vida anterior, trabajé en casos del J-SID en la fiscalía —dijo Towson—. Todavía conservo allí amigos, gente que siempre está tratando de acabar con tipos como usted, tipos que dejan que el ego y el poder se les suba a la cabeza. No me dé motivos para coger un teléfono y retomar el contacto.

Feltzer simplemente asintió. Towson y Ballard salieron de la oficina y cerraron la puerta.

32

En el patio que había delante del EAP, Ballard dio las gracias a Towson por salvar su carrera. Este le dijo que lo había hecho ella misma.

—Seguir al periodista anoche..., eso fue genial —dijo—. Es todo lo que necesitábamos, y lo mejor es que mantendrá a Feltzer a raya. Mientras conserve eso, está a salvo.

Ballard volvió a mirar al EAP. La torre del ayuntamiento se reflejaba en la fachada de cristal.

—Mi compañero en la sesión nocturna dice que EAP significa Edificio de Asco y Política —dijo—. Este es uno de esos días en que creo que tiene razón.

—Tenga cuidado, Renée —dijo Towson—. Llame si necesita algo.

—Me mandará la factura, ¿verdad?

—Lo pensaré. Es la típica situación en que el éxito es en sí la recompensa. ¿La expresión en la cara de Feltzer después de ver el vídeo en bucle? Eso valía un millón de dólares.

—No soy un caso *pro bono,* abogado. Envíeme una factura, pero que no sea por un millón de dólares.

—Muy bien, lo haré.

La mención del dinero le recordó algo a Ballard.

—Por cierto, ¿tiene una tarjeta? —preguntó—. Voy a recomendarle a alguien.

—Claro —repuso Towson. Buscó en el bolsillo de su abrigo y le dio una pequeña pila de tarjetas—. Coja unas cuantas —dijo—. Son gratis.

Ballard sonrió y le dio las gracias.

—¿Sabe?, olvidé preguntarle si alguien del caso Dancers fue a hablar con usted sobre Fabian.

—Supongo que tengo que darle las gracias por eso. Sí, fui interrogado.

—¿Quién fue?

—Un detective llamado Carr.

Ballard asintió.

—¿Le dijo algo que no me hubiera dicho ya a mí? —preguntó.

—No lo creo —dijo Towson—. Recuerdo que fue muy concienzuda.

Ballard sonrió otra vez y cada uno tomó su camino: Towson cruzó el patio hacia el tribunal federal, a una manzana de distancia, y Ballard se dirigió a las escaleras que llevaban al lado este del EAP. Le complacía saber que Carr había hecho seguimiento con Towson. Tal vez eso significara que finalmente estaba aceptando su hipótesis de que había un policía implicado en los disparos.

En lo alto de la escalera, Ballard se volvió a la derecha y se encaminó hacia el monumento conmemorativo a los Agentes Caídos, una escultura contemporánea donde los nombres de los agentes muertos en acto de servicio estaban grabados en placas de bronce unidas a una estructura de madera como una jaula. La mayoría de las placas de bronce se habían erosionado con el tiempo, de modo que las correspondientes a las muertes recientes estaban más brillantes que el resto. A Ballard no le costó mucho encontrar la más brillante y refulgente. Se acercó y vio que tenía el nombre de Ken Chastain.

Se quedó allí de pie unos momentos, entristecida, hasta que sonó su teléfono. Lo sacó del bolsillo trasero. Era Rob Compton.

—Renée, ¡acabo de enterarme! ¡Qué cojones! ¿Estás bien?

—Estoy bien.

—¿Por qué no me llamaste? Acabo de leerlo en el puto periódico.

—Bueno, no te creas todo lo que lees. No es toda la historia, y la van a rectificar. No te llamé ayer porque no tuve el teléfono en todo el día. No me lo devolvieron hasta la noche. ¿Qué pasa con la ATF?

—No importa, eso puede esperar. Solo quiero asegurarme de que estás bien. ¿Cuándo podemos vernos?

—No quiero que lo de la ATF se retrase, Robby, necesito estar ocupada. ¿Qué tienes?

Ballard empezó a bajar los escalones y volvió al patio. El coche de alquiler estaba en un aparcamiento detrás del edificio del *Times* y Ballard se dirigió hacia allí.

—Bueno, un agente que trabaja allí me llamó por el arma que buscábamos —explicó Compton—. Se llama John Welborne. ¿Lo conoces?

—Puedo contar con los dedos de una mano los agentes de la ATF que conozco —dijo Ballard—. No sé quién es.

—¿Sabes que ahora se llama ATFE? Añadieron Explosivos.

—Nadie lo llama así. ¿Me lo vas a contar o no?

—Claro. Bueno, este Welborne llamó por la Glock robada que llevaba Nettles. La tenían muy bien señalizada. Se la quitaron a un vigilante de Brinks durante un atraco a mano armada hace dos años en Dallas. No recuerdo el caso, pero ¿el vigilante al que se la robaron? Lo ejecutaron con ella. Lo mismo que a su compañero.

—Madre mía.

—Sí, es lo que dije. Así que al principio se pensaron que teníamos a su hombre, ya sabes, Nettles. Pero Nettles estaba en prisión cuando ocurrió el asunto de Dallas. Así que la pistola debió de ser sustraída una segunda vez en uno de los robos que cometió Nettles.

—Y probablemente el robo no fue denunciado. Porque si te roban una pistola que has usado en un doble asesinato en un furgón blindado, no llamas a la poli y denuncias el robo. Te quedas callado y rezas por que la pistola desaparezca.

—Exacto. Así que esa es la cuestión. Por lo general, los federales no se pararían a preguntar un carajo a un agente de condicional. Simplemente me pasarían por encima. Pero introdujimos los datos de estas pistolas en el ordenador antes de que supiéramos de qué iba, eh..., como de qué casa las robaron. Así que Welborne me está llamando, apretando el freno, con ganas de actuar.

—Pero no puede.

—No, está bloqueado, esperándome.

—¿Dónde está Nettles? ¿Todavía no lo han devuelto a la cárcel?

—Todavía no. Sigue en la central y tiene que comparecer ante el juez mañana.

Ballard se quedó en silencio mientras reflexionaba sobre la situación. Estaba técnicamente fuera de servicio, pendiente del examen psicológico y el caso de la DIUF. No sabía si podría adelantar su cita en Comportamiento y quitársela de en medio. Contaba con que Feltzer ayudara con el acuerdo forzado para acelerarlo todo.

—Se supone que tengo que quedarme en el dique seco por este otro asunto —dijo—. Espero que se resuelva hoy.

—No es posible que te den el alta tan pronto —dijo—. Y menos con eso en el periódico hoy.

—Tengo a alguien trabajando en eso. Veremos.

—Entonces, ¿qué quieres hacer?

—¿Cuánto poder tienes con Nettles?

—Algo, sí. Es por las armas: culpable con arma de fuego. Esa es la jugada.

—Bueno, ahora mismo estoy en el centro. Tengo una cita en Comportamiento y luego puedo estar libre. Podemos ir a ver a Nettles a la central y descubrir si quiere ayudarse a sí mismo contándonos de dónde sacó la Glock. Cuando descubra que se usó para un doble asesinato, probablemente estará más que contento de renegar de ella y contarnos de dónde salió.

—Vale, yo también necesito un par de horas. Tengo un asunto no relacionado en marcha y necesito permiso para un movimiento como el que hemos planeado. No creo que sea un problema, pero tengo que seguir el protocolo y plantearle al jefe la posibilidad de negociar un trato con Nettles. ¿Qué tal si nos encontramos en la penitenciaría central a las doce? Será la hora de comer y deberían poder ir a buscarlo para que hablemos con él.

—Te veo allí.

Cuando Ballard se dirigió a su coche, llamó al teniente McAdams, en Detectives de Hollywood.

—Teniente, no sé a qué hora podré ir hoy ni si podré siquiera —dijo.

—Ballard, se supone que estás en el dique seco hasta que se aclare todo esto con la DIUF —dijo McAdams.

—Lo sé. Acabo de estar en la DIUF.

—¿Qué está pasando?

—Me llamaron para hacerme más preguntas. Y ahora tengo que ir a la UCC para el examen psicológico. No sé cuánto me llevará eso.

—¿Has visto el *Times* de hoy? Lo que es más importante, ¿lo ha visto la DIUF?

—Sí, todo el mundo ha visto el *Times,* y es mentira.

—Entonces, ¿de dónde demonios salió?

—Buena pregunta, teniente.

—Ballard, un consejo, ten cuidado.

—Recibido.

La Unidad de Ciencias del Comportamiento se encontraba en Chinatown. Ballard no tenía hora hasta las 10:30, así que llamó para ver si podría adelantarla media hora o más. El recepcionista que atendió el teléfono casi se rio antes de decirle que la cita no podía moverse.

Con tiempo libre, Ballard sacó su coche del aparcamiento de pago y condujo al County-USC. Descubrió que Ramona ya no estaba en cuidados intensivos. Su pronóstico era ahora favorable, lo que supuso un cambio de habitación. Ahora la compartía con otro paciente. Estaba consciente y alerta. La hinchazón en torno a los ojos se había reducido y los hematomas habían pasado al estadio amarillo-verde. También le habían quitado los puntos del labio inferior. Ballard entró en la habitación y le sonrió, pero no percibió ningún signo de reconocimiento.

—Ramona, soy la detective Ballard. Estoy asignada a su caso. Vine el lunes. ¿Lo recuerda?

—La verdad es que no.

La voz era inconfundiblemente masculina.

—Le mostré fotos para ver si uno de ellos era el hombre que lo hizo.

—Lo siento.

—No pasa nada, no se preocupe. De hecho, ya no importa. Por eso he venido. Para decirle que el hombre que le hizo esto está muerto. No tiene que temer nada ni preocuparse más por él. Ha muerto.

—¿Está segura de que era él?

—Completamente segura, Ramona.

—De acuerdo.

Ramona bajó la mirada como si estuviese a punto de llorar por la noticia. Ballard sabía que Ramona estaba a salvo, pero solo de un depredador. La vida que llevaba sin duda la conduciría a otros. Ballard sacó una de las tarjetas que había pedido a Towson del bolsillo y la levantó.

—Quería darle esto. Es un abogado. He trabajado con él y es muy bueno.

—¿Por qué necesito a un abogado? ¿Qué dicen que hice?

—Oh, no, no es por eso. No debería dar consejos legales, pero, si lo hiciera, le diría que debería demandar a los herederos del hombre que le hizo esto. Estoy segura de que tiene una buena cantidad de dinero invertido en su casa. Creo que debería conseguir un abogado y pedir dinero. Abusó de usted y debería obtener una parte de esa herencia antes de que otro lo haga.

—Vale.

Pero Ramona no estiró el brazo para coger la tarjeta. Ballard la dejó en la mesa de al lado de su cama.

—Está aquí para cuando la necesite.

—Vale, gracias.

—Voy a dejarle también mi tarjeta. Después, probablemente tendrá preguntas. Puede llamarme.

—Vale.

Fue una despedida torpe, porque, con el caso concluido por la muerte de Trent, no había ninguna necesidad de que Ballard pasara más tiempo con Ramona. Al salir del hospital, Ballard se preguntó si la volvería a ver. Se le ocurrió que tal vez le había propuesto la demanda civil por el legado de Trent porque sabía que sería llamada para testificar por el caso.

Se preguntó si era un movimiento inconsciente para buscar esa clase de satisfacción que se obtenía cuando llevabas un caso desde el principio hasta el final. Trent estaba muerto, pero Ballard todavía podría llevarlo a juicio y conseguir un veredicto de culpabilidad.

33

Ballard se sentó en un consultorio con la doctora Carmen Hinojos, la directora de la Unidad de Ciencias del Comportamiento. La sala tenía paredes de madera color crema y cortinas pálidas. La ventana daba a los tejados de Chinatown, hacia la torre del ayuntamiento. Se sentaron una frente a otra en cómodas sillas acolchadas que no consiguieron mitigar la sensación de incomodidad de Ballard.

—¿Alguna vez había matado a alguien antes? —preguntó Hinojos.

—No —dijo Ballard—. Es la primera vez.

—¿Cómo se siente hoy al respecto?

—Para ser sincera, me siento bien. Si no lo hubiera matado, me habría matado él a mí. No me cabe duda.

De inmediato lamentó haber empezado su respuesta con «para ser sincera». Normalmente, cuando una persona decía eso, iba a ser cualquier cosa menos sincera.

La sesión continuó adentrándose en cuestiones que Ballard había esperado plenamente. Igual que con casi todas las situaciones a las que se enfrentaba un agente sometido a una investigación y procedimiento interno, Ballard estaba bien versada en lo que se le preguntaría y en las mejores formas de responder. Los boletines del sindicato muchas veces contenían ejemplos de casos que eran analizados en profundidad. Ballard sabía que lo importante con Hinojos era decir y proyectar que no se cuestionaba sus acciones, y eso incluía la muerte de Trent. Mostrar pesar o remordimiento era una mala opción. El Departamento necesitaba estar seguro de que, si regresaba al servicio, no mostraría la menor vacilación al hacer su trabajo, que no dudaría si se enfrentaba a una situación de matar o morir.

Ballard permaneció calmada y fue franca durante la entrevista; solo mostró malestar cuando Hinojos se desvió de la muerte de Trent para hacerle preguntas sobre su infancia y el camino que la había llevado a un cuerpo policial.

Ballard empezó a sentirse atrapada. Tenía que confesarse con una desconocida o arriesgarse a que retrasaran su regreso al servicio para someterla a más análisis o tratamiento. No deseaba eso. No quería quedarse en el dique seco. Trató de dar un giro positivo a los acontecimientos valorando todo lo bueno que había aprendido de las malas experiencias. Pero hasta ella sabía que encontrar el lado positivo en cosas como la muerte prematura de su padre, el abandono de su madre cuando ella era adolescente y el año que pasó sin hogar era una labor difícil.

—Maui tiene las playas más bonitas del mundo —dijo Ballard en un momento—. Hacía surf todas las mañanas antes de ir al colegio.

—Sí, pero no tenía una casa a la que ir ni una madre que la cuidara —repuso Hinojos—. Nadie debería afrontar eso a esa edad.

—Fue hace mucho. Tutu me vino a buscar.

—¿Tutu?

—Es «abuela» en hawaiano. Me trajo aquí. A Ventura.

Hinojos era una mujer mayor, de pelo blanco y piel morena. Llevaba más de treinta años en el Departamento. En su regazo tenía una carpeta abierta que contenía el informe psicológico del examen realizado a Ballard cuando esta se había presentado al Departamento de Policía de Los Ángeles quince años antes. La mayor parte de la historia estaba allí. En aquel momento Ballard no sabía lo suficiente como para haberse guardado el pasado para sí.

Renée no había vuelto a la UCC desde ese examen inicial.

—El doctor Richardson hizo una valoración diagnóstica interesante —aseguró Hinojos, refiriéndose al examinador inicial—. Dijo que el desorden en su vida juvenil la llevó a la policía. Un trabajo donde impone ley y orden. ¿Qué opina de eso?

—Bueno —dijo Ballard, dudando—. Creo que necesitamos tener normas. Son las que hacen a una sociedad civilizada.

—Y Thomas Trent rompió las normas, ¿no?

—A lo grande.

—Si tuviera la oportunidad de revivir las últimas setenta y dos horas y tomar decisiones más inteligentes, ¿cree que Thomas Trent seguiría vivo?

—No sé qué decisiones más inteligentes. Creo que tomé la decisión adecuada en cada momento. Preferiría responder a preguntas sobre lo que ocurrió y por qué, no especular sobre lo que podría haber ocurrido o podría haber sido.

—Entonces, ¿no lamenta nada?

—Claro, lamento cosas, pero no por lo que probablemente piensa.

—Póngame a prueba. ¿Qué lamenta?

—No me interprete mal, no tuve opción. Era él o yo. De esa situación no lamento nada, y si me enfrentara a las mismas circunstancias, haría otra vez lo que hice. Pero ojalá estuviera vivo para poder detenerlo, llevarlo a juicio y conseguir que se pudriera en prisión por lo que hizo.

—Cree que con ser acuchillado y perder la vida fue afortunado.

Ballard pensó un momento antes de asentir.

—Sí, lo creo.

Hinojos cerró el expediente.

—Está bien, detective Ballard, gracias por su franqueza —dijo.

—Espere, ¿ya está? —preguntó Ballard.

—Ya está.

—¿Y bien? ¿Me dará el alta para regresar al servicio?

—Llegará enseguida, pero voy a sugerirle que se tome un tiempo para recuperarse mentalmente. Ha sufrido un trauma, y hay preguntas sin responder sobre lo que ocurrió cuando estuvo drogada. Su mente está magullada, como su cuerpo. Y, al igual que el cuerpo, la mente necesita tiempo para sanarse. Necesita tiempo para asimilar todo esto.

—Se lo agradezco, doctora. De verdad. Pero tengo casos en curso. Necesito cerrarlos antes de poder tomarme tiempo libre. —Hinojos sonrió de un modo cansado, como si hubiera oído lo que Ballard decía mil veces antes—. Supongo que todos los polis vienen y dicen lo mismo —dijo Ballard.

—No puedo culparlos. Están preocupados por perder sus trabajos y sus identidades, y no por las consecuencias que una cosa y otra tienen en ellos. ¿Qué haría usted si no fuera agente de policía?

Ballard pensó un momento.

—No lo sé —respondió—. Nunca lo he pensado.

Hinojos asintió.

—Llevo aquí mucho tiempo —dijo—. He visto largas carreras y carreras interrumpidas. La diferencia está en cómo se enfrenta uno a la oscuridad.

—¿La oscuridad? —dijo Ballard—. Trabajo en la sesión nocturna. No hay más que...

—Estoy hablando de la oscuridad interior. Tiene un trabajo, detective, que la lleva al lado más inhóspito del alma humana. A la oscuridad de gente como Trent. Para mí es como las leyes de la física: por cada acción hay una reacción equivalente. Si se mete en la oscuridad, la oscuridad se mete en usted. Y entonces tiene que decidir qué hacer con ella. Cómo mantenerse a salvo de ella. Cómo impedir que la vacíe por dentro. —Hinojos hizo una pausa, pero Ballard sabía que no tenía que hablar—. Encuentre algo que la proteja, detective Ballard.

Luego se levantó de su silla y la sesión terminó. Acompañó a Ballard a la puerta. La detective se despidió asintiendo con la cabeza.

—Gracias, doctora.

—Cuídese, detective Ballard.

34

Ballard llegaba veinte minutos tarde a la penitenciaría central, pero Compton estaba allí, esperándola. Firmaron la entrada y Ballard guardó su pistola de reserva en una taquilla antes de que los metieran en una sala de entrevistas para que esperaran mientras localizaban a Christopher Nettles y lo conducían con ellos.

—¿Cómo vamos a hacer esto? —preguntó Ballard.

—Deja que hable yo —dijo Compton—. Sabe que soy el que tiene el poder. Lo acuso por el arma. Es nuestra moneda.

—Me parece bien.

Mientras esperaban, Compton se acercó a Ballard para levantarle las manos y examinarle sombríamente los vendajes de sus muñecas.

—Sé que parece que intenté terminar con todo —dijo—. Solo necesitaré los vendajes una semana.

—Cabrón —dijo Compton—. Me alegro de que pudieras con él.

Ballard le había contado la versión corta de lo que había ocurrido con Trent y cómo una filtración ilegal al *Times* había inclinado el artículo contra ella. Compton negó con la cabeza. Ballard decidió no contarle que el sexo duro que habían practicado el sábado por la mañana había entorpecido la capacidad de la enfermera del Centro de Asistencia en Violaciones de determinar si había sido violada. Esa discusión podía esperar.

La conversación como tal terminó cuando se abrió la puerta y dos funcionarios de prisiones escoltaron hasta el interior a Nettles.

Este de inmediato protestó por la presencia de Ballard, asegurando que ella lo había maltratado durante su detención.

—Siéntate y calla —dijo Compton con voz severa—. Tú no tienes que decidir esas cosas.

Los funcionarios de prisiones lo pusieron en una silla y sujetaron una de sus muñecas a una argolla de acero en el centro de la mesa.

—Bueno, ¿qué quieres? —dijo Nettles.

Compton esperó hasta que los funcionarios salieron.

—¿Tienes idea de cuál es tu situación, Christopher? —preguntó—. Vas a comparecer ante un juez mañana. ¿Ha venido un abogado a hablar contigo?

—Todavía no —dijo Nettles.

Movió su mano esposada en un gesto que sugería que no estaba preocupado.

—Bueno, la razón de que no hayas visto a un abogado es que ningún abogado va a poder ayudarte —dijo Compton—. Tu condicional ha quedado revocada y vas a volver a Corcoran, y no hay nada que un maldito abogado pueda hacer al respecto.

—Solo me queda una bala —dijo Nettles—. Puedo aguantarlo, no me jodas.

Miró a Ballard al decirlo. Ella sabía que una bala era un año en prisión.

—¿Y qué? ¿Crees que el fiscal va a pasar por alto todos esos robos? —preguntó Compton.

—Lo que he oído decir a la gente aquí es que la fiscalía se limitará a añadirlos a mi situación actual, y no cumpliré ni un día extra debido a la superpoblación —dijo Nettles—. ¿Qué te parece?

—¿Qué te parece a ti el cargo de posesión de armas que acabo de añadir a tu currículum? Eso son cinco años además de la bala. ¿Puedes aguantar eso, valiente?

—¿De qué coño estás hablando, tío?

—Estoy hablando de cinco más.

—¡Es una chorrada!

Nettles agitó la esposa violentamente. Señaló a Ballard con la mano libre.

—¡Esto es por tu culpa, zorra! —gritó.

—No me culpes de tus delitos —repuso Ballard—. Cúlpate a ti.

Ballard mantuvo las manos en su regazo y debajo de la mesa. Llevaba una blusa de manga larga, pero no quería que Nettles viera vendajes en sus muñecas e hiciera preguntas.

—Mira, Christopher, ¿por qué crees que estamos aquí? —preguntó Compton—. ¿Crees que nos pone darte malas noticias?

—Seguramente —dijo Nettles—. A ella sí.

—En realidad, te equivocas —dijo Compton—. No estamos aquí para traerte malas noticias. Somos la luz al final de tu túnel. Hemos venido a ayudarte a que te ayudes.

Nettles se sentó. Sabía que había un trato en ciernes. Miró con suspicacia a Compton.

—¿Qué quieres? —preguntó.

—Quiero que me hables de las pistolas —dijo Compton—. Quiero saber dónde las robaste. Quiero direcciones, detalles. Me das eso y empezamos a restar del total, ¿lo ves?

Ballard apreció que Compton no estuviera preguntando directamente por la Glock. Era mejor no revelar sus intenciones específicas a Nettles. El exconvicto podría intentar manipular la entrevista.

—No lo sé, tío —gruñó Nettles—. ¿Cómo voy a recordar direcciones?

—Piensa —dijo Compton—. Tienes que tener alguna idea de dónde actúas. Empieza por la pistola que llevabas. La Glock modelo diecisiete. Debía de gustarte porque no la empeñaste. ¿De dónde salió?

Nettles se inclinó adelante y apoyó el codo de su brazo libre en la mesa. Apoyó la mandíbula en esa mano libre para adoptar una pose como la de *El pensador* mientras valoraba la pregunta.

—Para empezar, las tres pistolas salieron de la misma casa —dijo por fin—. No recuerdo la puta dirección. ¿No tenéis informes de robos de esas cosas?

Compton no hizo caso de la pregunta.

—¿Y la calle? —preguntó—. ¿Recuerdas el nombre de la calle?

—No, no recuerdo el nombre de ninguna calle —dijo Nettles.

Ballard había relacionado seis de las tarjetas de crédito encontradas en la habitación de Nettles en el Siesta Village con informes de robos donde no constaba la denuncia por robo de ningún arma. Eso significaba que o bien esas víctimas no habían mencionado las pistolas, o había al menos un robo cometido por Nettles que no había sido denunciado, seguramente porque se había robado un arma homicida. Los seis casos conocidos se concentraban en calles a unas pocas manzanas del Siesta Village, creando un patrón que se extendía al norte, este y oeste desde el motel.

No había ninguna autovía ni otro impedimento para acceder al barrio al sur del motel, y, sin embargo, ninguno de los robos conocidos había ocurrido allí. Eso hacía sospechar a Ballard que la casa que estaban buscando podría estar al sur.

—¿Alguna vez actuaste en casas al sur del motel donde estabas? —preguntó ella.

—¿Al sur? —respondió Nettles—. Ah, sí, trabajé al sur.

Compton le lanzó una mirada. Ella no tenía que hacer preguntas, pero continuó en su línea inquisitiva.

—Vale, ¿cuántas veces fuiste al sur?

—Una o dos. Las casas de ese lado no eran tan bonitas. La gente tenía basura.

—¿Cuándo actuaste allí?

—Cuando empecé.

—Vale, según el motel, llevabas allí nueve días antes de la detención. Así que ¿en los primeros dos días actuaste al sur?

—Supongo.

—¿Desde cuándo tenías las pistolas?

—Fue en una de las primeras salidas.

—¿Al sur del motel?

—Sí, creo. Me parece que fue la segunda. Sí, la segunda. El tipo pensaba que era muy listo escondiendo las pistolas entre los libros de las estanterías, pero yo siempre tiro los libros al suelo. La gente esconde toda clase de mierdas detrás de los libros. Así es como encontré las armas.

Ballard sacó su teléfono y abrió la aplicación de GPS. Abrió un mapa centrado en Santa Monica Boulevard y Wilton Place, donde estaba situado el motel Siesta Village. Empezó a leer los nombres de las calles al sur: Saint Andrews, Western, Ridgewood, Romaine... Nettles continuó negando con la cabeza hasta que Ballard llegó a Sierra Vista.

—Espera —dijo—. Sierra Vista. Eso me resulta familiar. Creo que es esa.

—¿Qué aspecto tenía la vivienda? —preguntó Ballard.

—No lo sé, parecía una casa.

—¿Tenía garaje?

—Sí, un garaje en la parte de atrás. Separado.

—¿Una planta, dos plantas?

—Una. No me meto con rollos de dos plantas.

—Vale, ¿era ladrillo, estructura de madera..., o qué?

—Ladrillo no.

—¿Cómo entraste?

—Fui al patio de atrás y abrí una corredera desde la piscina.

—Vale, entonces había una piscina.

—Sí, al lado del garaje.

—¿Había verja? ¿Una valla en torno a la piscina?

—Todo el patio trasero estaba cerrado. Trepé.

—¿Era una pared o una valla?

—Valla.

—¿De qué color era la valla?

—Era como gris. Gris manchado.

—¿Cómo supiste que no había nadie en casa?

—Había aparcado en la calle y vi que el tipo salía.

—¿En un coche?

—Sí.

—¿Qué clase de coche? ¿Qué color?

—Era un Camaro. Amarillo. Recuerdo el coche. Un coche guapo. Quería ese coche.

—¿Cómo sabías que la casa estaba vacía? Que el tipo saliera no quería decir que no hubiera una mujer o hijos en la casa.

—Lo sé, siempre llamo a la puerta. Tengo una camisa de trabajo con mi nombre en el bolsillo. Me hago pasar por un inspector de gas que busca un escape. Si alguien responde, sigo la corriente y me voy a otra casa.

—Entonces, ¿qué aspecto tenía la puerta de entrada? —preguntó.

—Eh, era amarilla —dijo Nettles—. Sí, amarilla. Lo recuerdo porque era como el coche. Al tipo le gustaba el amarillo.

Ballard y Compton cruzaron una mirada, aunque no dijeron nada. Tenían lo que necesitaban por el momento. Una puerta amarilla y un coche amarillo en Sierra Vista. No sería difícil de encontrar.

35

No había ninguna puerta amarilla en Sierra Vista. Ballard y Compton recorrieron cuatro veces de arriba abajo en el Taurus el tramo de cuatro manzanas, pero no vieron ninguna puerta pintada de amarillo.

—¿Crees que Nettles nos ha jodido a propósito? —preguntó Ballard.

—Si lo ha hecho, solo se ha jodido a sí mismo —dijo Compton—. El trato se basa en los resultados.

Compton se volvió y miró por la ventanilla lateral, señal para Ballard de que se estaba guardando algo.

—¿Qué? —le instó ella.

—Nada —dijo.

—Vamos, ¿qué pasa?

—No lo sé, tal vez deberías haberte ceñido al plan y dejar que me encargara yo de las preguntas.

—Estabas tardando mucho y yo conseguí que describiera la casa. No te pongas de morros.

—No me pongo de morros, Renée. Pero aquí estamos, en Sierra Vista. ¿Dónde está la puerta amarilla?

Compton hizo un gesto hacia el parabrisas. Ballard no dio importancia a la queja. Era infundada. Si no hubiera creído a Nettles, habría dicho algo en la sala de entrevistas. No lo hizo y ahora estaba culpándola a ella del aparente fallo de la iniciativa.

Ballard llegó a un punto donde Sierra Vista terminaba en un callejón en T y aparcó. Miró el mapa en la pantalla de su teléfono para comprobar si la calle continuaba por algún sitio. No encontró nada y usó el pulgar y el índice para ampliar el mapa. Se fijó en otras calles del barrio para ver si había otra Sierra. No había, pero sí una Serrano Place dos manzanas al sur. Dejó el teléfono y volvió a arrancar.

—¿Adónde vamos? —preguntó Compton.

—Quiero mirar en otra calle —dijo Ballard—. Serrano, Sierra..., tal vez Nettles se equivocó.

—Ni siquiera suenan parecido.

—Sí suenan parecido. Estás de morros.

Serrano Place solo tenía una manzana. La recorrieron con rapidez. Ballard miró las casas de la izquierda y Compton las de la derecha.

—Espera un momento —dijo Compton.

Ballard se detuvo. Miró por la ventanilla de Compton a una casa con una puerta cristalera de marco amarillo. La casa tenía un lateral de listones de madera. Sin ladrillos.

Ballard avanzó un poco con el coche, más allá del sendero, y vio que había un garaje monoplaza separado de la casa en la parte de atrás de la propiedad. Una cerca de madera, gris por la exposición a los elementos, encerraba el patio.

—La valla está erosionada, no manchada —comentó Ballard—. ¿Crees que hay una piscina ahí atrás?

—Si no estuviera de morros, diría que sí —bromeó Compton.

Ballard le dio un puñetazo en el hombro y siguió conduciendo. Dos casas más abajo, aparcó junto a la acera.

—Quítate el cinturón del pantalón —le pidió Ballard.

—¿Qué? —dijo Compton.

—Quítate el cinturón. Parecerá una correa. Voy a averiguar si hay una piscina. Si tuviera mi furgoneta, dispondría de una correa auténtica, pero tendrá que servir tu cinturón. —Compton lo entendió. Se quitó el cinturón y se lo entregó—. Ahora vuelvo —dijo Ballard.

—Ten cuidado. Dispara si me necesitas.

Ella salió y caminó por la acera hacia la casa con la puerta cristalera. Agitó el cinturón con una mano y gritó repetidamente el nombre de *Lola*. Caminó por el sendero que discurría junto a la casa.

—¡*Lola*! Aquí, chica.

Ballard olió la piscina antes de verla. El olor intenso a cloro invadía la parte trasera de la casa. Llegó a la valla erosionada y tuvo que ponerse de puntillas para atisbar lo que había al otro lado. Confirmó la existencia de la piscina, y ya estaba dando la vuelta para tomar de nuevo la calle cuando su mirada reparó en la fila de ventanas que recorrían la parte superior de la puerta del garaje. Dudó porque no era lo bastante alta para ver a través del cristal. Entonces vio el pomo de la puerta.

Ballard se acercó. Puso un pie en el pomo y probó su peso. Se sentía suficientemente fuerte. Apoyó todo su peso en el pomo y sus dedos agarraron el delgado alféizar bajo las ventanas. Levantó el cuerpo impulsándose con los brazos y miró al interior del garaje.

Había un Camaro amarillo aparcado.

Se dejó caer y se volvió para dirigirse a su coche. Había un hombre en el sendero, mirándola.

—Oh, eh, ¿ha visto un perro? —dijo Ballard con rapidez—. Un cruce de bóxer.

—¿En mi garaje? —dijo el hombre.

—Lo siento, pero cuando se escapa le gusta esconderse. Es un incordio.

El hombre era latino y llevaba pantalones de deporte, zapatillas y una sudadera, como si fuera a salir a correr. Ballard mantuvo el brazo en movimiento para que el cinturón que colgaba de su mano no se quedara lo bastante quieto como para que el hombre viera que no era una correa. Pasó por delante de él hacia la calle, esperando no olvidar el número de matrícula que había leído en el Camaro.

—¿Vive aquí? —preguntó el hombre.

—En Sierra Vista —dijo Ballard—. Que tenga un buen día.

Ballard siguió caminando por el sendero. Cuando llegó a la calle, gritó el nombre de su perra varias veces más, pero no se detuvo. Llegó al Taurus y entró.

—Joder, joder, joder, la he cagado —dijo.

Quería investigar la matrícula del Camaro antes de que la olvidara, pero se dio cuenta de que no llevaba radio y por supuesto el coche de alquiler no tenía radio de policía.

—¿Qué ha pasado? —preguntó Compton.

Ballard estaba mirando en el retrovisor lateral, esperando ver al hombre saliendo del sendero para localizarla.

—Ha salido un tipo —dijo—. Creo que me ha calado.

—¿Cómo? —preguntó Compton.

—No lo sé. Algo en sus ojos. Me ha calado.

—Pues vámonos.

No había rastro del hombre en el retrovisor. Ballard arrancó el coche. Justo entonces, vio que el Camaro salía del sendero y giraba hacia el otro lado por Serrano.

—Allá va —dijo—. Camaro amarillo.

Esperó hasta que el Camaro dobló a la derecha al final de la manzana y se perdió de vista. Hizo un giro de ciento ochenta grados y tomó la misma dirección. Sacó su teléfono y llamó al centro de comunicaciones, guardado en la marcación rápida. Recitó la matrícula y pidió una búsqueda informática.

—Esperaré —dijo.

En la esquina, Ballard giró a la derecha. No había rastro del Camaro. Aceleró el Taurus y se dirigieron al norte, mirando a derecha e izquierda en cada cruce en busca del Camaro. No lo vieron.

—¿Crees que lo has asustado? —preguntó Compton.

—No lo sé —dijo Ballard—. Me vio mirando el coche por la ventana del garaje.

—Mierda.

—Bueno, ¿qué habrías...? —El operador volvió a la línea con la información y Ballard la repitió para que Compton la recordara—: Eugenio Santana Pérez, catorce del siete del setenta y cinco. Sin antecedentes. Gracias.

Colgó.

—El tipo está limpio —dijo Compton—. Tal vez íbamos desencaminados.

—Puerta amarilla, Camaro amarillo... Es él —dijo Ballard—. Encaja en la historia de Nettles. Tal vez el tipo acababa de comprarle la pistola a alguien, pero no es un error.

Llegaron a Santa Monica y todavía no había rastro del Camaro.

—¿Derecha o izquierda? —inquirió Ballard.

—Joder —dijo Compton—. Salió zumbando en cuanto te vio. Ahora tengo que llamar a Welborne y decirle que podríamos haberla cagado.

—Todavía no.

—¿Qué vamos a hacer?

—Calma. No he terminado de buscar. Además, sigue estando la casa. Puedes darle esa información a la ATFE.

Ballard vio un hueco en el tráfico y aceleró para cruzar Santa Monica y continuar hacia al norte. Siguió examinando las calles hasta que llegaron a Sunset. Entonces giró a la derecha hacia la autovía 101.

—Volveré a llevarte al centro —dijo Ballard, con voz derrotada.

—Esto se ha jodido —dijo Compton.

Sin embargo, al acercarse a la rampa de la autovía en dirección sur, Ballard vio un destello de amarillo dos manzanas por delante. Un coche amarillo había girado en un aparcamiento y había desaparecido allí.

—Espera, ¿has visto eso? Era amarillo.

—No he visto nada —dijo Compton—. ¿Dónde?

Ballard pasó de largo la rampa de la autovía y continuó en dirección este por Sunset. Cuando llegó al desvío que había tomado el coche amarillo vio un Home Depot con un aparcamiento enorme. La entrada estaba despejada y Ballard recordó que siempre estaba llena de hombres que buscaban un trabajo por un día de jornal. Eso había cambiado cuando Inmigración y Aduanas empezó con redadas rutinarias contra los inmigrantes ilegales.

Ballard entró en el aparcamiento y empezó a circular muy despacio. Encontraron el Camaro amarillo en una plaza del rincón del fondo. Había muchas plazas más cerca de la entrada del Home Depot, así que parecía abandonado allí. Ballard comprobó la matrícula. Era el coche que estaban buscando.

—Mierda —dijo.

—Se ha largado —comentó Compton—. Joder, otro tipo que ha visto *Heat* demasiadas veces.

—¿Qué?

—La película *Heat*. De los noventa. Inspiró el tiroteo en el banco de North Hollywood.

—Estuve haciendo surf en Hawái la mayor parte de los noventa.

—El protagonista que interpreta De Niro era un atracador. Tenía una regla: a la primera señal de peligro, has de poder dejarlo todo atrás. Sin más.

Ballard siguió circulando despacio, buscando en las caras de los hombres que caminaban por el aparcamiento con la esperanza de ver al tipo del sendero.

No tuvo suerte. Al final, giró el coche en el rincón del aparcamiento y se detuvo. A través del parabrisas veían el Camaro a cincuenta metros.

—Estamos jodidos —dijo Compton—. Deberíamos haber llamado a Welborne. Pero he decidido hacerte caso y lo hemos hecho nosotros.

—¿Estás de broma? —dijo Ballard—. ¿Me estás echando la culpa? Deseabas hacer esto tanto como yo.

—Eres tú la que siempre tiene que ganar. Ridiculizar a los tíos.

—Joder, no me lo puedo creer. Si tanto te preocupan los federales, ¿por qué no pillas un puto Uber y te largas? Llamaré a Welborne, le diré lo que tenemos y cargaré con la culpa. Claro, ¿por qué no? Todo el mundo quiere culparme de todo. Así que saca el culo del coche.

Compton la miró.

—¿Hablas en serio? —preguntó.

—Completamente —dijo Ballard—. Lárgate. —Sin apartar la mirada de ella, Compton abrió su puerta como si estuviera amenazando con salir si ella no lo detenía. Ballard no lo detuvo. Compton salió y se volvió a mirarla. Ballard no dijo nada y mantuvo la mirada en el Camaro. Él dio un portazo. Ella se negó a volverse para verlo alejarse—. Y que otro muerda el polvo —dijo para sus adentros.

36

Ballard no llegó a la División de Hollywood hasta casi las cinco en punto. Había pasado la mayor parte de la tarde tratando con agentes federales de la ATFE y el FBI, explicando sus movimientos de esa mañana después de la entrevista con Nettles. Dejó a Compton al margen, diciendo a los agentes que había actuado por iniciativa propia después de salir de la penitenciaría central. La inquietud de los federales se calmó hasta cierto punto cuando ella examinó una serie de fotos que le mostraron e identificó al hombre que había visto en el sendero. Dijeron que Eugenio Santana Pérez era un alias, pero se negaron a decirle cuál era su verdadero nombre. Era a todas luces la típica situación de «a partir de aquí nos ocupamos nosotros», con un claro tono de «tú la has cagado y ahora nosotros vamos a arreglarlo».

Los federales incautaron el Camaro y estaban esperando una orden para entrar en la casa de Serrano Place cuando Ballard fue despedida con un sarcástico «gracias» por el agente Welborne. De regreso en comisaría, sacó un sobre gris interagencias de su buzón de correo y se encaminó a la oficina del teniente para conseguir que le asignaran un escritorio. McAdams estaba detrás de su mesa, sacando su pistola del cajón y ajustándosela a cinturón, una señal de que se dirigía a casa. La actividad se estaba reduciendo en toda la sala.

—Ballard, has decidido aparecer —dijo el teniente.

—Lo siento, me he liado en el centro, y aprovechando que estaba allí fui a ver a mi víctima del caso Trent. ¿He de ocupar algún escritorio en concreto?

McAdams señaló por la ventana de su oficina al escritorio situado al otro lado del cristal. Era el peor sitio porque estaba junto a la oficina de McAdams y el ordenador estaba posicionado de manera que el teniente podía ver la pantalla en todo momento. Era conocido en la brigada como el escritorio del patito de feria.

—Iba a ponerte ahí, pero ahora parece que ni siquiera tengo que buscar a nadie para la sesión nocturna —dijo.

—¿Qué quiere decir? —preguntó Ballard.

—Bueno, tienes que haber sido muy convincente hoy, porque, maldito sea el *LA Times,* he recibido noticias de que la DIUF va a considerar justificada la muerte de Trent. Y no solo eso, también tienes el alta para volver al servicio. Enhorabuena.

Ballard sintió que se quitaba un gran peso de encima.

—No me había enterado —dijo—. ¡Qué rapidez!

—Sea quien sea tu representante legal, va a estar muy solicitado, te lo aseguro —dijo McAdams—. La imagen que el *Times* dibujó esta mañana no era bonita.

—No he recurrido a ninguno.

—Entonces aún merece más la pena celebrarlo. Pero si hay una fiesta negra no quiero saber nada.

McAdams parecía estar dando una señal tácita de aprobación de una fiesta negra. Había sido una tradición secreta que los agentes se reunieran y bebieran después de que uno de ellos hubiera matado a alguien. Era una forma de liberar la tensión tras un incidente a vida o muerte. Desde que el Departamento había creado la División de Investigación de Uso de la Fuerza para esclarecer todas las muertes en las que había agentes implicados, las fiestas se retrasaban hasta que se emitía un dictamen de la DIUF. De un modo o de otro, las fiestas negras eran anacrónicas, y si todavía se celebraban era solo bajo el máximo secreto. En lo último en lo que

Ballard estaba interesada era en celebrar la muerte de Thomas Trent.

—No se preocupe, no habrá fiesta —aseguró.

—Bien —dijo McAdams—. De todos modos, ya me voy. Como has estado todo el día ocupada, dejaré a Jenkins solo esta noche. Vuelve al turno a partir del lunes. ¿Te parece?

—Sí, bien. Gracias, teniente.

Ballard miró a su alrededor y vio un escritorio vacío con un monitor de ordenador razonablemente nuevo. Estaba lejos de la oficina del teniente y el puesto del patito de feria, pero, cuando llegó, Ballard vio una taza de café y documentos extendidos en el espacio de trabajo. Entonces giró sobre sí misma y localizó otro escritorio cerca de la fila de Robos que parecía vacío y sin usar y tenía un monitor decente.

Se sentó y lo primero que hizo fue conectarse para ver si el *Times* había colgado algo sobre la investigación de la DIUF que corrigiera el artículo de la mañana. Todavía no había nada. Sacó una de las tarjetas que le había dado Towson y empezó a escribirle un mensaje de correo para explicarle lo que le había contado su teniente y decirle que el *Times* todavía no había reaccionado. Su móvil sonó en cuanto pulsó el botón de enviar. Era Rogers Carr, de Delitos Graves.

—Hola, ¿recibió mi mensaje?

—Lo recibí, gracias.

—Bueno, ¿y cómo está?

—Estoy bien. Mi teniente acaba de decirme que salgo del dique seco porque la DIUF lo considera legítimo.

—Por supuesto que fue legítimo, ¿está de broma? Fue totalmente justificado.

—Bueno, nunca se sabe. Puede que le sorprenda, pero he cabreado a alguna gente del Departamento.

—¿Usted? Me cuesta creerlo.

Ya bastaba de charla sarcástica para Ballard.

—Bueno, he oído que verificó mi aviso con el abogado —dijo—. Towson.

—¿Quién se lo ha dicho? —preguntó Carr.

—Tengo fuentes.

—Ha estado hablando con el abogado, ¿no?

—Tal vez. Entonces, ¿cuál es la historia? —Carr no dijo nada—. Vamos —dijo Ballard—, yo le di la pista y ahora ni siquiera me dice lo que ha averiguado. Creo que estamos teniendo nuestra última conversación, detective Carr.

—No es eso —dijo Carr—. Es solo que no creo que vaya a gustarle lo que le voy a decir.

Esta vez fue Ballard la que se quedó en silencio, pero no por mucho tiempo.

—Cuénteme.

—Bueno, sí, su pista ha dado resultados —dijo Carr—. Towson me contó que Fabian le dijo que podía entregar a un poli. Recibimos el informe de balística hoy y eso ha dado un giro a todo.

—¿Un giro? ¿Por qué?

—No coinciden. El arma usada para matar a Ken Chastain no era la misma que se usó en el reservado del Dancers. La teoría en este momento es la de dos asesinos.

—¿Están diciendo que los casos no están relacionados?

—No, no están diciendo eso. Solo que hubo dos armas, dos asesinos.

Ballard sabía que no tenía la imagen completa. Si los dos casos no estaban relacionados por un arma, entonces tenía que haber otra cosa.

—Entonces, ¿qué me estoy perdiendo? —preguntó.

—Bueno, no era el informe balístico completo —dijo Carr.

—Carr, vamos, déjese de rodeos.

—Identificaron las armas por las balas y los casquillos. El arma del reservado era una 92F. Y en el garaje se usó una Ruger treinta y ocho.

Ballard sabía que los casquillos recogidos en las escenas del crimen y las balas extraídas de los cadáveres revelaban marcas identificables con modelos específicos de armas de fuego. Los percutores y el cañón dejaban muescas y estrías únicas.

También conocía el significado de las armas identificadas. La 92F era una Beretta de 9 milímetros, y estaba en la lista de armas de fuego aprobadas por el Departamento para uso de los detectives. La Ruger era una pistolita que era fácil de esconder y se usaba para disparar de cerca. Figuraba en la lista aprobada del Departamento para armas de reserva.

También era una pistola de sicario.

Ballard se quedó en silencio mientras sopesaba la información. El único elemento que ella añadió a regañadientes fue su conocimiento de que Chastain llevaba una Beretta 92F, o al menos así era cuando eran compañeros. Incitó una pregunta que odiaba plantear.

—Chastain llevaba una 92F. ¿Comprobaron su pistola con las balas del Dancers?

—Lo harían si tuvieran su pistola.

Eso era información nueva.

—¿Está diciendo que quien le disparó después metió la mano en su chaqueta y se llevó su pistola?

—Aparentemente. Su arma no ha sido encontrada.

—Y ahora ¿qué están pensando?

—Hoy me han dado otras directrices. Me han dicho que me sumerja de lleno en Chastain. Que lo averigüe todo.

—Eso es una estupidez. No es el asesino del Dancers.

—¿Cómo lo sabe?

—Lo sé, sin más. Lo conozco y no lo hizo él.

—Bueno, cuénteselo al teniente Olivas.

—¿Qué está diciendo exactamente?

—No está diciendo nada. Al menos a mí. Pero uno de esos tipos al que mataron en el reservado era de la mafia.

—Sí, Gino Santangelo. De Las Vegas.

—Bueno, puede partir de ahí.

Ballard pensó un momento.

—¿Partir hacia dónde? —preguntó ella—. No entiendo nada.

—Fue la primera que dijo que era un poli. Solo que estaba mirando al poli que no era.

—Entonces Chastain es el asesino del reservado. Mata a un tipo de la mafia y luego la mafia lo elimina. ¿Esa es la hipótesis de trabajo? Bueno, no me la trago. ¿Por qué iba a hacerlo Kenny?

—Por eso estamos investigándolo a fondo. Y por eso la he llamado.

—Olvídelo. No voy a ayudarle a cargarle esto a Chastain.

—Escúcheme, no vamos a cargarle esto a nadie. Si no descubrimos nada, es que no hay nada, pero tenemos que investigar.

—¿Qué quiere de mí?

—Hace cuatro años eran compañeros.

—Sí.

—En esa época él tenía problemas económicos. ¿Habló con usted de eso?

La noticia sorprendió a Ballard.

—Nunca dijo ni una palabra. ¿Qué clase de problemas y cómo lo sabe?

—A fondo, ¿recuerda? Saqué su historial bancario. Debía nueve pagos de la casa e iban a ejecutar la hipoteca. Iba a perder la casa y entonces, de repente, todo se arregló. Pagaron al banco y él, de la noche a la mañana, pasó a ser solvente. ¿Alguna idea de cómo?

—Le he dicho que ni siquiera conocía ese problema. Nunca me lo contó. ¿Ha hablado con Shelby? Tal vez alguien de la familia los ayudó.

—Todavía no. Queremos saber más antes de acudir a ella. Eso no será agradable.

Ballard se quedó en silencio. No podía recordar ningún momento en que Chastain pareciera estar soportando algún tipo de presión externa al trabajo, económica o de otra índole. Siempre se mostraba firme.

Pensó en algo que Carr no había previsto.

—¿Y Metro? —preguntó.

—¿Metro? —dijo Carr—. ¿Qué quiere decir?

—El chico. El testigo. Matthew Robison.

—Ah, él. ¿Se llama Metro? Todavía no lo hemos encontrado. Y, francamente, no creo que lo hagamos.

—Pero ¿cómo encaja en la teoría?

—Bueno, sabemos que llamó a Chastain el viernes hacia las cinco y Chastain fue a buscarlo. Creemos que Robison era una amenaza.

—Así que elimina a Robison, esconde o entierra el cadáver en algún sitio y luego se va a casa. El problema es que hay un sicario de la mafia esperando y dispara a Chastain en la cabeza antes de que pueda salir del coche.

—Y se lleva su pistola.

—Exacto, se lleva su pistola.

Los dos se quedaron en silencio mucho rato después de eso. Hasta que Ballard decidió abordar el tema que estaban obviando.

—¿Olivas todavía controla todo esto?

—Está al mando. Pero no vaya por ese camino, Renée. Balística es balística. Es algo que no puede manipular. Y la información económica también es la que es.

—Pero ¿por qué llevarse la pistola? ¿Por qué el asesino del garaje iba a llevarse lo que podría demostrar o no demostrar todo esto? Sin esa pistola para comparar, todo esto es circunstancial. Es teoría.

—Podría haber un centenar de razones por las que se llevó la pistola. Y, hablando de circunstancias, hay otra cosa.

—¿Qué?

—Consultamos con Asuntos Internos sobre Chastain, y no tenían ningún expediente sobre él. Pero tenían un archivo mixto, donde registran informaciones anónimas que se reciben. Va desde quejas del tipo «un poli fue brusco conmigo» hasta «un poli vino a mi tienda y se llevó zumo de naranja sin pagar», ese tipo de cosas.

—¿Y?

—Bueno, como he dicho, no tenían ningún expediente abierto sobre Chastain, pero había dos denuncias anónimas en el archivo mixto sobre un policía de incógnito que jugaba a las cartas y no podía cubrir sus pérdidas.

—¿Qué juegos de cartas?

—No lo decía, pero si un tipo quiere apostar a lo grande en esta ciudad puede encontrar una partida. Si uno frecuenta ese mundillo.

Ballard negó con la cabeza, aunque sabía que Carr no podía verlo. Miró a su alrededor para asegurarse de que nadie escuchaba su conversación. La sala de brigada ya estaba casi vacía, porque la mayoría de los detectives empezaban a cerrar sus asuntos a las cuatro. Aun así, se inclinó en el refugio de su cubículo y habló en voz baja con Carr.

—Todavía no me lo creo —dijo—. No tienen nada más que una pistola desaparecida, y, como ha dicho, podría haber un centenar de razones para explicarlo. Da la impresión de que están más interesados en cargarle el muerto de esto a Chastain que en descubrir quién lo mató.

—Ya está otra vez con esa palabra —dijo Carr—. No vamos a «cargarle» nada a nadie. ¿Y sabe una cosa? Francamente, no la entiendo, Renée. Todo el mundo sabe que hace dos años Chastain la dejó en la estacada y usted perdió su prometedora carrera y terminó trabajando en la sesión nocturna. Y aquí está, defendiéndolo de una situación en la que es obvio que hay mucho humo. Y quiero decir mucho humo.

—Bueno, esa es la cuestión. Mucho humo. Cuando trabajaba en el centro, antes de que supuestamente perdiera mi prometedora carrera, necesitábamos más que humo. Hacía falta mucho más.

—Si hay fuego, vamos a encontrarlo.

—Pues buena suerte, Carr. Ya hablaremos.

Ballard colgó y se quedó paralizada. Fue ella la que planteó la teoría de que el asesino del Dancers era un policía. Y ahora esa teoría era un monstruo que tenía a Chastain en el punto de mira.

Se preguntó cuánto tiempo tardaría Carr en descubrir que la pistola de reserva que ella llevaba en el tobillo era una Ruger 380.

37

Ballard se calmó. La Ruger de su tobillo estaba en la lista de armas de reserva autorizadas por el Departamento. Ella y probablemente mil polis más tenían una.

Entonces empezó a darle vueltas a eso, preguntándose si Carr ya sabía que tenía una y el propósito de la llamada era ver si lo sacaba a relucir de manera voluntaria. Su silencio podría llevarla directamente a engrosar la lista de sospechosos.

—¿De verdad están pensando que un poli hizo lo del Dancers?

Ballard giró en su silla y vio a un detective llamado Rick Tigert sentado a la mesa situada justo detrás de ella. Ballard no se había dado cuenta de que había oído la mitad de su conversación con Carr.

—Escucha, no se te ocurra comentarlo en ningún sitio, Rick —dijo con rapidez—. Pensaba que te habías ido.

—No lo haré; pero, si es cierto, el Departamento se verá arrastrado hacia la mierda otra vez —dijo Tigert.

—Sí, bueno, algunas cosas son inevitables. Mira, no sé si es cierto, pero guárdatelo para ti.

—Claro, no hay problema.

Ballard volvió a su mesa temporal y empezó a abrir un sobre interagencias que había encontrado en su casilla de correo. El anterior receptor había tachado su nombre en la línea de dirección, justo encima del nombre de Ballard. Decía Feltzer/DIUF. El sobre contenía copias del retorno de la orden de registro realizado en casa de Thomas Trent el día anterior. Feltzer había cumplido su promesa de compartirla. El retorno era el documento entregado al tribunal que había autorizado la orden. La ley requería que la policía informara de nuevo al juez para que hubiera una autoridad externa vigilante contra el registro y la incautación ilegales. Los retornos eran por lo general muy detallados respecto a cada elemento confiscado durante un registro. Además, Feltzer lo había completado con un montón de fotos de todos los objetos incautados en el lugar de la escena del crimen en el que habían sido hallados.

Ballard trató de quitarse de la cabeza el asunto de Chastain por el momento, centrándose otra vez en el caso Trent. Estudió la lista de los objetos encontrados en la casa de Wrightwood. La mayoría eran objetos comunes que cumplían un propósito en una casa o un taller, pero podían adoptar cualidades siniestras en manos de un sospechoso de ser agresor sexual en serie. Objetos como cinta aislante, bridas, tenazas o un pasamontañas. Lo más impactante era la colección de puños americanos encontrada en un cajón de la mesilla de noche del dormitorio principal. No se adjuntaba descripción de ellos, así que Ballard pasó directamente a las fotos y encontró la imagen de cuatro pares de puños americanos en el cajón. Cada par tenía un diseño y materiales distintos, pero todos compartían las mismas palabras inscritas en las placas de impacto: *Good* y *Evil*. Ballard supuso que uno de ellos era el arma con la que había sido torturada Ramona Ramone.

Aunque no necesitaba los puños americanos para reforzar el caso contra Trent, sobre todo porque no habría caso, fue de todos modos un momento de silenciosa lucidez, reconocimiento y satisfacción por haber seguido la pista correcta en su investigación. Su único lamento era que no tenía nadie con quien compartir el momento. Jenkins todavía tardaría seis horas en llegar, y de todos modos nunca había estado implicado en el caso. Solo Ballard se había comprometido con la investigación.

Se fijó en que Feltzer había incluido copias de todas las fotografías de la escena del crimen, así que fue pasando lentamente la serie de fotos de 20 × 25. Era una visita fotográfica de la casa, y Ballard recordó que nunca había estado en toda la vivienda. Le sorprendió su normalidad. Pocos muebles y pasados de moda en cada habitación. El único objeto que le permitía determinar que las fotos eran más o menos contemporáneas era la televisión de pantalla plana en la pared del salón.

Las últimas imágenes de la serie correspondían a la habitación más baja de «la casa boca abajo». Y entre ellas había fotos de Trent *in situ,* tal como había sido encontrado. Había más sangre en su cuerpo y en el suelo de la que ella recordaba. Tenía los párpados medio cerrados. Ballard pasó un buen rato estudiando las fotos del hombre al que había matado. Solo apartó la mirada cuando su teléfono móvil empezó a sonar. Miró la pantalla. Era Towson.

—¿Ha mirado la web? —dijo—. Ya lo han subido. Está bien.

—Espere —dijo ella.

Abrió la web del *Times* en su pantalla. El artículo no estaba en el menú principal de la página de inicio, pero era el tercero de la lista. Lo abrió, se fijó en que llevaba la firma de Jerry Castor y lo leyó con rapidez. Se sintió complacida con lo que vio. Sobre todo con el párrafo clave.

Fuentes del Departamento afirmaron que los primeros informes que cuestionaban las acciones de Ballard no incluían todas las pruebas y circunstancias revisadas. Se espera que la División de Investigación del Uso de la Fuerza determine que Ballard actuó con valentía e hizo un uso justificado de la fuerza cuando apuñaló a Trent con un trozo de madera astillada en un intento de salvar su vida y la de la otra víctima raptada por el sospechoso. Los hallazgos de la DIUF se remitirán a la Oficina del Fiscal del Distrito del condado de Los Ángeles, que llevará a cabo una evaluación final de la actuación de la detective.

—Sí, está bien —dijo Ballard—. ¿Qué opina?

—Creo que cometimos un error. Deberíamos haberle dicho a Feltzer que también quería un ascenso a capitán. ¡Nos dio todo lo que queríamos! De hecho, he preguntado por su furgoneta y dicen que puede recogerla mañana. Han terminado con ella.

Ballard no sabía que Towson iba a intervenir en eso. El hecho de que hubiera tomado esa iniciativa le decía a Ballard que las cosas iban a complicarse con él.

—Muchas gracias, Dean —dijo—. Por todo. De verdad le ha dado la vuelta a la situación.

—No fui yo. Ha convertido este caso en el más fácil de toda mi carrera.

—Bueno, me alegro. Y, por cierto, le di su tarjeta a la víctima de Trent, la que me metió en el caso. Le dije que debería pedir parte del valor de la casa y llamarlo.

—Bueno, muchas gracias. Y, ¿sabe, Renée?, este es un caso cerrado por lo que respecta a mi participación. Eso significa que mantenernos en contacto no sería un problema, socialmente, ya sabe.

Ahí estaba. La proposición torpe. Era habitual que se le acercaran hombres del Departamento y del ámbito más amplio del sistema de justicia. Así era como se había liado con Compton: una experiencia compartida que había desembocado en algo más. Había estado notando el creciente interés de Towson desde su entrevista en la casa del abogado el domingo por la mañana. El problema era que el interés no era recíproco, y menos después de la experiencia por la que había pasado.

—Creo que quiero mantener esto en un plano profesional, Dean —dijo—. Podría necesitar sus servicios legales en el futuro y me gusta cómo ha gestionado esto... Mucho.

Esperaba que halagarlo a nivel profesional le permitiera soportar mejor el rechazo personal.

—Bueno, por supuesto —dijo él—. Lo que necesite, Renée. Estoy aquí por usted. Pero piénselo. Siempre podemos tener las dos cosas.

—Gracias, Dean.

Una vez colgó, Ballard volvió a las fotos y examinó otra vez las imágenes del cuerpo de Trent y la habitación de la planta inferior de «la casa boca abajo». Ver el cadáver y la sangre le permitió volver al episodio y repasarlo en su cabeza. Revivió las decisiones que tomó, la liberación de sus ataduras y luego el ataque. Colocó la mano derecha en torno a su muñeca izquierda. Esa era la que había liberado primero y la que había sufrido la laceración más profunda causada por la brida. Las fotos le hicieron sentir el dolor otra vez. Pero era merecido. Era sacrificio. No podía articularlo, ni siquiera a sí misma, pero revivirlo otra vez mentalmente y no replantearse nada era terapéutico. Era necesario.

Casi no oyó que la llamaban desde el otro lado de la sala de brigada. Levantó la cabeza y vio que Danitra Lewis le mostraba una tablilla con sujetapapeles desde fuera de la oficina de McAdams. Lewis era la encargada de la oficina de registro y custodia de la División. Ballard sabía que, al final de cada jornada, Lewis dejaba los listados de pruebas en la bandeja de entrada del teniente para que él pudiera valorar las actuaciones practicadas en diferentes casos.

Ballard se levantó y fue a ver qué quería.

—¿Qué pasa, Danitra?

—Pues que necesito que te lleves las pertenencias que tienes en mi armario. No puedes dejarlas allí eternamente.

—¿Qué quieres decir?

—Estoy diciendo que hay una bolsa en una de mis cajas desde la semana pasada.

—¿La que iba dirigida a Chastain, en Robos y Homicidios? Tenía que recogerla el viernes.

—Bueno, lo que digo es que sigue en mi armario y está a tu nombre, no al suyo. Necesito que pases a buscarla. Necesito el espacio.

Ballard estaba confusa. La bolsa de pruebas contenía las pertenencias de Cynthia Haddel, la camarera abatida en la masacre del Dancers. Ballard sabía que era una víctima colateral y que no tenía mucho sentido que Chastain no se hubiera llevado la bolsa de pertenencias el viernes por la mañana cuando había estado en la comisaría. Ella se lo había dicho. Pero, aunque Chastain no se hubiera llevado la bolsa porque estaba ocupado con el testigo Zander Speights, debería haber sido transportada por el servicio de mensajería el lunes por la mañana a la División de Custodia del centro y mantenida allí hasta que él la recogiese.

Ese era el procedimiento. Pero Lewis estaba diciendo que no había ocurrido nada de eso. Que la bolsa estaba a su nombre.

—No sé qué está pasando, pero iré a verlo enseguida —dijo Ballard.

Lewis le dio las gracias y se marchó de la sala de brigada.

Ballard volvió al escritorio que estaba usando, apiló las fotos y el retorno de la orden de registro y volvió a poner todo en el sobre interagencias para que no estuviera a la vista. A continuación guardó el sobre bajo llave en su archivador y se dirigió otra vez a la sala de custodia.

Lewis se había ido y la sala estaba vacía. Ballard abrió el armario en el que había puesto la bolsa de papel marrón que contenía los efectos personales de Cynthia Haddel. Sacó la bolsa y la llevó al mostrador. En lo primero en lo que se fijó fue en que la bolsa tenía doble cinta. Se había aplicado una segunda capa de cinta de pruebas roja sobre la primera, lo que significaba que la bolsa se había abierto y vuelto a cerrar desde que Ballard la había colocado en el archivador a primera hora de la mañana del viernes. Supuso que lo había hecho Chastain. A continuación Ballard verificó la etiqueta de transferencia de pertenencias y vio que también era nueva. Instrucciones manuscritas en la etiqueta solicitaban guardar las pertenencias para la detective Ballard, de la División de Hollywood. Ballard reconoció la letra de Chastain.

Cogió un cúter del mostrador, cortó la cinta y abrió la bolsa. Del interior sacó las bolsas de pruebas que había colocado dentro de la bolsa de papel la mañana después del asesinato de Haddel. Se fijó en que una de ellas también tenía doble cinta. Había sido abierta y cerrada de nuevo.

Sin romper el nuevo precinto, Ballard la extendió en el mostrador para poder ver el contenido a través del plástico. Dentro había un inventario y pudo verificar todo, desde el teléfono de Haddel hasta su delantal de propinas y la caja de cigarrillos que contenía el vial de Molly.

Sobre la base de lo que había dicho Rogers Carr de que Chastain era ahora el foco de la investigación, Ballard se preguntó qué había tramado su antiguo compañero. ¿Había algo en la bolsa que había querido ocultar a Robos y Homicidios? ¿Había algo en el teléfono de Haddel? ¿O se había llevado algo?

No se le ocurrió ninguna respuesta fácil. Sujetó la bolsa por las esquinas superiores y le dio la vuelta para poder examinar su contenido desde el otro lado. Enseguida se fijó en una tarjeta de visita que no había estado allí antes metida en el envoltorio de celofán del paquete de tabaco. Era la tarjeta de Chastain, del Departamento de Policía de Los Ángeles.

Ballard se acercó a un dispensador de guantes de látex de la pared y cogió un par. Se puso los guantes y volvió a la bolsa de pruebas. Cortó el precinto, cogió el paquete de cigarrillos y lo examinó con atención antes de sacar la tarjeta. Había un nombre escrito en el dorso de la tarjeta que no se veía cuando estaba detrás del celofán del paquete de cigarrillos.

Eric Higgs
DVM

Ballard no reconoció el nombre ni sabía el significado de las siglas DVM. Dejó a un lado la tarjeta y abrió el paquete de cigarrillos. El vial seguía allí y parecía estar medio lleno, igual que cuando ella lo había encontrado.

Decidió revisarlo todo para ver si reparaba en algo que pudiera haber sido manipulado. El teléfono ya era inútil. La batería se había agotado hacía mucho. Abrió entonces el delantal de propinas y vio lo que parecía el mismo contenido que antes: varios billetes doblados, más cigarrillos y una libretita. Sacó el dinero y lo contó. No faltaba ni un dólar y no tenía ni idea de lo que había tramado Chastain.

Ballard sacó su teléfono. Se quitó un guante y buscó a Eric Higgs en Internet. Encontró diversas respuestas. Había un artista, un jugador de fútbol americano, un profesor de química de la Universidad de California en Irvine y varios más. Pero ninguna de las personas con ese nombre tenía ningún tipo de relación con Ballard.

A continuación buscó DVM y encontró numerosos resultados, entre ellos referencias a dinámica visual molecular, directorio veterinario de medicamentos y dominancia de vector mesón. Bastante abajo en la lista vio las palabras deposición al vacío de metales, y el texto explicativo captó su atención con una palabra.

El proceso físico de obtener pruebas de una película metálica muy fina...

Ballard recordó que había leído algo sobre ese proceso. Hizo clic en el enlace del artículo y empezó a leerlo. La DVM era una técnica forense en la que se aplicaban capas de oro y cinc a pruebas en un entorno de baja presión para revelar huellas dactilares en objetos y materiales normalmente considerados demasiado porosos para dejar una impronta. El proceso había tenido éxito en su aplicación a plásticos, metales no lisos y algunos tejidos de lana.

El artículo databa de dos años atrás y figuraba en una web llamada *Forensic Times*. Decía que la técnica era complicada y requería una cámara de presión mesurable y otro equipo, por no mencionar el elevado coste de los metales utilizados: oro y cinc. Por consiguiente, su estudio y aplicaciones se desarrollaban principalmente en el ámbito universitario y en laboratorios forenses privados. El artículo también decía que en el momento en que fue redactado ni el FBI ni ninguno de los grandes departamentos de policía de Estados Unidos contaba con una cámara DVM, y que eso entorpecía el uso policial de la técnica en casos criminales.

El artículo enumeraba varios laboratorios privados y universidades donde se ofrecía o estudiaba la aplicación de la DVM. Entre ellos estaba la Universidad de California, en Irvine, donde Ballard acababa de descubrir que había un Eric Higgs que era profesor de Química.

Ballard volvió a empaquetar con rapidez todas las posesiones de Cynthia Haddel en la bolsa de papel marrón y la cerró de nuevo con precinto que cogió de un dispensador del mostrador. Volvió a llevar la bolsa a la sala de detectives, donde se puso a trabajar en la localización del profesor Higgs.

Al cabo de veinte minutos, y gracias al Departamento de Policía de la Universidad, hizo una llamada a un laboratorio asignado al profesor. Ballard juzgó la voz que respondió demasiado joven para ser la de un profesor.

—Estoy buscando al profesor Higgs.

—Se ha ido.

—¿No volverá hoy?

—No.

—¿Quién es?

—¿Pero quién llama?

—Soy la detective Ballard, del Departamento de Policía de Los Ángeles. Es muy importante que encuentre al profesor Higgs. ¿Puede ayudarme?

—Pues...

—¿Con quién hablo?

—Eh, Steve Stilwell. Soy el asistente de grado del laboratorio.

—¿Es el laboratorio DVM?

—Bueno, no es exactamente un laboratorio DVM, pero disponemos del equipo aquí, sí.

Ballard se entusiasmó más con la información.

—¿Tiene el número de móvil del profesor Higgs o sabe cómo puedo localizarlo?

—Tengo su móvil. Supongo que podría... No estoy seguro de estar autorizado.

—Señor Stilwell, llamo por la investigación de un asesinato, ¿entiende? Deme el número o llame usted mismo al profesor Higgs y pídale permiso para dármelo. Necesito que haga una de las dos cosas ya.

—De acuerdo, deje que busque el número. Tengo que buscarlo en este teléfono, así que no la oiré si dice algo.

—Dese prisa, señor Stilwell.

Ballard no podía contenerse mientras esperaba. Se levantó y empezó a caminar por los pasillos de la sala de detectives mientras Stilwell buscaba el número en su teléfono. Finalmente, el joven empezó a leerlo en voz alta de la pantalla de su teléfono. Ballard corrió a su mesa de trabajo y anotó el número. Colgó la llamada con Stilwell justo cuando él volvía a llevarse el teléfono a la boca y decía:

—¿Lo tiene?

Ballard marcó el número y respondió un hombre después de un solo tono.

—¿Profesor Higgs?

—Sí.

—Me llamo Ballard. Soy detective del Departamento de Policía de Los Ángeles.

Pasaron unos segundos antes de que él respondiera.

—Trabajaba con Chastain, ¿no?

Ballard sintió un relámpago de pura energía estallando en su pecho.

—Sí.

—Imaginaba que podría llamar. Me dijo que si le ocurría algo, podía confiar en usted.

38

Fue un trayecto brutal con tráfico intenso hasta Irvine, en el condado de Orange. El profesor Higgs había accedido a volver a la facultad y reunirse con Ballard en el laboratorio. Por el camino, ella había pensado en la pista que estaba siguiendo. Obviamente, Ken Chastain la había dejado para que ella la encontrara. Sabía que pisaba terreno peligroso y tenía un plan de respaldo que se activaría si le ocurría algo. Ballard era ese plan. Al reenviarle las pertenencias de Haddel, Chastain se aseguraba de que ella las recibiría después del fin de semana y encontraría la pista que conducía al profesor Higgs.

Cuando por fin llegó a la Universidad de California, en Irvine, tuvo que llamar a Higgs dos veces al móvil para que le explicara cómo acceder al edificio de Ciencias Naturales, donde él la esperaba en el cuarto piso.

El edificio parecía vacío cuando entró Ballard, que encontró a Higgs solo en su laboratorio. Era alto, desgarbado y más joven de lo que esperaba. Higgs la saludó con afecto y como si sintiera alivio por quitarse un peso o una preocupación de encima.

—No lo sabía —dijo—. Estoy tan ocupado que no tengo tiempo de leer el periódico o ver la televisión. No supe lo que había pasado hasta ayer, cuando llamé al número que él me dio y su mujer me lo contó. Es espantoso, y ruego a Dios que no tenga nada que ver con esto.

Hizo un gesto hacia la parte de atrás del laboratorio, donde había un depósito de presión del tamaño de una lavadora-secadora.

—Estoy aquí para averiguarlo —dijo Ballard—. ¿Habló con su mujer?

—Sí, ella respondió al teléfono —explicó Higgs—. Me contó lo que había ocurrido y me quedé estupefacto.

Significaba que Chastain le había dado a Higgs el número de su casa, no el de su oficina ni el de su móvil. Era un dato significativo para Ballard, porque constituía otra indicación —junto con su actuación en la escena del crimen y su manejo de las pruebas de Haddel— de que Chastain estaba tratando de mantener al menos algunos de sus movimientos en el caso Dancers en secreto o de dificultar su rastreo siguiendo los protocolos habituales.

—¿Hay algún sitio donde podamos sentarnos y hablar? —preguntó Ballard.

—Claro, tengo un despacho —dijo Higgs—. Sígame.

Higgs la guio a través de una serie de laboratorios que se interconectaban dentro del laboratorio general hasta una oficina pequeña y repleta, justo lo bastante grande para que cupiera un escritorio y una silla para un único visitante. Cuando se sentaron, Ballard le pidió que contara la historia de su interacción con Chastain desde el principio.

—¿Quiere decir desde el primer caso? —preguntó.

—Supongo que sí —dijo Ballard—. ¿Cuál fue el primer caso?

—Bueno, la primera vez que hablé con el detective Chastain fue cuando me llamó hace unos dos años. Dijo que había leído sobre la DVM en el *Journal of Forensic Sciences* o alguna otra revista (no recuerdo cuál) y quería saber si el proceso permitiría sacar huellas dactilares de una pelota de baloncesto.

La historia de Higgs ya le parecía verosímil a Ballard. Sabía de sus años como compañera de Chastain que este se enorgullecía de estar al día de los avances y técnicas forenses, de interrogatorio y de protocolo legal. Algunos detectives lo apodaban «el Erudito» por sus lecturas extracurriculares. No habría sido extraño que Chastain cogiera el teléfono y llamara directamente a un científico si tenía una pregunta sobre una prueba.

—¿Dijo cuál era el caso? —preguntó Ballard.

—Sí, fue un tiroteo en un patio de recreo —dijo Higgs—. Un chico se enzarzó en una pelea durante un partido uno contra uno y el otro chico sacó una pistola de la mochila que tenía a un lado de la pista y le disparó. El detective Chastain pensó que el culpable podría haber dejado huellas en la pelota porque había estado jugando con ella. El laboratorio de la policía dijo que no podía hacerlo porque la pelota era de goma y tenía muescas porosas, así que el detective Chastain me pidió que lo intentara.

—¿Y qué ocurrió?

—Me gustan los retos. Le dije que la trajera, y lo intentamos, pero no pudimos sacar nada que sirviera. Lo que quiero decir es conseguimos algunas crestas aquí y allí, pero nada que él pudiera llevarse para cotejar con los archivos de huellas dactilares.

—¿Y luego qué?

—Bueno, eso fue todo. Hasta que me llamó la semana pasada y me preguntó si podía enviarme algo para que intentase obtener una huella.

—¿Qué era?

—Lo llamó botón lateral.

—¿Cuándo llamó exactamente?

—A primera hora del viernes. Yo estaba en el coche, viniendo hacia aquí, y me llamó al móvil. Puedo mirar el registro de mi teléfono si quiere la hora exacta.

—Si no le importa.

—Claro. —Higgs sacó el teléfono del bolsillo y entró en la lista de llamadas. Fue bajando por la lista hasta situarse en las correspondientes a la mañana del viernes—. Aquí está —dijo—. Llamó a las siete y cuarenta y uno. El viernes.

—¿Puedo ver el número? —preguntó Ballard.

Higgs levantó el teléfono al otro lado del escritorio y Ballard se inclinó para leer la pantalla. El número era el 213-972-2971, y Ballard sabía que no era el móvil de Chastain. Era el número de la comisaría de Hollywood. Chastain había usado una línea fija en la sala de custodia para llamar a Higgs al tiempo que revisaba la bolsa de pruebas que contenía las pertenencias de Cynthia Haddel.

—¿Qué le pidió que hiciera exactamente? —preguntó Ballard.

—Dijo que se trataba de una situación urgente de un importante caso que estaba investigando —explicó Higgs—. Y quería saber si podía aplicar DVM a algo tan pequeño como una moneda de diez centavos y sacar una huella.

—¿Y qué le dijo?

—Bueno, primero le pregunté de qué material estábamos hablando, y dijo que era un botón metálico que tenía una superficie irregular por un sello. Le dije que podía intentarlo. Le conté que una vez había sacado una huella de una moneda de diez centavos, justo de la mandíbula de Roosevelt. Así que me dijo que la enviaría y que no hablara con nadie más que con él de este tema.

Estaba claro que a las 7:41 del viernes, menos de ocho horas después de la masacre en el Dancers, Chastain ya sabía que había un policía implicado, o al menos lo sospechaba. Tomó medidas para ocultar sus sospechas y protegerse usando el teléfono de la comisaría en lugar del suyo para llamar a Higgs y dejando la bolsa de pruebas que contenía su tarjeta de visita con el nombre de Higgs escrito al dorso.

—¿Se lo envió por correo o se lo entregó? —preguntó Ballard.

—Lo envió. Llegó el sábado por correo certificado —dijo Higgs.

—¿Por casualidad conserva el envoltorio?

Lo que Ballard tenía en mente era poder documentar la cadena de custodia de la prueba. Podría ser importante si había un juicio. Higgs se quedó pensativo y luego negó con la cabeza.

—No, lo tiré a la basura. El personal de limpieza estuvo aquí el sábado por la noche.

—¿Y dónde está el botón?

—Iré a buscarlo. Vuelvo enseguida.

Higgs se levantó y salió del despacho. Ballard esperó. Oyó que se abría y se cerraba un cajón del laboratorio antes de que el profesor volviera y le entregara la pequeña bolsa de pruebas que contenía lo que parecía un pequeño tapón marrón que estaba enhebrado en los bordes interiores.

Ballard estaba segura de que era la bolsa y el objeto con los que había visto a Chastain en la escena del crimen en la noche del jueves al viernes. Chastain obviamente lo había reconocido y sabía lo que significaba.

Ballard giró la bolsa para estudiar el objeto. Era en realidad más pequeño que una moneda de diez centavos, con una cara plana y una palabra estampada en ella:

Lawmaster

A Ballard la palabra le resultaba familiar, aunque en ese momento no pudo saber por qué. Sacó su teléfono para poder buscar la palabra en Internet.

—Vino con una nota —dijo Higgs—. En el paquete. Decía: «Si algo ocurre, confíe en Renée Ballard». Así que cuando llamó...

—¿Todavía conserva la nota? —preguntó Ballard.

—Eh, creo que sí. Tiene que estar por ahí. Iré a verlo, pero sé que no la he tirado.

—Si es posible, me gustaría verla.

Ballard pulsó el botón de búsqueda y obtuvo dos resultados sobre la palabra. Lawmaster era el nombre de una motocicleta usada por el juez Dredd en una serie de cómics y películas. Era también una empresa que fabricaba cinturones de cuero y cartucheras destinadas a la comunidad policial.

Ballard clicó en el enlace del sitio web de la empresa al tiempo que recordaba la marca. Lawmaster estaba especializada en cartucheras de cuero, sobre todo las cartucheras de hombro, que eran las favoritas de los pistoleros del Departamento: los típicos agentes agresivos cargados de testosterona que anteponían el estilo a la practicidad y estaban dispuestos a soportar la molestia de llevar correas de cuero cruzadas en la espalda antes que optar por la simple facilidad y comodidad de una cartuchera de cadera mucho menos viril.

La mayoría de esos pistoleros eran jóvenes con una carrera meteórica que nunca desperdiciaban la oportunidad de mirarse en un espejo o quitarse la chaqueta en una escena del crimen para impresionar a los que pasaban, y también a sí mismos. De todos modos, también había vaqueros de la vieja escuela que preferían el aspecto del pistolero. Y Ballard sabía que el teniente Robert Olivas estaba entre ellos.

El sitio web mostraba una gran variedad de cartucheras de hombro. Ballard clicó en una que equilibraba la pistola bajo un brazo con dobles cartuchos de munición bajo el otro. Amplió la foto que la acompañaba y examinó la configuración de la cartuchera. Vio varios puntos de ajuste que permitían a la cartuchera adaptarse perfectamente a su usuario y situar el arma en un ángulo que garantizase al portador un acceso fácil. Estos puntos de ajuste quedaban fijos mediante pequeños tornillos ocultos por tapones negros de rosca que llevaban inscrito el logo de Lawmaster.

Fue un momento de suma agitación, en el que todos los detalles de la investigación encajaron. Ballard entendió entonces lo que Chastain sabía y comprendió sus movimientos al recoger a escondidas una prueba de la escena del crimen e intentar analizarla y mantenerla en secreto.

Ballard levantó la bolsa de plástico que contenía el tapón Lawmaster.

—Profesor Higgs, ¿consiguió extraer una huella de aquí?

—Sí. Tengo una huella nítida y sólida.

39

Ballard se quedó de nuevo en el Miyako el miércoles por la noche, cenando *sushi* en su habitación una vez más antes de irse a dormir. Tenía ropa suficiente en su bolsa para otro día, así que por la mañana se pasó rápidamente por el Centro Técnico Piper, donde se encontraba la Unidad de Huellas Dactilares, así como el escuadrón aéreo del Departamento.

Todos los detectives que llevaban trabajando unos cuantos años se habían procurado un técnico en cada una de las disciplinas forenses con el que podían contar para pedirle un favor personal o que antepusiese sus pruebas a otras cuando lo necesitaban. Algunas de las disciplinas eran más importantes que otras, porque intervenían más en las investigaciones criminales. En casi todas las escenas del crimen se encontraban huellas dactilares, de modo que, en todo el espectro de las ciencias forenses, la Unidad de Huellas Dactilares era el lugar más importante donde tener un contacto. La persona a la que acudía Ballard era una supervisora llamada Polly Stanfield.

Cinco años antes, Ballard y Stanfield habían investigado un caso difícil en el que las huellas dactilares eran el vínculo de tres asesinatos con agresión sexual. Pese a que las huellas de las tres escenas coincidían, Stanfield no logró encontrar ninguna coincidencia en las distintas bases de datos que contenían huellas dactilares de todo el mundo. Solo los denodados esfuerzos de ambas mujeres resultaron por fin en una detención cuando Stanfield accedió subrepticiamente a una base de datos de solicitudes de alquiler de un inmenso complejo de apartamentos en el valle de San Fernando que se situaba geográficamente en el centro de los asesinatos. A los inquilinos del complejo se les tomaban las huellas durante la firma de los contratos, aunque nunca se utilizaban para nada. Era solo una forma de desalentar a solicitantes que podrían mentir sobre sus antecedentes penales. Una vez que el trabajo de Stanfield identificó al sospechoso, Ballard y su compañero de entonces, Chastain, tuvieron que buscar otra forma de vincularlo con el caso para no revelar que Stanfield había accedido ilegalmente a las solicitudes de alquiler del complejo de apartamentos. Recurrieron a la clásica e infalible llamada anónima desde un teléfono prepago que reveló la identidad de un sospechoso a una línea de denuncias del Departamento. Y nadie supo nunca la verdad.

Ballard se quedó a Stanfield en el divorcio. Es decir, cuando ella y Chastain se separaron como compañeros, la mayoría de la gente del Departamento y de las agencias secundarias eligió uno de los dos bandos. Stanfield, quien en su larga carrera en el mundo policial había tenido que afrontar su correspondiente dosis de hombres exageradamente agresivos y acoso sexual, optó por Ballard.

Ballard sabía que Stanfield trabajaba en el turno de siete a cuatro, y se apostó en la puerta de la UHD con dos cafés con leche a las 6:55. En una llamada telefónica previa entre las dos mujeres había quedado claro en líneas generales lo que se necesitaba hacer, así que a Stanfield no le sorprendió la aparición de Ballard ni el alto contenido en azúcar de su café con leche. Había sido una petición especial.

—Vamos a ver qué tienes —dijo Stanfield a modo de saludo.

Como supervisora, Stanfield tenía una oficina que, aunque minúscula, era mejor que las zonas de trabajo separadas con mamparas que ocupaban la mayoría de los técnicos de dactiloscopia. Stanfield tenía experiencia en el manejo de lo que le había llevado Ballard. El proceso DVM resultó en una huella dactilar temporalmente identificable en una zona del tapón de la cartu-chera. Después había sido fotografiada bajo luz oblicua por el profesor Higgs.

Lo que Ballard tenía para Stanfield era una fotografía de la huella de un pulgar.

Stanfield empezó su trabajo con una lupa, mirando de cerca la foto para comprobar que era una huella usable.

—Este pulgar es muy bueno —dijo al fin—. Crestas buenas, claras. Pero tardaré un rato. Es trabajo de escaneo y trazado.

Era una insinuación más que clara por parte de Stanfield de que prefería no tener a Ballard mirando por encima de su hombro todo el tiempo. Necesitaba escanear la foto en su ordenador y luego pasar por un tedioso proceso de trazado de líneas y giros de la huella mediante un programa informático para conseguir una huella limpia que pudiera ser cotejada en el SAID. Había más de setenta millones de huellas en la base de datos del SAID. Enviar una huella no generaba resultados inmediatos. Y a menudo, cuando llegaban, no eran determinantes. Una búsqueda con frecuencia daba como resultado varias huellas similares, y se requería que un técnico hiciera la comparación final con un microscopio para determinar si coincidían.

—¿Quieres que me vaya y vuelva luego? —preguntó Ballard—. ¿Cuánto tiempo?

—Dame al menos un par de horas —dijo Stanfield—. Si lo tengo antes, te llamo.

Ballard se levantó.

—Está bien, pero recuerda —dijo—, mantén esto en secreto. No le digas a nadie en qué caso estás trabajando ni lo que estás haciendo. Si consigues un resultado, dímelo solo a mí.

Stanfield dejó la lupa en la mesa del laboratorio y la miró.

—¿Estás intentando asustarme? —preguntó.

—No, pero quiero que seas cauta. Si consigues un nombre y es el nombre que yo creo, comprenderás lo que estoy diciendo.

Ballard no quiso compartir su teoría con Stanfield antes de que esta hiciera su trabajo. No quería que sus conclusiones estuvieran influidas por ideas preconcebidas de a quién pertenecería la huella.

—Madre mía —dijo Stanfield—. Bueno, muchas gracias, Renée. Sabes que me gusta trabajar aquí.

—No seas tan dramática —dijo Ballard—. A ver qué consigues y volveré.

40

Ballard aprovechó el tiempo para acercarse al garaje que estaba situado detrás del Piper. Sabiendo cómo se trataba a menudo a los ciudadanos que intentaban recuperar sus vehículos incautados para buscar huellas, casi esperaba un retraso en la burocracia de la DIUF para liberar su furgoneta. Sin embargo, estaba lista para que se la llevara. Eso sí, no se equivocaba con sus expectativas sobre su estado.

La primera pista la encontró en la manija de la puerta del conductor, que todavía estaba manchada con el polvo negro utilizado para recoger huellas dactilares. Ballard abrió la puerta y encontró el compartimento del conductor igualmente cubierto de polvo. Conocía por su experiencia en escenas de crímenes que ese polvo negro podía echar a perder la ropa y era imposible de eliminar con limpiador de coche normal. Volvió a la oficina del garaje y, enfadada, pidió que le devolvieran la furgoneta en condiciones. Eso derivó en un duelo de miradas con el encargado del garaje, pero este cambió su actitud cuando Ballard sacó su placa. El encargado envió a dos de sus empleados con una aspiradora industrial, un rollo de toallas de papel y una botella de limpiador industrial a la furgoneta.

Ballard se quedó a un lado, observando el trabajo y señalando cada punto que se les escapaba. Al cabo de una hora pensó en llamar a Polly Stanfield, pero sabía que podría molestarla. Así que decidió contactar con Detectives de Hollywood y llamó a la línea directa del teniente McAdams.

—Ballard, ¿qué haces despierta? —preguntó—. Te tengo en el turno de noche.

—Estaré allí, teniente, no se preocupe —dijo ella—. Solo quería llamar. ¿Qué está pasando en el Seis?

—Lo único que hay en marcha es un refuerzo a los federales. Tienen rodeado a un tipo atrincherado en la «batcueva».

Era una referencia a una cueva en el cañón de Bronson que se había utilizado durante la filmación de la serie de televisión *Batman* en la década de 1960.

—¿Qué ha hecho?

—Un doble crimen en Texas. Mató a dos vigilantes de un furgón blindado hace un par de años y seguía fugitivo.

—¿Y cuál es nuestro papel?

—Control de público y tráfico.

Ballard sabía que era el tipo al que había asustado con Compton. Se preguntó si ella escaparía sin reveses de los federales si lo sacaban con éxito de la batcueva. Justo entonces recibió el aviso de llamada en espera en su teléfono. Miró y vio que era Stanfield.

—Eh, teniente, tengo una llamada. He de colgar.

—Muy bien, Ballard. Adiós.

Colgó y cambió de llamada.

—¿Polly?

—Tengo un resultado de ese pulgar. Es un poli. ¿Dónde demonios me has metido, Renée?

41

Ballard salió de una sala de interrogatorios en el Centro de Detención Metropolitano, cruzó el amplio pasillo y entró en el centro de control. Miró al monitor de la sala de interrogatorios. El teniente Olivas estaba sentado en la silla delante de la cámara cenital, con los brazos a la espalda. Olivas sabía que ella lo estaba mirando y tenía la cabeza inclinada hacia atrás. Frunció el ceño a la cámara.

Ballard levantó el teléfono y sacó una foto del monitor. Entonces envió un mensaje de texto a Rogers Carr.

Necesito ayuda. No hablará.

Como esperaba, Carr no tardó en responder.

¿Qué cojones? ¿Dónde está?

La respuesta de Ballard fue sucinta. No estaba interesada en entablar un debate por mensajes de texto. Necesitaba que Carr viniera al calabozo.

CDM. ¿Viene? Quiero joderlo.

No hubo ninguna respuesta. Los minutos se arrastraron y Ballard supo que Carr estaba debatiendo consigo mismo si venir, si arriesgar su carrera y ganarse la enemistad del Departamento al implicarse en el intento de acabar con un reputado teniente. Intentó convencerlo una vez más.

Tengo las pruebas.

Pasó otro minuto. Le pareció una hora. Entonces, Carr respondió.

En camino.

Ballard se dio cuenta de que había estado conteniendo la respiración. Soltó el aire, aliviada, y, volviéndose a los dos agentes que monitorizaban las pantallas, les dijo que Carr estaba en camino.

Todavía estaba en el centro de control cuando Carr se anunció y entró en el pasillo al cabo de quince minutos. Ballard salió a su encuentro. Carr tenía la frente resbaladiza por una película de sudor. Eso le decía a Ballard que había recorrido las tres manzanas a pie y que tenía que haber salido del EAP sin dudarlo después de su intercambio de mensajes. Carr observó a través de la ventanita cuadrada de la puerta de la sala de interrogatorios. Y miró a Olivas. Entonces se volvió con rapidez como si no pudiera comprender lo que veía. Se centró en Ballard y habló en voz baja y controlada.

—¿Qué coño, Ballard? ¿Cómo demonios lo ha metido aquí?

—Lo saqué del EAP. Le dije que tenía a alguien que estaba dispuesto a confesar.

—¿Y lo ha detenido? ¿Con qué pruebas? —Dijo la última palabra demasiado alto, casi como un grito. Se llevó la mano a la boca, miró a los agentes del centro de control y luego bajó la voz—. Escúcheme, está yendo demasiado deprisa —susurró—. Todo lo que tengo señala a Chastain, no a Olivas. Es un teniente de RyH, joder. ¿Sabe lo que está haciendo? Está cometiendo un suicidio profesional. Tiene que parar esto ahora mismo.

—No puedo —dijo Ballard—. Sé que no fue Chastain. Tomó medidas porque sabía que era un policía. Por eso Olivas lo mató.

—¿Qué medidas, Ballard, qué pruebas tiene? Está dejando que su problema con Olivas interfiera en esto y...

—Kenny sacó una prueba de la escena del crimen del Dancers. La prueba de que fue un poli.

—¿De qué está hablando? ¿Qué se llevó?

—El botón de una cartuchera que se soltó cuando el asesino sacó su arma. Yo estaba allí. Lo vi cogerlo. Eso y el micrófono: sabía que era un poli.

Carr apartó la mirada un momento y compuso sus ideas. Luego se inclinó para acercarse más a Ballard.

—Escúcheme. Lo que vio fue que Chastain cubría sus propias huellas. Él disparó y usted ha jodido el caso más allá de lo imaginable. Ahora voy a entrar ahí y hablaré con Olivas. Y voy a tratar de salvar esto y salvar su trabajo. —Carr indicó a uno de los agentes del centro de control que abriera la puerta; luego miró otra vez a Ballard—. Si tiene suerte, acabará patrullando en bicicleta por el paseo —dijo—. Pero al menos conservará la placa.

—No lo entiende —protestó Ballard—. Hay pruebas. Tengo...

—No quiero escucharlo —dijo Carr, cortándola—. Voy a entrar.

El agente de la celda se acercó a una pared de pequeñas taquillas. Abrió una y sacó la llave de su cerradura.

—Tiene que dejar sus armas aquí —dijo—. Arma, reserva, cuchillo, todo.

Carr se acercó y puso uno de cada en el armarito, sacando su arma enfundada del cinturón y luego una navaja plegable del bolsillo de atrás. Apoyó una mano en la pared para poder levantar la pierna derecha, subirse los bajos de los pantalones y soltar una cartuchera de tobillo en la que llevaba su arma de reserva. El agente de la celda cerró con llave la pequeña taquilla y entregó la llave a Carr. Estaba unida a una goma elástica que él se colocó en torno a la muñeca antes de mirar a Ballard.

—Espero que esta cagada no me haga caer a mí también.

El agente abrió la puerta de la sala de interrogatorios y dio un paso atrás para dejar pasar a Carr. Este cruzó el umbral y se dirigió a la mesa a la que estaba sentado Olivas.

Ballard siguió a Carr y el agente cerró la puerta cuando estuvieron dentro.

Carr empezó a girarse cuando se dio cuenta de que Ballard había entrado detrás de él.

—Pensaba que...

Ballard agarró a Carr por el brazo derecho y, en un movimiento que le habían enseñado en la academia y que había practicado muchas veces desde entonces, se lo estiró detrás de la espalda mientras le empujaba con el hombro izquierdo. Carr cayó hacia la silla vacía y la mesa. En ese mismo momento Olivas se levantó de su silla, revelando que no tenía las manos esposadas, y bloqueó el pecho de Carr contra la mesa.

Olivas cargó todo su peso sobre Carr al tiempo que Ballard sacaba las esposas del cinturón y le esposaba las muñecas.

—Bien —gritó Ballard.

Olivas entonces arrastró a Carr por toda la mesa y lo lanzó a la silla en la que él mismo había estado sentado. Lo agarró con dos manos por el cuello de la chaqueta y lo obligó a sentarse. En ese momento movió un dedo por encima de su hombro hacia la esquina superior de la sala.

—Sonríe a la cámara, Carr —dijo Olivas.

—¿Qué coño es esto? —preguntó Carr.

—Tenía que desarmarlo —dijo Ballard.

Carr pareció entenderlo todo. Negó con la cabeza.

—Lo entiendo, lo entiendo —dijo—. Pero es un error. No me pueden hacer esto.

—Sí, podemos —dijo Olivas—. Tenemos una orden para confiscar tus armas.

—Hoy lleva una cartuchera de cadera —dijo Ballard.

Olivas asintió.

—Claro que sí —dijo—. La del hombro se desajusta sin ese tornillo que perdió.

—Escúcheme —dijo Carr—. No sé lo que creen que tienen, pero no tienen ningún motivo fundado. Están completamente...

—Lo que tenemos es tu huella en ese tapón de tu cartuchera —dijo Olivas—. ¿Cómo terminó en la escena del crimen si no estabas en la escena del crimen?

—Mentira —dijo Carr—. No tienen nada.

—Tenemos suficiente para un examen balístico de tus pistolas —dijo Olivas—. Coincidirán y tendremos un paquete de seis casos para cruzar la calle a la fiscalía.

—Y adiós, cabrón —añadió Ballard.

—Es curioso que el hecho de ser poli se vuelva contra ti —dijo Olivas—. Cualquiera se desembarazaría del arma, pero es difícil hacerlo cuando está registrada en el trabajo. Es complicado ir al jefe y decirle que has perdido tus dos pistolas. Así que mi teoría es que las conservaste pensando que te ibas a librar.

Carr parecía estupefacto por el giro de los acontecimientos. Olivas se inclinó, apoyó las palmas en la mesa y recitó la advertencia Miranda. Preguntó a Carr si comprendía sus derechos, pero el detective no hizo caso de la pregunta.

—Esto es un error —dijo Carr—. Es una cagada.

—Mató a Chastain —dijo Ballard—. Los mató a todos.

Se había acercado a la mesa, con el cuerpo tenso.

Olivas estiró el brazo como para impedir que se abalanzara sobre Carr.

—Sabía que había perdido ese botón de la cartuchera —dijo ella—. Tenía acceso a la sala del grupo operativo y miró el informe de pruebas. No estaba allí, así que dedujo que alguien lo estaba investigando por su cuenta, alguien que sabía que el culpable era poli.

—Está loca, Ballard —dijo Carr—. Y pronto lo sabrá todo el mundo.

—¿Cómo supo que fue Kenny? —preguntó ella—. ¿Porque era el niño mimado del teniente, el único que se arriesgaría a ir por libre en este asunto? ¿O no importaba? ¿Chastain era el chivo expiatorio porque descubrió que llevaba una 92 F y debía dinero? ¿Pensó que podría cargarle todo el muerto a él? —Carr no respondió—. Vamos a descubrirlo —dijo Ballard—. Yo voy a descubrirlo.

Dio un paso atrás y observó que una realidad fría e instantánea parecía abatirse sobre Carr, cubriéndolo como una gruesa manta negra. Ballard pudo leerlo en su expresión, que pasó de la seguridad a la crisis, de pensar que tenía una oportunidad de salir airoso dando su versión a comprender que no volvería a ver la luz del día.

—Quiero un abogado —pidió Carr.

—Claro que sí —dijo Ballard.

42

Por segunda vez en el día Ballard estaba entrando en Análisis de Pruebas. No necesitaba una persona a la que acudir en la Unidad de Armas de Fuego y Balística. Era un caso que implicaba el asesinato de un agente del Departamento de Policía de Los Ángeles, y eso automáticamente lo situaba en el primer lugar de cualquier lista. Y, a buen seguro, Olivas habría llamado con antelación y habría ejercido su considerable influencia para respaldar la necesidad de urgencia. Un experto balístico llamado C. P. Medore estaría esperando la llegada de Ballard.

La cruda realidad que Ballard llevaba consigo, junto con las pistolas requisadas a Carr, era que el paquete que expondrían a la fiscalía con el que habían amenazado a Carr no era tan sólido como habían comentado. Como el procesamiento DVM rara vez se usaba en procedimientos forenses y en ese caso se había manejado completamente al margen del laboratorio de policía, estaría sometido a una andanada de ataques por parte de cualquier abogado defensor que valiera su peso en protestas. «Detective, ¿está diciendo a este jurado que este examen de pruebas decisivo fue realizado por estudiantes universitarios en un laboratorio químico? ¿Está esperando que creamos que esta, "por decirlo así", prueba fue realmente robada de la escena del crimen y enviada por FedEx a ese laboratorio universitario?»

Lo que era también problemático era la cuestión de la cadena de custodia. El elemento probatorio clave con la huella del sospechoso se había sacado de la escena del crimen sin documentarse. Chastain estaba muerto y Ballard era el único testigo que podía situar el botón de la cartuchera en la escena. Su propia historia personal con el Departamento y su credibilidad también serían objeto de un ataque devastador.

En resumidas cuentas, necesitaba más. Que alguna de las pistolas de Carr encajase con los disparos del Dancers o la muerte de Chastain sería una prueba tan sólida como las montañas de Santa Monica, y Carr quedaría aplastado bajo su peso.

Los casos estaban plagados de agravantes conocidos como circunstancias especiales: asesinato de un agente de la ley, allanamiento de morada, acecho. Cualquiera de estos agravantes podía llevar a Carr al corredor de la muerte, y los tres prácticamente lo garantizarían. Pese a que el estado de California no había ejecutado a ningún recluso en una década y no se advertían signos de que las cosas pudieran cambiar en el futuro, era un hecho conocido tanto por la policía como por los propios condenados que la pena de muerte era un billete a la locura cuando los años de aislamiento —una hora a la semana fuera de la celda individual— empezaban a dejar su huella. Dadas las circunstancias, Carr podría estar dispuesto a reconocer su culpabilidad y negociar un acuerdo que anulase la opción del corredor de la muerte. En ese caso tendría que reconocer sus crímenes y el móvil. Tendría que contarlo todo.

Medore estaba esperando con otro técnico en la entrada de la Unidad. Cada uno cogió un arma de las que había llevado Ballard. La primera parada fue en una sala donde dispararon las pistolas en un depósito de agua para conseguir así balas no dañadas que servirían para cotejarlas con las extraídas de las víctimas en los dos casos. Luego entraron en el laboratorio de balística y se pusieron a trabajar en un microscopio de comparación.

—¿Puedes empezar con la Ruger? —preguntó Ballard.

Quería una respuesta sobre el asesinato de Chastain lo antes posible.

—No hay problema —dijo Medore.

Ballard se echó atrás y observó. Había presenciado el proceso decenas de veces antes, y su mente se trasladó a lo ocurrido en el calabozo municipal después de que Carr hubiera sido detenido y Olivas hubiera dado órdenes para que la investigación tomara un nuevo rumbo. A Ballard le encargaron balística, mientras que a los otros tres detectives les asignaron a Carr con la orden de desmontar su vida hasta los cimientos con el fin de relacionarlo con los hombres asesinados en el reservado del Dancers y conocer el móvil de la masacre. Olivas asumió el encargo de informar a los mandos de lo que estaba ocurriendo y de la necesidad de alertar a los directores de medios del Departamento. Era improbable que la detención de Carr se mantuviese mucho tiempo en secreto, y el Departamento necesitaba tomar la iniciativa.

Cuando todo estuvo dicho y hecho y cada uno empezó a irse por su lado, Olivas le pidió a Ballard que se quedara un momento. Al quedarse solos, le tendió la mano. El gesto fue tan inesperado que ella se la estrechó sin pensarlo. Olivas no se la soltó.

—Detective, quiero enterrar el hacha de guerra —dijo—. Esto muestra la clase de investigadora que eres. Eres lista y valiente. Tendrías un lugar en mi equipo y puedo asegurarme de que así sea. Volverías a trabajar de día, horas extra ilimitadas. Hay muchas razones para volver.

Al principio, Ballard se quedó sin habla. Sostenía las bolsas de pruebas que contenían las armas de Carr.

—Tengo que llevar esto a Armas de Fuego —argumentó.

Olivas asintió y finalmente le soltó la mano.

—Piénsalo —dijo—. Eres una buena detective, Ballard. Y yo puedo poner la otra mejilla por el bien del Departamento.

Entonces Ballard se dio la vuelta para salir del calabozo municipal. Se marchó, agradecida de no haber cogido impulso con las bolsas de pruebas y haberle dado a Olivas en la cara con las pistolas de Carr.

Mientras observaba a Medore trabajando con el microscopio, trató de volver a pensar en el caso.

Todavía había muchas preguntas y cabos sueltos. El principal era el desaparecido Matthew Robison. Una vez que descubrió que la huella en el tapón de la cartuchera era de Carr, Ballard empezó a examinar los hechos del caso desde de la nueva perspectiva de colocar a Carr como asesino. Vio la conexión que se le había escapado antes. Carr formaba parte del grupo operativo de Delitos Graves que había detenido a una banda de tráfico de personas en el puerto el viernes por la mañana. Ella lo había visto en las noticias de las cinco. Se dio cuenta en ese momento de que Robison había sido visto por última vez por su novia viendo la tele en el sofá. Podría haber visto las noticias y reconocer a Carr de la noche anterior en el Dancers. Entonces podría haber cogido el teléfono a las 17:10 para llamar a Chastain y contárselo.

Fue la llamada que desencadenó muchas cosas. A Chastain le permitió confirmar que el asesino del Dancers era policía. Tenía que salir y currarse a Robison para asegurar la información y asegurarse de que el testigo estaba a salvo. La cuestión era quién localizó antes a Robison, si Chastain o Carr.

Como detective de Delitos Graves, la rutina de Carr le permitía acceder a los ordenadores de Robos y Homicidios, así como a la sala de crisis de la División. Si estaba revisando los informes del caso del Dancers a medida que iban llegando el viernes, podría haberse enterado de la existencia de Robison y haber sospechado del hecho de que Chastain lo desdeñara como testigo. Al tratar de encubrir que Robison al parecer había visto bien al asesino, Chastain lo había etiquetado como NVC, «no vio un carajo». El esfuerzo podría haber tenido un efecto completamente opuesto, pues Carr podría haber pensado que Chastain estaba tratando de camuflar a un testigo sólido. Carr era el autor de los disparos, de modo que sabía que las posibilidades de que alguien de la discoteca lo hubiera visto eran altas. Seguramente habría estado revisando informes de testigos para ver si era así.

Ballard abandonó estos pensamientos cuando vio que Medore daba un paso atrás apartándose del microscopio y pedía al otro técnico que echara un vistazo. Ballard sabía que pedía una segunda opinión porque había mucho en juego en el caso.

Sonó el teléfono de Ballard. Era un número oculto, pero lo cogió.

—Ballard, ¿tienes ya algo?

Era Olivas.

—Su hombre está con el microscopio. No debería tardar mucho. ¿Quiere esperar? Parece que va a pedir una segunda opinión.

—Claro. Esperaré un minuto.

—¿Puedo preguntarle algo?

—¿Qué?

—Carr sabía que yo había estado llamando a Matthew Robison para tratar de encontrarlo. Cuando le pregunté cómo lo sabía, dijo que, después de que Chastain recibiera un tiro, RyH pidió una orden de los registros telefónicos de Robison para localizarlo. ¿Eso era cierto o Carr estaba tratando de ocultar que tenía el teléfono de Robison porque lo había matado?

—No, lo decidimos aquí. Primero intentamos rastrear la señal de su teléfono, pero estaba apagado. Así que conseguimos el registro de llamadas para ver si encontrábamos algo que pudiera ayudar. ¿Por qué, Ballard? ¿Qué implica eso?

—Implica que podría estar vivo en algún sitio. Chastain podría haberlo localizado y escondido antes de que Carr lo supiera.

—Entonces tenemos que encontrarlo.

Ballard se quedó pensando. Tenía una idea, pero no iba a compartirla todavía, y menos con Olivas.

Justo entonces, Medore se volvió hacia ella desde su mesa de laboratorio. Le hizo un gesto con el pulgar hacia arriba.

—Teniente, tenemos el primer resultado. A Chastain lo mataron con el arma de reserva de Carr. Lo tenemos bien pillado.

—Excelente. Empezaremos a preparar el paquete para el fiscal. Avísame de la otra arma en cuanto lo sepas.

—¿Me quiere en el paquete?

—No, mis hombres se ocuparán. ¿Has pensado en la oferta de volver al equipo? —Ella dudó antes de responder—. ¿Ballard? —la instó Olivas.

—Sí —dijo ella por fin—. Lo he pensado. Y me gusta la sesión nocturna.

—¿Me estás diciendo que lo vas a rechazar? —dijo Olivas con una sorpresa evidente reflejada en su voz.

—Lo rechazo —insistió Ballard—. Acudí a usted esta mañana con la huella de Carr porque era el caso de su equipo y no tenía otro sitio al que acudir. Y sabía que podía usarlo para atraer a Carr al CDM. Pero eso es todo. Nunca volveré a trabajar para usted.

—Estás cometiendo un error.

—Teniente, dígale al mundo lo que me hizo y responda por ello, entonces volveré a trabajar para usted.

—Ballard, tú...

Ballard colgó.

43

La segunda comparación balística desveló que la bala extraída del cerebro de Gino Santangelo fue disparada con el arma de servicio de Carr. Finalmente fue acusado de seis cargos de asesinato, con agravantes añadidos en la muerte de Chastain

Esa noche Ballard regresó a la sesión nocturna. Después de la reunión de turno, ella y Jenkins tomaron el coche municipal y condujeron por Wilcox hasta el Mark Twain. Aparcaron delante y pulsaron el timbre para que les abrieran.

Cuando eran compañeros, Ballard y Chastain habían trabajado en un caso de asesinato por encargo en el cual necesitaron ocultar a la víctima potencial durante un par de días para que el marido, que había pagado a un agente de incógnito para hacerla desaparecer, pensara que su encargo se había cumplido. La habían ocultado en el Mark Twain. Al año siguiente trabajaron en otro caso en el que usaron el hotel para esconder a dos testigos traídos de Nueva Orleans para que testificaran en un juicio por asesinato. Necesitaban asegurarse de que la defensa no podría encontrarlos para intimidarlos y disuadirlos de que dieran su testimonio.

Fue Chastain quien eligió el sitio en las dos ocasiones. El Twain, como lo llamaba, era su escondite.

Ballard le contó a Jenkins su teoría de que Robison estaba vivo y él accedió a acompañarla al Twain.

Dejaron entrar a Ballard y Jenkins una vez que mostraron sus placas a una cámara situada encima de la puerta del hotel. Cuando llegaron al mostrador, Ballard enseñó su teléfono al portero de noche. En la pantalla tenía la foto del carné de conducir de Robison.

—William Parker, ¿en qué habitación está? —preguntó.

William Parker era un legendario jefe de policía del Departamento de Policía de Los Ángeles de las décadas de 1950 y 1960. Chastain había usado el nombre para uno de los testigos de Nueva Orleans.

El portero parecía no querer verse implicado en el problema que la policía podía causar en plena noche en un hotel donde la mayoría de los clientes pagaban en efectivo. Se volvió hacia un ordenador, tecleó una orden y leyó la respuesta.

—Diecisiete.

Ballard y Jenkins avanzaron por el pasillo de la planta baja hasta que se situaron a ambos lados de la habitación 17. Ballard llamó a la puerta.

—Matthew Robison —dijo Jenkins—. Policía, abra la puerta.

Nada.

—Metro —dijo Ballard—. Soy la detective Ballard. Trabajé con el detective Chastain, el que lo trajo aquí. Hemos venido a decirle que ha terminado. Está a salvo y ya puede irse a casa con Alicia.

Esperaron. Al cabo de treinta segundos, Ballard oyó girar la cerradura. La puerta se abrió quince centímetros y por ella se asomó un hombre joven. Ballard sostenía su placa.

—¿Es seguro? —preguntó.

—¿Es usted Matthew? —preguntó Ballard.

—Eh, sí.

—¿El detective Chastain lo trajo aquí?

—Sí.

—Está a salvo, Matthew. Ahora lo llevaremos a casa.

—¿Dónde está el detective Chastain?

Ballard hizo una pausa y se quedó mirando a Robison unos segundos.

—Está muerto —dijo por fin. Robison bajó la mirada al suelo—. Lo llamó el viernes y le dijo que vio al asesino en la tele —manifestó Ballard—. ¿No es así? —Robison asintió—. Está bien, vamos a llevarlo primero a la comisaría para que vea algunas fotos —dijo—. Después lo llevaremos a su apartamento con Alicia. Ahora ya está a salvo, y ella está preocupada por usted.

Robison finalmente miró a Ballard. La detective sabía que estaba tratando de decidir si podía confiar en ella. Tuvo que ver algo en sus ojos.

—De acuerdo —dijo Robison—. Deme un minuto para recoger mis cosas.

44

Ballard llegó a la playa tarde esa mañana por el lento trayecto por la costa para recoger a su perra. Cuando terminó de montar su tienda en Venice Beach y empezó a caminar hacia las olas con su tabla bajo el brazo, la capa de niebla matinal ya había ahogado por completo el sol y la visibilidad era escasa. Entró sin amilanarse. Llevaba demasiados días sin estar en el agua.

Extendió los pies hasta el borde de los soportes de la tabla y dobló las rodillas. Empezó a hundir profundamente el remo en el agua y a forzar los músculos con el ejercicio.

Hunde..., hunde..., hunde... Desliza..., hunde..., hunde..., hunde..., desliza...

Enfiló directamente hacia la niebla y enseguida se perdió en ella. El aire denso la aislaba de cualquier sonido de la tierra. Estaba sola.

Pensó en Chastain y en los pasos que había dado. Había actuado con nobleza durante la investigación. Pensó que tal vez era su redención. Por su padre. Por Ballard. Eso la hizo sentirse abandonada y todavía atormentada por su último encuentro. Deseó que de alguna manera los dos hubieran sellado la disputa.

Pronto empezaron a arderle los hombros y se le agarrotaron los músculos de la espalda. Se relajó y se enderezó. Usó el remo como timón y giró la tabla. Se dio cuenta de que no había horizonte a la vista, y la marea se hallaba en ese breve momento de inmovilidad que presagiaba el cambio. No iba ni hacia dentro ni hacia fuera, y Ballard no estaba segura de en qué dirección orientar la tabla.

Mantuvo su impulso con paladas lánguidas al tiempo que miraba y aguzaba el oído en busca de una señal de la tierra. No había ningún sonido de olas rompiendo ni de voces de gente. La niebla era demasiado densa.

Sacó el remo del agua y le dio la vuelta. Golpeó con fuerza con el mango en la tabla. La fibra de vidrio produjo un sonido sólido que Ballard sabía que atravesaría la niebla.

Poco después oyó que *Lola* empezaba a ladrar y supo qué dirección debía tomar. Remó con fuerza y empezó a deslizarse por el agua negra, hacia el sonido de su perra.

Al atravesar la niebla y atisbar la costa, vio a *Lola* en la orilla, moviéndose frenéticamente, asustada, al norte y luego al sur, insegura, con su ladrido convertido en un aullido de miedo a lo que no podía entender ni controlar. Le recordó a Ballard a una muchacha de catorce años que había hecho lo mismo en una playa mucho tiempo atrás.

Ballard remó con más fuerza. Quería saltar de la tabla, hundirse hasta las rodillas en la arena y abrazar con fuerza a *Lola*.

Agradecimientos

El autor quiere dar las gracias a mucha gente que ha contribuido a la creación del personaje de Renée Ballard y de esta novela. Primero, tengo una gran deuda de gratitud con la detective Mitzi Roberts, del Departamento de Policía de Los Ángeles, que sirvió en muchos sentidos como inspiración para Renée. El autor espera que Renée haya hecho sentirse orgullosa a la detective Roberts.

También fueron de inconmensurable ayuda el detective Tim Marcia y sus antiguos colegas Rick Jackson y David Lambkin.

Muchas gracias a Linda Connelly, Jane Davis, Terrill Lee Lankford, John Houghton, Dennis Wojciechowski y Henrik Bastin por sus tempranas y perspicaces lecturas de esta obra.

Asya Muchnick merece mi reconocimiento y gratitud por editar una historia difícil de manejar y por coordinar los tiempos de una serie de correctores diferentes, entre ellos Bill Massey, Harriet Bourton y Emad Akhtar. Por último, el autor quiere mostrar su profundo aprecio por Pamela Marshall por otra gran labor de corrección.

Muchas gracias a todos los que ayudaron.